IRIS JOHANSEN

Américaine, Iris Johansen a décidé d'écrire pour se divertir, lorsque ses enfants sont entrés au lycée. Ses premiers livres, des romans d'aventures, ont immédiatement connu un grand succès. Depuis, Iris Johansen a écrit des thrillers dont les ventes se comptent en million d'exemplaires dans le monde. Ses romans, *Bien après minuit* et *Mort sur objectif*, publiés chez Pocket en 1999 et 2001, sont ainsi restés plusieurs mois sur la liste des best-sellers du *New York Times*.

Iris Johansen, que ses éditeurs comparent volontiers à une conteuse, pour sa capacité à imaginer des histoires nouvelles, parfois dans des genres littéraires extrêmement différents, vit près d'Atlanta, en Georgie.

LE TUEUR DE TALLADEGA

DU MÊME AUTEUR
CHEZ POCKET

MORT SUR OBJECTIF
SOUS LES TRAITS DU MENSONGE
SILHOUETTES DE MORT SOUS LA LUNE BLANCHE

IRIS JOHANSEN

LE TUEUR DE TALLADEGA

Traduit de l'américain par Rebecca Satz

BELFOND

Titre original :
THE KILLING GAME
publié par Bantam Books, a division
of Random House Inc., New York.

ISBN 2-266-12513-3

1

Talladega Falls, Géorgie
20 juin
6 h 35

Le squelette était resté longtemps dans la terre ; Joe Quinn en avait vu suffisamment souvent pour le savoir. Mais combien de temps ?

Il se tourna vers le shérif Bosworth.

— Qui l'a signalé ?

— Deux randonneurs. Ils sont tombés dessus hier soir, tard. Ce sont les grosses pluies des derniers jours qui l'ont mis au jour. Un vrai déluge, la moitié de la montagne a glissé dans les chutes.

Il posa un regard inquisiteur sur Joe et commenta :

— Vous n'avez pas traîné ! Vous avez dû filer ici tout droit d'Atlanta quand vous avez appris la nouvelle.

— Exact.

— Vous pensez qu'il y a un lien avec une de vos affaires de là-bas ?

— Possible... Non. Il s'agit d'un adulte.

— Vous cherchez un gosse ?

— Oui.

Le jour. La nuit. Sans arrêt. Il haussa les épaules.

— Le rapport ne précisait pas si c'était un adulte ou un enfant.

Bosworth se vexa.

— Et alors ? Je n'ai encore jamais eu à écrire de rapport pour un truc de ce genre. Par ici, on est plutôt tranquilles. C'est pas comme à Atlanta.

— Ça ne vous a pas empêché de déceler la présence probable de coups de couteau sur la cage thoracique du squelette. Mais j'admets que notre contexte est un peu différent. Vous avez combien d'habitants ?

— Faites pas le malin, Quinn. Notre équipe de maintien de l'ordre est très efficace. On n'a pas besoin que les flics de la ville viennent nous donner des leçons.

Joe se reprocha sa réflexion. Il n'avait pas dormi depuis près de vingt-quatre heures, mais ce n'était pas une excuse. Mieux valait éviter de critiquer les polices locales, même si elles s'amusaient à vous tirer dessus. Bosworth était sans doute un bon flic, et il s'était montré poli jusqu'à ce que Joe ne sorte son commentaire à moitié aimable sur sa méthode de travail.

— Désolé, je ne voulais pas vous critiquer.

— C'est un peu facile. Vous n'avez pas la moindre idée des problèmes qu'on a ici. Vous savez le nombre de touristes qui déferlent chez nous tous les ans ? Combien se perdent dans les montagnes ou sont victimes d'accidents ? On n'a peut-être pas d'assassins ni de trafiquants de drogue, mais, en plus de veiller sur nos concitoyens, on doit par-dessus le marché sauver tous les imbéciles qui montent d'Atlanta pour camper dans nos parcs, et qui dégringolent dans nos gorges et n'arrêtent pas de se foutre dans le pétrin…

— D'accord, d'accord, coupa Joe en levant une main en signe d'apaisement. Je vous répète que je suis désolé. Je ne voulais pas minimiser vos problèmes. Sans doute suis-je un peu jaloux.

Il regarda autour de lui, les montagnes, la cascade. Même avec les hommes de Bosworth qui grimpaient partout, ratissaient les pentes et posaient leurs cordons, le paysage restait d'une beauté inouïe.

— J'aimerais vivre ici. Ce doit être agréable de se réveiller tous les matins dans une atmosphère aussi paisible.

Bosworth se radoucit un peu.

— C'est un pays béni des dieux. Autrefois, les Indiens appelaient les chutes « l'endroit où tombe la lumière de la lune ». Je peux vous dire, ajouta-t-il en se rembrunissant, qu'on n'a pas l'habitude de trouver des squelettes. Ça doit venir de chez vous. Chez nous, on ne s'entre-tue pas pour ensevelir ensuite les corps n'importe où.

— D'accord. Mais ça fait loin pour transporter un cadavre. Il faut dire que le coin est tellement sauvage qu'il doit être facile de faire disparaître un corps pendant un bon bout de temps.

Bosworth approuva.

— Sans les pluies et le glissement de terrain, on aurait très bien pu ne pas le trouver avant vingt ou trente ans.

— Qui sait, il est peut-être là depuis tout ce temps. Bon, je vous laisse travailler en paix. Votre médecin légiste doit être pressé de venir sur le terrain pour examiner les os.

— Nous n'avons qu'un coroner. C'est notre entrepreneur des pompes funèbres. Mais, ajouta Bosworth à la hâte, Pauley sait solliciter de l'aide quand il en a besoin.

— Là, c'est le cas. Si j'étais vous, je déposerais une demande à notre service de médecine légale. Ils acceptent d'intervenir, en général.

— Vous pourriez vous en charger pour nous ?

— Non, je ne peux pas. Je glisserais un mot en votre faveur avec plaisir, mais je ne suis pas en mission officielle.

— Vous ne m'aviez pas dit ça ! Vous avez juste montré votre badge et commencé à me bombarder de questions. Attendez… Merde… Vous êtes Quinn, non ?

— Je ne m'en cache pas. Je vous l'ai dit tout de suite.

— Mais je n'avais pas fait le lien. J'entends parler de vous depuis je ne sais combien d'années. Le type aux squelettes. Il y a trois ans, vous êtes allé à Coweta County pour en voir deux qu'on venait juste de trouver. Et puis il y a eu le cadavre qu'on a découvert dans les marais, près de Valdosta. Vous y êtes allé aussi. Et l'autre, près de Chattanooga, que vous…

— Je vois que les nouvelles vont vite ! Vous n'avez pas de sujets de conversation plus intéressants ? Alors comme ça, je suis devenu une sorte de légende ?

— Non, plutôt une curiosité. Vous cherchez les enfants qui ont été tués, c'est ça ? Ceux que Fraser a assassinés. Il a refusé de révéler l'endroit où il les avait enterrés. Mais, ajouta-t-il avec un froncement de sourcils, c'était il y a presque dix ans. Vous n'avez pas laissé tomber ?

— Leurs parents ne se sont pas résignés. Ils veulent retrouver leurs enfants, les ramener chez eux et leur offrir une sépulture digne de ce nom. En général, les victimes ont des gens qui les aiment quelque part, ajouta-t-il en baissant les yeux sur le squelette.

— Ouais… Les gosses… Je ne comprendrai jamais pourquoi on peut vouloir tuer un enfant. Ça me rend malade.

— Moi aussi.

— J'ai trois gamins. Je suppose que je réagirais comme ces parents. Putain, j'espère que jamais je ne vivrai ça… On a dû classer les affaires après l'exécution de Fraser. C'est vraiment bien de votre part de prendre sur votre temps libre pour essayer de les retrouver.

Pas tous, juste un, la fille d'Eve.

— Non, ça n'a rien d'héroïque. Je ne peux pas faire autrement. Merci de m'avoir accueilli, shérif. Passez-moi un coup de fil si vous voulez que je joue les intermédiaires entre votre coroner et notre service d'Atlanta.

— Merci, ça me dépannerait.

Joe commença à descendre le sentier, puis s'arrêta. Tant pis s'il prenait le risque de froisser un collègue, mais manifestement le shérif était dépassé par les événements. D'ici à ce qu'une personne qualifiée arrive sur les lieux, il serait sans doute trop tard pour récupérer le moindre indice.

— Je peux vous faire une ou deux suggestions ?

Bosworth le considéra avec méfiance.

— Demandez à quelqu'un de venir photographier le corps et la scène du crime.

— J'en avais l'intention.

— Ne traînez pas. Je sais que vos hommes font de leur mieux, mais ils détruisent probablement autant d'indices qu'ils n'en découvrent. On doit toujours utiliser un détecteur de métaux au cas où des objets seraient enterrés. Demandez aussi la présence d'un archéologue médico-légal pour prélever le squelette, et d'un entomologiste pour rechercher les traces d'insectes morts ou de larves. C'est sans doute trop tard pour que ça serve à quoi que ce soit, mais on ne sait jamais.

— Nous n'avons pas ce genre de spécialistes chez nous.

— Adressez-vous à une université. Ça vous évitera de vous faire remonter les bretelles plus tard.

Bosworth rumina la question un moment, puis dit lentement :

— Oui… Ça pourrait être une idée.

— C'est comme vous voudrez.

Joe redescendit vers sa voiture garée en contrebas, sur la route gravillonnée.

Encore une fausse piste. Il n'y avait pas vraiment cru, mais, n'empêche, il avait tenu à aller se rendre compte par lui-même. Au plus mince espoir, il se déplaçait. Un jour, la chance tournerait ; il retrouverait Bonnie. Il le fallait absolument. À tout prix.

Bosworth garda les yeux braqués sur Quinn pendant qu'il descendait à flanc de colline. Il le trouvait un peu trop distant, trop réservé, mais ça venait peut-être de tous les salauds auxquels il se frottait en ville. Dieu merci, il n'y avait pas de tordus par ici. Rien que de braves gens qui tâchaient de mener une vie normale.

L'homme au squelette… Bosworth n'avait pas tout à fait dit vrai ; Quinn était devenu bien plus qu'un sujet de curiosité. Autrefois agent du FBI, il avait démissionné après l'exécution de Fraser. Il occupait maintenant les fonctions de lieutenant détective[1] au département de police d'Atlanta, et, d'après la rumeur, il était très bon flic. Un type endurci, et propre. En ville, les flics avaient de plus en plus de mal à ne pas céder aux tentations. Bosworth restait à Rabun County principalement pour cette raison. Il ne voulait surtout pas devenir comme Quinn, un homme cynique, marqué par la désillusion. Ce type n'avait sûrement pas encore quarante ans, et on voyait pourtant qu'il avait vécu des expériences terribles.

Bosworth jeta un coup d'œil aux ossements à ses pieds. C'était le genre de spectacle que Quinn devait voir tous les jours. Et dire qu'il en redemandait ! Qu'il le prenne, ce squelette, s'il en voulait. Bosworth aurait été trop content de s'en débarrasser. Il trouvait injuste pour ses hommes d'être embarqués dans cette putain de…

Son talkie-walkie sonna, et il appuya sur le bouton.

— Bosworth.

1. Équivalent du grade de commissaire de police. *(N.d.T.)*

— Quinn !

Joe tourna la tête et vit Bosworth en haut de la pente.

— Quoi ?

— Remontez ! Mon adjoint vient de m'envoyer un message radio. Mes hommes ont trouvé d'autres corps sur la dernière corniche… Enfin, des squelettes.

Joe se tendit.

— Combien ?

Le visage empâté de Bosworth pâlissait dans la lumière matinale ; il avait l'air sonné.

— Huit, jusqu'à présent. Il y a sans doute un enfant.

On avait trouvé les corps de Talladega.

Dom éteignit la télévision et se câla dans son fauteuil pour envisager toutes les conséquences possibles.

À sa connaissance, c'était la première fois qu'on retrouvait une de ses victimes. Toujours attentif, très prudent, il n'avait jamais lésiné sur les kilomètres pour aller les enterrer. Dans ce cas précis, il était même allé très loin. Les mises à mort avaient toutes été effectuées à Atlanta, et il avait transporté les corps jusqu'à son lieu d'inhumation préféré de l'époque.

D'ailleurs, si on venait de les découvrir, ce n'était nullement grâce à des recherches assidues mais à la suite d'un accident naturel.

Ou alors, c'était un signe de la justice divine…

Un fanatique religieux aurait sûrement pensé que la main de Dieu avait déterré les corps afin de lui faire payer ses crimes.

Il sourit. Que les culs bénis aillent se faire foutre. Si Dieu existait, il se ferait une joie de se mesurer à lui. Ce genre de duel lui apporterait peut-être la stimulation dont il avait justement si grand besoin en ce moment.

Les squelettes de Talladega ne présentaient guère de danger pour lui. À l'époque de ces prises, il avait déjà assez d'expérience pour ne laisser aucune trace derrière lui. S'il avait commis des erreurs, d'ailleurs, la pluie et la terre les avaient probablement effacées.

Au tout début, il n'avait pas pris autant de précautions. L'excitation avait été trop forte, la peur trop vive. Il avait même choisi ses victimes au hasard pour rendre la mise à mort plus aléatoire. Il avait dépassé ces enfantillages depuis longtemps. Mais, en contrepartie, le côté systématique de sa technique commençait à atténuer son plaisir. Et avec la baisse de l'excitation s'enfuyait sa raison de vivre.

Il s'empressa d'étouffer cette pensée. Le problème n'était pas nouveau. Il suffisait de se rappeler que la satisfaction venait de la mise à mort elle-même. Le reste n'était que littérature. S'il voulait intensifier le plaisir, il devrait choisir une proie plus difficile, une personne entourée d'une famille, aimée, qu'on rechercherait très vite.

Quant aux exhumations de Talladega, il n'y voyait qu'un rebondissement intéressant et l'occasion de s'amuser des efforts dérisoires de la police pour comprendre le fin mot de l'histoire.

Qui étaient les victimes de Talladega ? Il se souvenait vaguement d'une prostituée blonde, d'un sans-abri noir, d'un adolescent qui vendait son corps dans la rue… et d'une petite fille.

Tiens, c'était drôle, jusque-là il avait complètement oublié la fillette.

Institut médico-légal
Atlanta
Cinq jours plus tard

— Enfant âgé de sept ou huit ans, de sexe féminin, probablement de race blanche.

Ned Basil, le médecin légiste, lisait à voix haute le rapport posé sur son bureau, en provenance du Dr Phil Comden, expert en anthropologie légale de l'État de Géorgie.

— On n'en sait pas plus, Quinn, acheva-t-il.

— Depuis combien de temps était-elle ensevelie ?

— Aucune certitude. Peut-être entre huit et douze ans.

— J'ai besoin de le savoir.

— Écoutez, ce n'est pas de notre ressort. Les squelettes ont été découverts à Rabun County. La chef n'était déjà pas très chaude pour envoyer un anthropologue de chez nous pour examiner les os…

— Demandez la reconstitution faciale.

Basil l'avait vu venir. À la minute où on lui avait signalé un squelette d'enfant, il avait deviné ce qui allait suivre.

— Je vous répète que ce n'est pas notre problème.

— Eh bien moi, je vous dis que si. On a trouvé neuf corps à Talladega. Je ne vous demande la reconstitution que d'un seul des crânes.

— Écoutez, la chef Maxwell ne veut surtout pas se laisser entraîner dans ce merdier. Elle refusera.

Maxwell ne vous a autorisé à apporter le squelette ici que pour une seule raison : elle sait que les associations de recherche d'enfants disparus vont lui tomber dessus si elle ne montre pas un minimum de bonne volonté, mais elle n'ira pas plus loin.

— J'ai besoin d'un geste un peu plus généreux que ça. Je veux absolument savoir qui est cet enfant.

— Vous n'écoutez rien de ce qu'on vous dit, vous. C'est impossible. Laissez tomber.

— Il faut que je connaisse son identité.

Bon sang, Quinn était un vrai bouledogue ! Basil l'avait déjà rencontré plusieurs fois, et il l'avait toujours trouvé intéressant. En apparence, il semblait tranquille, facile à vivre, presque nonchalant, mais Basil avait toujours eu pleinement conscience de son intelligence acérée et de sa vivacité d'esprit. Il avait entendu dire que Quinn était un ancien des forces spéciales, un ex-SEAL, ce qui ne l'étonnait pas.

— Je ne demanderai pas la reconstitution, Quinn.

— J'insiste.

Il fit non de la tête.

— Dites, Basil, vous n'avez jamais fait un truc pas net ? demanda Quinn d'un ton placide. Un truc que vous ne voudriez pas voir ébruité… ?

— Je ne vois pas où vous voulez en venir.

— Je trouverai bien quelque chose.

— C'est du chantage ?

— Oui. Je vous offrirais de l'argent si je vous pensais du genre à accepter… Mais vous êtes un type honnête… en apparence du moins. Seulement tout le monde a quelque chose à se reprocher. Je dénicherai quelque chose, et je m'en servirai.

— Enfoiré !

— Demandez la reconstitution faciale, c'est tout simple.

— Je n'ai jamais rien fait de…

— Même pas une petite fraude fiscale ? Ou peut-être avez-vous laissé passer un rapport important parce que vous étiez surchargé de travail…

Mais merde, tout le monde trafiquait un peu sa déclaration d'impôts ! Seuls les employés municipaux pouvaient être démis de leurs fonctions pour ce genre de faute. Comment Quinn pourrait-il découvrir que… ?

Il se débrouillerait pour trouver. Basil serra les dents.

— Vous voulez aussi que je précise le nom de l'expert, je suppose ?

— Oui.

— Eve Duncan ?

— Exactement.

— C'était couru d'avance. Tout le monde dans le service sait que c'est sa gamine que vous cherchez depuis des années. La chef ne va pas aimer ça non plus. Duncan est de trop grande notoriété depuis la grosse affaire politique sur laquelle elle a travaillé. Si on lui demande d'intervenir, on va avoir des hordes de journalistes sur le dos.

— Plus d'un an s'est écoulé. Eve ne doit plus beaucoup les intéresser. Je m'arrangerai pour qu'on vous foute la paix.

— Elle ne vit pas sur une île du Pacifique, pour l'instant ?

— Elle reviendra.

Basil n'en doutait pas un seul instant. À Atlanta, tout les policiers connaissaient son histoire. Jeune fille, elle avait eu un enfant illégitime et était parvenue à se sortir de la misère à la force du poignet. Elle avait presque fini ses études universitaires et était sur le point d'obtenir une bonne situation quand elle avait été frappée par le destin de façon atrocement cruelle. Sa fille, Bonnie, avait été assassinée par un tueur en série et son corps ne fut jamais retrouvé. Fraser, son meurtrier, avait été exécuté sans avoir révélé l'emplacement des corps des douze enfants dont il avait avoué les meurtres. Depuis ce jour, Eve s'était consacrée à la recherche des enfants disparus, vivants ou morts. Elle était retournée à l'université de l'État de Géorgie, avait obtenu un diplôme d'arts plastiques et s'était spécialisée dans la sculpture médico-légale, dont elle était devenue une experte reconnue. Elle maîtrisait aussi parfaitement l'art du vieillissement des visages et de la superposition faciale, ce qui lui valait une immense renommée.

— Pourquoi tant d'hésitation ? demanda Quinn. Vous savez parfaitement qu'elle est la meilleure.

Basil ne pouvait pas le nier. Elle avait aidé son service en de nombreuses occasions.

— Elle n'est pas neutre dans l'histoire. Les médias vont nous…

— J'en fais mon affaire. Demandez-la.

— On verra.

— Non, décidez-vous tout de suite.

— Le service ne paiera pas son billet d'avion.

— Je prendrai les frais à ma charge. Contentez-vous de transmettre la demande.

— Quinn, vous allez trop loin.

— C'est une de mes plus grandes qualités, remarqua Quinn avec un sourire en coin. Mais ça se fera sans douleur.

Basil était persuadé du contraire.

— C'est une perte de temps. Maxwell ne voudra jamais.

— Si. Je lui dirai que, si elle bloque votre demande, je communiquerai l'histoire à la presse. Elle aura le choix : soit elle laisse Eve travailler sur le crâne discrètement, soit les médias s'interrogeront sur sa volonté de faire la lumière sur l'assassinat d'une petite fille.

— Elle va vous virer.

— Je cours le risque.

Manifestement, il était prêt à tout pour avoir gain de cause. Basil haussa les épaules.

— Bon, d'accord. Mais j'applaudirai quand elle vous flanquera dehors.

— Parfait, fit Quinn en se dirigeant vers la porte. Je reviens dans une heure pour récupérer le papier.

— Je sors déjeuner, j'en ai pour deux heures.

Mince triomphe, mais c'était déjà ça, pensa Basil.

— Vous croyez que c'est la petite Duncan, hein ?

— Je ne sais pas… Possible.

— Et vous voulez faire travailler sa mère sur son crâne ? Quel salaud ! Et si c'était vraiment Bonnie Duncan ? Comment croyez-vous que sa mère se sentirait ?

La seule réponse fut le bruit de la porte qui se refermait derrière Quinn.

Une île au sud de Tahiti
Trois jours plus tard

Il arrivait.

Son cœur battait trop fort, trop vite. Elle se réjouissait trop. Eve Duncan respira profondément tout en regardant l'hélicoptère se poser sur la piste. C'était fou, on aurait cru qu'elle s'attendait à voir apparaître l'ange Gabriel. Pourtant ce n'était que Joe.

« Que Joe »... Son ami, son seul soutien pendant le cauchemar qui avait bien failli lui être fatal, le seul point de repère stable dans sa vie. Et elle ne l'avait pas vu depuis plus d'un an. Elle avait quand même bien le droit d'être contente !

La porte s'ouvrit et il descendit. Ce qu'il avait l'air fatigué ! Son visage toujours impassible était quasiment indéchiffrable pour qui ne le connaissait pas. Mais pas pour elle. Elle l'avait vu dans des milliers de situations et avait analysé le moindre de ses regards, de ses mouvements de lèvres, tous ces infimes signes si révélateurs. Elle remarqua les nouvelles rides qui s'étaient creusées de part et d'autre de la bouche dans le visage carré, son teint pâle.

Ses yeux, eux, n'avaient pas changé.

Ni le sourire qui illumina son visage quand il la vit...

— Joe...

Elle courut se jeter dans ses bras. Sécurité. Intimité. Soudain, le monde tournait plus rond.

Il la serra contre lui un moment, puis l'écarta pour effleurer d'un baiser l'arête de son nez.

— Tu as attrapé des taches de rousseur. Tu ne mets pas de crème solaire ?

Protecteur. Autoritaire. Attentionné. Il ne s'était écoulé que deux minutes, et c'est comme s'ils ne s'étaient jamais quittés. Elle leva le visage vers lui en souriant et remonta ses lunettes cerclées de métal.

— Bien sûr que j'en mets, mais c'est difficile de ne pas prendre un peu le soleil ici.

Il l'étudia de pied en cap.

— Avec ce short, tu as l'air d'une vagabonde. Tu sembles détendue en tout cas, ajouta-t-il pensivement. Pas complètement, mais pas à bout de nerfs non plus, comme la dernière fois que je t'ai vue. Logan s'est bien occupé de toi.

— Oui, il est très gentil.

— Et c'est tout ?

— Tu es trop curieux. Mêle-toi de tes affaires.

— Ça veut dire que tu couches avec lui.

— Je n'ai jamais dit ça. Et si c'était le cas quelle importance ?

Il haussa les épaules.

— Aucune. Tu étais dans un sale état après la dernière reconstitution faciale. C'est normal que ça t'ait rapprochée de lui. Un milliardaire qui te sauve des journalistes en t'emmenant sur son île du Pacifique… Je serais très surpris que tu ne sois pas tombée dans son lit, et encore plus qu'il n'ait pas tout fait pour t'y mettre.

— Je ne couche pas avec n'importe qui. Je choisis. Arrête de critiquer Logan. Vous avez toujours été comme deux pitt-bulls ensemble. Et attention, conclut-elle en le menant à la Jeep, c'est ton hôte pendant ton séjour ici, alors je te prie d'être aimable avec lui.

— On verra.

— Joe !

— J'essaierai.

Elle poussa un soupir de soulagement et demanda :

— Tu as vu maman avant de partir ?

— Oui. Elle t'embrasse. Tu lui manques.

— Tu penses, pas tant que ça. Elle est trop absorbée par Ron. Elle t'a dit qu'ils allaient se marier dans quelques mois ?

— Oui. Ça te fait plaisir ?

— Bien sûr ! Je ne pourrais pas être plus heureuse pour elle. Ron est sympathique, et maman a bien mérité une histoire qui tienne la route. Elle n'a pas eu une vie facile.

Bel euphémisme. Sa mère avait grandi dans les quartiers pauvres, s'était droguée au crack pendant des années, et, à l'âge de quinze ans, avait mis Eve au monde dans cet univers pourri.

— C'est bon pour elle d'avoir quelqu'un. Elle a toujours eu besoin d'être entourée, et moi je n'ai pas eu le temps de la soutenir autant que j'aurais voulu.

— Tu as fait de ton mieux. Tu as davantage été une mère pour elle qu'une fille.

— Pendant longtemps je lui en ai trop voulu pour lui faire vraiment du bien. C'est seulement après la naissance de Bonnie que nous nous sommes rapprochées.

Bonnie. La venue de sa fille avait tout changé. Elle avait transformé la vie d'Eve et de tous ses proches.

— Maman va être plus heureuse, maintenant.

— Et toi ? Tu n'as qu'elle.

Eve démarra.

— J'ai mon travail. Et je t'ai, toi, quand tu ne me cries pas après, ajouta-t-elle en lui souriant.

— Ah ! Tu ne mentionnes pas Logan. Je préfère.

— C'était un test ? Je tiens énormément à lui.

— Mais il ne t'a pas passé la bague au doigt. Tant mieux. D'ailleurs, je ne l'en ai jamais cru capable.

— Si tu n'arrêtes pas de parler de lui de cette façon, je te jette sur le bord de la route et je te laisse repartir à Tahiti en stop.

— Surtout pas. J'ai eu un mal de chien à arriver. Il n'y a pas de bateau qui desserve cette île.

— C'est l'intérêt.

— Bon, d'accord, tu as gagné.

Il était plutôt rare d'avoir l'avantage sur Joe.

— Comment va Diane ?

— Bien… Je ne la vois pas beaucoup ces temps-ci.

— C'est dur, la vie d'une femme de flic. Tu as encore travaillé sur une affaire difficile ?

— Oui, horrible.

Il regarda vers la mer.

— Mais, reprit-il, je ne l'aurais pas vue énormément de toute façon. Notre divorce a été prononcé il y a trois mois.

— Quoi ?

Une onde de choc parcourut Eve.

— Pourquoi ne m'as-tu rien dit ?

— Il n'y avait pas grand-chose à raconter. Diane ne s'est jamais vraiment habituée à être femme de flic. Elle va être plus heureuse maintenant.

— Pourquoi maman ne m'a-t-elle pas mise au courant ?

— Je lui ai demandé de ne pas t'inquiéter. Tu étais censée te reposer.

— C'est affreux, Joe, je suis désolée.

Elle se tut un instant.

— C'est à cause de moi ?

— Je ne vois pas comment ç'aurait pu être ta faute.

— Tu m'as aidée. Merde, tu as même poussé l'amitié jusqu'à te faire tirer dessus à cause de moi. Tu aurais pu y rester. Je sais qu'elle m'en a beaucoup voulu.

Il n'essaya pas de nier.

— Ce serait arrivé de toute façon. Nous n'aurions jamais dû nous marier. C'était une erreur.

Il changea brusquement de sujet.

— Tu as beaucoup travaillé, depuis que tu es ici ?

Elle lui jeta un coup d'œil, se sentant impuissante. Le divorce devait le faire souffrir, et elle aurait voulu l'aider. Mais il avait toujours évité de parler de son mariage avec elle. Peut-être arriverait-elle mieux plus tard à attirer ses confidences.

— Je n'ai pas fait grand-chose. Surtout des superpositions et des vieillissements. Quelques reconstitutions envoyées par la police de Los Angeles. J'ai vite vu que les départements de police préféraient s'adresser à des sculpteurs qui résidaient sur le même continent qu'eux ! Je ne suis pas très accessible, ici. En fait, j'ai même fait de vraies sculptures pour m'occuper.

— Ça t'a plu ?

— D'une certaine manière.

— Mais pas vraiment…

— Ça donne… une drôle d'impression.

— Pourtant, en général, c'est le fait de travailler sur des crânes qu'on trouve bizarre. Logan en dit quoi, lui ?

— Logan trouve que la sculpture normale, c'est plus sain pour moi. Il doit sûrement avoir raison.

— Mais toi, tu as l'impression que ça te fait du bien ?

— Non… Il y a quelque chose qui manque.

— Un objectif.

Elle ne s'étonna pas que Joe la comprenne si bien. Il devinait tout d'elle.

— C'est à cause des disparus… Ce que je veux, c'est aider à ramener chez eux les enfants perdus. D'après Logan, il faut que je prenne de la distance. Il trouve que je devrais changer de métier, que c'est la pire carrière que j'aurais pu choisir.

— Et tu lui réponds quoi ?

— De se mêler de ses affaires. Comme avec toi ! Je voudrais que vous compreniez tous les deux que je ferai ce que je veux, quoi que vous en pensiez.

Joe se mit à rire.

— Je n'en doute pas un seul instant. Et je pense que c'est pareil pour Logan. Tu vas me montrer ton travail ? Je n'ai jamais rien vu de toi, à part tes reconstitutions.

— Plus tard, peut-être. Si tu es aimable avec Logan, ajouta-t-elle avec un regard pénétrant.

Elle tourna dans l'allée, s'approchant d'une grande maison de planteur peinte en blanc.

— Il a été génial avec moi. Je ne veux pas que tu abuses de son hospitalité.

— Belle maison. Où travailles-tu ?

— Logan m'a fait construire un labo en bord de plage, à côté de la maison. Ne change pas de sujet. Tu vas être gentil avec lui ?

— N'aie pas si peur. D'après mon souvenir, Logan sait très bien se débrouiller tout seul.

— Je prends toujours la défense de mes amis.

— Rien que de tes amis ? s'enquit-il en la dévisageant. Pas de tes amants ?

Elle détourna le regard.

— Mes amants peuvent aussi être mes amis. Arrête de me harceler, Joe.

— Ça te gêne ? Ou ça te dérange ? Il t'étouffe ?

— Non, c'est toi qui m'étouffes. Fiche-moi la paix, jeta-t-elle en sautant à terre après s'être garée devant la maison.

— Sans problème. Tu viens de répondre à ma question.

Il prit sa valise sur la banquette arrière.

— Je serai beaucoup moins à cran quand j'aurai pris une douche. Tu tiens à ce que je voie Logan tout de suite, ou tu vas d'abord me montrer où poser mes affaires ?

Il valait mieux, et de loin, lui laisser le temps de se reposer un peu.

— Tu n'as qu'à nous rejoindre plus tard, pour le dîner.

— Si on doit s'habiller en smoking, il va falloir me reléguer dans la cuisine. Je n'ai emporté que ce sac.

— Tu sais très bien que ce n'est pas mon genre. Si je me change plusieurs fois par jour, c'est seulement à cause de la chaleur infernale.

— On ne sait jamais. Tu as des fréquentations huppées, ces temps-ci.

— Logan n'est pas snob. Bon, en tout cas pas sur l'île. Nous vivons exactement comme je le faisais à Atlanta.

— Il est malin.

— Et il travaille dur, aussi. Il bosse autant ici qu'aux États-Unis. Quand il prend un moment, il a envie de se détendre.

Elle s'arrêta à la porte d'entrée.

— Qu'est-ce que tu fais ici, Joe ? Tu es en vacances ?

— Pas exactement.

— C'est-à-dire ?

— Eh bien, le département me doit quelques semaines de repos, c'est vrai. J'ai fait beaucoup d'heures sup pendant que tu te dorais la pilule sur ton paradis tropical.

— Alors pourquoi dis-tu que tu n'es pas « exactement » en vacances ? Pourquoi es-tu venu ?

— Pour te voir.

— Non, mais pourquoi précisément maintenant ?

Il sourit.

— Pour te dire de rentrer, Eve.

Logan quitta la fenêtre au moment où elle entrait dans le bureau.

— Où est-il ?

— Je l'ai emmené dans sa chambre. Tu le verras au dîner. Je sais que tu es très impatient de lui dire bonjour, ajouta-t-elle avec un demi-sourire.

— Le fumier !

Elle poussa un soupir agacé. Cela n'allait pas être facile de trouver un terrain d'entente entre ces deux hommes qui comptaient tant pour elle.

— J'aurais pu aller le retrouver à Tahiti. Tu as promis d'être gentil avec lui.

— Je serai gentil s'il l'est. Viens, ajouta-t-il en tendant le bras. J'ai besoin de te toucher.

Elle traversa la pièce et lui prit la main.

— Pourquoi ?

Il ne répondit pas directement.

— Nous savons très bien tous les deux pourquoi il est là. Il t'a déjà parlé ?

— Il a seulement dit qu'il voulait que je rentre.

Il poussa un juron.

— Et tu as répondu quoi ?

— Rien.

— Tu ne peux pas partir comme ça, merde. Tu vas retomber au fond du gouffre. Souviens-toi de l'époque de notre rencontre.

— Ce n'était pas si terrible que ça. J'avais du travail. Un but dans la vie. Tu n'as jamais voulu comprendre ça.

— Ce que je comprends, c'est que je vais te perdre. (Sa main se resserra sur celle d'Eve.) Tu as été heureuse ici, non ? Tu as été heureuse avec moi.

— Oui.

— Alors ne te laisse pas faire. Ne le laisse pas t'attirer là-bas.

Elle le regarda fixement, incapable de répondre. Elle ne voulait à aucun prix lui faire de mal. John Logan, cet homme fort, intelligent, charismatique, géant de la finance et homme d'affaires exceptionnel. Jamais elle n'aurait imaginé qu'il puisse se révéler si vulnérable.

— Mon séjour ici n'était pas censé durer.

— Mais moi je veux que ça dure ! C'est ça que j'ai en tête depuis le début.

— Tu ne me l'avais pas dit.

— Parce que je marchais sur des œufs, j'avais peur que tu prennes peur, que tu te sauves. Maintenant tu es au courant.

Elle lui en voulut de lui rendre la tâche plus difficile.

— On en reparlera plus tard, d'accord ?

— Tu as déjà pris ta décision.

— Pas du tout.

Elle s'était accoutumée à cet endroit charmant et paisible. Elle s'était habituée à Logan. Sur l'île, elle avait passé un moment de tendresse, d'affection, de paix. Et, si elle se sentait insatisfaite, peut-être ce sentiment passerait-il avec le temps.

— Je ne sais pas encore ce que je vais faire.

— Il va tout tenter pour te convaincre.

— Je ne me laisserai manipuler par personne. D'ailleurs il ne fera pas pression.

— Non, il est bien trop malin. Il te connaît par cœur. Ça ne signifie pas qu'il va hésiter à employer toutes les armes dont il dispose pour te convaincre de rentrer. Ne l'écoute pas.

— Il faudra bien que je l'écoute, c'est mon meilleur ami.

— Tu es sûre ? demanda-t-il en lui touchant la joue. Dans ce cas, pourquoi cherche-t-il à te faire retrouver un monde qui risque de te détruire ? Combien de temps penses-tu parvenir à t'occuper de crânes et de meurtres sans t'effondrer ?

— Il faut bien que quelqu'un s'en charge. Je peux aider beaucoup de parents à accomplir leur deuil en mettant un terme à la recherche de leur enfant.

— Laisse ça à quelqu'un d'autre. Ce domaine te touche de trop près.

— À cause de Bonnie ? Justement, c'est grâce à elle que je réussis si bien dans mon domaine, que je donne tant d'énergie aux parents qui veulent comme moi retrouver leurs enfants pour les ramener près d'eux.

— Tu es obsédée par ton travail.

— Pas ici. Je n'ai pas assez à faire sur l'île.

— C'est ça qui t'ennuie ? Nous pouvons retourner aux États-Unis, si tu préfères. Nous n'avons qu'à aller chez moi, à Monterey.

— Reparlons-en un peu plus tard.

— D'accord.

Il lui donna un baiser bref mais intense.

— Je voulais juste te parler avant Quinn. Tu as le choix. Si ce que je te propose ne te tente pas, nous trouverons autre chose.

Elle le serra dans ses bras.

— On se retrouve au dîner ?

— Eve, réfléchis bien.

Elle opina de la tête et sortit. Bien sûr qu'elle allait réfléchir. Comment faire autrement ? Elle avait beaucoup d'affection pour Logan. Était-elle amoureuse de lui ? Mais l'amour, c'était quoi ? Elle n'y connaissait pas grand-chose. Elle avait cru aimer le père de Bonnie, mais elle n'avait que quinze ans à l'époque ; plus tard, elle avait compris n'avoir éprouvé pour lui que du désir physique, mêlé à un immense besoin de réconfort dans ce monde hostile. Ses quelques autres rencontres avaient été sans importance, si vite oubliées que vécues, effacées par sa passion pour son travail. Logan, lui, comptait pour elle, et il ne se laisserait pas supplanter sans se battre, même si son seul rival était un métier. Il savait éveiller son désir, il lui faisait du bien, se montrait très prévenant. Elle aurait de la peine s'il disparaissait de sa vie. On devait pouvoir appeler ça de l'amour.

Mais elle n'avait aucune envie d'analyser la situation pour l'instant. Il serait grand temps de se décider après avoir discuté avec Joe. D'ici là, elle voulait retrouver son laboratoire pour travailler un peu au vieillissement d'un visage. La photo de Libby Grandall, enlevée à l'âge de huit ans par son père.

Eve emprunta le couloir et sortit par la porte-fenêtre qui menait à son laboratoire. Il faisait grand beau temps. L'île baignait dans le soleil, tout y était clair et propre. C'était ainsi que Logan voulait qu'elle vive, au grand jour, loin de l'ombre. Pourquoi ne pas accepter son aide ? Laisser la douleur s'atténuer. Admettre que le souvenir de Bonnie puisse lui échapper. Décider que quelqu'un d'autre se chargerait de retrouver les enfants disparus.

Impossible. Elle n'en serait jamais capable. Bonnie et les enfants perdus constituaient la trame de sa vie, tissaient ses rêves. Ils étaient presque sa raison d'être, sans doute la plus belle partie d'elle-même.

Logan la connaissait bien et il semblait extraordinaire qu'il n'ait jamais accepté la vérité : elle se sentait mieux dans cette zone d'obscurité.

Phoenix, Arizona

L'obscurité.

Dom avait toujours aimé la nuit. Non pas pour s'y cacher, mais par attrait pour l'inconnu. La nuit, plus rien n'était pareil, et pourtant tout lui semblait beaucoup plus clair. Saint-Exupéry n'avait-il pas écrit des lignes à ce sujet ?

Ah oui…

« La nuit, la raison dort, et simplement les choses sont. Celles qui importent véritablement reprennent leur forme, survivent aux destructions des analyses du jour. L'homme renoue ses morceaux et redevient arbre calme. »

Il ne connaissait pas cette impression de morcellement, mais en revanche, la nuit, il se sentait plus calme, plus fort. Seulement, bientôt, le calme allait disparaître et la force chanterait à travers lui, pareille à une chorale d'un millier de chanteurs.

Une chorale. Il sourit ; une pensée en avait entraîné une autre.

Il se redressa sur le siège du conducteur. Elle sortait de la maison. Il l'avait choisie pour la difficulté ; elle serait sans aucun doute plus excitante que sa dernière proie. Debby Jordan, blonde, trente et un ans, mariée, mère de deux enfants. Elle était trésorière de l'association parents-professeurs, avait une belle voix de soprano et chantait à la chorale de l'église méthodiste de Hill Street. Elle partait à sa répétition.

Elle n'y arriverait pas.

2

Depuis le début du dîner, malgré une apparente courtoisie, l'antagonisme entre Joe et Logan mettait Eve très mal à l'aise.

Elle avait cette tension en horreur. Pour elle, rien ne valait la franchise et la clarté. À les voir, on aurait dit deux icebergs en train de dériver l'un vers l'autre ; on ne pouvait prévoir le moment de la collision car trop de parties immergées se dissimulaient sous la surface.

Elle n'en pouvait plus. Tant pis pour le dessert.

Elle se leva brusquement.

— Viens, Joe, allons faire un tour.

— Je ne suis pas convié ? marmonna Logan. C'est très impoli, et nous n'avons même pas terminé le dîner.

— Moi, j'ai fini, déclara Joe en se levant et en jetant sa serviette sur la table. Et non, vous n'êtes pas invité.

— Tant pis, de toute façon je me serais ennuyé. Je crois que j'ai deviné ce que vous êtes venu dire à Eve.

Allez-y, ne vous gênez pas. Je lui parlerai à votre retour.

— Ce n'est pas une question d'ennui, remarqua Joe qui était déjà à la porte. En fait, vous mourez de trouille.

Eve se dépêcha de le suivre dans le hall.

— Pourquoi lui parles-tu sur ce ton ?

— Il fallait que ça sorte, répondit-il avec un sourire. Nous avons été trop polis toute la soirée. Ça me flanquait une indigestion.

— Tu es chez lui.

— Encore un truc qui me donne mal au cœur, rétorqua-t-il en passant la porte-fenêtre. Viens, allons nous promener sur la plage.

Elle aussi avait envie de sortir de la maison. L'atmosphère y était trop pesante.

Elle ôta ses chaussures d'un coup de talon dès qu'ils furent sur la terrasse et regarda Joe enlever les siennes, ses chaussettes, puis relever le bas de son pantalon. Son allure lui rappela la dernière fois qu'elle l'avait vu dans le hors-bord, torse nu, son pantalon kaki roulé jusqu'au mollet, tournant la tête vers elle et Diane en riant tandis qu'il dirigeait l'embarcation vers l'autre rive du lac.

— Tu as gardé le pavillon du lac ?

— Oui, mais j'ai laissé la maison de Buckhead à Diane après le règlement du divorce.

— Où vis-tu, maintenant ?

— Dans un appartement, près du poste de police. Je m'y trouve très bien, ajouta-t-il en la suivant sur le chemin de la plage. De toute façon, je n'y suis presque jamais.

— Je m'en doute.

Les pieds d'Eve s'enfoncèrent dans le sable frais et doux. Délicieux. Le bruit des vagues avait un effet calmant, et ce tête-à-tête avec Joe la réconfortait. Ils se connaissaient si bien qu'elle avait presque l'impression d'être seule. Non, pas vraiment seule. Joe ne se laissait jamais oublier. Mais c'était juste qu'ils... s'entendaient vraiment à merveille.

— Tu ne prends pas soin de toi, reprocha-t-elle. Tu as l'air fatigué.

— Je viens de passer une semaine pénible.

Il adapta son pas à celui d'Eve, et ils marchèrent en silence un moment.

— Ta mère t'a parlé de Talladega ?

— Non.

— Je m'en doutais. C'est dans tous les journaux, mais je savais qu'elle ne voudrait rien te raconter qui risque de t'arracher à ton paradis.

— Que s'est-il passé ? demanda-t-elle, soudain tendue.

— On a trouvé neuf squelettes dans la montagne près des chutes. L'un d'eux est une petite fille. De race blanche.

— Une petite fille... de quel âge ?

— Sept ou huit ans.

Elle prit une profonde inspiration.

— Depuis combien de temps était-elle enterrée ?

— D'après les premières estimations, entre huit et douze ans... Mais ce n'est peut-être pas Bonnie, Eve. Les autres squelettes étaient des adultes, et selon nos informations Fraser ne tuait que des enfants.

— D'après ce qu'on sait, oui, mais il n'a voulu révéler aucun détail, observa Eve d'une voix tremblante. Ce salaud se contentait de sourire en refusant de dire un mot. Il a seulement avoué l'avoir enterrée quelque part, et puis c'est tout…

— Calme-toi, dit Joe en lui prenant la main avec une douce pression. Tu te fais du mal.

— Ne me dis pas ça ! On a peut-être retrouvé Bonnie, et tu voudrais que je ne réagisse pas ?

— Je ne voudrais pas que tu te fasses trop d'illusions. L'enfant pourrait être plus âgée, ou être restée ensevelie plus longtemps, ou moins.

— Mais c'est peut-être elle.

— C'est une possibilité.

Elle ferma les yeux. Bonnie…

— Eve, ce n'est pas sûr.

— Je vais la récupérer, murmura-t-elle. Je vais retrouver mon bébé.

— Tu n'écoutes pas ce que je te dis. C'est loin d'être une certitude.

— Si, je t'écoute, je le sais.

Mais, pour la première fois depuis tant d'années, elle approchait du but. Si c'était Bonnie…

— On peut consulter les archives du dentiste pour l'identifier.

— Non. Il n'y a plus une seule dent dans les crânes.

— Pardon ?

— On pense que le meurtrier a arraché les dents pour empêcher l'identification.

Elle encaissa le coup. Un geste intelligent. Brutal, mais intelligent. Fraser n'avait jamais manqué de ressources.

— Il reste le test génétique. Peut-on récupérer un échantillon suffisamment conséquent pour une analyse d'ADN ?

— On a prélevé de la moelle osseuse. Le laboratoire s'en occupe. Mais tu sais que les résultats vont prendre du temps.

— On ne pourrait pas utiliser le labo privé auquel on a fait appel la dernière fois ?

— Teller ne se charge plus des analyses d'ADN. Il n'a pas apprécié la publicité que s'est attiré son laboratoire à cause de nous.

— Combien de temps cela va prendre, alors ?

— Quatre semaines au bas mot.

— Non. Je vais devenir dingue. Il faut que je sache.

Elle respira un grand coup.

— Tu crois qu'ils m'autoriseraient à faire une reconstitution faciale ?

— Tu en as vraiment envie ?

— Bien sûr que oui.

Voir le visage de Bonnie reprendre vie sous ses doigts…

— L'expérience risque d'être très traumatisante.

— Je m'en fiche.

— Mais pas moi, jeta-t-il. Je n'aime pas que tu souffres.

— Je ne souffrirai pas.

— Bien sûr que si. Tu souffres déjà.

— Il faut que je le fasse, Joe.

— Je sais. (Il tourna les yeux vers la mer.) C'est pour ça que je suis venu.

— Tu peux les convaincre de me laisser y travailler ?

— J'ai déjà tout arrangé.

— Merci.

— C'est peut-être la plus grosse idiotie de ma vie.

— Non, c'est bien. C'est gentil.

— Tu parles. Je n'ai sans doute jamais rien fait d'aussi égoïste, dit-il en repartant vers la maison.

— Dis-moi ce que tu sais de ces meurtres.

— Je te donnerai les détails dans l'avion. J'ai deux billets pour le vol de demain après-midi au départ de Tahiti. C'est trop tôt pour toi ?

— Non.

Logan. Il allait falloir qu'elle parle à Logan.

— Je vais faire ma valise ce soir.

— Après avoir annoncé ton départ à Logan…

— Oui.

— Je pourrais lui parler pour toi.

— Ne dis pas de bêtises. Je ne peux pas partir sans lui donner moi-même d'explication. Il mérite au moins ça.

— Pardon. C'est parce que tu as les nerfs à fleur de peau. Je voulais seulement…

— Quelle expression ! C'est les filles du Sud qui ont les nerfs à fleur de peau. Ça décrirait bien Scarlett O'Hara, pas moi !

— En tout cas, remarqua-t-il avec un sourire, tu as l'air d'aller mieux que tout à l'heure.

Vraiment ? Elle redoutait tant de devoir annoncer son départ à Logan que l'appréhension dominait toutes ses autres émotions. Mais, dès qu'elle se serait débarrassée de cette discussion pénible, dès qu'elle se retrouverait seule, la souffrance reviendrait d'un coup.

Il fallait faire face. Accepter la douleur. Elle avait enduré l'enfer pendant des années. Elle trouverait le courage de supporter cette nouvelle épreuve. Maintenant qu'elle avait une chance de retrouver Bonnie, elle se sentait la force d'affronter n'importe quoi.

Phoenix, Arizona

Dom plaça le cierge dans la main de Debby Jordan et la fit rouler dans la fosse qu'il avait creusée pour elle.

Il lui avait fait mal. Pourtant, il avait pensé avoir dépassé depuis longtemps ce besoin primitif d'infliger de la souffrance. Mais, au beau milieu, il avait soudain eu l'impression de ne pas ressentir assez de plaisir, et il avait été pris de panique. Il l'avait transpercée, déchiquetée avec la frénésie du désespoir. Si le plaisir de la mise à mort disparaissait, que lui resterait-il ? Comment pourrait-il continuer de vivre ?

Il fallait étouffer la peur. Tout irait bien. Il s'était toujours douté qu'un jour ce moment viendrait, et il ne s'agissait pas d'un problème insoluble. Il lui suffisait de se donner les moyens de renouveler le plaisir, de retrouver la notion de danger.

En fin de compte, Debby Jordan ne marquerait pas le début de l'ennui mortel, de l'insensibilité qu'il redoutait tant. Tant pis s'il lui avait fait mal.

C'était affreux, elle lui avait fait mal…

Eve regardait les vagues se briser doucement sur le bord. Elle avait couru à la plage après avoir parlé à Logan, et elle n'avait pas bougé depuis des heures, assise sur le sable, tâchant de recouvrer son calme.

On souffrait déjà tellement de la violence des gens qu'on ne connaissait pas, pourquoi fallait-il faire de la peine à ceux qu'on aimait ?

— Tu lui as annoncé ?

Elle tourna la tête et vit Joe à quelques mètres d'elle.

— Oui.

— Il a dit quoi ?

— Pas grand-chose. Comment voulais-tu qu'il réagisse en apprenant que ce pouvait être Bonnie ? Il a seulement remarqué que tu avais joué la seule carte qu'il ne pouvait contrer.

— Il a raison, répondit Joe en s'asseyant près d'elle. Bonnie a toujours été le seul élément incontournable de notre vie à tous.

— De la mienne, oui. Mais toi, tu ne l'as pas connue, Joe.

— Pourtant, il me semble que si. Tu m'as tellement parlé d'elle que j'ai l'impression que c'est ma fille.

— C'est vrai ? Je t'ai dit à quel point elle adorait la vie ? Tous les matins, elle venait sauter dans mon lit et elle me demandait ce que nous allions faire, ce que nous allions voir ce jour-là. Elle rayonnait d'amour. J'ai grandi dans le malheur, dans une pauvreté sordide, et je m'émerveillais d'avoir pu recevoir un enfant comme Bonnie. Je ne la méritais pas.

— Mais si.

— Après sa naissance, j'ai essayé de la mériter. Je suis désolée. Tu as raison, je ne devrais pas te faire porter ça, c'est trop lourd.

— Mais non, pas du tout.

— Bien sûr que si. Je n'ai pas le droit de faire subir ça aux autres.

— Quand on a mal, les gens qui vous entourent le sentent fatalement.

Il prit une poignée de sable qu'il laissa couler lentement entre ses doigts.

— Bonnie est encore là. Pour nous tous.

— Pour toi aussi, Joe ?

— Bien sûr. Comment veux-tu qu'il en soit autrement ? Toi et moi, nous nous connaissons depuis longtemps.

Depuis le jour cauchemardesque de la disparition de Bonnie. Il était agent du FBI à l'époque, plus jeune, moins cynique, encore capable d'être choqué, horrifié. Il avait essayé de la réconforter, mais rien n'aurait pu la soulager pendant cette période atroce. Pourtant, il était parvenu à la tirer d'une grave dépression et l'avait aidée jusqu'à ce qu'elle puisse de nouveau vivre sans une âme secourable à ses côtés.

— Je ne sais pas pourquoi tu es si fidèle, remarqua-t-elle avec une petite grimace. Je suis une très mauvaise amie. Je ne pense qu'à mon travail. Je dois être vraiment égoïste, sinon je me serais aperçue que ça n'allait pas entre Diane et toi. Comment peux-tu me supporter ?

— Je me pose souvent la question, dit-il en feignant la réflexion. Sans doute que je me suis habitué à toi. C'est trop de boulot de se faire de nouveaux amis, alors je suis bien obligé de me contenter de ce que j'ai.

— Tant mieux.

Elle remonta les genoux sous son menton et les entoura de ses bras.

— Je lui ai fait du mal, Joe.

— Logan est solide. Il s'en remettra. Il savait qu'il prenait des risques en t'attirant ici.

— Il était animé de bonnes intentions, c'était pour m'aider.

— Ça se peut.

Il se leva et l'aida à se mettre debout.

— Viens, on rentre. Tu es là depuis trop longtemps.

— Comment le sais-tu ?

— Je t'ai vue sortir en courant. Je t'attendais sur la terrasse.

— Tout ce temps ?

Il sourit.

— Je n'avais pas grand-chose d'autre à faire. Je me suis dit que tu avais besoin d'être un peu seule, mais maintenant c'est l'heure de se coucher.

Il était resté dans le noir en silence, plein de force, à attendre patiemment le moment de venir la chercher. Elle se sentit soudain plus solide, plus optimiste.

— Je ne veux pas aller dans la maison, mais tu peux me raccompagner au labo. J'ai du travail à finir, et puis je dois faire ma valise.

— Tu veux que je t'aide ?

Elle fit non de la tête.

— Je vais me débrouiller.

Elle se dirigea vers la petite maison qui n'était qu'à une centaine de mètres.

— Je retardais le moment de commencer mes préparatifs de départ.

— Tu regrettes ?

— Tu sais bien que non.

Elle ouvrit la porte du laboratoire et alluma.

— Mais je pensais à des choses tristes, je me faisais des reproches. Laisse-moi, dit-elle en allant à l'ordinateur. Je dois finir un vieillissement. La mère de Libby attend depuis longtemps. Elle a presque perdu espoir.

— C'est joli, ici.

Le regard de Joe balaya la pièce ; le canapé beige sur lequel s'empilaient des coussins orange et ocre, les photos encadrées dans la bibliothèque.

— Tu es bien installée, remarqua-t-il. Où est la sculpture à laquelle tu travailles ?

Elle indiqua de la tête la sellette qui trônait à côté de la grande baie vitrée.

— C'est un buste de toi. Je ne l'ai pas terminé. Mais j'en ai fini un de maman, dans l'armoire près de la porte.

— Un buste de moi ?

Il le contempla, fasciné.

— Pas croyable ! Ça me ressemble vraiment !

— Ne soit pas trop flatté. Je n'avais personne sous la main pour poser, et je connais ton visage presque aussi bien que le mien.

— En effet ! Je n'en reviens pas. Je ne me rendais pas compte que cette petite bosse se voyait, dit-il en se touchant l'arête du nez. Je me le suis cassé en jouant au foot.

— Tu aurais dû te le faire soigner.

— Ma beauté aurait été trop parfaite…, riposta-t-il avec un sourire. Tu n'as pas plutôt eu envie d'en faire un de Bonnie ?

— J'ai essayé. Je n'y suis pas arrivée. Je fixais l'argile sans pouvoir la toucher.

Elle remonta ses lunettes et fit apparaître la photo de Libby à l'écran.

— Plus tard, peut-être, conclut-elle.

— Et pourtant, tu penses être capable de modeler le crâne de la petite fille qu'on a trouvée ?

— Ça, je veux absolument le faire. Je suis prête à tout. Laisse-moi, Joe. J'ai du travail.

Il repartit lentement vers la porte.

— Essaie quand même de dormir.

— Quand j'aurai fini.

Elle chargea les photos de la mère de Libby et de sa grand-mère maternelle. Bien les étudier. Ne pas penser à Bonnie. Ne pas penser à Logan. Libby méritait toute son attention. Elle devait transformer la petite fille de huit ans en adolescente de quinze ans. Ça n'allait pas être facile.

Ne pas penser à Bonnie.

— Dommage que tu n'aies pas le temps de finir Joe, dit Bonnie.

Eve se tourna sur le canapé et vit Bonnie, debout, en train d'examiner le buste de Joe. Elle avait toujours le même aspect quand elle lui apparaissait : jean, T-shirt, ses boucles rousses en bataille. Mais, à côté de la sellette, elle semblait plus petite que d'habitude.

— Je dois entreprendre un travail plus important.

Bonnie fronça le nez en tournant la tête vers Eve.

— Oui, je sais. Tu crois m'avoir retrouvée. Je n'arrête pas de te dire que je ne suis plus là. Ce ne sont que des os.

— Mais tes os à toi ?

— Je n'en sais rien. Je ne me souviens plus de tout ça. Tu ne voudrais quand même pas que j'y pense ?

— Bien sûr que non !... Mais je suis sûre que tu sais où il t'a enterrée. Tu ne veux pas me le dire ? J'ai seulement envie de te ramener près de moi.

— Non, je veux que tu oublies la façon dont je suis morte.

Bonnie s'approcha de la fenêtre pour regarder la mer au loin.

— Je voudrais que tu te souviennes seulement de moi quand j'étais avec toi, et de moi comme je suis maintenant.

— Un rêve.

— Un fantôme, rectifia Bonnie. Un jour, je vais arriver à te convaincre.

— On m'enfermera à l'asile.

Bonnie éclata de rire.

— Sûrement pas. Joe te sauverait.

Eve sourit en approuvant de la tête.

— Il ferait un scandale, c'est vrai. Je préfère éviter ce scénario catastrophe, si tu permets.

— D'accord. D'ailleurs c'est sans doute mieux que tu ne dises à personne que je viens te voir. Ça me plaît qu'on passe un peu de temps toutes les deux. Ce sera notre grand secret. Tu te souviens de nos secrets ? Comme la fois où on a fait une surprise à mamie en l'emmenant à Callaway Gardens pour son anniversaire ? On l'a fait monter en voiture sans lui dire où on allait. Les fleurs étaient vraiment jolies ce printemps-là. Tu y es retournée ?

Bonnie avait couru partout dans les jardins, le visage épanoui, rayonnant d'allégresse…

— Non.

— Arrête ! Les fleurs sont toujours aussi belles, le ciel est encore bleu. Profites-en.

— Bien, madame.

— Tu dis ça, mais tu ne le penses pas.

Bonnie regarda de nouveau la mer.

— Tu es contente de quitter l'île, non ?

— J'ai un travail à effectuer.

— Tu serais partie bientôt, de toute façon.

— Pas forcément. Ici, c'est tranquille. J'aime le soleil, cette sérénité...

— Et tu aimes Logan, et tu n'as pas envie de lui faire de peine.

— Ce qui ne m'a pas empêchée de lui en faire.

— Il va être triste que tu partes, mais pas trop. Je savais que Joe viendrait te chercher, mais je ne savais pas que... Je n'aime pas ça, maman.

— Tu n'as jamais accepté que je te cherche.

— Ce n'est pas ça... C'est comme si... Il y a comme une ombre.

— Tu as peur que je ne tienne pas le coup si je travaille sur ton crâne ?

— Ça va être très dur pour toi, mais ce n'est pas ce que... De toute façon, reprit-elle en haussant les épaules, tu vas partir. Tu es trop têtue. Rendors-toi, acheva-t-elle en s'adossant au mur. Rappelle-toi que tu n'as pas encore fait ta valise. Et, à propos, tu t'es très bien tirée de ce vieillissement.

— Merci ! C'est facile, l'autosatisfaction !

— Tu ne me laisses te complimenter sur rien... Tu t'imagines que tu te parles toute seule.

— Puisque tu m'apparais en rêve, c'est la conclusion logique.

Elle se tut un instant.

— Il paraît que le père de Libby est un homme violent. Il l'a enlevée pour se venger. Est-ce que Libby est toujours en vie ? Elle n'est pas avec toi, par hasard ?

Bonnie haussa les sourcils.

— Dans tes rêves, ou dans l'au-delà ? Décide-toi, maman.

— Tu as raison, laisse tomber.

Un sourire illumina le visage de Bonnie.

— Elle n'est pas avec moi. Il reste une chance de la retrouver.

— J'en étais sûre.

Eve se retourna en fermant les yeux.

— Je n'aurais pas entrepris ce travail si je n'avais pas pensé qu'il y avait un petit espoir.

— Une supposition logique ?

— Exactement.

— Ce ne serait pas ton instinct, par hasard ?

— Désolée, je ne voudrais pas te faire de peine, mais mes rêves de toi sont le seul exercice irrationnel que je m'autorise... Tu vas venir avec moi ?

— Je suis tout le temps avec toi.

Il y eut un silence, puis Bonnie acheva avec difficulté.

— Mais... je vais peut-être avoir du mal à communiquer avec toi. C'est tout sombre...

— Est-ce que c'est ton squelette, bébé ? murmura Eve. Je t'en supplie, dis-moi.

— Je n'en suis pas sûre... Je ne sais pas si cette brume noire est pour toi ou pour moi...

Au réveil d'Eve, une pâle lueur éclairait l'horizon. Elle resta allongée encore une vingtaine de minutes, à regarder l'aube s'étendre lentement sur l'océan. Bizarrement, elle ne se sentait pas aussi reposée qu'elle l'était d'ordinaire quand elle rêvait de Bonnie. Un certain malaise persistait. Un psychiatre aurait dit que ces rêves opéraient une catharsis, que c'était pour elle un moyen de supporter la mort de sa fille sans devenir folle..., et sans doute aurait-il eu raison. Les rêves avaient commencé environ un an après l'exécution de Fraser, et leur effet avait été positif. Pas question pour elle, donc, d'aller voir un psy pour essayer de s'en débarrasser. Le souvenir d'un amour n'avait jamais fait de mal à personne.

Elle posa les pieds par terre. Il était temps d'arrêter de se torturer, et de passer à l'action. Elle devait encore faire sa valise avant de rejoindre Joe dans la grande maison à huit heures.

Là, elle ferait ses adieux à Logan.

— Tu fais la tête de quelqu'un qui rend visite à un ami sur son lit de mort, commenta Logan qui descendait l'escalier. Tu es prête à partir ?

Elle rassembla son courage.

— Oui.

— Où est Quinn ?

— Il m'attend dans la Jeep. Logan, je ne veux pas…

— Je sais, dit-il en balayant ses excuses d'un geste. Allez, viens, on y va.

— Tu nous accompagnes ?

— Ne crains rien. Seulement jusqu'à l'héliport.

Il lui prit le bras et l'entraîna vers la porte.

— Je n'ai pas l'intention de rester planté là comme un amoureux éploré. Ça m'emmerde. C'est moi qui te chasse de mon île. Ne reviens jamais. À moins, ajouta-t-il avec un sourire contraint, que ce soit demain, ou dans un mois, ou l'année prochaine. À la réflexion, je te reprendrai peut-être si tu te dépêches de revenir d'ici dix ans. Sinon, ce sera trop tard.

Elle lui lança un sourire soulagé.

— Merci, Logan.

— Merci de quoi ? De te faciliter le départ ? Je n'ai pas l'intention de gâcher le souvenir de ce que nous avons vécu. Nous allons trop bien ensemble. (Il ouvrit la porte d'entrée.) Tu es une femme à part, Eve. Je ne veux pas te perdre. Si tu en as assez de moi comme amant, garde-moi comme ami. J'aurai besoin d'un peu de temps pour m'adapter, mais j'y arriverai. Je ferai tout pour.

Elle l'attrapa par le cou et lui posa un baiser sur la joue.

— Mais tu es déjà mon ami. J'étais dans un état lamentable quand je suis arrivée ici avec toi il y a un an. Personne n'aurait pu être plus généreux, en faire autant pour moi.

Il baissa les yeux vers elle avec un sourire.

— Je n'ai pas renoncé, tu sais. J'ai bien l'intention que ça reprenne. Ceci n'est que le prélude de ma campagne de reconquête.

— Tu ne te décourages jamais, toi. C'est ça que j'adore.

— Tu vois, tu apprécies déjà mes qualités en or. Je table sur ces bonnes dispositions pour renforcer mon avantage.

Il la poussa vers la Jeep où attendait Joe.

— Allez, viens, tu vas louper l'hélico.

L'appareil s'était déjà posé sur la piste quand la Jeep arriva dans l'héliport.

— Je peux vous dire un mot, Quinn ? demanda Logan poliment.

Joe s'était attendu à une discussion.

— Monte à bord et attache ta ceinture, Eve. J'arrive.

Elle leur jeta un coup d'œil soucieux mais n'intervint pas.

Logan attendit qu'elle disparaisse dans l'hélicoptère pour commencer.

— Il ne s'agit pas de Bonnie, j'espère.

— Ce n'est pas exclu.

— Espèce de salaud !

Joe ne répondit rien.

— Vous savez le mal que ça va lui faire ?

— Oui.

— Mais vous vous en fichez. Vous vouliez qu'elle rentre, et vous vous êtes servi de Bonnie pour arriver à vos fins.

— Elle n'aurait pas été contente du tout si je ne lui avais pas parlé du squelette.

— J'ai vraiment envie de vous faire la peau.

— Je m'en doute. Mais ça ne serait pas très malin. Vous avez très bien joué sur la reconnaissance et la culpabilité d'Eve. Ce n'est pas dans votre intérêt de la laisser partir sur une mauvaise impression. Ce serait beaucoup plus difficile pour vous d'essayer de la récupérer ensuite.

Logan respira un bon coup pour se calmer.

— Je rentre travailler au bureau de Monterey la semaine prochaine.

— Je pensais bien que vous tenteriez cette manœuvre.

— Je vous garde à l'œil. Vous ne pourrez pas bouger le petit doigt sans que je le sache. Si cette reconstitution fait le moindre mal à Eve, je vous massacre.

— Pas de problème. C'est fini ?

Logan démarra.

— Ça ne fait que commencer.

Joe regarda la Jeep s'éloigner. Logan était coriace, mais il aimait Eve. Beaucoup de ses qualités étaient même admirables : l'intelligence, le sens de l'équité, la loyauté. Dans un autre contexte, Joe aurait même pu sympathiser avec lui.

Mais il n'y avait pas de quoi s'inquiéter.

Si Logan lui mettait des bâtons dans les roues, Joe avait appris trois façons de vaincre un obstacle pendant son passage dans les forces spéciales. On pouvait sauter par-dessus. On pouvait le contourner.

Et on pouvait le pulvériser.

L'avion de Tahiti venait à peine d'atteindre sa hauteur de croisière quand Eve demanda à Joe de lui parler de Talladega.

— Je veux connaître tous les détails. Et ne me redis pas que je suis trop lasse, ou je te mets K.-O.

— Je préfère éviter, murmura Joe.

— Tu dis que c'était le seul enfant ?

— Oui, à moins qu'on n'ait découvert d'autres corps pendant mon absence. Mais j'en doute. Ils avaient déjà passé la zone au crible.

Elle frissonna. Neuf vies volées. Neuf êtres humains enfouis dans la terre et abandonnés.

— On a pu en identifier certains ?

— Pas encore. On ne sait même pas s'il s'agissait d'habitants de Rabun County. Nous passons au peigne fin les listes des disparus de l'État. Ensuite nous verrons si l'empreinte génétique des personnes possibles correspond à celle des squelettes. Il est peu probable qu'ils aient tous été enterrés au même moment. Je pense plutôt que quelqu'un a adopté cet emplacement pour en faire son petit cimetière personnel.

— Fraser, souffla-t-elle.

— Huit adultes et un seul enfant… Fraser, lui, a confessé le meurtre de douze enfants. Il n'a jamais fait allusion à des adultes, et il n'avait plus rien à perdre après sa condamnation.

— Ça ne veut rien dire. Personne ne sait ce qu'il a vraiment fait. Il a refusé de révéler le moindre détail pouvant aider les parents à retrouver leurs enfants. Il nous voulait du mal. Il voulait du mal au monde entier.

— Les chances sont plutôt minces. Prépare-toi, c'est peut-être l'œuvre d'un autre assassin.

— Je sais. Pas d'indices ?

— Les cages thoraciques de trois des victimes indiquent que la mort a pu être causée par des blessures à l'arme blanche. Nous ne sommes pas sûrs pour les autres. Mais l'assassin aurait peut-être laissé une signature. On a trouvé des résidus de cire dans la main droite de tous les squelettes.

— De la cire ? Quel genre de cire ?

Il haussa les épaules.

— Les analyses sont en cours.

— Elles devraient être terminées depuis longtemps. Pourquoi l'enquête avance-t-elle si lentement ?

— Question de politique régionale. Le maire ne veut pas que sa ville soit déconsidérée par la découverte d'un nouveau tueur en série à Atlanta, et la chef Maxwell ne tient pas à payer les pots cassés. Atlanta a déjà Wayne Williams et Fraser à son actif. Maxwell préférerait de loin que cette affaire se cantonne à Rabun County. Malheureusement, la police de là-bas ne dispose pas des mêmes ressources que nous, même si Maxwell est obligée d'offrir une assistance restreinte. L'unité des sciences du comportement du FBI nous prête aussi main-forte. Ils sont déjà à Talladega pour examiner le site et les squelettes.

— Dans ce cas, comment es-tu parvenu à obtenir que ce soit moi qui procède à la reconstitution ?

— Heu… J'ai dû faire un peu pression. Maxwell a peur d'une ruée des médias si les journalistes découvrent que tu as été appelée.

— Quelle horreur ! J'espère bien que non.

Elle avait fui à des milliers de kilomètres pour échapper à sa notoriété, et voilà que cela risquait de recommencer.

— Nous les tiendrons à distance, promit Joe. J'ai installé un petit labo pour toi au pavillon du lac.

— Ça ne les empêchera pas de nous trouver. Les indiscrétions sont inévitables.

Il sourit.

— J'ai une petite idée pour déjouer les plans des journalistes. Fais-moi confiance.

Elle n'avait pas le choix. Elle se laissa aller dans son siège et tâcha de se détendre. Le vol serait long, et elle devait se reposer pour se préparer au travail qui l'attendait.

Elle allait ramener à la vie le crâne d'un enfant.

Celui de Bonnie ?

— Viens, dit Joe en lui attrapant le bras dès qu'ils eurent passé la douane. Nous ne pouvons pas passer par la salle des arrivées. Il y a une foule de reporters qui nous attend.

Il sourit au représentant du service clientèle vêtu d'une veste rouge, qui se tenait à ses côtés.

— Alors la meute est là, Don ?

— Oui. Vous n'allez jamais pouvoir passer. Suivez-moi, dit-il en se dirigeant vers une sortie de secours. Un porteur va vous prendre vos valises.

— Où allons-nous ? demanda Eve alors qu'ils descendaient un escalier.

— Nous allons passer par l'entrée de service qui débouche devant le terminal nord, expliqua Joe. Je me doutais qu'il y aurait une fuite, et j'ai appelé Don pour qu'il nous vienne en aide.

Don les mena le long d'un couloir qui menait devant le terminal.

— Merci, Don.

— Il n'y a pas de quoi, dit celui-ci avec un signe au porteur. Je te devais bien ça, Joe.

Eve attendit que Don rentre dans le bâtiment.

— Bon, maintenant que nous avons échappé à… Qu'est-ce que tu fais ?

Joe s'était avancé jusqu'au milieu de la chaussée.

— Je fais signe à notre taxi spécial.

Une Oldsmobile grise, conduite par une femme, s'arrêta à leur hauteur.

— Maman !

Sandra Duncan leur sourit.

— J'ai l'impression d'être un agent secret. Les journalistes vous attendaient.

— Oui, il paraît, dit Joe alors que le porteur chargeait les bagages dans le coffre.

— Je m'en suis doutée dès que j'ai vu les journaux ce matin.

Joe donna un pourboire au porteur, puis grimpa à l'arrière tandis qu'Eve montait à l'avant. Quelques secondes plus tard, Sandra prenait la direction de la sortie de l'aéroport.

— Joe t'a appelée ? demanda Eve.

— Il fallait bien que quelqu'un s'en charge, puisque ma propre fille n'a pas jugé bon de m'avertir de son retour, répondit Sandra avec un sourire complice.

— Je t'aurais téléphoné dès que nous serions arrivés à bon port.

— Mais maintenant, j'ai le plaisir de ta compagnie pour tout le trajet. (Elle lui jeta un regard scrutateur.) Tu as l'air en forme. Tu as pris un petit kilo.

— Possible.

— Et des taches de rousseur.

— Joe a dit la même chose.

— Tu aurais dû mettre de la crème solaire.

— C'est ce qu'a dit Joe aussi.

— Joe est un type intelligent.

— Tu sembles très en forme.

En effet, sa mère avait une silhouette jeune, élégante, et elle resplendissait de santé et de vitalité.

— Comment va Ron ?

— Pour le mieux, répondit Sandra avec un éclat malicieux dans les yeux. Il dit que je l'épuise. C'est vrai que je ne tiens pas en place, mais merde, quoi, la vie est trop courte pour ne pas en profiter.

— Comment se passe ton travail ?

— Très bien.

— Pourtant, aujourd'hui, c'est un jour de semaine. Je t'ai obligée à manquer ?

— Oui, mais ils étaient plutôt soulagés que je ne vienne pas. Après les journaux de ce matin, il y aurait eu des reporters plein le palais de justice si je m'étais montrée.

— Désolée, maman.

— Ce n'est pas grave. Je suis leur meilleure chroniqueuse judiciaire, et ils le savent. Tout ce tumulte va finir par se calmer, comme la dernière fois.

Elle tourna la tête vers Joe.

— Je prends tout de suite vers le nord pour aller au pavillon du lac, ou vous voulez vous arrêter en route ?

— Pas d'arrêt, mais je voudrais que vous rouliez un peu en ville avant, pour m'assurer que nous ne sommes pas suivis.

— D'accord.

Sandra jeta un coup d'œil à Eve, soudain grave.

— Joe m'a dit que les chances étaient plutôt minces. Ça pourrait très bien ne pas être Bonnie.

— Un petit espoir, c'est mieux que pas d'espoir du tout. Arrête de te faire du mouron, maman, ajouta-t-elle avec un sourire. Quoi qu'il arrive, je tiendrai bon.

— Tu sais, je ne suis pas du tout d'accord pour que tu te charges de ce travail. Il faut que tu fasses ton deuil de Bonnie avant que ça ne te détruise. Moi aussi, je l'aimais, mais j'ai dû regarder la vérité en face.

C'était sa propre vérité que Sandra avait apprivoisée, et elle avait de toute évidence trouvé le bonheur. Tant mieux pour elle. Eve étouffa une petite pointe d'envie en répliquant :

— Je ne me cache pas la vérité. J'essaie seulement de retrouver ma fille pour qu'elle repose en paix.

Sandra poussa un soupir.

— Très bien, si c'est ce que tu ressens. Tu me téléphoneras si je peux faire quoi que ce soit ?

— Mais bien sûr.

Voyant l'air soucieux de Sandra, Eve lui posa affectueusement la main sur le bras.

— Ça ne va pas être si terrible que ça. La reconstitution ne prendra que quelques jours, et ensuite je serai fixée.

Sandra fit la grimace.

— Quelques jours, ça peut durer un siècle.

Eve Duncan.

Dom étudia sa photographie dans le journal. Des boucles brun cuivré encadraient un visage plus séduisant que joli. Les yeux noisette se posaient sur le monde au travers de lunettes à monture dorée. Il se rappela avoir vu la même photo dans le journal l'année précédente et il avait pensé alors qu'elle avait beaucoup changé depuis son apparition au procès de Fraser. Eve Duncan, avec les années, avait acquis de l'assurance, était devenue plus forte. C'était une femme dont la détermination pouvait soulever des montagnes, renverser des gouvernements.

Et maintenant, elle tournait cette puissance contre lui. Bien sûr, elle ne savait pas à qui elle s'attaquait. Elle voulait seulement retrouver sa fille… ce qui la rendait soudain aussi vulnérable qu'autrefois.

À l'époque, il s'était même demandé si elle ne ferait pas une bonne proie, mais il avait renoncé à cette idée presque aussitôt à cause de la célébrité qu'elle tirait du procès Fraser. Le feu des projecteurs la rendait trop visible, et il y avait suffisamment de victimes satisfaisantes et moins risquées.

Mais le plaisir s'atténuait.

Voilà le moyen de remédier au problème, songea-t-il avec soulagement. Eve Duncan était assez forte pour lui poser un défi et le purifier. Avec elle, il faudrait manœuvrer avec prudence, tirer de chaque moment le maximum d'émotion, en absorber jusqu'à la dernière parcelle. Il ferait monter la sensation lentement, jusqu'à l'explosion finale qui devrait être assez puissante pour déloger en lui toutes les scories, emporter dans son flot l'insensibilité qui l'empoisonnait.

Il croyait au destin et commençait à penser qu'Eve Duncan n'avait pas croisé sa route à ce moment précis par hasard. Heureusement, il avait résisté à la tentation la première fois. Elle n'aurait été alors qu'une proie ordinaire, n'aurait pas plus compté que les autres.

Maintenant, elle pouvait lui apporter le salut.

3

— Joli…

Le regard de Sandra passa sur le pavillon du lac, puis descendit vers le ponton.

— Ça me plaît, Joe.

— Dans ce cas, pourquoi n'êtes-vous jamais venue, depuis le temps que je vous invite ? demanda-t-il en sortant les bagages du coffre.

— Vous savez bien que je suis une citadine pure et dure. Mais ici, ajouta-t-elle en respirant profondément, ça pourrait aller. Eve aurait dû me décrire cette superbe vue du lac.

— Je l'ai fait, remarqua Eve, mais tu ne voulais rien entendre.

— C'est vrai que c'est assez isolé. Il n'y a pas d'autres maisons ?

— Non, Joe a acheté le lac avec tout le terrain autour et il refuse de revendre des parcelles.

Sandra lança un sourire à Joe.

— Pas très accueillant…

— J'aime être tranquille quand je viens ici, répondit-il en refermant le coffre. Je vois assez de monde comme ça quand je suis en ville. Le titre de propriété est au nom d'une société immobilière, et personne ne connaît le propriétaire. Même pas la police. Mis à part, ajouta-t-il avec un clin d'œil à Eve, quelques amis triés sur le volet.

— En tout cas, la maison a l'air très agréable, commenta Sandra.

Eve avait toujours aimé le haut toit pointu. La maison était petite et confortable, avec de grandes fenêtres qui laissaient entrer le soleil et la nature.

— Viens, je vais te faire visiter.

— Non, il faut que je reparte. Ron s'inquiète quand je ne rentre pas à l'heure pour le dîner.

— Tu pourrais lui passer un coup de fil.

— Je ne suis pas folle ! Je ne veux surtout pas qu'il s'habitue à prendre ses repas sans moi. Je t'appellerai demain pour qu'on discute un peu.

Elle serra longuement Eve dans ses bras.

— Je suis contente que tu sois rentrée, bébé. Tu m'as manqué.

Se tournant vers Joe, elle ajouta :

— Vous voulez que je vous reconduise en ville ?

— Merci, mais je garde une Jeep ici. Ça fera l'affaire.

— Comme vous voudrez.

Sandra remonta en voiture et démarra.

— À bientôt !

Eve regarda l'Oldsmobile disparaître au bout de l'allée gravillonnée, puis elle aida Joe à porter les valises sur la véranda.

— Je n'y comprends rien, dit-il. Vous ne vous êtes pas vues depuis un an, et elle part dîner avec son mec. Toi, ça ne te fait rien ?

— C'est comme ça, ne te pose pas de questions. On se comprend, toutes les deux.

À moins d'avoir vécu la même enfance traumatisante qu'elle, on ne pouvait se mettre dans sa peau. Les cicatrices étaient encore visibles, et elles ne disparaîtraient jamais. Mais sa mère et elle avaient réussi à bâtir une vraie relation sur ce passé difficile, et ce nouveau lien leur convenait.

— C'est la première fois que ma mère a une histoire d'amour stable. Elle a le droit de la préserver. Tu ne trouves pas qu'elle a vraiment l'air accro à Ron ?

— Si, répondit-il en tournant la clé dans la serrure. Mais ça n'a pas l'air de l'inquiéter.

— Pas du tout… Tu sais, ajouta-t-elle au bout d'un instant, ça va me sembler bizarre d'être ici sans Diane.

— Pourquoi ? Tu venais déjà avant mon mariage. Diane ne s'est jamais sentie bien ici. Elle préférait la civilisation.

Eve regarda autour d'elle, cherchant le retriever de Joe qui l'avait toujours accueillie en bondissant.

— Où est George ? Tu l'as laissé à ton appartement ?

— Non, c'est Diane qui l'a gardé. Je ne suis jamais chez moi. Il sera plus heureux avec elle.

— Ça doit être dur.

— Oui. Je l'adore, ce chien.

Il désigna un coin de la pièce.

— Ça alors ! s'exclama Eve. Des caméras vidéo, un ordinateur, un établi et une sellette. Où as-tu trouvé tout ça ?

— J'ai fait une razzia dans ton labo d'Atlanta, et je t'ai apporté l'équipement que la compagnie d'assurances a remplacé après les dégâts de l'année dernière. Je crois qu'il y a tout ce qu'il faut.

— Oui, on dirait que tu n'as rien oublié, approuva-t-elle en avançant dans la pièce. Tu me combles.

— Mon but dans la vie, remarqua-t-il d'un ton léger. J'ai aussi fait un ravitaillement complet. Il fait pas chaud…

Il se dirigea vers la cheminée et s'agenouilla devant les bûches.

— Je vais allumer le feu avant de partir.

— Tu ne restes pas ?

— Je ne peux pas. Les journalistes te cherchent. Ils auront du mal à te trouver ici, mais ce n'est pas impossible. Il faut que je trouve le moyen de les lancer sur de fausses pistes… Je vais demander à Sandra d'éviter de venir te voir tant que tu n'auras pas terminé le travail. On pourrait la suivre. Si tu as envie de bavarder avec elle, contente-toi du téléphone, d'accord ?

— D'accord.

Il avait tout prévu, mais il n'avait pas encore mentionné le principal.

— Et le crâne ? Je l'aurai quand ?

— Demain. Il est encore en Géorgie dans le labo du Dr Comden, l'anthropologue qui a rédigé le rapport. Il faut que je retire une autorisation au poste d'Atlanta demain matin, et puis j'irai le chercher. Je te l'apporterai dans l'après-midi. S'il y a un contretemps, je t'appellerai.

Il se dirigea vers la porte.

— Maintenant, essaie de dormir. Tu n'as pas fermé l'œil une heure pendant le vol.

— D'accord. Je vais appeler Logan pour lui dire que je suis bien arrivée.

— Il n'attend pas ça de toi.

— Mais il appréciera. Je n'ai aucune intention de l'exclure de ma vie simplement parce que nous ne sommes plus ensemble.

Joe haussa les épaules.

— Je ne discute pas. Mais ne le laisse pas te malmener. Tu as besoin de repos.

— Ne t'en fais pas.

— Je te parle sérieusement. Nous ne savons ni toi ni moi comment tu vas réagir en voyant le crâne de cet enfant. L'épuisement ne peut que te rendre plus vulnérable. Je ne veux pas que tu craques.

— Je ne craquerai pas.

— Dors.

La porte se referma sur lui.

S'approchant de la fenêtre, elle le vit contourner la maison vers le garage où il laissait la Jeep. Quelques minutes plus tard, la voiture descendait l'allée et disparaissait sur la route.

Elle se retrouvait seule.

Le soleil sembla faiblir d'un coup, la lumière devint plus froide au-dessus du lac. Sur l'autre rive, les pins jetaient des ombres qui se rejoignaient en une couverture noire. Elle frissonna puis retourna près de la flambée pour réchauffer ses mains. Cela suffit à chasser le frémissement qui s'était emparé d'elle.

Elle avait l'imagination trop fertile. Rien n'avait changé depuis le départ de sa mère et de Joe. Elle n'avait simplement plus l'habitude. Sur l'île, elle était rarement restée seule. Même quand elle travaillait, Logan n'était jamais à plus de cinq minutes.

Mais non. Cette sensation de froid ne venait pas de la solitude mais de la peur, de l'angoisse. Elle ne savait pas plus que Joe comment elle réagirait en prenant le crâne entre ses mains. Pourrait-elle s'abstraire, maîtriser son horreur et travailler de façon entièrement professionnelle ?

Bien sûr qu'elle y arriverait. Elle le devait à Bonnie.

Ou, si ce n'était pas elle, à la petite fille dont elle devait reconstituer le visage. Elle ne devait surtout pas penser que c'était Bonnie, autrement ses mains et son esprit lui joueraient des tours. Il lui fallait considérer le crâne avec un détachement total.

Mais elle n'en avait jamais été capable… Toutes les reconstitutions de têtes d'enfants lui déchiraient le cœur, la vidaient. Cette fois, il fallait qu'elle parvienne à contrôler ses émotions à tout prix. Sinon, elle retomberait au fond du trou.

Le secret, c'était de s'occuper, de ne pas penser à ce qui allait venir. Elle attrapa le téléphone et composa le numéro de portable de Logan. Pas de réponse. Elle fut dirigée sur la boîte vocale.

— Bonjour, Logan, je t'appelle juste pour te dire que je suis arrivée chez Joe, au lac. Je vais bien et on me donne le crâne demain. J'espère que ça va, prends soin de toi.

Elle raccrocha.

Elle se sentait encore plus seule maintenant qu'elle n'était pas parvenue à le joindre. La vie rassurante et reconstituante qu'elle avait menée avec lui semblait déjà très loin, et le souvenir s'en effaçait à une vitesse effrayante.

« Mais secoue-toi ! » Si elle voulait dormir, elle n'avait qu'à aller se promener au bord du lac pour se fatiguer.

N'ayant emporté que des vêtements légers, elle entra dans la chambre de Joe et y prit un jean et une chemise de flanelle. Elle enfila ses baskets et passa le coupe-vent de Joe. Une minute plus tard, elle sortait et descendait les marches de la véranda.

Elle était seule.

Dom regarda Eve Duncan prendre d'un bon pas le chemin du lac. Les mains dans les poches de sa veste, elle fronçait légèrement les sourcils.

Il ne se souvenait pas qu'elle était si grande, mais elle paraissait frêle dans sa veste trop large. Elle n'avait rien de fragile, pourtant. Cela se voyait à sa façon de bouger, à l'angle décidé de son menton. La force se situait souvent dans l'esprit plus que dans le corps. Certaines de ses proies, qui auraient dû succomber en un instant, avaient farouchement résisté. Celle-ci ne se laisserait pas mourir sans se battre.

À l'aéroport, leurs manœuvres pour échapper à leurs poursuivants avaient été assez intelligentes, mais il avait trop l'habitude de filer ses victimes pour se laisser semer. Il avait appris depuis bien longtemps que, pour réussir, il fallait devancer les intentions des autres.

À présent, la récompense était presque à portée de main. Il savait où se cachait Eve Duncan ; il pouvait lancer le jeu.

Université de l'État de Géorgie

— Bonjour, Joe, je peux vous parler un instant ?

Joe eut un mouvement de recul en reconnaissant la haute silhouette de l'homme qui attendait à l'entrée du bâtiment du département des sciences.

— Je ne répondrai à aucune question, Mark.

Mark Grunard lui lança un sourire engageant.

— Je veux juste discuter un peu, pas vous interviewer. Au cas où vous auriez besoin d'une oreille compatissante…

— Qu'est-ce que vous fichez ici ?

— Ce n'était pas bien malin de deviner que vous viendriez prendre le crâne ici. Ça tombe bien que les collègues soient trop occupés à se bousculer pour courir après Eve Duncan. De cette façon, je vous ai pour moi tout seul.

Joe maudit la police d'Atlanta. On n'aurait jamais dû indiquer où se trouvait le squelette.

— Fichez-moi la paix. Je ne ferai aucune déclaration.

— Laissez-moi au moins vous accompagner jusqu'au bureau du Dr Comden. Dès qu'on sera devant la porte, je dégage. J'ai une proposition à vous faire.

— Qu'est-ce que vous mijotez encore ?

— Un bon coup pour nous deux, déclara-t-il en emboîtant le pas à Joe. Vous m'écoutez ?

Joe le dévisagea. Il avait toujours pensé que Mark Grunard était un homme honnête et intelligent.

— Allez-y.

— Vous venez chercher la gamine ? demanda le Dr Phil Comden en se levant pour serrer la main de Joe. Désolé d'avoir eu si peu d'éléments à fournir dans le rapport.

Il sortit, emmenant Joe au bout du couloir.

— Il paraît que c'est Eve Duncan qui va se charger de la reconstitution faciale.

— C'est exact.

— Vous savez comme moi que cela n'a aucune valeur en justice. Vous devriez attendre le test génétique.

— C'est trop long.

— Oui, je comprends.

Il entra avec Joe dans le laboratoire et le mena devant un meuble à tiroirs qui ressemblaient à ceux d'une morgue.

— Vous ne voulez que le crâne ?

— Oui. Vous pouvez renvoyer le reste du squelette au département de médecine légale.

— Elle pense que c'est sa fille ?

— C'est une possibilité, elle le sait.

— Dur.

L'anthropologue tira la poignée et ouvrit.

— Moi, quand je dois travailler sur des enfants, je ne peux pas m'empêcher de penser à la façon dont ils… Merde !

Joe le poussa pour regarder dans le tiroir.

Eve répondit à la première sonnerie.

— Il a disparu, annonça Joe brutalement.

— Quoi ?

— Le squelette, il a disparu.

Sous le choc, elle se tétanisa.

— Comment est-ce possible ?

— Je n'en sais foutre rien. Le Dr Comden dit que le squelette était dans le tiroir hier soir quand il a quitté le labo. Il n'y était plus aujourd'hui à midi.

Elle essaya de trouver une explication.

— Le département de médecine légale n'aurait pas pu passer le prendre ?

— Comden aurait signé une autorisation de sortie.

— Peut-être y a-t-il eu un malentendu. On a pu l'emmener en oubliant de faire…

— J'ai appelé Basil. Personne n'a été envoyé pour prendre le squelette.

Elle n'y comprenait rien.

— Mais quelqu'un a quand même dû…

— J'essaie de tirer ça au clair. Je ne voulais pas que tu m'attendes toute la journée. Je t'appellerai dès qu'il y aura du nouveau.

— Alors elle est… elle a encore disparu ?

— Je vais la retrouver… Ça pourrait être une plaisanterie de carabin. Tu connais la finesse des étudiants.

— Tu crois qu'on l'a volée pour rire ?

— C'est ce que suppose Comden.

Elle ferma les yeux.

— C'est pas vrai !

— On va le récupérer, Eve. J'interroge tous ceux qui ont approché le labo hier soir et aujourd'hui.

— D'accord, dit-elle, paralysée par l'angoisse.

— Je te rappelle dès qu'il y a du nouveau, répéta-t-il avant de raccrocher.

Elle reposa le téléphone. Il ne fallait pas qu'elle s'affole. Joe retrouverait le squelette. Comden avait certainement raison. Ce devait être un étudiant qui avait trouvé très drôle de le voler…

Le téléphone se remit à sonner.

— Allô ?

— Elle était jolie, cette petite, hein ?

— Quoi ?

— Tu devais beaucoup l'aimer, ta petite Bonnie.

Son sang se glaça.

— Qui est à l'appareil ?

— J'ai eu un peu de mal à me souvenir d'elle. Il y en a eu tellement. Mais je ne comprends pas comment j'avais pu l'oublier. Elle était à part, cette petite. Elle s'est battue jusqu'au bout. Tu sais que les gosses sont très passifs en général ? Ils se soumettent tout de suite. C'est pourquoi je n'en prends quasiment plus. C'est comme tuer un oiseau.

— Qui êtes-vous ?

— Ils frémissent, et puis ils s'immobilisent. Bonnie n'a pas fait ça, elle.

— Salaud, vous mentez ! Vous avez le cerveau malade.

— Pas tant que ça, je t'assure. Je ne suis pas du style de Fraser. J'ai ma fierté, mais jamais je ne m'abaisserais à me vanter des prises d'un autre.

Elle avait l'impression d'avoir reçu un grand coup de poing dans le ventre.

— C'est Fraser qui a tué ma fille.

— Tu en es sûre ? Alors dans ce cas, pourquoi n'a-t-il pas révélé où il avait mis les corps ?

— Parce qu'il était cruel.

— Non, parce qu'il ne le savait pas.

— Si, il savait. Il voulait juste nous faire souffrir.

— C'est vrai. Mais il a aussi essayé d'accroître sa notoriété en avouant des exploits qu'il n'avait pas commis. Au début, ça m'a énervé, et puis après j'ai pris le parti d'en rire. Je suis même allé lui parler en prison. J'avais laissé un message pour dire que j'étais journaliste, et bien sûr il a sauté sur l'occasion. Quand il m'a rappelé, je lui ai révélé quelques détails supplémentaires à fournir à la police.

— Il a été pris en flagrant délit pendant qu'il s'attaquait à Teddy Simes.

— Je ne dis pas que c'était un agneau. On peut lui reconnaître quatre prises en plus du petit Simes. Mais tous les autres sont à mon tableau de chasse. Y compris, ajouta-t-il après une pause, la jeune Bonnie Duncan.

Eve tremblait si fort qu'elle parvenait à peine à tenir le combiné. Il fallait à tout prix qu'elle se maîtrise. C'était un malade. Un pervers qui cherchait à la faire souffrir. Elle avait déjà reçu ce genre d'appels pendant le procès Fraser. Mais cet homme-là semblait tellement calme, tellement maître de lui… presque indifférent. Il fallait le laisser parler. Le laisser s'embrouiller dans ses mensonges.

— Vous avez dit que vous n'aimiez pas tuer les enfants.

— Il faut tout essayer. À l'époquc, jc faisais encore des expériences pour voir si cela ne vaudrait pas quand même la peine de continuer. Bonnie m'a presque convaincu de persévérer, mais les deux suivants m'ont terriblement déçu.

— Pourquoi… pourquoi m'appelez-vous ?

— Parce que nous avons quelque chose en commun, toi et moi. Nous avons Bonnie.

— Sale menteur.

— Ou plutôt, c'est moi qui ai Bonnie. Je suis en train de la regarder. Elle était beaucoup plus jolie quand je l'ai mise en terre. Quelle tristesse que nous finissions tous de la même façon, juste quelques os.

— Vous… vous êtes en train de la regarder ?

— Je me souviens qu'elle traversait le parc vers moi, au pique-nique de son école. Elle mangeait un cornet de glace à la fraise, et ses cheveux roux brillaient dans le soleil. Elle était si pleine de vie… Je n'ai pas pu résister.

Les ténèbres retombaient sur elle. Ne pas perdre connaissance.

— Tu as la même vitalité. Ça se voit. Mais tu es beaucoup plus forte qu'elle.

— Je vais raccrocher.

— Oui, ça n'a pas l'air d'aller très fort. C'est le choc, c'est normal. Mais tu vas bientôt t'en remettre. Je te rappelle.

— Ordure. Pourquoi faites-vous ça ?

Il garda le silence une seconde.

— Parce qu'il le faut, Eve. Après cette petite conversation, j'en suis encore plus convaincu. J'ai besoin de toi. Je sens tes émotions, elles sont fortes comme une lame de fond. C'est… grisant.

— Je ne répondrai plus au téléphone.

— Mais si. Parce que c'est ta seule chance de la récupérer.

— Vous mentez. Si vous avez tué les autres enfants, pourquoi n'avez-vous enterré que Bonnie avec des adultes ?

— J'en ai certainement enterré beaucoup plus que ça. Je me souviens vaguement d'au moins deux autres enfants. Voyons... deux garçons. Plus âgés que Bonnie. Dix et douze ans.

— On n'a récupéré le squelette que d'un seul enfant.

— C'est qu'on n'a pas trouvé les autres. Dis-leur d'essayer le fond de la gorge. Le glissement de terrain a dû les emporter.

La communication fut brusquement coupée.

Eve se laissa glisser le long du mur jusqu'à terre. Elle avait froid. Un froid mortel.

Mon Dieu. Oh, mon Dieu !

Il fallait qu'elle fasse quelque chose. Elle ne pouvait pas rester assise là, pétrifiée d'horreur.

Joe. Elle devait appeler Joe.

Elle composa son numéro de portable d'une main tremblante.

— Reviens, supplia-t-elle dès qu'il répondit. Reviens.

— Eve ?

— Reviens, je t'en prie, Joe.

— Mais bon sang, que se passe-t-il ?

Elle devait encore lui dire quelque chose.

— Talladega. Il faut... regarder dans la gorgc... au fond. Deux... petits garçons.

Elle raccrocha et s'appuya au mur. Ne penser à rien. Se laisser envelopper par l'engourdissement en attendant Joe.

Ne pas s'évanouir. Contenir le hurlement qui montait en elle.

Attendre simplement l'arrivée de Joe.

Elle était toujours assise par terre quand Joe ouvrit la porte une heure plus tard.

Il traversa la pièce en quelques enjambées et s'agenouilla à côté d'elle.

— Tu t'es fait mal ?

— Non.

— Alors pourquoi tu m'a fichu une frousse pareille ?

Il la souleva et alla l'allonger sur le canapé.

— Tu as failli me coller une crise cardiaque. Tu es glacée.

— C'est le choc. Il a dit... qu'il sentait mon émotion.

Il lui frotta la main gauche pour essayer de la réchauffer.

— Qui a dit ça ?

— Un type au téléphone. J'ai cru que c'était un dingue. Comme pour Bonnie, après...

Elle dut s'interrompre une minute puis reprit :

— Mais ce n'était pas un malade comme les autres. Tu as appelé Talladega ?

— Oui.

Il lui prit l'autre main pour la lui masser.

— Vas-y, raconte.

— Il a dit que c'était lui qui avait pris le squelette de Bonnie.

L'engourdissement se dissipait, et elle commençait à trembler.

— Il a dit qu'elle n'était pas aussi jolie que quand il…

— Du calme.

Joe attrapa un châle sur un fauteuil et le borda autour d'elle. Ensuite il alla préparer du café instantané dans la kitchenette.

— Respire à fond, d'accord ?

— Oui.

Elle ferma les yeux. Respirer à fond. Laisser venir la douleur, surmonter l'horreur. Inspiration. Expiration. Ne rien retenir, ou l'angoisse allait lui arracher les tripes.

— Ouvre les yeux.

Joe était assis sur le canapé à côté d'elle.

— Bois ça.

Du café. Chaud. Trop sucré.

Il la surveilla pendant qu'elle avalait la moitié de la tasse.

— Ça va mieux ?

Elle hocha la tête en tremblant.

— Maintenant raconte-moi. Lentement. Ne force pas. Si tu sens que tu dois t'arrêter, n'hésite pas.

Elle dut s'arrêter trois fois avant la fin. Quand elle eut enfin achevé son récit, il ne réagit pas pendant un moment.

— Tu es sûre que c'est tout ? Tu m'as tout dit ?

— Ça ne te suffit pas ?

— Bien sûr que si. Allez, ajouta-t-il en désignant la tasse, bois tout.

— C'est froid.

— Je t'en fais un autre.

Il se leva et retourna dans la kitchenette.

— C'est lui qui a tué Bonnie, Joe.

— Ça pourrait être un déséquilibré.

— Non, je te dis qu'il la tuée.

— Tu n'as pas encore les idées assez claires. Donne-toi le temps de réfléchir.

— Ça n'est pas la peine… Il savait, pour la glace.

Il releva les yeux vers elle.

— Comment ça, la glace ?

— Il a dit qu'elle mangeait un cornet de glace à la fraise, ce jour-là, dans le parc.

— Ce détail n'a jamais été divulgué à la presse, murmura Joe.

— Fraser était au courant. Il a dit à la police que Bonnie était en train de manger une glace à la fraise.

— Il a aussi décrit ce qu'elle portait.

— Ça, il aurait pu le lire dans les journaux.

— Fraser savait qu'elle avait une tache de vin dans le dos.

Eve se massa les tempes pour chasser la douleur. Joe avait raison. C'était ce détail qui les avait convaincus que Fraser l'avait tuée. Mais pourquoi avait-elle eu une certitude aussi inébranlable ?

— Il se serait fait passer pour un journaliste de manière que Fraser le rappelle. Il dit lui avoir fourni une foule de détails. Tu crois que c'est possible ?

Joe médita la question.

— Oui, pourquoi pas. Fraser donnait des interviews à tour de bras. Ça rendait fou de rage son avocat. Et personne n'a surveillé les conversations, puisque les écoutes sont interdites sans autorisation dans l'État de Géorgie. Ça n'intéressait personne, d'ailleurs : Fraser avait déjà confessé les meurtres. L'issue du procès ne faisait pas le moindre doute.

— Aucun des corps dont il parlait n'avait été trouvé.

— Ce n'était pas aussi important pour la police et la justice que pour toi.

Elle en savait quelque chose ! Elle avait eu l'impression de se taper la tête contre les murs. Après les aveux de Fraser, il n'y avait plus eu moyen de convaincre la police de continuer les recherches.

— Et pourtant, c'était essentiel.

— C'est vrai, mais il y avait assez de preuves pour envoyer Fraser sur la chaise électrique. Une affaire réglée d'avance.

— Et la glace…

— Beaucoup de temps s'est écoulé. Le vendeur a très bien pu raconter ça à des dizaines de personnes.

— La police lui a demandé de ne pas parler de son témoignage.

— Tu sais, pour beaucoup de gens, l'affaire a été classée le jour de l'exécution de Fraser.

— Bon, d'accord, le vendeur aurait pu en parler à quelqu'un. Mais un doute subsiste. Et si Fraser ne l'avait pas tuée ?

— Eve…

— Et si c'était plutôt le salaud qui m'a appelée qui l'avait assassinée ? Il est allé au labo pour la voler. Pourquoi aurait-il fait ça s'il n'avait…

— Chut !

Joe lui apporta la tasse de café chaud et se rassit à côté d'elle.

— Je n'ai pas de réponse. Je joue l'avocat du diable pour que nous puissions trouver un équilibre.

— Pourquoi veux-tu trouver un équilibre ? Le salaud qui l'a tuée ne doit pas être équilibré du tout, lui. J'aurais voulu que tu l'entendes. Il me faisait du mal exprès, pour le plaisir. Il s'est acharné sur moi jusqu'à ce qu'il me mette à genoux.

— Bon, parlons de lui, alors. Sa voix était comment ? Jeune ? Âgée ?

— Je ne me suis pas rendu compte. On aurait dit qu'elle sortait du fond d'un puits.

— Il a utilisé un appareil de distorsion vocale. Et sa façon de s'exprimer ? Accent, vocabulaire… Il se servait de mots d'argot ?

Eve se concentra. Ce n'était pas facile de séparer la façon de parler des mots qui l'avaient mise à la torture.

— Il n'avait pas d'accent. Il avait l'air… de parler bien. Un type instruit, je crois. Je ne sais pas, ajouta-t-elle avec fatigue. À partir du moment où il a parlé de Bonnie, je n'ai plus fait attention. Je ferai plus attention la prochaine fois.

— En supposant qu'il y ait une prochaine fois.

— Je suis sûre qu'il rappellera. Il a trouvé notre conversation grisante, c'est lui qui l'a dit. Pourquoi se contenterait-il de m'appeler qu'une seule fois ?

Elle porta la tasse à ses lèvres mais s'interrompit.

— Ton numéro ici est sur liste rouge. Comment l'a-t-il obtenu ?

— Je ne sais pas, mais je m'inquiète surtout qu'il ait su où te trouver.

— Par déduction ?

— Possible… Mais nous ne devons pas éliminer totalement l'hypothèse du canular d'étudiant.

— Si tu veux.

— Et il peut aussi s'agir du meurtrier des victimes retrouvées à Talladega. Ce type peut très bien vouloir s'attribuer le meurtre de Bonnie, faire ce dont il accuse Fraser, en somme.

— Il savait, pour la glace.

— Ou alors c'est le genre de type qui avoue des meurtres gratuitement.

— Ça, on va vite le savoir, murmura-t-elle. Si on trouve les deux petits garçons à Talladega, on sera fixés.

— Les recherches ont commencé. J'ai appelé Robert Spiro à la seconde où j'ai raccroché, tout à l'heure.

— Qui est-ce ?

— Un agent du FBI de l'unité des sciences du comportement. Il fait partie de l'équipe qui a été envoyée à Talladega. Un type bien.

— Tu le connais ?

— On s'est croisés quand j'étais au FBI. Il est entré à la section *profiling* un an après ma démission. Il m'appellera si on découvre quoi que ce soit.

— Non, ça ne suffit pas, dit-elle en posant sa tasse et en repoussant le châle. Je veux aller moi-même à Talladega.

— Repose-toi, plutôt.

— Sûrement pas. S'ils ont loupé les corps avant, je veux m'assurer qu'ils ne commettront pas la même erreur.

Elle se leva. Ses jambes se dérobaient sous elle. Tant pis, elle reprendrait des forces en marchant.

— Je peux prendre la Jeep ?

— Si tu m'emmènes, répondit Joe en attrapant sa veste. Et attends que j'aie fait assez de café pour remplir une Thermos. Il fait froid. On n'est pas à Tahiti, ici.

— Tu as peur que je sois encore en état de choc ?

— Mais non, dit-il en retournant à la kitchenette. Tu as presque récupéré, ça se voit.

Pourtant, elle se sentait tout sauf bien. Elle était toujours agitée de tremblements intérieurs et avait les nerfs à vif. Joe s'en doutait probablement mais ne le montrait pas. Elle aussi préférait se conduire comme si de rien n'était. Il suffisait de considérer un problème à la fois. D'abord, découvrir si ce salaud avait dit vrai pour Talladega. S'il avait menti, alors il pouvait aussi avoir menti pour Bonnie.

Mais s'il avait dit la vérité ?

Ils arrivèrent à Talladega Falls après minuit. Sur les hauteurs, les lanternes et les projecteurs de l'équipe de recherche donnaient l'impression d'être en plein jour.

— Tu veux m'attendre ici ? demanda Joe en descendant de la Jeep.

Elle avait la tête levée vers le sommet.

— C'est là-haut qu'ils ont été trouvés ?

— Le premier squelette a été découvert sur la corniche d'à côté, les autres là-haut. La tombe de l'enfant était la plus proche du bord, expliqua-t-il en évitant son regard. Ce n'était qu'un trou dans la terre. Il n'y a plus rien, maintenant.

Mais une petite fille était restée enterrée à cet endroit pendant de longues années. Une petite fille qui pouvait être Bonnie.

— Je veux voir l'endroit précis.

— Je m'en doutais.

— Dans ce cas, pourquoi m'as-tu proposé d'attendre dans la voiture ? demanda-t-elle en descendant et en se mettant en marche.

— Pour te protéger. (Il alluma sa torche et la suivit.) Je devrais pourtant savoir que ça ne sert à rien.

— En effet.

Il avait gelé en début de soirée, et la terre craquait sous les pieds d'Eve. Marchait-elle sur les traces de l'assassin ? Avait-il emprunté ce sentier pour porter ses victimes jusqu'à leurs tombes ?

On entendait le rugissement des chutes. En atteignant le sommet, elle vit le long jet argenté se déverser dans la gorge. Courage. Ne pas tourner la tête. Attendre un peu.

— À ta gauche, indiqua doucement Joe.

Elle prit une profonde inspiration et s'arracha au spectacle des chutes. Elle vit un ruban jaune, puis… la tombe.

Comme c'était petit.

— Ça va ? demanda Joe en lui prenant le bras pour la soutenir.

Non, ça n'allait pas du tout.

— Elle était enterrée ici ?

— Sans doute. C'est ici qu'elle a été trouvée, et nous sommes pratiquement convaincus que le glissement de terrain n'a fait que la mettre au jour sans la déplacer.

— C'est là qu'elle était pendant tout ce temps, tout ce temps…

— Ce n'est peut-être pas Bonnie.

— Je sais, dit-elle d'une voix sourde. Arrête de me le répéter sans arrêt, Joe.

— Il faut bien que je te le rappelle. Tu dois garder ça en tête.

La douleur était trop forte. Elle devait la tenir à distance.

— C'est beau, ce paysage.

— Très. Le shérif dit que les Indiens appelaient les chutes « l'endroit où tombe la lumière de la lune ».

— Mais il ne les a pas enterrés ici à cause de la beauté, remarqua-t-elle d'une voix tremblante. Il voulait les cacher dans un endroit où on ne les retrouverait jamais, empêcher les gens qui les aimaient de les ramener près d'eux.

— Tu ne crois pas que tu es restée assez longtemps ?

— Encore une minute.

— Autant que tu voudras.

— J'espère qu'il ne lui a pas fait mal, murmura-t-elle, que ça s'est terminé très vite.

— Ça suffit, protesta Joe en l'obligeant à se détourner de la tombe. Désolé, je croyais pouvoir supporter ça, mais je ne peux pas. Il faut partir de…

— Ne bougez pas, plus un geste !

Un homme mince, de haute taille, avançait vers eux en longeant le bord de l'escarpement. Il tenait une lanterne dans une main et un revolver dans l'autre.

— Votre identité !

— Spiro ? demanda Joe en se plaçant devant Eve. C'est moi, Joe Quinn.

— Qu'est-ce que vous fabriquez ici ? C'est le meilleur moyen de se faire tirer dessus. Nous surveillons toute la zone.

— Le FBI ? Je pensais que vous ne deviez intervenir qu'en mission de soutien.

— Au départ, oui, mais nous avons pris l'enquête en main. Le shérif Bosworth n'a pas discuté. Il était ravi de s'en débarrasser.

— Vous pensez que l'assassin va revenir ? C'est pour ça qu'il y a une surveillance ? demanda Eve.

Spiro se tourna vers elle.

— Et vous, qui êtes-vous ?

Joe fit les présentations.

— Eve Duncan, agent Robert Spiro.

— Ah, bonjour, madame Duncan.

Spiro replaça son revolver dans l'étui qu'il portait sous le bras et leva la lanterne pour mieux la voir.

— Désolé si je vous ai effrayée, mais Quinn aurait dû me prévenir.

Spiro avait la quarantaine bien passée, des yeux sombres et des cheveux bruns qui laissaient son large front dégagé. Des plis profonds marquaient les coins de sa bouche. Eve n'avait jamais vu chez personne une expression aussi désabusée. Elle répéta sa question.

— Vous l'attendez ? Je sais qu'il n'est pas rare que les tueurs en série reviennent sur les lieux où ils ont enterré leurs victimes.

— Oui, même les plus intelligents ne peuvent pas résister à ce dernier petit plaisir. Nous n'avons encore rien trouvé, continua-t-il en se tournant vers Joe. Vous êtes sûr que votre tuyau est sérieux ?

— Tout à fait. Vous allez vous interrompre pour attendre le lever du jour ?

— Non. Le shérif Bosworth dit que ses hommes connaissent la gorge comme leur poche. Il fait froid près des chutes, ajouta-t-il avec un coup d'œil à Eve. Vous ne devriez pas rester trop longtemps.

— Je ne partirai pas tant que vous n'aurez pas retrouvé les enfants.

— Comme vous voudrez, répondit-il avec un haussement d'épaules. Mais ça risque de prendre un moment. À ce propos, je veux vous parler de ce fameux tuyau, reprit-il en se tournant vers Joe. Vous venez faire quelques pas avec moi ?

— Je ne veux pas laisser Eve seule.

— Charlie ! appela Spiro par-dessus son épaule.

Un homme muni d'une torche apparut.

— Joe Quinn, Eve Duncan, je vous présente l'agent Charles Cather. Charlie, ramenez Mme Duncan à sa voiture et tenez-lui compagnie jusqu'au retour de Quinn.

Charlie approuva de la tête.

— Suivez-moi, madame.

— Je n'en ai pas pour longtemps, Eve, promit Joe qui se tourna vers Spiro pour suggérer : Si vous voulez qu'on se balade, allons donc au poste de commandement.

— Si vous voulez.

Spiro reprit avec lui le chemin qui longeait les hauteurs.

Eve les observa pendant qu'ils s'éloignaient, se sentant mise à l'écart. Elle résista à l'envie de leur courir après pour protester.

— Madame Duncan ? appela Charles Cather poliment. Ce sera plus agréable pour vous d'attendre dans la voiture. Vous devez avoir froid.

Elle baissa les yeux vers le trou. Oui, elle avait froid. Et elle se sentait épuisée, vidée. La vue de cette tombe l'avait déchirée et elle avait besoin de temps pour se remettre. Elle s'engagea donc sur le sentier qui descendait vers la voiture.

— Venez, j'ai du café chaud dans la Jeep.

— Je peux en avoir encore une tasse ?

Assis du côté passager, Charlie Cather s'adossa plus confortablement à son siège.

— C'est dur, ce froid. Spiro dit que je dois m'endurcir, mais je lui réponds que ce n'est pas facile quand on a vécu en Géorgie du Sud toute sa vie.

Elle versa le café.

— Où, en Géorgie du Sud ?

— À Valdosta. Vous connaissez ?

— Je ne suis jamais passée par là, mais j'ai entendu parler de l'université. Vous êtes allé à Pensacola ? J'y emmenais ma fille en vacances.

— J'y pars quelques jours tous les printemps. Les plages sont superbes.

— Oui. Et de quelle région l'agent Spiro est-il originaire ?

— Du New Jersey, je crois. Il ne parle pas beaucoup de lui. En tout cas, pas à moi, ajouta-t-il avec une grimace. Je viens d'entrer au FBI, et Spiro est un vieux de la vieille.

— Joe a l'air de le respecter.

— Oh, moi aussi. Spiro est très bon dans son domaine.

— Mais vous ne l'aimez pas beaucoup.

— Je n'ai pas dit ça… (Une hésitation.) Spiro est profileur depuis presque dix ans. Ça marque un homme.

— De quelle façon ?

— Ça use. Très vite, les profileurs ne fréquentent plus que leurs collègues en dehors du boulot. Quand on regarde des monstres à la loupe à longueur de journée, j'imagine que ce n'est pas facile de trouver quelque chose à raconter aux gens qui ne font pas le même métier.

— Et vous, vous n'êtes pas profileur ?

— Non, pas encore. On vient de m'intégrer dans l'unité et je suis encore en formation. Je fais le larbin pour Spiro.

Il prit une gorgée de café et remarqua lentement :

— J'ai vu votre photo dans le journal.

— Ah oui ?

— Je suis de tout cœur avec vous, si c'est votre petite fille qui a été trouvée là-haut.

— Je sais depuis bien longtemps qu'il n'y a aucun espoir de la retrouver vivante. Je veux simplement la ramener près de moi pour qu'elle repose en paix.

— Je comprends. Mon père a été porté disparu au Viêt-nam, et on n'a jamais retrouvé son corps. Même quand j'étais gosse, ça me faisait mal de ne pas savoir où il était. Ça ne semblait pas normal qu'il soit perdu là-bas.

— Oui, c'est très dur à supporter. Et ma fille n'est pas morte à la guerre…, ajouta-t-elle en détournant les yeux.

— Non, mais moi j'ai l'impression que c'est la guerre partout. On ne peut même pas envoyer son gamin à l'école sans craindre qu'un de ses copains arrive avec un fusil d'assaut. Il faut que ça cesse. C'est pour ça que je suis entré au FBI.

Elle lui sourit.

— Charlie, vous êtes un type bien.

— Je dois vous paraître idéaliste, remarqua-t-il, gêné. Je suis désolé. Je sais que je suis un vrai bleu comparé à Spiro. Parfois j'ai l'impression qu'il pense que je suis encore à la maternelle. Ça me fiche le moral à zéro.

Eve imaginait très bien la situation. À faire le travail de Spiro, on devait vieillir avant l'âge.

— Vous êtes marié, Charlie ?

— Oui. Depuis l'année dernière. Elle s'appelle Martha Ann. Elle attend un bébé, ajouta-t-il, illuminé par un grand sourire.

— Félicitations.

— On aurait dû patienter, ç'aurait été plus raisonnable, mais on voulait des enfants tous les deux. On s'en sortira.

— Mais oui, bien sûr.

Elle se sentait mieux. Il n'y avait pas que des tombes et des monstres dans la vie. Il y avait des gens comme Charlie et Martha Ann, et leur bébé.

— Vous voulez encore du café ?

— J'ai presque vidé votre Thermos. Il ne vaut mieux pas…

— Ouvrez la vitre !

C'était Joe, le visage collé au verre embué.

Elle obéit.

— On les a trouvés, annonça-t-il. Du moins, on a découvert des ossements. Les hommes sont en train de les remonter au poste de commandement.

Eve descendit de la Jeep.

— Des enfants ?

— Je ne sais pas.

— Il y en a deux ?

— Oui, il y a deux crânes.

— Intacts ?

Joe confirma d'un signe de tête.

— Dans ce cas, je vais pouvoir vous le dire tout de suite. Emmène-moi là-bas.

— Je ne peux pas te convaincre de ne pas y aller ?

Elle prenait déjà le sentier.

— On y va !

La civière était suspendue à un palan, et Eve assista à la lente remontée. On y avait posé deux paquets entourés chacun d'une couverture.

— Ils ont essayé de garder les deux corps séparés ? demanda-t-elle à Spiro.

— Dans la mesure du possible. Mais je ne peux rien garantir, les os peuvent très bien avoir été mélangés. D'après moi, ils ont été emportés par une coulée de boue et sont tombés du haut de la falaise.

Au sommet, la civière fut déposée sur le sol. Spiro s'agenouilla et ouvrit l'une des deux couvertures.

— Alors, qu'en pensez-vous ?

— Éclairez-moi mieux.

Elle s'agenouilla à côté de lui. Il y en avait des quantités. Des os cassés, broyés, comme des os d'animal après le passage d'un carnivore…

Attention, ne pense pas à ça. Fais ton travail. Le crâne.

Elle le prit dans ses mains pour l'examiner. Pas de dents. Joe lui avait bien dit que les autres crânes n'avaient pas de dents non plus. Ne pas penser à l'horrible image du meurtrier en train de les arracher. Se concentrer.

— C'est un enfant. Sexe masculin, pré-adolescent. De race blanche.

— Vous êtes sûre ? demanda Spiro.

— Je ne suis pas anthropologue, mais j'en mettrais ma main au feu. J'ai procédé à des centaines de reconstitutions sur des enfants de cet âge.

Elle reposa doucement le crâne et ouvrit l'autre couverture. Elle contenait moins d'os, et le crâne la regardait droit dans les yeux.

Ramenez-moi chez moi.

Perdus, tant d'enfants perdus.

— Ça ne va pas ? demanda Spiro.

— Laissez-la, Spiro, ordonna Joe.

Quel endroit plus laid qu'un monde où on tue les enfants ?

— Non, ça va. Je l'étudiais, c'est tout, dit-elle en ramassant le crâne. Celui-ci aussi est de sexe masculin. Pré-adolescent, de race blanche. Peut-être un peu plus âgé que l'autre.

Elle reposa le crâne et se leva.

— Il faudra que vous demandiez la confirmation d'un expert en anthropologie légale. On peut partir, ajouta-t-elle en se tournant vers Joe.

— Pas trop tôt.

— Attendez, dit Spiro. Joe m'a parlé du coup de téléphone. Il faut que je vous interroge.

— Dans ce cas, venez la voir chez moi, coupa Joe qui poussait déjà Eve vers le chemin. On s'en va.

— Je dois lui parler tout de suite.

Joe tourna la tête vers lui.

— N'insistez pas, dit-il calmement, je n'aime pas ça, Spiro.

Spiro hésita, puis haussa les épaules.

— Bon, ça attendra. Dieu sait que j'ai de quoi m'occuper ici.

Eve s'assit à la place du passager.

— Tu n'aurais pas dû lui parler sur ce ton. J'aurais pu faire cet effort tout de suite.

— Oui, je sais, maugréa-t-il en appuyant sur l'accélérateur. Et tu aurais pu rester toute la nuit là-haut à regarder les ossements. Ou retourner te recueillir devant la tombe de la petite fille. Et pourquoi pas sauter par-dessus des gratte-ciel ? Tu n'as pas besoin de te fixer des épreuves sans arrêt pour prouver que tu es Superwoman.

Elle se laissa aller contre l'appui-tête. Jamais elle ne s'était sentie aussi fatiguée.

— Je n'essaie pas de prouver quoi que ce soit.

Il se tut un instant.

— Je sais. Ce serait trop simple.

— Il m'a dit la vérité. Il y avait deux autres enfants. Il aurait aussi pu dire vrai pour Bonnie.

— Une vérité n'en entraîne pas nécessairement une autre.

— Mais ça rend ce qu'il m'a dit plus plausible.

Un nouveau silence.

— C'est vrai.

— Et, dans ce cas, il est en liberté depuis tout ce temps. Il se balade, il respire, il profite de la vie. Quand Fraser a été exécuté, j'avais au moins le réconfort de savoir que l'assassin de Bonnie avait été puni. Mais je me trompais.

— Tu tires tes conclusions un peu vite.

Elle avait, elle, le sentiment terrible de voir juste.

— Fraser avait reconnu l'assassinat de deux préadolescents, reprit-elle. John Devon et Billy Thompkins.

— Oui, je m'en souviens.

— Nous n'aurons à en identifier qu'un pour établir le lien entre Fraser et l'homme qui m'a appelée. Je veux que tu persuades Spiro de me donner un des deux crânes à reconstituer.

— Il risque d'y avoir des délais administratifs. Rien n'est jamais facile avec le FBI.

— Tu connais Spiro. Tu as fait partie du FBI. Tu peux le convaincre de sauter les étapes.

— J'essaierai.

— Tu dois y arriver. Autrement, tu vas voir qu'un autre squelette va disparaître. Si je ne peux pas avoir Bonnie, il me faut un de ces garçons.

— Tu vois, tu as déjà décidé que c'était Bonnie.

— Il faut bien lui donner un nom.

— Il y avait une autre petite fille d'à peu près son âge sur la liste des victimes de Fraser.

— Doreen Parker… Tu es pénible, Joe, ajouta-t-elle en fermant les yeux.

— Tu mises trop sur cette identification. Tu imagines la déception à laquelle tu t'exposes ? Je ne peux pas te laisser faire.

— Fournis-moi le crâne que je te demande, c'est tout.

Il étouffa un juron.

— Bon, je te l'aurai. Spiro devrait s'estimer heureux qu'on propose de l'aider.

— Tant mieux s'il est content. Nous allons avoir besoin de lui. Il s'y connaît, en monstres.

— Toi aussi.

Non, elle n'en connaissait qu'un. Mais il dominait sa vie depuis la disparition de Bonnie. Elle l'avait nommé Fraser, et maintenant elle découvrait que ce n'était peut-être même pas son nom.

— Je ne m'y connais pas assez. Il va falloir que j'apprenne.

— Tu as l'air vraiment sûre qu'il va te recontacter.

— Oh oui, il va m'appeler, répondit Eve avec un sourire amer. Comme il l'a dit, nous sommes liés par un intérêt commun.

4

— Va te coucher, conseilla Joe en entrant avec Eve dans le pavillon. Je vais appeler Spiro pour lui demander le crâne.

Elle jeta un coup d'œil à sa montre. Il était presque quatre heures du matin.

— Ça ne va pas très bien le disposer à notre égard si tu le réveilles.

— Je serais très surpris qu'il dorme. Il dort très peu quand il est sur une affaire. C'est un bourreau de travail.

— Parfait, répondit-elle en se dirigeant vers la chambre, je préfère les gens passionnés.

— Là, tu ne m'apprends rien. Allez, repose-toi. Je vais te le récupérer, ton crâne, conclut-il en décrochant le téléphone.

— Merci, Joe.

Elle ferma la porte derrière elle et se rendit à la salle de bains. Elle allait prendre une douche avant de se coucher. Ne pas penser à Bonnie. Ne pas penser aux deux petits garçons. Ne pas tirer de conclusions hâtives. Quand elle aurait pris du repos, elle se sentirait plus d'attaque pour affronter l'horreur. Demain, à son réveil, elle essaierait de comprendre ce qui avait pu se passer.

— Tu as une tête à faire peur, dit Joe. Tu n'as pas réussi à dormir ?

— Quelques heures. Je n'arrêtais pas de gamberger. Est-ce que Spiro va me donner un des deux crânes ?

— Il a refusé de s'engager. Il a dit qu'on en reparlerait quand il t'aura interrogée.

— Il va venir ?

— À quinze heures. (Il vérifia l'heure à sa montre.) C'est-à-dire dans une demi-heure. Tu as le temps de prendre un petit déjeuner, ou de déjeuner, comme tu préfères.

— Je vais juste me faire un sandwich, déclara-t-elle en allant ouvrir le réfrigérateur. Je n'arrive pas à me réchauffer. Je t'ai encore emprunté une chemise en flanelle.

— J'ai remarqué. Elle te va mieux qu'à moi.

Il s'assit au bar et l'observa pendant qu'elle se préparait un sandwich jambon-fromage.

— Ça ne me dérange pas que tu les prennes. Je suis habitué, depuis le temps. Je trouve même ça agréable.

Elle approuva de la tête, comprenant parfaitement. Elle se sentait aussi bien avec Joe que dans ses chemises, douces contre sa peau.

— J'ai quelque chose à te dire, déclara Joe, qui s'empressa de la rassurer d'un signe quand elle releva la tête, alarmée. Ce n'est pas trop grave, mais il faut que tu le saches.

— Que se passe-t-il ?

— Mark Grunard a découvert où tu es.

Elle fronça les sourcils.

— Mark Grunard ?

— Un journaliste de la télé. Il a dû passer des jours à fouiller dans les archives pour découvrir le pavillon. Il a fallu que je conclue un marché avec lui. Tu as entendu parler de lui ?

— Oui, dit-elle en hochant pensivement la tête. Il est à Channel Three. Grand reporter. Je me rappelle l'avoir vu au procès de Fraser… dans la mesure, ajouta-t-elle avec une grimace, où je me souviens de quelqu'un en dehors de Fraser.

— Je t'ai dit que je voulais trouver un moyen de déjouer les reporters. Seul, c'était difficile, alors j'ai conclu un marché avec lui.

— C'est-à-dire ?

— Hier soir, le reportage de Mark Grunard aux nouvelles de dix-huit heures te concernait. Il a montré plusieurs prises de vue du pavillon en exprimant sa déception de ne pas t'y avoir découverte. Il a ajouté qu'on te signalait à bord d'un bateau au large de la Floride. Après l'émission, il a sauté dans un avion pour Jacksonville, et je te parie que la moitié des journalistes de la ville l'ont suivi.

— Et tu a dû lui promettre quoi ?

— L'exclusivité. Il se tait jusqu'à ce que nous soyons prêts à faire des révélations. Mais il va falloir que tu acceptes de le rencontrer deux ou trois fois.

— Quand ?

— Très bientôt. Il a déjà rempli une partie de ses engagements, il va vouloir quelque chose en échange. Tu as des objections contre lui ?

Elle essaya de mieux se souvenir de Mark Grunard. Plus très jeune, les cheveux grisonnants aux tempes, avec une chaleur humaine à la Peter Jennings.

— Non, ça va… Comment te serais-tu débrouillé si je t'avais dit que je ne le supportais pas ? demanda-t-elle avec un sourire.

— Je l'aurais éjecté. Mais je reconnais que ça me facilite la vie de pouvoir honorer ma promesse. Termine ton sandwich.

— C'est ce que je fais, protesta-t-elle en reprenant une bouchée. Pourquoi as-tu choisi Grunard ? Tu le connais bien ?

— Assez. Il nous arrive de boire un verre chez Manuel. Mais c'est surtout lui qui m'a choisi. Il poireautait à l'université de Géorgie hier matin quand je suis allé récupérer le crâne, et il m'a fait une proposition difficile à refuser.

— Tu lui fais confiance ?

— Nous n'avons pas besoin d'avoir confiance. Tant qu'il espère s'assurer une exclusivité, je te garantis qu'il va disperser des fausses pistes dans tout le Sud.

— C'est déjà ça…

On frappa à la porte.

— Spiro. Tu aurais dû finir ton sandwich, idiote, déclara Joe en traversant la pièce.

— Dictateur.

Elle repoussa son assiette au moment où Joe ouvrait à Robert Spiro, qui la salua poliment d'un signe de tête.

— Madame Duncan. J'ai dû me battre contre les médias toute la matinée, poursuivit-il en se tournant vers Joe. Tout le monde demande comment j'ai soupçonné la présence de deux squelettes supplémentaires dans la gorge.

— Vous avez dit quoi ?

— Que c'était mon sixième sens de profileur, lança-t-il avec amertume. De toute façon, on a beau essayer de démystifier le métier, notre section les met toujours mal à l'aise.

Il regarda Eve.

— Vous voulez ajouter quelque chose à la conversation que Joe m'a répétée ?

Eve interrogea Joe du regard, et il secoua la tête.

— Je leur ai tout dit.

— Alors c'est tout, dit Eve. Sauf que je sais qu'il va rappeler.

— Ce n'est pas sûr.

— Si. Et vous devez être prêt de votre côté. Vous pouvez faire enregistrer les appels ?

— Joe ne s'en est pas déjà occupé ?

— Je n'ai pas vraiment eu le temps hier, rétorqua Joe sèchement. Qui plus est, il faudra beaucoup de diplomatie pour obtenir du département une mise sur écoute : Atlanta essaie à tout prix d'éviter de s'en mêler.

— Eh bien, ils n'ont aucune chance de rester à l'écart si ces deux enfants sont vraiment qui vous croyez.

— Moi, je pourrais vous le dire très vite, intervint Eve. Donnez-moi un des deux crânes.

Spiro garda le silence.

— Allez…

— Ça pourrait être dangereux pour vous de vous impliquer davantage.

— Je suis déjà dedans jusqu'au cou.

— Ce sera bien pire si l'homme qui vous a appelée est vraiment l'assassin des gens de Talladega. Pour l'instant, il vous considère comme une victime passive, et il ressent un extraordinaire sentiment de puissance. Ça pourrait même lui suffire. Mais, dès que vous passerez à l'offensive, il pourrait se mettre en colère et tenter des actions violentes pour reprendre son ascendant sur vous.

— Ça ne lui suffira pas, dit-elle en le regardant droit dans les yeux. Et je ne suis pas une victime passive. Cet enfant de salaud a volé le squelette de Bonn… de la petite fille. C'est lui qui l'a tuée.

— C'est possible.

— Probable, même. Il savait où trouver les garçons. Reste-t-il suffisamment de matière pour prélever de l'ADN ?

— On essaie de trouver. Les os sont en mauvais état et…

— Et ensuite il y aura un délai supplémentaire pour l'analyse des échantillons. Donnez-moi un des deux crânes.

— Quinn, vous vous sentez de prendre cette responsabilité ? Je ne plaisante pas quand je dis que la moindre initiative peut faire monter les enchères.

— Je prends la responsabilité de mes propres actes, intervint Eve. Donnez-moi un crâne.

Il eut un petit sourire.

— Je serais tenté d'accepter si je ne savais pas à quel point…

La sonnerie du téléphone retentit.

Joe se dirigea vers l'appareil situé près de la porte.

— Attendez, dit Spiro avec un signe à Eve. Décrochez, vous. Il y a un autre poste dans la maison ?

— Dans la kitchenette, dit Joe.

Spiro courut derrière le comptoir et Eve souleva le combiné à son signal.

— Allô ?

— Écoutez bien, dit la même voix caractéristique. Vous êtes probablement déjà sur écoute, et je ne vais pas vous parler longtemps. À partir de maintenant, je vous appellerai sur votre portable. Vous avez apprécié votre petit voyage à Talladega ? ajouta-t-il avec un petit rire. Il faisait froid, hein ?

Il raccrocha.

Eve reposa lentement le combiné et se tourna vers Spiro.

— Il utilise un appareil à distorsion vocale, dit-il. Il avait le même timbre de voix la dernière fois ?

— Oui.

— Intéressant.

— Il sait que je suis allée à Talladega. Il doit nous avoir suivis.

— Ou alors il bluffe.

— Non, répliqua-t-elle avec un frisson. Je ne crois pas.

— Moi non plus. Allez, je vais vous le donner, votre crâne. De toute façon, ça ne changera rien. Il va se jouer son film quoi qu'il arrive.

— Qu'est-ce qui vous porte à croire ça ? demanda Joe.

— Il y a deux sortes de tueurs en série : les personnalités impulsives et les personnalités méthodiques. Un tueur impulsif agit de façon spontanée, au hasard, et ne prend aucune précaution. Talladega correspond plutôt à un tueur méthodique. Les corps ont été cachés et transportés. Aucune arme, aucune trace. Nous trouverons sans doute d'autres caractéristiques de ce genre au cours de l'enquête. Votre correspondant a pris des mesures pour ne pas être reconnu. Il ne laisse rien au hasard, conformément au type de comportement habituel.

— Mais encore ? demanda Eve.

— Une intelligence au-dessus de la moyenne, une bonne connaissance des méthodes policières et peut-être même une association avec la police. Il possède une voiture bien entretenue, il voyage souvent, commet ses crimes en général en dehors de la région où il vit. Il mène une vie sociale normale, jouit d'un grand pouvoir de persuasion qu'il utilise pour…

— Ça suffit, coupa Eve. Vous avez essayé de me convaincre du contraire, mais vous pensez depuis le début que cet homme est le monstre de Talladega.

— C'est mon travail de remettre en cause ce qu'on croit savoir et d'examiner les faits sous tous les angles possibles. (Il se dirigea vers la porte.) Quand il rappellera, prenez note de tout ce qu'il vous aura dit dès qu'il aura raccroché. Les téléphones portables sont très difficiles à surveiller, mais je ferai mettre la ligne fixe sur écoute. Il décidera peut-être de vous rappeler sur le téléphone de la maison s'il ne peut pas vous joindre sur votre portable.

— Comment sait-il que j'ai un portable ? Comment va-t-il trouver mon numéro ? Personne ne l'a. D'ailleurs, le numéro du pavillon est aussi sur liste rouge.

— On trouve toujours le moyen de se procurer un numéro si on est malin. Comme je vous l'ai dit, une des caractéristiques du tueur en série méthodique, c'est son intelligence au-dessus de la moyenne. Mais vous avez raison. Je vais tout de suite interroger les compagnies téléphoniques pour voir si elles ont détecté des infiltrations dans leurs bases de données.

Il s'arrêta à la porte.

— J'ai un crâne dans ma voiture. Accompagnez-moi, Joe, je vais vous le donner.

— Que voulez-vous lui dire sans que je vous entende ?

Spiro hésita puis capitula avec un haussement d'épaules.

— Je vais envoyer Charlie pour surveiller le pavillon pendant que vous travaillez sur le crâne. Je dois retourner à Talladega pour expliquer à Spalding du CASKU – l'unité spécialisée dans la recherche d'enfants enlevés par des tueurs en série – pourquoi je marche sur ses plates-bandes en vous confiant ce crâne. Le CASKU dispose peut-être de son propre sculpteur de reconstitution.

— Je n'ai pas besoin de Charlie, Joe me protège.

— Une petite surveillance supplémentaire ne vous fera pas de mal. Je préférerais même vous envoyer beaucoup plus de monde pour vous garder. J'essaierai d'organiser ça le plus tôt possible. Une des autres caractéristiques du tueur méthodique est qu'il cible ses victimes. Même si la victime, ajouta-t-il avec un froncement de sourcils, est presque toujours inconnue. Je trouve d'ailleurs bizarre qu'il veuille établir un lien avec vous.

— Il doit être navré de bousculer votre profil type ! Peut-être qu'il ne joue pas le jeu suivant vos règles…

Spiro pinça les lèvres.

— J'espère pour vous que si. C'est sans doute notre seule chance de l'attraper.

— Quand Charlie va-t-il arriver ?

— Dans deux heures environ. Pourquoi ?

— Je voudrais que Joe retourne à Atlanta pour me dénicher des photos des deux garçons. J'en ai besoin pour les comparer à ma reconstitution.

— Joe n'a pas besoin de se déplacer. Je vais demander au FBI de me faxer les photos à Talladega et je vous les apporterai moi-même.

— Merci.

— Ne me remerciez pas. Je devrais vous dire de partir d'ici et de retourner en ville. C'est trop isolé.

— J'ai besoin de calme pour travailler.

— Et moi, je veux mettre la main sur ce tueur… Donc, conclut-il, je suis prêt à risquer votre peau pour l'attraper.

— Charmant, commenta Joe.

— Ne faites pas l'innocent, attaqua Spiro en se tournant brusquement vers lui. Je vous ai prévenus tous les deux que ce serait dangereux de travailler sur ce crâne, et vous n'avez rien voulu entendre. Ne me reprochez pas de faire tout ce qui est en mon pouvoir pour coincer ce connard. Je viens de passer une semaine à examiner neuf tombes. Et Dieu sait combien d'autres personnes il a tué. Avez-vous une idée du nombre de tueurs en série qui se promènent en liberté ? Nous n'en attrapons probablement qu'un sur trente. Les imbéciles. Ceux qui commettent des erreurs. Les intelligents s'en sortent et recommencent à tuer, sans arrêt. Celui-ci, c'est un type intelligent. Mais cette fois nous avons une chance de le prendre. Je ne sais pas pourquoi, mais il prend des risques, et je ne vais pas me gêner pour essayer de le coincer.

— D'accord, d'accord, fit Joe en levant la main. Mais je ne vous laisserai pas vous servir d'Eve comme appât.

— Désolé, dit Spiro en tâchant de reprendre son calme. Je ne voulais pas... Je dois avoir besoin de vacances.

— Ça ne me surprendrait pas, approuva Joe.

— Pourtant, je suis plutôt en bon état. La moitié des profileurs de la section doit suivre une psychothérapie. Je ne vous demande que d'être prudents. Ça ne me plaît pas. Il y a quelque chose...

Il secoua la tête.

— Allez, venez le prendre, votre putain de crâne.

Eve traversa la pièce vers la fenêtre afin de les suivre des yeux. Spiro ouvrit son coffre pour en sortir un petit paquet enveloppé dans du tissu, et il le donna à Joe. Il releva la tête avec un sourire sardonique comme s'il sentait le regard d'Eve sur lui, leva la main en signe d'adieu puis claqua le hayon.

Qu'avait dit Charlie de lui, déjà ?

Un homme qui regarde les monstres à la loupe.

Elle savait d'expérience à quel point ce pouvait être éprouvant.

Joe rentra dans la maison et ferma la porte.

— Voilà, tu l'as. J'imagine que tu vas vouloir commencer tout de suite.

— Oui. Mets-le sur la sellette. Attention. Je ne sais pas dans quel état il se trouve.

Il défit le tissu et posa le crâne sur son support.

— C'est le plus jeune des deux, observa-t-elle. Comment s'appelle-t-il ?

— John Devon. Si, je dis bien « si », il s'agit d'une des victimes de Fraser…

— Joe, arrête les précautions oratoires ; je comprends bien pourquoi tu fais ça, mais pour l'instant ça me freine, rien d'autre.

Elle s'approcha de la sellette et contempla le petit crâne fragile. Pauvre enfant, pauvre enfant perdu.

— John Devon, murmura-t-elle.

Ramenez-moi chez moi.

« Oui… Je vais essayer, John. »

Elle remonta ses lunettes et se tourna vers l'établi.

— Il commence à faire sombre. Tu veux bien allumer ? Je vais prendre les mensurations tout de suite.

Spiro revint au pavillon du lac le lendemain matin peu avant midi. Il agitait une enveloppe en papier kraft qu'il tenait à la main.

— J'ai les photos. Vous voulez les voir ?

— Non.

Eve s'essuya les mains sur un torchon.

— Je ne regarde jamais les photos avant d'avoir fini. Cela pourrait m'influencer.

Il contempla le crâne.

— Ça ne ressemble à aucun des deux gamins. Avec ces pointes hérissées partout, on dirait un supplicié de l'Inquisition espagnole. À quoi ça sert ?

— Ce sont des marqueurs de profondeur des tissus. Je mesure le crâne, je coupe chaque tige à la bonne longueur, et puis je la colle à l'endroit voulu sur l'os.

Il y a plus de vingt points pour lesquels on connaît la profondeur des tissus.

— Et ensuite ?

— Je prends de la pâte à modeler et je l'applique entre les marqueurs pour rejoindre tous les points de profondeur connus des tissus. Quand j'ai terminé, je commence le lissage et le remplissage.

— C'est incroyable que vous parveniez à retrouver une physionomie aussi fidèle à l'aide de quelques mesures seulement.

— Les mesures ont leurs limites. Ensuite, c'est une question de métier et d'instinct.

Il sourit.

— Ça ne m'étonne pas. Vous avez reçu d'autres coups de fil ?

— Non.

— Où est Quinn ? demanda-t-il en regardant autour de lui.

— Dehors.

— Il n'aurait pas dû vous laisser seule.

— Il ne m'a pas quittée plus de cinq minutes en vingt-quatre heures. C'est moi qui lui ai suggéré d'aller faire un tour.

— Il n'aurait pas dû vous écouter. Ce n'est pas…

— Et où est passé Charlie ? interrompit-elle. Joe essaie de le joindre depuis hier soir. Il a appelé à Talladega mais on lui a dit qu'il était déjà parti pour venir ici. Nous, on ne l'a pas vu.

— Désolé si vous avez eu peur. Je savais que vous étiez sous la protection de Quinn, et j'ai réquisitionné une voiture pour patrouiller dans le coin. J'ai envoyé Charlie apporter à Quantico notre rapport sur Talladega. Il arrivera ici ce soir.

— J'étais trop occupée pour m'inquiéter. C'est Joe qui s'est fait du souci. Vous ne vous chargez pas vous-même des rapports ?

— L'ancienneté donne certains avantages. J'essaie d'aller le moins possible à Quantico. Je préfère le terrain. Et Quinn est tout ce qu'il y a de plus qualifié pour vous protéger, ajouta-t-il avec un sourire. Le FBI a beaucoup regretté son départ. (Il tourna les yeux vers le crâne.) Vous aurez fini quand ?

— Demain, peut-être. Je ne sais pas.

— Vous avez l'air fatiguée.

— Non, ça va.

Elle ôta ses lunettes et se frotta les paupières.

— J'ai les yeux qui piquent un peu. C'est toujours le plus pénible.

— Il n'y a aucune chance pour que vous finissiez avant demain ?

Elle le regarda, surprise.

— Vous êtes pressé, maintenant ? Pourtant, j'ai eu du mal à vous persuader de me laisser entreprendre la reconstitution.

— Ce serait utile que je sache s'il s'agit de John Devon. Si c'est lui, ça me donnera un point de départ. Pour l'instant, nous n'avons rien… C'est un vrai casse-tête, marmonna-t-il, et je ne suis pas tranquille…

— Une de ces fameuses intuitions de profileur qui font si peur ? demanda-t-elle avec un sourire.

— Il m'arrive d'avoir des pressentiments, ça n'a rien d'extraordinaire.

— Bien sûr.

Il alla à la fenêtre et regarda dehors.

— Ce tueur m'inquiète. Les corps ont été enterrés il y a des années, et il était déjà très prudent à l'époque.

Qu'a-t-il fait après Talladega, avant Talladega ? Depuis combien de temps tout cela dure-t-il ?

Elle hocha la tête.

— Vous savez, reprit-il, je me demande souvent ce que deviennent les tueurs en série quand on les laisse continuer longtemps. Est-ce qu'ils changent ? Combien de fois un monstre peut-il tuer avant de devenir un supermonstre ?

— Un supermonstre ? On dirait un personnage de bande dessinée.

— Vous rirez moins le jour où vous vous retrouverez face à lui.

— Vous voulez dire qu'un tueur en série devient plus malin au fil des ans ?

— Oui, plus malin, plus expérimenté, plus arrogant, plus déterminé, plus dur.

— Vous avez déjà eu affaire à un de ces supermonstres ?

— Pas que je sache... Mais c'est difficile à dire. Il me semble que les supermonstres doivent se fondre dans le paysage. On les croise sans doute dans la rue sans rien soupçonner. Si on l'avait laissé continuer suffisamment longtemps, Bundy serait peut-être devenu un supermonstre. Il en avait toutes les caractéritiques, mais il était trop imprudent.

— Comment parvenez-vous à rester si détaché ?

— Dès qu'on laisse percer ses émotions, on se trouve en position de faiblesse. L'homme qui vous a téléphoné ne doit s'en autoriser aucune qui l'empêcherait d'agir. Mais il se nourrit probablement de vos propres réactions. Cela fait partie du sentiment de toute-puissance que ces types recherchent. Ne le laissez surtout pas sentir votre peur, il s'en repaîtrait.

— Je n'ai pas peur de lui.

Il la dévisagea.

— Oui, je vous crois. D'où cela vient-il ? Ce n'est pas normal. Tout le monde a peur de mourir…

Elle ne répondit rien.

— … mais peut-être pas vous, continua-t-il lentement.

— J'ai l'instinct de survie, comme tout le monde.

— Je l'espère. Écoutez-moi bien. Ne sous-estimez pas cet homme. Il dispose de trop d'informations. Ce pourrait être n'importe qui, un employé du téléphone, le flic qui vous arrête pour excès de vitesse, ou un avocat qui a accès aux comptes rendus d'audience. Rappelez-vous qu'il sévit depuis très longtemps.

— Comment voulez-vous que je l'oublie ? (Son regard se porta sur le crâne.) Je dois reprendre mon travail.

— Bon, je vois que vous me chassez, dit Spiro en se dirigeant vers la porte. Prévenez-moi quand vous aurez fini.

— Bien sûr.

Elle avait déjà oublié sa présence et se remettait à relier les marqueurs.

Joe Quinn attendait dehors, à côté de la voiture de Spiro.

— Venez, je veux vous montrer quelque chose.

— Je pensais bien que vous ne vous seriez pas beaucoup éloigné.

Spiro suivit Joe à l'arrière de la maison.

— Vous n'auriez pas dû la laisser seule.

— Je ne l'ai pas laissée seule. À aucun moment je n'ai perdu le pavillon de vue.

Il quitta l'allée pour entrer dans les buissons, puis il s'agenouilla.

— Vous voyez ces traces ? Quelqu'un s'est caché là.

— Ce n'est pas une empreinte de chaussure.

— Non, il a effacé le plus gros, seulement l'herbe est couchée. Il a essayé de la redresser mais il devait être pressé.

— Bravo.

Spiro fixait l'endroit. Il aurait dû se douter que Quinn décèlerait la moindre anomalie ; il était vigilant et son entraînement de SEAL le rendait particulièrement redoutable.

— Vous pensez que c'était notre homme ?

— Je ne vois personne d'autre qui aurait intérêt à dissimuler sa présence.

— Il la surveille ?

Quinn redressa la tête vers la forêt.

— Pas pour l'instant. Là, il n'y a personne.

— Vous le sentiriez ? ironisa Spiro. Vous avez des perceptions extrasensorielles ?

— En quelque sorte. Ce doit être mon sang cherokee ! Mon grand-père était à moitié indien.

« Cela pouvait très bien aussi venir de sa formation de SEAL. Recherche de la cible et destruction », songea Spiro.

— Vous deviez vous attendre à trouver quelque chose, sinon vous n'auriez pas cherché.

— Il s'est montré odieux avec elle. Il voulait lui faire du mal. Je me suis dit qu'il aurait envie de la voir souffrir.

Il se releva et recula d'un pas.

— Ou alors, reprit-il, il pouvait vouloir s'assurer qu'elle était bien ici. Dans l'un ou l'autre cas, j'étais certain qu'il viendrait. Faites intervenir une équipe technique pour recueillir des indices.

— Écoutez, nous avons déjà assez de travail à Talladega. Demandez une équipe de chez vous.

— Ils n'interviendront pas avant d'avoir la certitude que l'affaire les concerne, et ils ne le sauront pas avant qu'Eve ait terminé la reconstitution. Si l'identification correspond, ils n'oseront plus refuser, à cause de la réputation d'Eve.

— Mais en attendant vous dépendez de moi, en effet. Il aurait été plus élégant de votre part de me le demander poliment, au lieu de me l'ordonner sur ce ton.

— S'il vous plaît, lança Joe d'un ton coupant.

— Vous cédez trop vite, remarqua Spiro avec un sourire. J'aurais envoyé une équipe de toute façon.

— Salaud !

— Vous avez besoin qu'on vous remette un peu à votre place… Charlie sera là avant la nuit. Il paraît que vous vous faisiez du souci.

Joe lui lança un regard acéré.

— Vous l'avez fait exprès ! Quand je ne suis pas parvenu à le joindre, je vous ai téléphoné. Vous ne répondiez pas à votre portable, alors j'ai appelé le poste de commandement, et le shérif Bosworth m'a dit que vous étiez trop occupé pour me prendre en ligne.

— C'était vrai. On s'est aperçu qu'aucune photo aérienne n'avait été prise du site des tombes, au cas où un motif particulier apparaîtrait. J'ai été occupé toute la journée par la coordination du travail.

— Trop occupé pour prendre un appel de deux minutes ? Vous vouliez que j'aie la trouille, oui.

— L'inquiétude aiguise la vigilance. Et vous allez vraiment devoir être sur vos gardes…

— Moi, je ne suis pas sûr que Cather soit la personne la plus qualifiée pour protéger Eve. Il ne me donne pas l'impression d'être très performant.

— Ce n'est pas un agent du FBI très typique, c'est ce que vous voulez dire ? Je reconnais qu'il n'est pas cynique, qu'il est plus enthousiaste que réfléchi. J'ai eu un mal fou à le faire accepter dans l'unité, mais ça ne veut pas dire qu'il n'est pas parfaitement apte à remplir ses fonctions. Un œil innocent remarque des choses que pourrait laisser passer une personne aguerrie. Il fera du bon boulot. D'ailleurs j'ai donné des ordres pour que trois autres agents le rejoignent pour monter la garde et faire des patrouilles dans les bois et autour du pavillon. Ils seront sous les ordres de Charlie. Ça vous ira ?

— Non.

— Ah oui, vous voudriez tout un bataillon.

— Moins il y aura de gardes, plus il y aura de chances que ce dingue nous rende visite.

Spiro le regarda droit dans les yeux.

— C'est vrai. Je mobilise suffisamment d'hommes pour qu'elle soit en sécurité, mais je ne veux pas le décourager.

— Vous la mettez en danger volontairement ?

— Ne dites pas de bêtises. Son aide nous est précieuse. C'est notre seul contact avec lui.

— Répondez à ma question.

— Je dois l'attraper, Quinn. Je ne peux pas courir le risque qu'il nous file entre les doigts. Riez si vous voulez, mais après les journées que je viens de passer à Talladega, avec ces tombes sous le nez, il m'arrive d'avoir l'impression…

Il s'interrompit, puis reprit avec un haussement d'épaules :

— J'ai l'impression que ce type m'appartient.

— Et Eve ?

— Il s'agit là de la vie d'une seule femme. On ne peut pas savoir combien de gens il va encore tuer si on ne l'arrête pas tout de suite.

— C'est ignoble.

— Oui, mais vous voulez ce tueur, et il n'y a que moi qui puisse vous l'attraper. Je m'acharnerai jusqu'à la réussite.

Il commençait à s'éloigner des buissons, mais s'arrêta.

— Vous savez, je n'apprécie pas l'attitude d'Eve Duncan.

— Tant pis pour vous. Elle travaille d'arrache-pied pour permettre d'identifier ce crâne.

— Non, ce n'est pas ce que je…

Spiro fronça les sourcils.

— Elle n'a pas peur de lui, reprit-il. Il ne va pas aimer du tout. Ça va le mettre en colère et il voudra la casser. S'il n'arrive pas à l'atteindre, il s'en prendra à quelqu'un qui lui est proche.

— J'ai fait pression hier soir sur plusieurs personnes par téléphone et j'ai obtenu une protection vingt-quatre heures sur vingt-quatre pour sa mère.

— Bien.

— Mais je ne l'ai pas dit à Eve, et je n'ai pas l'intention de lui apprendre que quelqu'un a espionné le pavillon. Donc, faites en sorte que votre équipe technique ne débarque pas sur le terrain comme un troupeau d'éléphants. Elle travaille tellement dur que ça m'étonnerait qu'elle remarque quoi que ce soit, mais elle a assez de soucis comme ça.

— Vous êtes très protecteur à son égard.

— Et comment ! Vous feriez mieux de ne pas l'oublier d'ailleurs, parce que, si cette ordure lui fait le moindre mal par votre faute, il y aura une deuxième victime.

Charlie Cather arriva au pavillon quatre heures plus tard.

— Désolé pour le retard, dit-il avec un sourire d'excuse. J'avais prévu d'arriver il y a une heure, mais j'ai été retardé à Quantico. J'espérais obtenir l'analyse avant de partir, mais pas moyen, ils n'avaient pas terminé.

— Quelle analyse ? demanda Eve en relevant le nez de sa sculpture.

— L'analyse du VICAP, le programme d'appréhension des criminels violents. C'est une base de données nationale qui permet d'entrer tous les éléments caractérisant un crime. On effectue une recherche sur les affaires déjà répertoriées, dans une période donnée, et on voit s'il existe des similitudes avec le mode opératoire.

— Je ne savais pas que Spiro avait demandé ce type de recherche, dit Joe.

— Si, et nous avons fourni au VICAP les rapports concernant les squelettes pour préciser la recherche. Ils attendaient le dernier, mais il s'est perdu dans une pile de papiers. Je l'ai retrouvé juste avant de partir de Talladega, et je l'ai apporté moi-même à Quantico.

— Quelle période avez-vous indiquée à l'ordinateur ? demanda Eve.

— Les trente dernières années, pour ne pas courir de risque.

Elle le fixa, abasourdie.

— Trente ans ?

Charlie se tourna vers Joe.

— Je leur ai dit de m'appeler ici pour me communiquer les résultats. Je vais rester dehors, dans ma voiture. Vous m'avertirez quand ils téléphoneront ?

— Vous ne préférez pas attendre à l'intérieur ? demanda Eve.

— Je ne peux pas. Spiro m'a dit de monter la garde dehors. Il n'apprécierait pas que je me réchauffe dans la maison. J'aurais pu leur proposer de m'appeler sur mon portable, ajouta-t-il avec un sourire complice, mais j'ai pensé que ça me donnerait une excuse pour entrer me dégeler cinq minutes. Vous avez bien avancé, remarqua-t-il en approchant de la sellette. Vous en avez encore pour longtemps ?

— Ça va dépendre.

— On se sert beaucoup d'imagerie numérique à Quantico, mais ça, c'est plus… personnel.

— Oui.

— Il a l'air tellement fragile. Pauvre gosse. Putain, ce que ça fait de la peine ! Je ne sais pas comment vous supportez ça.

— Comme vous. Vous supportez bien ce que vous faites. C'est mon métier.

— Il y a de quoi vous flanquer la frousse de mettre un enfant au monde, hein ? Vous savez, certains types de l'unité ne quittent pas leurs gamins des yeux. Ils en ont trop vu pour se sentir en sécurité. Je réagirai sans doute pareil quand mon bébé…

— Je vous préviendrai quand ils appelleront, interrompit Joe. Eve doit se remettre au travail.

Il le jetait dehors. Charlie avait parlé sans réfléchir, et Joe, Eve le voyait bien, s'interposait pour lui éviter toute souffrance.

— Ouais, d'accord, répondit Charlie en allant à la porte. Je vous remercie, à plus tard.

— Ce n'était pas la peine de l'éjecter comme ça, dit Eve à Joe. Il n'a pas dit ça méchamment.

— Il est trop bavard.

— Il est jeune, c'est tout. Je l'aime bien.

Elle se remit devant la sellette.

— La recherche du VICAP ne donnera probablement rien. Ce salaud sévit depuis au moins dix ans, et on ne l'a pas attrapé.

— Eh bien, il est temps qu'on l'arrête.

Joe s'assit sur le canapé et prit un livre.

— Je te donne encore une heure, décréta-t-il, et puis tu fais une pause pour manger. Pas de discussion.

— On verra.

— Pas de discussion, j'ai dit.

Elle lui jeta un coup d'œil. Il semblait inébranlable. Pourquoi pas ? Une présence inébranlable pouvait être très rassurante dans ce monde instable.

— D'accord, je ne discute pas.

Logan téléphona pendant qu'Eve dînait.

— J'ai eu tes deux messages. Je courais partout dans l'île pour que tout soit en ordre avant mon départ. Je prends l'avion pour Monterey demain.

— Tu ne m'avais pas dit que tu comptais quitter l'île.

— Ce n'est plus pareil maintenant. Il est temps que je remette les pieds sur terre… Tu travailles sur le crâne ?

— Pas sur la petite fille, sur un garçon que nous avons trouvé.

— Pourtant tu avais dit… Dans ce cas, je voudrais bien savoir ce que tu fiches encore là-bas !

— Il y a eu des complications.

— Tu ne me dis pas tout. Mais merde, tu ne me dis même rien du tout !

Elle savait parfaitement qu'il accourrait si elle lui disait ce qui s'était passé.

— Je vais bientôt pouvoir obtenir le crâne de la petite fille. Il faut que je finisse ce crâne-ci d'abord.

Silence.

— Je n'aime pas ça. Il y a trop de choses que tu ne dis pas. Je pars pour Monterey dès ce soir au lieu de demain. Je t'appellerai à mon arrivée.

— Logan, c'est vraiment très gentil de vouloir m'aider, mais pour l'instant tu ne peux strictement rien faire.

— On verra, dit-il en raccrochant.

— Il vient ? demanda Joe.

— Je vais essayer de l'en empêcher. Je ne veux pas qu'il approche trop ce tueur.

— Je te trouve bien protectrice, remarqua Joe avec un froncement de sourcils.

— Tant pis pour toi. Logan est un type bien, et c'est mon ami. Toi aussi, tu es protecteur envers tes amis, non ? demanda-t-elle en le regardant dans les yeux.

— Bon, d'accord, tu as raison. Tu veux du dessert ? Il y a de la glace Rocky Road.

La sonnerie du téléphone retentit une nouvelle fois à huit heures du soir.

Eve se figea. C'était son portable, pas la ligne du pavillon. Ce pouvait être sa mère. Ou encore Logan. Ce n'était pas nécessairement le monstre.

Joe prit le portable qu'elle avait posé sur la table basse après avoir parlé à Logan.

— Tu veux que je réponde ?

— Non, donne.

Elle appuya sur le bouton.

— Allô ?

— Bonnie t'attend, viens la chercher.

Sa main se crispa sur l'appareil.

— Vous vous foutez de moi !

— Tu l'as cherchée longtemps, et tu es si près du but… Ce serait dommage d'échouer maintenant. Tu as terminé le crâne du garçon ?

— Comment savez-vous que je…

— Oh, mais je te surveille de près. Après tout, ça me concerne. Je regarde par-dessus ton épaule pendant que tu travailles. Tu ne me sens pas derrière toi ?

— Non.

— Tu devrais. Ça viendra. Lequel des deux garçons as-tu choisi ?

— Je ne vois pas pourquoi jc vous le dirais.

— Ce n'est pas bien grave, de toute façon. Je ne me souviens que vaguement d'eux. Ce n'était que deux petits oiseaux effarés semblables à la plupart des autres. Pas comme ta Bonnie. Elle, elle n'avait rien…

— Espèce d'ordure ! Vous n'auriez sans doute pas le courage de tuer une mouche. Vous vous cachez comme une vermine, vous passez des coups de fil anonymes, vous me menacez pour…

— Ah, c'est l'anonymat qui te dérange ? Tu peux m'appeler Dom, si tu préfères. Mais « Qu'y a-t-il en un nom ? Ce que nous nommons rose, Sous tout autre nom sentirait aussi »…

— La seule chose qui me dérange vraiment, c'est que vous imaginiez pouvoir me faire peur par vos manœuvres pitoyables.

— Ce n'est pas bien d'essayer de me vexer, remarqua-t-il avec un rire enchanté. Et tu y arrives, tu y arrives… Ça me change. Seulement, tout ce que tu parviens à prouver, c'est que j'ai vraiment bien fait de te choisir.

— Avez-vous aussi harcelé les pauvres gens de Talladega avant de les tuer ?

— Non, ça n'aurait pas été prudent, et je n'en étais pas encore arrivé là.

— Et maintenant, oui ?

— J'en suis venu à accepter quelques risques pour mettre du piquant dans ma vie. Il fallait bien que ça se produise un jour.

— Pourquoi moi ?

— Parce que j'ai besoin de me purifier. Dès l'instant où j'ai vu ta photo dans le journal, j'ai su que c'était toi qu'il me fallait. J'ai vu dans ton visage toutes les émotions, toute la douleur qui peut monter en toi. Je n'ai plus qu'à faire mousser tout ça pour que ça déborde. (Une pause.) Tu imagines l'explosion que nous allons vivre tous les deux ?

— Vous êtes fou.

— Possible. Selon tes critères. La science a étudié l'esprit de l'assassin sous toutes ses coutures. Les causes, les signes précoces, la façon dont nous justifions le meurtre.

— Et comment le justifiez-vous ?

— Je ne le justifie pas. Le plaisir suffit à l'excuser. J'ai entendu dire récemment que le taux des homicides récréatifs avait augmenté de 25 % dans les dix dernières années. Moi, j'ai commencé bien avant. Cela prouve que l'évolution de la société me rejoint enfin. Peut-être que tout le monde est en train de devenir fou, Eve.

— Sûrement pas.

— Alors pourquoi me laisser continuer à tuer ? Il ne t'est pas déjà arrivé de penser que notre instinct d'homme des cavernes ne nous avait jamais quittés ? L'amour du sang versé, le désir de prendre du pouvoir à travers des actes violents irréversibles. Peut-être que, au fond de vous, vous voudriez tous être comme moi. Tu n'as jamais eu envie de chasser ? de traquer une proie ?

— Non.

— Ça viendra. Demande à Quinn l'impression que ça donne. C'est un chasseur, lui. Il en a l'instinct. Demande-lui si son cœur bat plus vite quand il approche de la mise à mort.

— Joe n'est pas comme vous. Personne n'est comme vous.

Merci. Je considère ça comme un compliment. Bien, il est temps de raccrocher. Je voulais simplement reprendre contact. C'est important que nous fassions connaissance. Tu n'es pas du genre à avoir peur de l'inconnu.

— Je n'ai pas peur de vous.

— Ça viendra. Mais il va falloir que je me donne encore un peu de mal, à ce que je vois. Ce n'est pas grave. Je n'aurais pas aimé la facilité.

Il s'interrompit, puis reprit :

— Tu manques à Bonnie. Vous seriez plus heureuses ensemble.

Il raccrocha.

La douleur la transperçait. Quel salaud ! Il avait asséné ce dernier coup pour lui faire mal. Elle appuya sur le bouton d'arrêt et regarda Joe.

— Il voulait seulement reprendre contact avec moi. Ce salaud veut que j'aie peur de lui.

— Dans ce cas, fais semblant d'avoir peur. Ne le provoque pas.

— Sûrement pas !

— Ça ne coûte rien d'essayer, remarqua Joe avec un petit sourire. Tu as appris des détails qui pourraient nous servir ?

— Il dit qu'il s'appelle Dom. Il tue depuis plus de dix ans et seulement pour le plaisir. Il a des capacités d'analyse, sur lui et sur le monde. Il est aussi intelligent que nous le pensions.

Elle se tourna vers la sellette.

— Tu peux écrire tout ça et appeler Spiro pour lui transmettre le message ? Moi, il faut que je me remette au travail.

— Ça ne te ferait pas de mal de souffler un peu.

— Je ne peux pas ! rétorqua-t-elle violemment. Il n'est pas question que je laisse ce salaud m'empêcher de me concentrer. Il veut me dominer, et plutôt crever que de le laisser faire ! Je ne jouerai pas son jeu.

Elle se posta devant le crâne. Ses mains tremblaient un peu. Surtout, garder son sang-froid. Elle abordait l'étape finale. Celle qui ne supportait aucune perturbation. Elle ne sculptait bien qu'en restant calme, détachée.

Je regarde par-dessus ton épaule quand tu travailles. Tu ne me sens pas derrière toi ?

Elle résista à l'envie de jeter un coup d'œil derrière elle. Personne ne la surveillait, ne regardait par-dessus son épaule. Il n'y avait personne, sauf Joe.

Si elle laissait Dom influencer son imagination, il aurait gagné. Il fallait se fermer à lui. Penser au petit garçon plutôt qu'au monstre qui l'avait tué.

Elle allait le ramener à sa famille.

Avec des gestes lents et sûrs, elle se mit à modeler le visage de l'enfant.

Elle était plus forte qu'il ne l'avait escompté.

L'excitation monta en Dom, vibrante. Cette femme allait le pousser à se dépasser ; elle l'obligerait à trimer pour chaque parcelle d'émotion qu'il tirerait d'elle.

Cela ne le surprenait pas vraiment. Il s'y était attendu. Il en avait même besoin. Cette résistance l'obligerait à chercher d'autres façons de la déstabiliser.

Il avait déjà sa petite idée.

Il démarra, sortit en marche arrière du parking de supermarché où il s'était arrêté, puis repartit vers Atlanta.

5

5 h 30

Terminé, sauf les yeux.

Eve prit l'écrin sur l'établi.

Le brun était la couleur la plus courante, et elle l'utilisait presque toujours pour ses reconstitutions. Elle inséra un œil de verre dans chaque orbite, puis recula.

« Est-ce toi, John Devon ? Ai-je assez bien travaillé pour te rendre aux tiens ? »

— Tu veux la photo, maintenant ? demanda Joe doucement.

Elle avait eu vaguement conscience de sa présence, assis là sur le canapé toute la nuit, à attendre qu'elle finisse.

— Oui.

Il se leva et ouvrit la grande enveloppe posée sur la table basse. Il écarta l'une des deux photos et lui apporta l'autre.

— Je crois que c'est celle-ci qui t'intéresse.

Elle contempla l'image sans y toucher. Il avait tort, elle ne s'y intéressait plus.

Qu'il reprenne John Devon, qu'il le ramène à sa famille.

Tendant la main, elle prit la photo. Elle aurait dû mettre des yeux bleus, se dit-elle, épuisée. Cela mis à part, tout correspondait.

— C'est lui. C'est bien John Devon.

— Sans conteste, confirma Joe en attrapant la feuille et en l'envoyant voler sur l'établi. Je vais appeler Spiro dès que je t'aurai mise au lit.

— Non, moi, je l'appelle.

— Tais-toi. (Il la tirait déjà vers la chambre.) J'avais dit que je le ferais. Tu as assuré ta partie du boulot.

Oui, elle avait bien travaillé. John Devon avait été retrouvé, et cela signifiait que…

— Arrête, tu penses trop, dit Joe brusquement en la poussant sur le lit. Je savais que ça commencerait à te bouffer à la seconde où tu terminerais. Je veux que tu dormes.

Il disparut dans la salle de bains et en ressortit avec un gant humide. Il s'assit au chevet d'Eve et ôta l'argile qui lui maculait les mains.

— Je devrais prendre une douche.

— À ton réveil.

Il jeta le gant sur la table de nuit, la fit s'allonger et la couvrit avec la couette.

— Je redoutais que ce soit lui, murmura-t-elle. J'en avais à moitié envie, mais ça me faisait peur aussi.

— Je sais.

Il éteignit la lumière de la salle de bains, s'assit de nouveau à côté d'elle et prit ses mains dans les siennes.

— Mais tu n'aurais flanché à aucun prix, hein ?

— Je ne pouvais pas. Tu sais bien que ça m'était impossible.

Pour toute réponse, Joe lui serra les mains un peu plus fort.

— Puisque c'est John Devon, reprit Eve, ce monstre a peut-être dit la vérité. Il se peut que Fraser n'ait pas tué Bonnie.

— Mais ce n'est pas exclu. Ce n'est pas parce que Dom a tué un des enfants dont Fraser a avoué le meurtre qu'il a tué tous les autres.

— N'empêche, ça rend sa version plus plausible.

— Je ne sais pas, Eve… Je ne sais vraiment pas…

— Et ça continue peut-être. Imagine que cette petite fille soit Bonnie. Il ne lui a pas suffi de la tuer, il la conserve comme un trophée de chasse.

— Ou plutôt comme un appât.

— Je ne supporte pas l'idée que ce monstre l'ait encore. C'est atroce !

— Chut… N'y pense pas.

— Comment veux-tu que je m'en empêche ?

— Je n'en sais rien, moi ! Arrête, c'est tout.

Il s'interrompit.

— C'est ce qu'il veut, te manipuler. Tu ne crois pas qu'il adorerait te voir allongée là, en train de souffrir comme une damnée à cause de lui ? Endors-toi, résiste à ce fils de pute.

Il avait raison, elle réagissait exactement comme Dom avait dû le prévoir.

— Pardon. Je ne voulais pas m'effondrer comme ça. Je dois être fatiguée.

— Pas très étonnant.

— Je ne sais plus où j'en suis. C'est difficile de ne pas… Je voulais la retrouver, mais pas comme…

— On y repensera quand tu auras un peu dormi.

— Appelle Spiro.

— Ça attendra. Je reste avec toi jusqu'à ce que tu t'endormes.

— Tu n'as pas dormi non plus.

— T'en es sûre ? Tu n'avais même plus conscience de mon existence pendant que tu travaillais sur ce garçon.

— Ce n'est pas vrai.

— Vraiment ?

— Je m'en rends toujours compte, quand tu es là. C'est comme… (C'était dur à expliquer.) … C'est comme d'avoir un très vieux chêne dans son jardin. Même si on n'y fait pas attention, on n'oublie jamais vraiment qu'il est là.

— Là, tu me vexes. Tu me compares à un arbre ? C'est parce que j'ai la tête dure ?

Non, s'il lui évoquait un arbre, c'était parce qu'il était rassurant, fort, endurant.

— Bravo, tu as raison. J'aurais dû me douter que tu comprendrais tout de suite.

— Et je ne suis pas si vieux que ça.

— Plus tout jeune quand même…

Elle se rendit compte qu'elle souriait. Un instant plus tôt, elle souffrait mille morts, mais maintenant elle se sentait mieux. Joe lui faisait toujours du bien.

— Ça va aller. Tu n'as pas besoin de rester.

— Je ne suis pas à une minute près. Tu ne te débarrasseras de moi qu'en t'endormant.

Elle commençait déjà à s'assoupir et sentait que, pour l'instant, elle pouvait se laisser aller au sommeil sans crainte. Joe était là. Il empêcherait les ténèbres de l'engloutir.

— Ça me rappelle l'île de Cumberland, après l'exécution de Fraser. Tu te souviens ? Tu m'as tenu les mains comme ça, et tu m'as obligée à parler pendant des heures.

— Là, je voudrais plutôt te faire taire. Dors.

Elle garda le silence un instant mais reprit vite la parole.

— Il commence à me faire peur, Joe.

— Il n'y a pas de quoi s'inquiéter. Avec moi, il ne t'arrivera rien.

— Au début, je ne pensais pas que j'aurais peur. J'étais en colère, c'est tout. Mais il est intelligent, et il ne vit que pour tuer. Il veut que je ressente… que je souffre. Il a besoin de moi.

— Oui.

Une terreur soudaine explosa en elle.

— Ma mère !

— Elle est sous surveillance. J'ai fait en sorte qu'il ne puisse pas l'approcher.

La peur fit place au soulagement.

— Tu y as pensé ?

— C'était logique. Pas mal, pour un crétin comme moi, non ?

— Tu te débrouilles.

Si sa mère était en sécurité, Dom avait perdu l'une de ses meilleures armes. Il ne pouvait plus l'atteindre au travers d'une personne aimée.

Si, pourtant. Il détenait encore Bonnie.

Mais cette idée avait beau la rendre malade d'horreur, Bonnie était morte, et Dom ne pouvait plus lui faire de mal. Eve seule pouvait encore souffrir, et elle lui cacherait ce qu'elle ressentait.

— Tout va bien, Eve. Je t'ai dit, ta mère ne craint rien. Il n'y a aucune raison de s'inquiéter.

Mais elle continuait à se sentir mal, et Joe, toujours sensible, le percevait. Ce n'était pourtant pas pour sa mère qu'elle avait peur. Si Joe la disait en sécurité, elle pouvait le croire. C'était juste…

Il ne fallait plus y penser. Elle n'avait qu'à dormir, et à son réveil ils trouveraient le moyen d'attraper ce salaud et de récupérer Bonnie. Dom n'était pas invincible. Il finirait par laisser échapper un détail important au téléphone. En fait, il n'avait aucun moyen d'agir sur elle.

Elle avait tort de s'inquiéter.

La petite s'appelait Jane MacGuire, et elle avait dix ans.

Dom l'avait repérée quelques jours plus tôt en passant par les cités du quartier sud. Ses cheveux roux avaient attiré son attention, ainsi que son air indépendant et rebelle. Elle avançait dans la rue comme si elle mettait le monde entier au défi de l'arrêter. On était loin des petits oiseaux dociles.

Serait-elle trop révoltée pour plaire à Eve ? Sa fille avait été complètement différente. Et pour cause. Bonnie Duncan n'était pas passée par quatre familles d'accueil comme Jane MacGuire. Elle n'avait pas eu besoin d'apprendre à survivre dans les quartiers difficiles.

Il la suivit en roulant au ralenti. Elle savait où elle allait, avançait d'un pas décidé.

Soudain, elle fila dans une allée. Il se demanda s'il fallait la suivre, ou s'il valait mieux ne pas risquer qu'elle le voie. Le risque était minime. Comme d'habitude quand il partait en chasse, il avait pris la précaution de se déguiser.

Il se gara et descendit de voiture. Elle correspondait trop bien à ce qu'il recherchait, il ne pouvait pas la laisser lui échapper.

Merde. Le sadique la suivait encore.

Eh ben, on s'en fout, pensa Jane, en colère. Ce n'était qu'un vieux dégueulasse comme tous ceux qui traînaient devant la cour de l'école et qui redémarraient en vitesse quand elle gueulait pour appeler les instits. Elle connaissait le quartier et courait sûrement plus vite que lui. Déjà la veille, en le remarquant, elle avait préféré ne pas entrer dans l'allée.

Aujourd'hui, ce n'était plus possible.

— Jane, je suis là.

Elle vit Mike, accroupi à l'intérieur d'un grand carton appuyé au mur de brique. Il avait froid, ça se voyait. Sans doute avait-il déjà dormi dans ce carton la veille. Il se barrait toujours quand son père rentrait chez lui. Pas de chance que ce salaud ait décidé de se pointer en janvier, quand il fait si froid.

Elle enfonça une main dans une poche de sa veste et lui tendit un sandwich volé dans le frigo de Fay le matin.

— Tiens, petit déjeuner. Il est un peu rassi, mais je n'ai rien trouvé d'autre.

Elle le regarda engloutir ce qu'elle lui avait apporté, puis elle jeta un coup d'œil derrière elle.

Le sadique s'était planqué dans l'ombre d'une poubelle. Ça lui allait bien, comme endroit.

— Allez, viens, c'est l'heure d'aller à l'école, dit-elle à Mike.

— Je veux pas y aller.

— Si, tu y vas. Tu ne veux pas être débile quand tu seras grand, comme ton père ?

— J'irai pas.

Elle joua son plus sûr atout.

— Il fait chaud, là-bas.

Mike pesa le pour et le contre, puis se leva.

— Bon, d'accord, mais rien qu'aujourd'hui.

C'était la réaction qu'elle avait prévue. Le froid et le ventre vide étaient de redoutables ennemis. Elle avait elle-même passé de nombreuses nuits dans des allées du temps où elle vivait chez les Carboni. C'était la famille d'avant Fay. Elle avait compris chez eux que, si elle se montrait suffisamment difficile, les gens finissaient par se débarrasser d'elle malgré l'allocation. Quand un enfant ne faisait pas l'affaire on n'attendait pas longtemps avant d'en avoir un autre.

Fay lui plaisait beaucoup plus que ses autres familles d'accueil. Elle était souvent fatiguée et grognon, mais parfois Jane se disait qu'elle pourrait même commencer à l'aimer un peu… à condition de rester chez elle assez longtemps.

Elle jeta un nouveau coup d'œil au sadique. Il se cachait toujours derrière sa poubelle.

— Tu devrais te trouver un autre endroit pour dormir, ce soir, conseilla-t-elle à Mike. Il y a un coin, près de la mission d'Union Street. Je te montrerai.

— D'accord. Et là, tu vas à l'école ? Je pourrais peut-être aller avec toi.

Il se sentait seul. Il n'avait que six ans et n'avait pas encore appris à oublier ce vide qui l'envahissait.

— Ben oui, si tu veux, dit-elle avec un sourire.

Si Dom s'était posé des questions, ce sourire le convainquit. Chaleureux, gentil, il semblait d'autant plus charmant dans ce visage d'enfant dur et méfiant. Sans cette tendresse inavouée, son plan n'aurait peut-être pas fonctionné. Maintenant, aucun doute ne subsistait.

La petite Jane MacGuire lui convenait parfaitement.

— Vous me garantissez qu'il s'agit du petit Devon ? demanda Spiro dès que Joe lui eut ouvert la porte, tard dans l'après-midi.

— Ça lui ressemble beaucoup, répondit Joe en désignant la sellette. La photo est sur l'établi. Voyez vous-même.

— Bon, dit Spiro en traversant la pièce. Où est Mme Duncan ?

— Elle dort encore.

— Réveillez-la. Il faut que je lui parle.

— Sûrement pas. Elle est épuisée. Vous n'avez qu'à me parler à moi.

— Je dois…

Il s'interrompit avec un sifflement, comparant la reconstitution à la photo.

— Elle est fichtrement douée.

— N'est-ce pas…

Spiro reposa la photo.

— J'aurais presque préféré que ce ne soit pas lui. Vous vous rendez compte de ce que ça signifie ?

— Oui, et Eve aussi.

— Je vais être obligé de me servir d'elle.

— On ne se sert pas d'Eve…

— À moins qu'elle ne soit d'accord, coupa Eve du pas de la porte de la chambre.

Elle avança vers eux. Elle venait de toute évidence de se lever, avec ses cheveux en bataille et ses vêtements froissés.

— D'ailleurs, John Devon ou pas, je ne vois pas la différence pour vous, Spiro. Vous auriez voulu vous servir de moi de toute façon.

Spiro jeta un coup d'œil au crâne.

— Dom pourrait dire la vérité lorsqu'il affirme que Fraser s'est attribué ses meurtres.

— Le raisonnement ne vaut que pour certaines de ses victimes, corrigea Joe. Nous n'avons trouvé que les deux garçons.

— Et ça ne vous suffit pas ? demanda Spiro. (Il se tourna vers Eve.) Vous allez m'aider ?

— Oui, mais pas pour vous, pour moi. Si vous aidez Joe à protéger ma mère, je vous laisse vous servir de moi comme appât.

— Sûrement pas ! s'écria Joe.

Elle fit mine de ne pas l'entendre et demanda à Spiro :

— Il me surveille, hein ?

— Quinn vous l'a dit ?

— Non, mais Dom savait que j'étais allée à Talladega. Quoi d'autre ? demanda-t-elle en lançant un regard à Joe.

— Quelqu'un est venu près du pavillon, révéla-t-il. J'ai demandé à Spiro de nous envoyer une équipe technique hier pour inspecter les buissons. Il s'est dissimulé là pour regarder la maison.

— Merci de m'avoir avertie.

— Je te le dis maintenant. Tu étais un peu trop occupée avant, ajouta-t-il avec un sourire. D'ailleurs, je ne crois pas qu'il se risquera de nouveau par ici, avec Charlie et ses hommes dehors et moi à l'intérieur.

— N'y compte pas trop. Il s'ennuie, sinon il n'aurait pas pris tous ces risques.

Le sourire de Joe s'effaça.

— Tu le crois déséquilibré à ce point ?

— Il est prêt à tout. Mais je ne pense pas qu'il essaie de me tuer tout de suite. Il attendra d'avoir obtenu ce qu'il veut.

— Et quand il passera à l'attaque, nous serons là, intervint Spiro.

— J'en suis moins persuadée que vous, remarqua Eve avec lassitude. Pourquoi tenterait-il de me tuer sous votre nez s'il risque de se faire prendre ? S'il est aussi intelligent que vous le supposez, il trouvera le moyen de détourner votre attention. Votre équipe a décelé des traces dans les buissons hier ?

— Nous analysons encore les prélèvements… mais, ajouta-t-il en secouant la tête, il y a peu de chances de découvrir des indices.

— Vous voyez…

— Alors, que suggérez-vous ?

— Trouvez-le sans attendre qu'il me saute dessus.

— Ce serait beaucoup plus prudent pour vous de...

On frappa à la porte.

Charlie entra avec un sourire d'excuse.

— Désolé de vous déranger, mais je me demandais si personne n'avait appelé pour moi du VICAP. C'est beaucoup plus long que je ne l'imaginais.

— Pas de coup de fil, répondit Joe.

— Pourquoi ne pas me poser la question à moi ? jeta Spiro d'un ton cassant. Ça ne vous est pas venu à l'esprit que le centre contacterait plutôt votre supérieur ?

Charlie lui lança un regard anxieux.

— On vous a appelé ?

— Hier soir. Un rapport complet doit m'être faxé à Talladega. Les gens de là-bas étaient étonnés que je ne sois pas au courant de votre demande d'être appelé directement.

— Désolé, répondit Charlie, gêné. Je suis trop impatient.

— L'enthousiasme est préférable à l'apathie...

— Il y a des affaires qui correspondent ?

— Deux possibles. Deux squelettes ont été découverts il y a trois mois à San Luz, une banlieue de Phoenix. Pas de dents. Des restes de cire dans la main droite.

— Des enfants ? demanda Eve.

Spiro fit non de la tête.

— Des adultes. Un homme et une femme.

— L'Arizona... c'est loin, observa Joe.

— Qu'est-ce qui vous fait penser que Dom vit par ici ? demanda Spiro.

— Il était dans la région il y a dix ans, répondit Eve. Et il y est maintenant.

— Nous vivons dans une société où les gens se déplacent beaucoup, et les tueurs en série méthodiques sont connus pour leur grande mobilité. Bon, ajouta-t-il en se dirigeant vers la porte, de toute façon je vais envoyer un homme à Phoenix pour essayer de récolter plus d'éléments que la police locale. Il va sans doute falloir mettre en place une cellule de crise interfédérale, maintenant.

— Je ne pourrais pas y aller ? demanda Charlie.

— Non. Vous, vous restez ici pour protéger Mme Duncan. Interdiction de quitter cette maison des yeux, et veillez à ce que les autres sentinelles gardent l'œil ouvert.

— Appelez-moi par mon prénom, intervint Eve sèchement. Vu les circonstances, ce formalisme est un peu ridicule.

— Bien, Eve, dit Spiro avec un sourire. Vous avez raison. Et nous risquons de nous connaître encore mieux d'ici la fin de cette histoire. Au revoir. Je vous tiendrai au courant si je trouve quoi que ce soit d'autre.

Il s'arrêta à la porte.

— Et ne sortez pas, Eve. On dirait que je fais davantage confiance à mes hommes et à votre ami Quinn que vous.

Dès que la porte se fut refermée sur Spiro, Charlie leur adressa un sourire.

— J'ai intérêt à ne pas traîner dans la maison. Spiro n'a pas apprécié que je ne passe pas par la voie hiérarchique. Il va falloir que je le flatte un peu et que je lui obéisse au doigt et à l'œil si je veux me faire pardonner.

Eve lui rendit son sourire, puis retourna dans la chambre pour prendre une douche.

Phoenix, Arizona. Deux corps.

Onze à Talladega. Deux à Phoenix. Combien d'autres victimes Dom avait-il à son actif ? Comment un homme pouvait-il assassiner autant de personnes et rester un être humain ?

Mais était-il un être humain ? Pouvait-on commettre autant d'horreurs sans que l'âme ne se déforme et…

Elle avait froid et s'était mise à trembler. Arrête. Quelle importance de comprendre quel genre de monstre Dom était devenu ? Ce qu'il fallait avant tout, c'était l'arrêter pour l'empêcher de tuer.

L'eau chaude jaillit de la pomme de douche.

Mais cela ne la réchauffa pas.

— Joe, je t'en prie, arrête de faire les cent pas ! supplia Eve. Il est plus de minuit. Pourquoi ne vas-tu pas te coucher ?

— Tu n'as qu'à aller au lit, toi. Je suis un peu tendu, c'est tout !

— Bon, pas la peine de crier.

— Et si ça me soulage ? Je n'ai le droit de rien faire d'autre. Qu'est-ce que tu veux que je… Excuse-moi. Je dois devenir claustrophobe, coincé ici à attendre que quelque chose se passe.

Elle aussi étouffait, et elle ne se sentait pas du tout compréhensive.

— Si tu ne vas pas te coucher, tu pourrais te rendre utile, au moins. Sors apporter une tasse de café à Charlie, par exemple.

— Pourquoi pas.

Elle poussa un soupir de soulagement quand la porte se referma derrière lui quelques minutes plus tard. Elle n'avait jamais vu Joe dans un pareil état. Depuis le fameux après-midi où il avait…

La sonnerie du portable retentit.

— Je te réveille ? demanda Dom.

Le cœur d'Eve battait à tout rompre.

— Non, je ne dormais pas.

— Ah oui, tu as sans doute fait la grasse matinée si tu as terminé tard la reconstitution du crâne de Johnny Devon. C'était bien lui, hein ?

— Je vous ai dit que je ne vous donnerais aucune information.

— Elle me tient tête. Ce qui veut dire que j'ai vu juste. Je savais que tu ferais du bon travail. Tu es fière de ton talent, je crois.

— Pourquoi m'appelez-vous ?

— C'est important que je reste en contact avec toi, que nous apprenions à nous connaître. Je suis certain que l'agent Spiro t'a recommandé de me faire parler. « Découvrez tout ce que vous pourrez sur ce salaud pour compléter le profil du FBI. » Je me trompe ?

— Pas beaucoup.

— Je veux bien t'aider. Mais en échange j'exige que tu m'aides à comprendre ton profil psychologique à toi, Eve.

— Vous semblez déjà en savoir long sur moi.

— Pas suffisamment. Par exemple, que penses-tu de la réincarnation ?

— Pardon ?

— La réincarnation. Des millions de gens y croient, tu sais. Une croyance bien réconfortante. Du moment, remarqua-t-il avec un petit rire, de ne pas revenir sous la forme d'un cafard !

— Je ne vois pas où vous voulez en venir.

— Allez, je ne pense pas que Dieu laisserait ta Bonnie revenir en cafard, et toi ?

— Taisez-vous !

— Ça fait mal, hein ? Je l'ai presque ressenti moi-même. Cette jolie petite Bonnie…

Oui, elle avait eu mal. Cette idée absurde l'avait poignardée. Elle s'en voulait de s'être laissé atteindre. Ce serait encore plus ridicule de lui confirmer qu'il avait fait mouche.

— Je ne crois absolument pas à la réincarnation.

— Tu devrais y réfléchir. On peut vraiment en tirer un grand réconfort. J'y pense très souvent depuis quelque temps. Tu connais la Bible ?

— Un peu.

— Ce n'est pas ma lecture favorite, mais on y trouve des idées originales. Il y a une partie qui m'amuse particulièrement. Dans la Genèse, chapitre II, verset 22.

— Je ne vois pas.

— Je vais te dire ce que c'est. Mais d'abord va chercher ton cadeau à la porte.

— Comment ça ?

— Le paquet est à gauche de la véranda. Je ne pouvais quand même pas le laisser à l'agent du FBI qui te surveille de si près !

— Quel genre de cadeau ? demanda-t-elle, les lèvres sèches.

— Va le chercher, Eve. J'attends.

— Je serais idiote de sortir simplement parce que vous me le demandez. Vous pourriez m'attendre dehors.

— Tu sais bien que non. Tu te doutes que je n'ai pas l'intention de te toucher pour l'instant… Mais je ne jure pas que je ne m'attaquerai pas à Quinn si tu l'appelles. Ça ne concerne que toi et moi. Va chercher ton cadeau.

Elle s'approcha de la porte.

— Tu y vas ?

— Oui.

— Bien. Maintenant, je continue. On dit que l'âme des disparus, en cas de mort violente, ne peut pas trouver la paix, et qu'elle revient sur Terre très vite. Donc Bonnie aurait dû se réincarner tout de suite.

— Je n'en crois pas un mot.

— Je l'ai tuée il y a dix ans, c'est bien ça ? Ce qui veut dire que nous cherchons un enfant de dix ans. Garçon ou fille, puisque, ajouta-t-il avec un nouveau rire, nous avons éliminé les cafards. Tu es à la porte ?

— Oui.

— Regarde par la fenêtre, et tu verras sans doute ton valeureux garde assis dans sa voiture près du lac. C'est là qu'il se trouvait quand je t'ai laissé ton paquet il y a quelques heures.

Elle jeta un coup d'œil dehors. Charlie n'était pas dans sa voiture, mais debout près du pare-chocs avant, en train de parler à Joe.

— Tu es déjà sur la véranda ?

— Non.

— Tu as peur de moi ? Tu n'as pas envie de savoir ce qu'il y a dans le paquet ?

— Je n'ai pas peur de vous.

Elle ouvrit la porte. Elle ne portait qu'un vieux T-shirt, et elle sentit la morsure du vent froid sur ses jambes nues.

— Voilà, je suis dehors. Où est-il, ce paquet ?

— Tu vas le voir.

En effet, elle l'aperçut, une petite boîte en carton brun posée à gauche, tout au bord de la véranda.

— Quinn te déconseillerait de t'en approcher. Ça pourrait être une bombe, ou un gaz nocif, un poison. Mais tu sais bien que je ne veux ni te blesser ni te tuer.

Persuadée qu'il disait vrai, elle s'approcha de la boîte.

— Et si tu te trompais, Eve ? Je pourrais être tapi dans l'ombre de la véranda. Tu ne vois pas de forme suspecte ?

— Non. Où êtes-vous ?

— Il fait tellement sombre que tu ne verrais rien.

Elle s'arrêta devant la boîte en carton.

— Eve ? appela Joe qui venait de l'apercevoir en tournant la tête.

— Ou alors, poursuivit Dom, je pourrais être dans ma voiture, à des kilomètres de toi. À ton avis ?

Elle s'agenouilla près de la boîte.

— Eve ! cria Joe.

Elle l'ouvrit.

Quelque chose de lisse et de blanc luisait à l'intérieur.

La voix de Dom sc fit douce à son oreille.

— « Le Seigneur Dieu transforma la côte qu'il avait prise à l'homme en une femme qu'il lui amena », Genèse II, 22.

— Qu'est-ce que tu fiches, bon sang ?

Joe était arrivé à ses côtés avec Charlie, et essayait de l'éloigner du carton. Elle le repoussa.

— Laisse-moi.

— Dieu et moi, susurra Dom, nous avons beaucoup en commun. Si on croit à la réincarnation, on peut dire qu'en tuant ta Bonnie j'ai créé un être humain tout neuf, à la manière de Dieu. Sauf que je ne me suis pas vraiment servi de sa côte, mais j'ai pensé que tu apprécierais le symbolisme.

Il observa un silence, puis conclut avant de raccrocher :

— À propos, elle s'appelle Jane.

Le téléphone échappa de la main d'Eve. Elle ne parvenait pas à détacher les yeux du contenu de la boîte.

— N'y touche pas, ordonna Joe.

— J'appelle Spiro pour qu'il envoie l'équipe technique, jeta Charlie en courant en bas des marches vers sa voiture.

— C'était Dom ? demanda Joe.

Elle hocha la tête.

— Il t'a dit ce que c'était ?

Elle fit de nouveau signe que oui.

— Elle est si petite…, murmura-t-elle en se penchant.

Elle toucha la côte du bout du doigt. Si douce…

Des larmes roulèrent sur ses joues.

— Eve.

— C'est Bonnie. La côte de Bonnie.

— Merde !

Joe souleva Eve dans ses bras et la porta à l'intérieur.

— L'enfant de salaud. L'ordure !

— Bonnie.

— Chut…

Il s'assit avec elle sur le canapé, la prenant sur ses genoux pour la bercer.

— Mais bon sang, pourquoi ne m'as-tu pas appelé ?

— La côte de Bonnie…

— Ça pourrait être un os d'animal. Il peut t'avoir menti.

— Non, c'est elle.

— Écoute-moi. Il cherche à te faire du mal.

Et il y était arrivé. Dieu sait qu'il y était arrivé. La souffrance la dévorait. La nuit précédente, elle avait pensé qu'il ne possédait aucune arme contre elle, qu'elle pourrait se dominer… Elle ne parvenait pas à s'arrêter de pleurer.

Et elle ne pouvait s'empêcher de penser au petit fragment de Bonnie qui se trouvait dans la boîte.

— Rentre-la dans la maison.

— Quoi ?

— Il… il fait froid, dehors.

— Eve, c'est une pièce à conviction, on ne peut pas y toucher…

— Parce que tu crois qu'il aurait laissé des traces, toi ? Va la chercher.

Lâchant un juron entre ses dents, Joe se leva. Un instant plus tard, il revenait avec la boîte.

— Je ne veux pas que tu la regardes.

Il traversa la pièce et glissa le carton dans le tiroir de l'établi.

— Je te préviens, je vais l'envoyer au labo pour analyse.

— D'accord.

— Et arrête de pleurer, bon sang !

Elle hocha la tête.

— Eh merde ! maugréa-t-il en se laissant tomber près d'elle et en la reprenant dans ses bras. Ça me démolit. Arrête.

— Désolée, je fais de mon mieux. C'est le choc. Je ne m'attendais pas… C'est bête, je réagis exactement comme il le prévoyait.

— Qu'est-ce qu'il a dit ?

— Attends, pas tout de suite. Donne-moi encore une minute.

Il la serra plus fort dans ses bras.

— Prends tout le temps dont tu auras besoin. Dix ans s'il le faut. Pourquoi pas ? Je t'en ai déjà donné autant.

Eve ne vit pas où il voulait en venir. Elle n'avait pas dix ans devant elle. Sans doute n'avait-elle pas de temps du tout. Elle enfouit son visage dans l'épaule de Joe, essayant de dépasser l'horreur que lui avait inspiré le contenu de la boîte, car une terreur encore plus grande l'attendait.

— Il a dit que…

Elle fut incapable de continuer. Plus tard.

Elle s'appelle Jane.

— C'est vraiment un tas de conneries, protesta Joe. Une réincarnation !

— Avait-il l'air d'y croire ? demanda Spiro à Eve.

— Pas vraiment.

— Dans ce cas, il essaie de vous manipuler.

— À mon avis, il voudrait surtout que, moi, j'y croie, remarqua-t-elle avec amertume. Ça pourrait être très amusant pour lui.

— Il sait que tu es trop intelligente pour tomber dans le panneau, intervint Joe.

— Il se doute aussi que j'aime les enfants, observa-t-elle, les mains crispées sur ses genoux. Les os ne lui suffisent pas. Et s'il avait choisi sa prochaine victime ? S'il voulait me donner un rôle dans le meurtre, me rendre responsable de son choix ?

— Pas bête de sa part..., murmura Spiro.

— Bravo pour votre objectivité, dit Eve d'une voix tremblante. Personnellement, je n'arrive pas bien à admirer cette ordure.

— Je ne l'admire pas, je juge simplement ses capacités. D'ailleurs, ce ne sont que des suppositions de votre part.

— Il s'est donné bien du mal pour m'apporter cette boîte.

— Mais il vous a fait beaucoup souffrir. Peut-être trouve-t-il que le jeu en valait la chandelle.

— Ça ne lui suffira pas, il ne s'agissait que du hors-d'œuvre. Il m'a touchée à travers Bonnie. Il m'a touchée en menaçant une autre petite fille. Et il a essayé de lier les deux événements dans mon esprit.

— Y est-il arrivé ? demanda Spiro.

— Bien sûr que non.

Il la dévisagea.

— Même pas un tout petit peu ?

— Non, affirma-t-elle en baissant les yeux. Je ne le laisserai pas faire.

— J'espère bien que non.

— Il faut qu'on trouve cette petite fille. Nous devons absolument la trouver.

— Peut-être n'existe-t-elle même pas, intervint Joe.

— Si, je suis sûre que si.

— Dans ce cas, il l'a peut-être déjà tuée.

Elle fit non de la tête, refusant d'envisager cette hypothèse.

— Je ne crois pas.

— Je vais demander l'analyse du contenu de la boîte en urgence, déclara Spiro. Je vous dis ce qu'il en est dès que possible. Je voudrais bien savoir comment Dom a pu s'approcher si près de la maison, ajouta-t-il en se tournant vers Joe.

— Vous vous doutez que je me suis posé la question des milliers de fois. Ça n'aurait pas dû se produire. Mais il y est arrivé. Il faut renforcer la protection d'Eve.

— Ce lac ondoie comme un serpent. Comment voulez-vous empêcher quelqu'un d'aborder en canoë dans une petite crique et de venir à pied au pavillon ? Il faudrait que je mette en place une chaîne de sentinelles sur quatre kilomètres pour surveiller le rivage dans son intégralité.

— Au moins, faites venir une camionnette équipée pour localiser l'endroit d'où il appelle Eve.

— Ça risque de ne pas servir à grand-chose. Mais j'admets que…

— Non, interrompit Eve.

Ils la regardèrent tous les deux.

— S'il s'aperçoit que nous tentons de localiser ses appels, il pourrait ne pas rappeler, or il faut que je lui parle.

Joe lâcha un juron.

— Tu sais bien que c'est nécessaire, Joe.

— Ce que je sais, c'est qu'il t'a piégée, bordel.

— Et s'il ne vous rappelle pas ?

— Je suis sûre qu'il va me téléphoner bientôt. Il veut que je découvre qui est cette petite fille.

— Vous en savez déjà beaucoup sur elle. Il vous a donné son nom et son âge.

— Pour éveiller mon intérêt. Cela suffit à m'inquiéter, mais pas à la trouver. Il faut absolument que nous sachions où elle vit.

— Alors c'est à vous de convaincre Dom de vous en dire plus.

Il en faisait sa responsabilité, or c'était exactement ce que Dom voulait. Il avait décidé de la rendre responsable de la vie de cette enfant, de l'obliger à essayer de sauver une petite fille qu'elle ne connaissait pas.

Elle s'appelle Jane.

Et elle n'avait que dix ans. Elle était trop jeune pour résister au monstre qui la traquait.

Ce n'était rien qu'une petite fille sans défense…

Le poing de Jane s'écrasa sur le nez de Chang, et le sang jaillit.

— Rends-moi ça !

Chang se mit à hurler en se plaquant une main sur le visage.

— Fay ! Janie m'a tapé ! J'ai rien fait, et elle m'a balancé un coup de poing !

— Jane, ça suffit ! cria Fay de la cuisine. Ce n'est pas bicn dc rapporter, Chang.

— Rends-moi ça tout de suite, siffla Jane.

— Voleuse ! Bandit ! jeta Chang en reculant. Je vais le dire à Fay, et elle va te faire jeter en prison.

— Rends-moi ça tout de suite.

Elle lui donna un coup dans le ventre et rattrapa la pomme qui tombait de la main de Chang. Elle était déjà presque à la porte quand la voix de Fay retentit.

— Arrête, Jane !

Avec un soupir, elle s'immobilisa. Pas de chance. Trois pas de plus et elle s'échappait.

— Elle a volé une pomme dans le frigo. Elle pique des trucs depuis deux jours, rapporta Chang avec jalousie. Tu vas la faire arrêter, Fay ?

— Quel genre de choses ?

— À manger. Je l'ai vue mettre un sandwich dans son cartable hier.

— C'est vrai, Jane ?

Jane garda le silence.

— Elle m'a tapé !

— Ça suffit, Chang. Tu exagères, tu as une demi-tête de plus qu'elle.

— C'est toi qui m'as dit de ne pas me battre, maugréa-t-il, boudeur.

— Je t'ai aussi demandé de ne pas rapporter, ça ne t'empêche pas de le faire.

Fay plongea la main dans sa poche et lui tendit un mouchoir en papier.

— Allez, dépêche-toi, tu vas être en retard en classe.

— Jane est arrivée en retard, hier, répliqua-t-il en s'essuyant le nez.

— Ce n'est pas son genre.

— Eh ben, hier…

Il rencontra le regard menaçant de Jane et recula vers la porte.

— T'as qu'à lui demander, jeta-t-il avant de partir en courant.

Fay croisa les bras.

— Alors ? Explique-toi.

— C'est vrai, je suis arrivée en retard.

— Pourquoi ?

Jane ne répondit pas.

— C'est vrai que tu as volé à manger ?

— Je n'ai presque rien pris.

— Tu sais que j'ai du mal à joindre les deux bouts pour vous nourrir tous les trois.

— Je ne mangerai pas demain.

— Déjà que tu n'avales rien en temps normal ! C'est Chang et Raoul qui ont toujours faim. D'ailleurs je me demande bien pourquoi tu as volé de la nourriture alors que, la moitié du temps, je n'arrive pas à te faire terminer ton dîner.

Jane se taisait toujours.

— Quand j'étais en septième, il y avait un garçon qui m'obligeait à lui donner mon déjeuner tous les jours. Je comprendrais que tu…

— Personne ne m'a obligée.

Fay réprima un sourire.

— Et si quelqu'un s'y risquait, tu lui mettrais ton poing dans la figure.

Jane opina du bonnet.

— Si tu as des problèmes, je pourrais peut-être t'aider si tu me racontes ce qui se passe.

— Je n'ai pas de problèmes.

— Et si tu en avais, tu ne voudrais rien me dire. Pourquoi tu ne veux pas faire un petit effort ? demanda Fay en chassant une mèche de son front d'une main fatiguée. Allez, file, tu vas être en retard.

Jane hésita. Maintenant, elle allait avoir du mal à récupérer des provisions. Pouvait-elle faire confiance à Fay ?

— Je peux garder la pomme ?

— Oui, si tu me dis pourquoi.

— C'est pour quelqu'un qui en a besoin.

— Qui ?

— Il ne peut pas rentrer chez lui pour l'instant. Son père est là.

— Qui est-ce ?

— Je pourrais l'emmener ici ?

— C'est un enfant ? Jane, tu sais que je ne peux plus prendre d'enfants à la maison. Mais si ça ne va pas chez lui, nous pouvons appeler les services sociaux toutes les deux pour leur demander d'intervenir auprès de ses parents.

Elle aurait dû se douter que Fay ne comprendrait pas.

— Ça ne servirait à rien. L'assistante sociale irait juste leur rendre visite, et puis elle repartirait pour faire son rapport. Finalement, ce serait pire pour lui.

— Qui est-ce ? Dis-moi.

Jane était déjà à la porte.

— Jane, je voudrais t'aider. Fais-moi confiance. Ça risque de te faire des ennuis.

— Non. Je ne serai plus en retard à l'école.

— Ce n'est pas ce que je voulais dire, protesta Fay, désarçonnée. Je voudrais vraiment qu'on soit amies toutes les deux. Pourquoi tu ne veux pas me parler ? Tu gardes tout rentré à l'intérieur.

— Je peux garder la pomme ?

— Je ne devrais pas dire oui… Bon, tant pis, prends-la. Mais je ne veux plus que tu tapes sur Chang.

— D'accord.

Jane ouvrit la porte et descendit les marches en courant. Elle avait des remords de l'avoir déçue. Un moment, elle avait espéré que Fay la comprendrait et voudrait l'aider, mais elle aurait dû se douter que c'était impossible. On ne pouvait jamais compter sur personne. Il fallait toujours se débrouiller seul.

Au moins, Fay ne l'avait pas obligée à rendre la pomme, contrairement à ce qu'auraient fait certains adultes. Mais maintenant, plus question de prendre de nourriture pour Mike dans le frigo. Elle allait devoir lui trouver à manger par d'autres moyens.

Sourcils froncés, elle se mit à réfléchir.

6

Dom fit attendre Eve quarante-huit heures avant de la rappeler.

— Alors, mon cadeau t'a plu ? demanda-t-il.

— Il m'a fait horreur, comme vous l'aviez espéré.

— Comment la chair de ta chair peut-elle te faire horreur ? Oh, pardon, il n'y avait plus de chair, rien que de l'os.

— Dites-moi qui c'est.

— Je te l'ai dit, ta Bonnie.

— Mais non, vous savez très bien ce que je veux dire. Qui est cette Jane ?

— Justement, ce pourrait très bien être aussi ta Bonnie. Tu n'as pas réfléchi à la possibilité que…

— Donnez-moi son nom de famille.

— Elle n'est pas aussi jolie, mais elle a les mêmes cheveux roux. Malheureusement, cette fois, elle a eu un départ difficile dans la vie. Quatre familles d'accueil. Triste, non ?

— Où habite-t-elle ?

— Tu reconnaîtras tout de suite l'endroit.

Le sang d'Eve se glaça. Parlait-il d'une tombe ?

— Elle est encore en vie ?

— Bien entendu.

— Vous l'avez enlevée ?

— Non, pour l'instant je me contente de l'observer. Je la trouve fascinante. Toi aussi, elle va t'intéresser.

— Dites-moi son nom de famille. Je suis sûre que vous voulez que je le sache.

— Il va falloir le mériter. Ça fait partie du jeu. Et ne t'avise pas de prévenir la police, ou je ne serai pas content du tout. Je suis sûr que ton instinct maternel te mènera à la petite Jane. Trouve-la, Eve. Avant que je ne perde patience.

Il raccrocha.

Elle appuya sur le bouton d'arrêt.

— Alors, il a dit quelque chose ? demanda Joe.

— On va à Atlanta, annonça-t-elle en se levant.

— Qu'est-ce qui te prend ?

— Il a dit que je reconnaîtrais tout de suite l'endroit où elle vit, et c'est Atlanta la ville que je connais le mieux. Tu as des contacts aux services sociaux ?

Il fit non de la tête.

— Tu ne connais personne qui pourrait nous aider ? Il a dit qu'elle avait été placée dans quatre familles d'accueil. Il doit bien y avoir des fichiers.

— On peut essayer de passer par Mark Grunard. Je ne connais personne d'aussi doué pour déterrer des informations, et il a des amis partout.

— Tu veux bien l'appeler ?

— Écoute, il vaut mieux laisser agir la police d'Atlanta. Après l'identification de John Devon, ils ne peuvent plus se défiler.

— Il ne veut pas que je demande à la police d'intervenir. Il a décidé que je devais la chercher toute seule.

— Ne lui fais pas ce plaisir.

— Tu veux qu'il m'expédie sa tête dans une boîte ? demanda-t-elle d'une voix tremblante. Je ne peux pas courir ce risque. Je dois la trouver, et vite.

— Bon, alors je t'accompagne. Va mettre ta brosse à dents et quelques vêtements de rechange dans un sac, ordonna-t-il en attrapant le téléphone. J'appelle Mark pour lui expliquer ce dont nous avons besoin, il pourra s'y mettre tout de suite.

— Fixe-lui un rendez-vous. Il faut montrer à Dom que je fais des efforts pour la trouver. Il me surveille, c'est certain.

— De toute façon, j'ai promis à Mark qu'il pourrait te rencontrer dès que possible. Je vais lui proposer de venir nous voir à mon appartement.

L'appartement de Joe était situé dans une tour de luxe, face à Piedmont Park. Ils se garèrent dans le parking surveillé de l'immeuble, puis prirent l'ascenseur jusqu'au septième.

— Pas trop tôt, remarqua Mark Grunard avec un sourire. Je vous attends depuis presque une heure. Vous ne vous rendez pas compte que je suis une sommité ! Ravi de vous revoir malgré les fâcheuses circonstances, madame Duncan, ajouta-t-il en donnant une poignée de main à Eve.

— Oui, moi aussi.

Il n'avait pratiquement pas changé : grand, sportif, avec un sourire séducteur. Il devait avoir une petite cinquantaine qui ne se devinait qu'aux pattes d'oie au coin de ses yeux bleus.

— Je suis contente que vous ayez accepté de nous aider.

— J'aurais été un bel imbécile de refuser. C'est une histoire en or. Je n'ai pas souvent l'occasion de décrocher une exclusivité qui pourrait me rapporter un Emmy.

— Et vos collègues journalistes ? demanda Joe. Ils ne vont pas apprendre que nous sommes rentrés ?

— Je ne pense pas. Dans le journal télévisé d'hier, j'ai lancé une fausse piste qui vous situe à Daytona Beach. Contentez-vous de ne pas commettre d'imprudence, c'est tout. J'ai contacté Barbara Eisley de votre part. C'est la responsable du service d'aide sociale à l'enfance. Ça ne va pas être facile. Elle dit que les dossiers sont confidentiels.

Toujours les mêmes tracasseries administratives, songea Eve, excédée. En attendant que les fonctionnaires se décident à enfreindre leur sacro-saint règlement, on pouvait assassiner autant d'enfants qu'on voulait.

— Vous ne pouvez pas essayer de la persuader ?

— Barbara Eisley n'est pas quelqu'un de facile. Vous ne pouvez pas obtenir de décision judiciaire ?

— Non, répondit Joe. La voie officielle nous est interdite. Eve a peur que Dom ne s'en prenne à la petite fille si nous prévenons la police.

— Il faut absolument que Barbara Eisley nous aidc, insista Eve.

— Je vous ai dit que ça ne serait pas facile, et non impossible. Il va simplement falloir nous montrer très persuasifs.

— Je pourrais la rencontrer ?

— Je me doutais que vous me demanderiez ça. Nous l'invitons à dîner ce soir. (Il leva la main pour endiguer les objections de Joe.) Je sais. Eve ne peut aller nulle part où on risquerait de la reconnaître. J'ai un ami propriétaire d'un restaurant italien près de Chattahoochee River, juste à l'extérieur de la ville. Il nous servira de bonnes pâtes et nous assurera une totale tranquillité. D'accord ?

— D'accord, dit Joe en ouvrant la porte de l'appartement. Venez nous prendre à dix-huit heures, nous vous attendrons dans le parc, en face de l'immeuble.

— J'y serai.

Eve attendit que Grunard reparte vers les ascenseurs avant de suivre Joe dans l'appartement.

— Il a l'air d'être très… (Elle cherchait une formulation satisfaisante.) … très fiable.

— Oui, c'est ce qui le fait tellement apprécier de tout le monde.

Il verrouilla la porte derrière eux et Eve regarda autour d'elle.

— Tu aurais quand même pu trouver mieux. On dirait un hôtel.

— Je t'ai dit que je ne venais ici que pour dormir. Je vais faire du café et des sandwichs. Ça m'étonnerait qu'on ait beaucoup de temps pour manger lors du dîner avec Barbara Eisley.

Elle le suivit dans la cuisine, certaine de ne pouvoir avaler grand-chose maintenant non plus. Il fallait malgré tout faire un effort pour conserver ses forces.

— Joe, je crois que j'ai déjà rencontré Barbara Eisley.

— Quand ?

— Il y a des années. Quand j'étais gamine. Il y avait une assistante sociale qui… Mais je peux me tromper, conclut-elle en secouant la tête.

— Tu ne te rappelles rien d'autre ?

— J'ai refoulé tout un tas de souvenirs de cette période. Ce n'était pas une époque très agréable ! Maman et moi, on déménageait sans arrêt, et tous les mois les services sociaux menaçaient de me retirer à la garde de ma mère si elle n'arrêtait pas de fumer du crack.

Elle ouvrit la porte du réfrigérateur.

— Il n'y a plus rien de bon, là-dedans.

— Je vais faire griller du pain.

— S'il n'est pas moisi.

— Pessimiste ! dit-il en ouvrant la boîte à pain. Il est juste un peu rassis.

Il introduisit les tranches dans le grille-pain.

— Vu la vie que tu menais quand tu étais petite, tu aurais peut-être été mieux lotie dans une famille d'accueil.

— Possible. Mais je ne voulais pas. J'avais beau la détester par moments, c'était quand même ma mère. Un enfant préfère toujours sa famille à des inconnus, expliqua-t-elle en attrapant le beurre dans le réfrigérateur. C'est pour cette raison qu'il est si difficile de soustraire les enfants maltraités à leurs parents. Ils s'imaginent que tout va s'arranger.

— Et ils se trompent souvent.

— Oui. Jane, ellc, a été bringuebalée dans quatre familles différentes.

Elle alla à la fenêtre et regarda dans la rue.

— Tu ne te rends pas compte à quel point la vie peut être difficile pour les enfants dans cette ville, Joe.

— Si. Je sais, je suis flic. Je vois ce qui se passe.

— Mais tu ne l'as pas vécu, gosse de riche ! lança-t-elle en tournant la tête vers lui avec un sourire.

— Ne fais pas ta maligne. Je n'y pouvais rien. J'ai essayé de forcer mes parents à m'abandonner, mais ils n'ont rien voulu entendre. Ils m'ont envoyé à Harvard à la place. Ça aurait pu être pire, remarqua-t-il en branchant la cafetière électrique. Ils songeaient à me faire suivre mes études à Oxford.

— Pauvre petit !

Elle regarda de nouveau dehors.

— Tu ne mentionnes jamais tes parents, Joe… Ils sont morts quand tu étais à la fac, c'est ça ?

— Oui. En mer, au large de Newport.

— Pourquoi ne parles-tu jamais d'eux ?

— Il n'y a rien à dire.

Elle lui fit face brusquement.

— Mais enfin, tu as une jeunesse, tu n'as pas surgi à Atlanta à l'âge adulte ! J'ai tenté des dizaines de fois de te soutirer des détails sur ta famille, sur la façon dont tu as été élevé. Pourquoi éludes-tu toujours la question ?

— Ce n'est pas important.

— C'est aussi important que la façon dont j'ai grandi.

— Non, pas pour moi, déclara-t-il avec un sourire.

— Tu n'assumes que cinquante pour cent de notre amitié. Tu sais tout de moi. J'ai l'impression que tu me rejettes.

— Ce n'est pas bon de vivre dans le passé.

— Et comment veux-tu que je te connaisse vraiment si tu ne me racontes rien ?

— Tu dis des bêtises. Écoute, tu me connais, ajouta-t-il avec un petit rire, on ne se quitte pas depuis dix ans.

Encore des faux-fuyants.

— Joe…

— Bon, que veux-tu savoir ? demanda-t-il en haussant les épaules. Je ne connaissais pas très bien mes parents. Ils ne se sont plus intéressés à moi dès que j'ai cessé d'être un mignon petit garçon. Je ne leur reproche rien. (Il prit deux tasses dans le placard.) Je n'étais pas un gosse facile. J'étais tyrannique, je ne les lâchais jamais.

— Ça m'étonnerait. Tu es trop indépendant.

— Eh bien, imagine que si. Je suis encore assez exigeant, d'ailleurs, déclara-t-il en versant le café dans les tasses. J'ai simplement appris à ne pas trop le montrer. Assieds-toi et mange tes toasts.

— De moi, tu n'exiges rien. Tu me laisses libre.

— Je te demande ton amitié. Ta compagnie. Et surtout, je t'ordonne de rester en vie.

— C'est la tyrannie la moins égoïste dont j'aie jamais entendu parler.

— Ah, tu crois ça ? Tu te trompes. Je suis suprêmement égoïste, au contraire.

— Tu parles !

— Je suis ravi de t'avoir jeté de la poudre aux yeux. Un jour, tu vas te rendre compte de l'étendue de ma duplicité. Vous autres, les gamins de la rue, vous nc pouvez pas nous faire confiance, à nous autres les gosses de riche.

— Tu t'es encore débrouillé pour dévier la conversation. Pourquoi tu fais toujours ça ?

— Ça me barbe de parler de moi. Au cas où tu n'aurais pas remarqué, ajouta-t-il en bâillant, je suis un type assez ennuyeux.

— N'importe quoi.

— Bon, alors disons que je suis hilarant et follement intelligent, mais que je viens d'un milieu ordinaire.

Il s'assit au comptoir, face à elle.

— Si on parlait plutôt de Barbara Eisley ? De quoi te souviens-tu ?

Cette tête de mule ne lui dirait pas un mot de plus. Elle abandonna, comme elle l'avait déjà fait si souvent.

— Je t'ai dit, je ne suis pas sûre que c'était elle. Tellement d'assistantes sociales m'ont suivie… Elles ne restaient jamais longtemps. Je ne les en blâme pas, d'ailleurs. Techwood, c'était la zone.

— Réfléchis quand même.

— Dictateur !

D'accord… Arrêter de résister, accepter de retourner en pensée dans l'enfer où elle avait grandi. Elle laissa revenir ses souvenirs. La saleté. La faim. Les rats. L'odeur de la peur, du sexe, de la drogue.

— Je me souviens d'une femme de trente-cinq ou quarante ans. Je la trouvais vieille. Elle est venue me voir chez moi quand je vivais dans Market Street. Je devais avoir neuf ou dix ans…

— Elle était sympathique ?

— Je crois. Possible. J'étais trop sur mes gardes pour sympathiser avec elle. J'étais en colère contre maman, je détestais le monde entier.

— Dans ce cas, tu auras peut-être du mal à établir un bon contact avec elle ce soir.

— Je n'ai pas besoin d'être sa meilleure copine. Je dois juste la convaincre d'ouvrir ses fichiers pour nous aider à retrouver une petite fille. On n'a pas de temps à perdre !

— Rassure-toi, dit-il en lui couvrant la main avec la sienne. On va se débrouiller pour récupérer des informations ce soir, quoi qu'il advienne.

Elle essaya de sourire.

— J'imagine que, si elle refuse de nous aider, tu vas lui faire le coup du Watergate dans ses bureaux.

— Pourquoi pas ?

Il parlait sérieusement. Le sourire d'Eve s'effaça.

— Non, Joe. Je ne veux pas que tu aies d'ennuis.

— Attends, quand on est doué, on ne se fait pas prendre. Et si on ne se fait pas prendre, on n'a pas d'ennuis.

— Un peu simpliste.

— Je n'ai rien contre la simplicité. Je trouve que la vie d'un enfant vaut bien qu'on prenne quelques risques. D'ailleurs, si tu es assez persuasive, je n'aurai pas besoin de me transformer en cambrioleur. Et si Barbara Eisley n'était pas aussi dure que le prétend Mark ? Après tout, elle est peut-être douce comme un agneau.

— Ah çà, sûrement pas ! jeta Barbara Eisley. Je ne livrerai mes fichiers sous aucun prétexte. Je dois partir en retraite l'année prochaine, et il n'est pas question que je prenne ce genre de risques.

Barbara Eisley n'avait rien d'un agneau, se dit Eve, découragée. Dès l'instant où Grunard les avait présentés, elle avait évité de parler de ses dossiers. Et quand Joe était parvenu à aborder le sujet, après le dessert, elle avait refusé tout net.

— Écoutez-les, Barbara, plaida Grunard. Vous savez bien que personne ne vous supprimera votre droit à la retraite pour une petite indiscrétion destinée à sauver la vie d'un enfant. Et puis vous êtes dans le service depuis trop longtemps pour qu'on vous touche.

— Ça… J'ai trop manqué de diplomatie avec le maire et le conseil municipal. Ils guettent la première occasion pour me mettre sur la touche. La seule raison pour laquelle je suis restée si longtemps, c'est que je connais un ou deux secrets politiques gênants que ces messieurs voudraient laisser dans le placard. Et vous, ajouta-t-elle en fusillant Mark du regard, vous m'avez citée dans cette affaire d'enfant maltraité il y a deux ans en soulignant les insuffisances de mon service.

— Mais mon reportage a déclenché un vent de réforme très important. C'était ce que vous vouliez, d'ailleurs.

— Vous m'avez mise dans une position très délicate. J'aurais mieux fait de ne rien dire. Je ne prends plus ce genre de risques. Je m'en tiens strictement aux textes. Si je vous soutiens dans cette affaire aujourd'hui, demain ça me retombera sur le coin du nez. Je refuse de finir ma vie sans retraite. J'ai visité trop d'hospices. Je ne veux pas de ce genre de pauvreté pour mes vieux jours.

— Dans ce cas, pourquoi avez-vous accepté l'invitation de Mark ? demanda Joe.

— Un dîner, c'est toujours bon à prendre !… Et puis j'étais curieuse. J'ai lu beaucoup d'articles sur vous, ajouta-t-elle en se tournant vers Eve. Mais souvent les médias racontent tellement d'idioties. Je voulais voir par moi-même ce que vous étiez devenue. Vous vous souvenez de moi ?

— Oui, je crois. Mais vous avez changé.

— Vous aussi, répondit Barbara Eisley en étudiant le visage d'Eve. Vous étiez très dure. Je me souviens avoir essayé de vous parler un jour, et vous vous êtes contentée de me fixer sans émettre un son. Je pensais que vous ne passeriez pas l'âge de quatorze ans sans vous prostituer ou tomber dans le trafic de drogue. J'aurais bien aimé tenter quelque chose pour vous, mais j'avais trop d'enfants sous ma responsabilité. Nous sommes surchargés… Il y a trop de gosses en danger… Et, la plupart du temps, nous ne pouvons rien pour eux. Nous les retirons à leurs parents, et la justice les leur rend tout de suite.

— Vous faites ce que vous pouvez.

— Oui, et je suis trop bête pour baisser les bras. On pourrait se dire que, après tant d'années, j'aurais appris la leçon ! Vous vous en êtes sortie, mais ce n'est pas grâce à moi.

— Je suis sûre que vous les aidez, parfois.

— Sans doute.

— Aujourd'hui, vous pourriez vraiment être utile. Vous pourriez sauver une petite fille.

— Obtenez une décision de justice. Si c'est aussi important que vous le prétendez, ça ne devrait poser aucun problème.

— Impossible. Je vous ai dit que nous ne pouvions pas suivre la voie légale.

Barbara Eisley garda le silence.

— Bien, dit Joe, vous ne voulez pas nous ouvrir vos fichiers, mais vous vous souvenez peut-être de cette enfant.

Une expression prudente passa sur le visage de Barbara Eisley.

— Je ne fais plus de terrain depuis longtemps. Mon travail est surtout administratif.

Eve se pencha vers elle.

— Mais vous savez quelque chose.

Un long silence suivit, rompu à contrecœur.

— Eh bien… j'ai donné mon autorisation pour retirer une petite fille à sa famille d'accueil il y a deux ans. Le couple qui s'occupait d'elle l'accusait d'être une forte tête. J'ai dû convoquer la petite pour lui parler. Elle n'a pas voulu ouvrir la bouche, mais elle était couverte de bleus. J'ai consulté son dossier médical et elle avait été emmenée deux fois aux urgences du Grady Hospital pour des fractures pendant l'année. J'ai accordé le changement. J'ai aussi radié la famille d'accueil de nos listes. Je me souviens, ajouta-t-elle avec un sourire, avoir pensé que la gamine devait avoir du cran. Elle a fait vivre un enfer à ces ordures.

— Comment s'appelle-t-elle ?

Barbara Eisley poursuivit, sans répondre à la question d'Eve.

— Elle était très intelligente. QI élevé, bonne élève. Elle a probablement pensé qu'ils renonceraient à se servir d'elle pour gagner de l'argent si elle leur rendait la vie impossible.

— Vous l'avez placée dans une autre famille ?

— Nous n'avions pas le choix. En général, nos parents d'accueil ne sont pas violents, mais il nous arrive de commettre des erreurs. Nous ne sommes pas infaillibles.

— Comment s'appelle-t-elle ?

— Je ne peux rien vous dire sans une injonction. Si je me trompais ?

— Et si vous aviez raison ? Elle pourrait mourir !

— J'ai passé toute ma vie à essayer d'aider des enfants. Maintenant, je dois un peu penser à moi.

— Je vous en prie.

Elle secoua la tête.

— J'ai travaillé trop dur. Et je travaille encore beaucoup. On pourrait croire que, à mon poste, on n'est pas obligé de ramener du travail chez soi. Mais j'ai là sur une disquette un de mes anciens dossiers à relire, dit-elle en désignant le porte-documents posé au pied de sa chaise. J'en ai pour la soirée.

Un espoir fou se saisit d'Eve.

— Pas de chance, commenta-t-elle.

— Ce sont les servitudes du métier, répondit Barbara Eisley en se levant. Cette discussion m'a beaucoup intéressée. Je suis désolée de ne pas pouvoir vous venir en aide. Je dois aller aux toilettes, ajouta-t-elle avec un sourire. Au cas où vous ne seriez plus ici à mon retour, je vous dis au revoir et je vous souhaite bonne chance pour retrouver cette petite fille.

Son regard s'arrêta sur Eve.

— Je suis en train de me dire que la petite me fait un peu penser à vous. Elle me regardait avec de grands yeux enragés. Une petite dure, elle aussi… Ça ne va pas ?

Eve fit signc quc si.

Barbara Eisley se tourna alors vers Mark.

— Merci pour le dîner, mais je ne vous ai toujours pas pardonné d'avoir utilisé mes commentaires officieux dans votre article.

Elle tourna les talons et partit entre les tables vers les toilettes.

— Ouf !

Eve attrapa le porte-documents. Il s'ouvrit sans difficulté. Elle n'y trouva qu'une disquette, glissée dans une poche sur le côté. Merci, Barbara. Elle la mit dans son sac.

— Elle voulait qu'on l'emprunte.

— Qu'on la vole, tu veux dire, murmura Joe en jetant des billets sur la table.

— Ce qui permet de la dédouaner en cas de besoin, compléta Eve en se tournant vers Mark. Vous n'auriez pas un ordinateur portable avec vous ?

— Dans mon coffre. Je ne me déplace jamais sans. Nous pourrons lire la disquette sur le parking.

— Bien. Espérons qu'elle n'aura pas d'ennuis. Allons-y, ajouta-t-elle en se levant. Il vaut mieux qu'elle ne nous retrouve pas ici à son retour, elle pourrait changer d'avis.

— Ça m'étonnerait, commenta Joe. On voit bien que tu lui as fait grande impression quand tu étais petite.

— Je ne sais pas si c'est moi ou Jane, répondit-elle en se dirigeant vers la porte. Disons simplement qu'elle essaie de garder sa conscience en paix dans un monde pourri.

Ils trouvèrent vingt-sept fichiers sur la disquette. Mark mit vingt minutes à parcourir les seize premiers.

— Jane MacGuire, lut-il à l'écran. L'âge correspond. Quatre familles d'accueil. La description physique est bonne aussi : cheveux roux, yeux noisette.

— Vous pouvez l'imprimer ?

Mark brancha sa mini-imprimante Kodak à son portable.

— Pour l'instant, elle vit avec une femme du nom de Fay Sugarton, qui s'occupe de deux autres enfants. Chang Ito, douze ans, et Raoul Jones, treize ans.

— Quelle adresse ?

— 248, Luther Street.

Il arracha le papier de l'imprimante et le lui tendit.

— Vous voulez que je sorte mon plan ?

— Inutile, je connais. Dom l'avait bien dit. C'est mon ancien quartier. Allons-y.

— Tu veux la voir ce soir ? intervint Joe. Il est presque minuit. Je doute fort que Fay Sugarton soit ravie de se faire réveiller par des inconnus.

— Je m'en fiche. Je ne veux pas…

— Et tu vas lui dire quoi ?

— À ton avis ? Je vais lui parler de Dom et lui demander ne nous laisser garder Jane jusqu'à ce que le danger soit écarté.

— Ça ne va pas être facile de la convaincre, si elle tient un peu à la petite.

— Alors il faudra que tu m'aides. Nous ne pouvons pas la laisser là, c'est trop risqué…

— Il va quand même falloir obtenir le consentement de Fay Sugarton, insista Joe tranquillement. Ne la prends pas à rebrousse-poil.

D'accord, elle serait raisonnable. Si Dom avait mis au point ce stratagème compliqué, c'était pour la faire entrer en contact avec Jane MacGuire. Il ne bougerait sans doute pas jusqu'à…

« Sans doute »… Elle ne pouvait pas se fier à des probabilités. La vie d'un enfant était en jeu. Dom pouvait très bien être déjà à Luther Street.

— Je veux y aller tout de suite.

— Il vaudrait mieux…, commença Mark.

— Je veux juste m'assurer que tout va bien là-bas. Je n'entrerai pas, je ne réveillerai personne.

— Comme vous voudrez, dit-il en démarrant sans plus discuter.

La maison de Luther Street était petite et la peinture grise des marches de la véranda s'écaillait. Cela mis à part, le reste semblait propre et bien entretenu. Des plantes artificielles accrochées dans des paniers en plastique égayaient le devant de la maison.

— Satisfaite ? demanda Mark.

La rue était déserte. Aucune voiture ne passait, pas âme qui vive. Eve n'était pas convaincue, mais elle se sentait un peu mieux.

— Ça ira.

— Parfait. Je vous reconduis à l'appartement, vous et Joe, et puis je reviens me poster devant la maison.

— Non, je reste avec vous.

— Attendez, dit Joe en sortant son portable. Je vais demander à une voiture banalisée de se garer devant la maison cette nuit, avec ordre à l'officier d'intervenir immédiatement s'il voit quoi que ce soit de suspect. Ça marche ?

— Je reste quand-même, dit Mark.

Elle les regarda l'un après l'autre, ne sachant que décider, puis elle ouvrit la portière.

— D'accord. Si vous entendez ou voyez quoi que ce soit, appelez-nous.

— Vous n'allez pas rentrer à pied. Je vous reconduis.

— Nous prenons un taxi.

— Dans ce quartier ?

— Nous n'avons qu'à marcher jusqu'à ce que nous en trouvions un. Je ne veux pas que vous quittiez la maison des yeux.

Mark jeta un coup d'œil à Joe.

— Je vous en prie, expliquez-lui qu'on ne se balade pas comme ça par ici, c'est trop dangereux.

— Jane MacGuire s'y promène tous les jours, remarqua Eve. Elle arrive bien à s'en tirer.

Tout comme Eve avant elle. Les souvenirs revenaient à flot.

— La voiture arrive dans cinq minutes, annonça Joe qui, ayant terminé son coup de fil, sortit de la voiture avec Eve. Ne vous inquiétez pas, Mark, je la protège. Ou plutôt, c'est elle qui va veiller sur moi. Nous sommes sur son territoire.

— Nous serons de retour à huit heures demain matin, annonça Eve.

Elle se mit en marche. Rien n'avait vraiment changé. L'herbe poussait dans les craquelures du trottoir, des phrases obscènes inscrites à la craie couvraient le macadam.

— Et comment se débrouille-t-on pour retrouver la civilisation ? dcmanda Joe en lui emboîtant le pas.

— Mais la civilisation, on y est, gosse de riche. La zone, c'est à quatre rues d'ici, vers le sud. Tu remarqueras que je me dirige vers le nord.

— Où habitais-tu ?

— Au sud. Tu es flic, tu dois connaître le quartier.

— Pas à pied. Quand ils ne sont pas trop occupés à s'entretuer, les gens d'ici tirent sur les flics qui se risquent dans le coin…

— « Les gens », cette entité mystérieuse. Nous ne sommes pas tous des criminels dans le quartier. On doit bien vivre comme tout le monde. Merde, pourquoi tu…

— Une seconde. Tu sais très bien ce que je veux dire. Ne me saute pas dessus.

Il avait raison.

— Pardon, je n'ai rien dit.

— Au contraire, parlons-en. À t'entendre, on croirait que tu vis encore dans Luther Street.

— Je n'ai jamais eu cette chance. Je t'ai dit que, ici, c'étaient les beaux quartiers.

— Ne joue pas sur les mots, tu m'as compris.

Oui, elle avait très bien compris.

— Je ne suis pas revenue depuis que nous avons déménagé, après la naissance de Bonnie. Je ne pensais pas que je réagirais de cette façon.

— C'est-à-dire ?

— J'ai eu l'impression d'être la gamine d'autrefois, dit-elle avec un sourire penaud. Toujours sur le qui-vive.

— C'est de cette façon que Barbara Eisley a décrit Jane MacGuire.

— Peut-être a-t-elle de bonnes raisons de vouloir attaquer la première.

— Je n'en doute pas un seul instant. Je suggère seulement que tu analyses ce que ton retour dans ce quartier produit sur toi. On dirait que tu te sens de nouveau seule contre tous. Ou plutôt, ajouta-t-il en pesant ses mots, que c'est toi et Jane MacGuire contre tous.

— Tu dis des bêtises. Je ne l'ai jamais vue.

— Il vaudrait peut-être mieux que tu ne la rencontres pas. Si je revenais sans toi, demain matin ?

Elle lui fit face.

— Je ne vois pas où tu veux en venir.

— Pourquoi Dom a-t-il choisi une gosse qui vit dans ton ancien quartier ? Pourquoi te ramène-t-il ici ? Réfléchis un peu.

Elle marcha en silence un moment.

— Il veut que je m'identifie à elle, murmura-t-elle. Le plus terrible était que le stratagème marchait. Elle et Jane connaissaient les mêmes rues, elles avaient été délaissées, avaient souffert et lutté contre la solitude, la tristesse.

— Il me manipule. Il me parle de réincarnation et il choisit Jane MacGuire. Ça ne lui suffit pas de tuer un enfant et de m'en faire porter la culpabilité. Il veut que je m'attache à elle.

— C'est bien ce qu'il me semble.

Le salaud.

— Il veut me donner l'impression qu'il tue ma fille de nouveau, dit-elle, les poings serrés. Il veut tuer Bonnie une seconde fois.

— Et c'est exactement pour cette raison que tu ne dois pas approcher Jane MacGuire. Tu te sens déjà liée à elle avant même de l'avoir rencontrée.

— J'arriverai à garder mes distances.

— Bien sûr.

— Ce ne sera pas aussi difficile que tu le penses. Pas si elle ressemble à la fille que j'étais à son âge. Je n'étais pas une grande sentimentale.

— Moi, je t'aurais apprivoisée.

— Je t'aurais craché dessus.

— Je te déconseille de la voir.

— Pourtant, il le faut.

— Je sais, soupira Joe. Il ne t'a pas laissé d'alternative.

Pas d'alternative…

Mais si, elle trouverait comment s'en tirer. Elle était bien arrivée, à force de volonté, à s'échapper de ce quartier. Après la mort de Bonnie, elle n'avait pas sombré dans la folie, avait refait surface. Elle ne laisserait pas cet enfant de salaud la coincer. Joe se trompait. Elle adorait les enfants, mais elle n'était pas idiote non plus. Elle pouvait très bien sauver la vie de Jane MacGuire et vaincre ce monstre. S'il suffisait de garder ses distances avec une petite fille qu'elle ne connaissait même pas…

Dom, lui, ne lâcherait pas Jane. Son ombre la suivait partout.

Il ne fallait pas y penser. Demain, elle reviendrait avec Joe pour parler à Fay Sugarton. Jane MacGuire était sous bonne garde et dormait paisiblement.

La petite ne craignait sans doute rien pour cette nuit.

Sans doute.

— Je t'ai cherché partout, Mike. Je t'avais dit d'aller dans l'allée près de la mission, dit Jane en s'asseyant près du grand carton. C'est pas bien de rester ici.

— Ça me plaît, à moi.

— C'est plus prudent de dormir quelque part où il y a du monde.

— Ici, je suis plus près de ma maison.

Mike attrapa d'une main avide le sac qu'elle lui tendait.

— C'est des hamburgers ?

— Non, des spaghettis.

— Je préfère les hamburgers.

— Je prends ce que je peux.

Elle venait de voler la nourriture qu'elle lui apportait. Enfin, ce n'était pas tout à fait du vol, puisque Cusanelli donnait ses restes à l'Armée du Salut au lieu de les jeter.

— Mange, et après va à la mission.

Il dévorait déjà les spaghettis.

— Pourquoi tu es venue si tard ?

— Il a fallu que j'attende la fermeture du restaurant. Maintenant, je dois rentrer, ajouta-t-elle en se levant.

— Déjà ?

— Si je t'avais trouvé à la mission, j'aurais pu rester quelques minutes de plus, mais là il est trop tard.

— Tu as dit que Fay dormait comme une bûche et qu'elle ne se réveillait jamais.

C'était loin d'être certain.

— Je dois grimper par la fenêtre de la cuisine pour rentrer. Chang et Raoul couchent dans la chambre juste à côté.

— Je ne veux pas qu'on te gronde.

Mais il se sentait seul et il avait envie qu'elle reste. Elle soupira et se rassit.

— Bon, mais seulement jusqu'à ce que tu aies terminé, déclara-t-elle en s'adossant au mur de brique. Je veux vraiment que tu ailles t'installer dans l'allée de la mission. C'est trop désert ici. Il y a plein de sadiques qui rôdent dans le coin. Ils pourraient te faire du mal.

— Je me sauve toujours, comme tu m'as dit.

— Mais il n'y a personne pour t'entendre si tu cries.

— Ça va, j'ai pas peur.

Elle n'arriverait pas à lui faire comprendre. La peur, pour lui, c'était partout où se trouvait son père. Ailleurs, Mike se sentait en sécurité. Peut-être que, juste pour cette nuit, il pouvait rester. Elle n'avait pas vu le sadique depuis deux jours.

— Il reste combien de temps chez toi en général, ton père, quand il rentre ?

— Une semaine. Des fois deux.

— Bon, ça fait déjà une semaine. Il est peut-être déjà parti.

— Nan. Je suis allé voir après l'école, hier. Il était sur la véranda avec maman. Il ne m'a pas vu.

— Et ta maman ?

— Je crois que oui, mais elle a tourné la tête tout de suite. C'est pas sa faute, remarqua-t-il en regardant ses spaghettis. Elle a la trouille, elle aussi.

— Ben oui.

— Ça ira quand il se sera barré.

Ça n'irait sans doute pas si bien que ça. Sa mère faisait le trottoir dans Peachtree Street, et elle n'était pas souvent à la maison. Ce qui n'empêchait pas Mike de la défendre. Jane s'étonnait toujours de voir les autres enfants tellement incapables de juger leurs parents.

— T'as fini tes spaghettis ?

— Pas encore.

Il ne lui restait qu'une bouchée, mais il se retenait de manger pour l'obliger à rester.

— Redis-moi, pour les étoiles.

— Tu pourrais savoir plein d'autres trucs si tu apprenais à lire. Ce que je te raconte, c'est dans le livre des légendes, à la bibliothèque de l'école. Il faut vraiment que t'apprennes à lire, Mike, et tu n'y arriveras jamais si tu ne vas pas en classe.

— J'ai manqué qu'un seul jour cette semaine. Raconte-moi le monsieur sur le cheval.

Elle aurait vraiment dû partir. Il ne lui resterait que quelques heures de sommeil avant que Fay ne la réveille pour aller à l'école. M. Brett l'avait grondée parce qu'elle s'était endormie la veille, en troisième heure.

Mike se blottit contre elle.

Il se sentait seul et il avait sans doute plus peur qu'il ne voulait l'admettre. Bon, tant pis, tant qu'elle était là, elle empêchait le sadique d'approcher.

— Je reste encore un peu, si tu promets de ne plus venir ici.

— Oui, d'accord.

Elle inclina la tête en arrière. Elle aimait les étoiles autant que Mike. Jamais elle ne les avait remarquées avant d'aller vivre chez les Carboni. Elle se souvenait que, en regardant par la fenêtre, elle avait réussi à oublier sa peur en inventant des images dans le ciel. Quand elle avait découvert la bibliothèque, un autre pas avait été franchi. Les livres et les étoiles. C'était ce qui l'avait sauvée. Peut-être que ça marcherait aussi pour Mike.

Le ciel était dégagé et les étoiles semblaient plus brillantes que d'ordinaire. Elles scintillaient, pures, loin de cette allée de Luther Street.

— Le monsieur à cheval, c'est le Sagittaire, mais il n'est pas vraiment à cheval. Il est moitié cheval et moitié homme. Tu vois cette ligne d'étoiles ? Ça représente la corde de son arc et il vise le…

7

— C'est quoi, cette histoire ? dit Fay Sugarton en dévisageant ses trois visiteurs.

— Jane est en danger, répéta Eve, assise sur le sofa entre Joe et Mark. Croyez-moi, je vous en prie.

— Pourquoi ? Simplement parce qu'elle a l'âge voulu, les cheveux roux, et qu'elle est passée par plusieurs familles d'accueil avant d'atterrir ici ? Vous admettez vous-mêmes avoir quasiment tiré son nom d'un chapeau.

— Elle correspond au profil, intervint Joe.

— Vous avez vérifié les fichiers du comté, en plus de ceux de la ville ?

— Nous pensons que Dom a choisi un enfant du quartier.

— Des suppositions. Il pourrait y avoir d'autres petites filles dans la région qui correspondent à celle que vous décrivez. Vous n'avez pas vraiment cherché. Vous n'êtes même pas sûrs que le type qui vous a appelés n'est pas un malade mental ou un mauvais plaisant.

— Il savait qu'on trouverait deux garçons à Talladega, objecta Eve.

— Ça ne veut pas dire qu'il va s'attaquer à Jane.

— Vous voulez courir le risque ?

— Bien sûr que non ! Mais je n'ai aucune intention de vous laisser me la prendre, à moins d'avoir la certitude que c'est vraiment nécessaire. Elle a été assez trimballée depuis qu'elle a deux ans. Maintenant, c'est moi qui suis responsable d'elle. Je ne veux pas qu'on la déracine encore une fois et qu'on lui fiche la trouille.

— S'il y a des raisons d'avoir peur, ça ne vient pas de nous.

— Apportez-moi des preuves. Expliquez-moi comment vous allez la protéger, et je vous laisserai l'emmener.

— Les preuves viendront sans doute trop tard, protesta Eve.

— Vous ne vous rendez pas compte que cette petite est très perturbée. J'essaie de gagner sa confiance. Et si vous parlez de nous à la télé, jeta-t-elle en se tournant vers Mark, je poursuivrai votre chaîne.

— Rassurez-vous. Moi, je ne remplis qu'un rôle d'observateur… Mais je les écouterais, si j'étais vous. Personne ne veut de mal à cette enfant, sauf le tueur. Nous essayons de la sauver, madame.

Fay hésita, mais finit par secouer la tête.

— Apportez-moi des preuves, et je vous la laisse.

— Vous mettez la petite en danger, lança Eve.

Fay lui jeta un regard perçant.

— Vous n'allez sans doute pas l'abandonner à son sort. Je parie que vous allez la faire surveiller.

— Cela ne suffit pas. Il faut la cacher.

— Et vous ? Vous ne vous cachez pas, vous !

— Moi, j'ai choisi de m'exposer. On ne peut pas demander à un enfant de prendre ce genre de risques.

— On voit que vous ne connaissez pas Jane, remarqua Fay d'un air amusé.

— Tout de même, ce n'est qu'une gamine !

— Une gamine qui a été négligée presque toute sa vie, maltraitée. Elle n'a déjà pas une très haute opinion des adultes, et vous voulez que je lui dise qu'un type veut la tuer rien que pour le plaisir ?

— Quel type de preuve vous satisferait ? demanda Joe.

— Vous avez trouvé Jane trop facilement. Je veux que les services sociaux épluchent tous les dossiers, ceux de la ville comme ceux du comté, pour qu'on ait la certitude que Jane est bien la seule à correspondre au signalement. Je veux que l'agent du FBI, M. Spiro, vienne me parler. Je fais confiance au FBI… Sans vouloir vous vexer, ajouta-t-elle avec un coup d'œil à Joe. Mes enfants ont eu des problèmes avec la police, et je n'apprécie pas que vous soyez venus accompagnés d'un journaliste de la télé.

Eve regarda Joe. Si Dom lui avait ordonné de tenir la police à l'écart, il ne serait pas enchanté de voir le FBI intervenir.

— Ça ne me plaît pas non plus, lui dit Joe avec un haussement d'épaules, mais puisque nous sommes sûrs d'avoir trouvé la petite fille que nous cherchons, Dom ne pourra plus lui faire de mal derrière notre dos.

— Bon, nous sommes d'accord, dit Eve à Fay. Quand vous verrez Robert Spiro, je vous en prie, écoutez-le. Nous vous avons expliqué à quels obstacles nous nous heurtions avec les services sociaux.

— Je vous promets de prendre en compte ce qu'il aura à dire, mais rien de plus. Maintenant, dit-elle en se levant, si vous voulez bien m'excuser, je dois m'occuper de mon ménage avant d'aller au supermarché. Je suis désolée, ajouta-t-elle à l'intention d'Eve, mais je veux prendre la bonne décision. Jane n'est pas facile. Je fais de mon mieux pour gagner sa confiance, et cette histoire pourrait tout mettre par terre.

— Je vous en prie, aidez-nous.

— Je ferai ce que je peux. Là, elle est en classe. École primaire Crawford, dans la 13e Rue.

Fay traversa la pièce, alla à la commode et ouvrit le tiroir du haut. Après avoir fouillé à l'intérieur, elle en tira une photo qu'elle tendit à Eve.

— Voilà sa photo de classe de l'année dernière. Elle sort à trois heures, et elle rentre à pied. Il n'y a que quatre rues à traverser. Surveillez-la bien, mais je ne veux pas que vous lui parliez. Si vous lui faites peur, je vous étripe.

— Merci, dit Eve en enfouissant la photo dans son sac, mais vous avez tort de ne pas nous faire confiance.

— Je me suis souvent trompée dans ma vie, vous savez, on ne peut pas réussir à tous les coups. Je me suis occupée de douze enfants en difficulté au cours des six dernières années, et je pense que j'ai fait du bien à la plupart d'entre eux. (Elle les raccompagna à la porte.) Au revoir. Apportez-moi des preuves, et nous trouverons une solution.

Dans la rue, Mark Grunard commenta.

— Pas commode, la bonne dame. De toute évidence, elle ne s'est laissé impressionner ni par ma célébrité ni par mon charme naturel.

— Elle me plaît, intervint Eve, très sombre. Mais je voudrais lui tordre le cou. Pourquoi ne se laisse-t-elle pas convaincre ?

— Elle imagine protéger les intérêts de la gosse, commenta Joe. Et elle n'est pas du genre à croire les gens sur parole sans se donner le temps de la réflexion.

— Bon, on fait quoi, là ? demanda Mark.

— Vous, rentrez chez vous pour dormir un peu, conseilla Joe. Vous avez veillé toute la nuit. Dès que nous serons à la voiture, nous appellerons Spiro pour lui demander de venir parler à Fay Sugarton. Nous, continua-t-il en regardant Eve, je suppose que nous surveillons l'école pour nous assurer que la petite rentre chez elle sans encombre.

— C'était bien mon projet, répondit Eve en partant vers la voiture.

— J'ai trop de travail, protesta Spiro. Je ne peux pas venir tout de suite.

— Ce qui vous retient n'est sûrement pas aussi important que ce que nous vous demandons. Nous avons besoin de vous, rétorqua Eve.

— C'est tout de même relativement urgent… Nous avons trouvé un nouveau corps sur la rive opposée, de l'autre côté des chutes. On a entrepris de creuser toute la zone pour voir s'il n'y en avait pas d'autres.

— Ce n'est pas vrai !

Cela faisait douze corps. Combien en restait-il encore ?

— Je vais essayer de faire un saut ce soir. Je ne pourrai pas rester longtemps.

— Vers quelle heure pensez-vous arriver ?

— Avant neuf heures. Nous irons voir cette dame ensemble. Ça vous ira ? demanda-t-il d'un ton las.

— Il faudra bien, si vous ne pouvez vraiment pas vous libérer plus tôt.

Joe lui prit le téléphone des mains.

— Nous ne rentrerons pas au pavillon ce soir. Envoyez-nous Charlie au cas où je devrais laisser Eve seule un moment. (Il écouta la réponse.) Non, Charlie ne peut pas parler à Fay Sugarton à votre place. Il a à peu près autant d'assurance et d'autorité que les gamins dont elle s'occupe. Vous, vous l'impressionnerez. Ou alors Spalding, du CASKU… Bien, alors s'il est reparti à Quantico, venez vous-même. Je m'en fiche d'avoir l'air de vous donner des ordres. *C'est* un ordre.

Il raccrocha.

— Tu n'as pas été très diplomate, commenta Eve. Il fait tout pour nous aider.

— Oui, parce qu'il veut attraper Dom…

— C'est son boulot d'arrêter les tueurs.

— Pas tout à fait. Il est profileur. Son job, c'est d'analyser les données et de rédiger des rapports, pas de travailler sur le terrain. Seulement, maintenant, il tient à prendre ce salopard presque autant que nous.

— Ça devrait être bien pour nous.

— Un plaisir…, rétorqua Joe, les sourcils froncés. Il y met du sien la plupart du temps… quand il ne fait pas passer les intérêts du FBI avant la protection des…

— Arrête, Joe.

— D'accord, Spiro assure. Je suis un peu à cran.

Il n'était pas le seul. Eve aussi était à bout de nerfs.

— Allez, viens, dit Joe en démarrant. Je t'offre un hamburger en face de la fac, et après on fait la sortie des classes.

— Ben dis donc, j'avais oublié à quelle vitesse les gamins sortent de l'école ! s'exclama Joe en riant. On dirait un troupeau de buffles qui galope vers un point d'eau. C'est ici que tu allais ?

— Non. Elle n'était pas encore ouverte quand j'étais petite. (Elle fouillait des yeux la horde d'enfants.) Je ne vois pas de rouquins. Où est-elle ?

— Tu as une photo… J'ai remarqué que tu ne l'avais pas regardée une seule fois depuis qu'on nous l'a donnée. Pourquoi ?

— Je n'y ai pas pensé.

— C'est vrai, ce mensonge-là ?

Elle lui jeta un coup d'œil.

— Mais évidemment. Arrête d'interpréter tout ce que je dis. J'ai oublié, tout simplement.

— La simplicité, ce n'est justement pas le trait qui te caractérise. Il est temps de la regarder, Eve.

— J'allais le faire.

Elle la sortit de son sac.

« Ce n'est qu'une petite fille ordinaire. Elle n'a rien à voir avec Bonnie. »

Un immense soulagement l'envahit.

— Elle n'est pas très jolie, hein ? commenta-t-elle.

L'enfant de la photo ne souriait pas. Elle avait les cheveux courts, bouclés, un visage mince et triangulaire. Sa seule beauté résidait dans ses grands yeux noisette qui fixaient l'objectif avec agressivité.

— De toute évidence, répondit Joe, elle n'aime pas qu'on la prenne en photo.

— Ce qui veut dire qu'elle a de la personnalité. Moi aussi, je détestais ça.

Le regard de Joe se posa sur elle.

— Tu es soulagée. Tu avais peur qu'elle ressemble à Bonnie.

— Dom n'a pas l'air très physionomiste. Elle n'a rien à voir avec ma fille. Finalement, peut-être qu'il ment depuis le début et qu'il n'a jamais vu Bonnie.

— S'il était à Atlanta à l'époque, il est probable qu'il ait vu sa photo au moins une fois. Les médias n'ont pas arrêté de diffuser son portrait.

Bonnie avait plu à tous ceux qui l'avaient vue, songea Eve, parce qu'elle était jolie, gentille, et qu'elle adorait la vie. Pas comme Jane MacGuire, une petite teigneuse.

— Que ce type, Dom, arrive à espérer que je vais l'identifier à Bonnie, c'est du délire. Tu n'as pas à t'inquiéter, Joe.

— Si tu le dis…

Il se redressa derrière le volant.

— La voilà ! Elle vient de passer le portail.

Jane MacGuire était petite pour ses dix ans, habillée en jean, T-shirt et tennis. Elle portait un cartable vert sur le dos et avançait à vive allure sans regarder ni à droite ni à gauche.

En voilà une qui ne lambinait pas. Elle ne s'arrêtait pas pour bavarder tous les deux pas comme Bonnie l'avait fait. Bonnie avait eu tellement d'amis…

Mais il ne fallait pas se montrer injuste. Bonnie avait toujours été aimée, donc elle avait été confiante. Jane MacGuire, elle, avait des raisons de se méfier des autres. En tout cas, quel soulagement qu'elle n'ait rien de commun avec Bonnie !

— Elle arrive dans la rue. Démarre.

Le sadique avait plusieurs voitures différentes. Celle-ci était plus grosse, plus neuve. Grise, cette fois, pas bleue.

Ou alors, c'était un autre sadique. Il y en avait plein partout.

Elle se mit à courir et fila au coin de la rue.

De l'autre côté, elle attendit.

La voiture grise prit le tournant lentement. Jane se tendit. On la suivait vraiment.

Un homme et une femme… Bizarre, ce n'était peut-être pas des sadiques finalement.

Mais peut-être que si. Mieux valait ne pas courir de risques. Elle escalada le grillage de l'école, traversa la cour à toutes jambes, puis grimpa par-dessus la grille à l'autre bout.

Vite, elle passa le portillon qui menait à l'allée.

Un coup d'œil en arrière.

Pas de voiture.

Ne pas arrêter de courir.

Son cœur battait trop fort.

Suffit. Il ne fallait pas se laisser impressionner par les sadiques. C'était ça qu'ils voulaient. Faire peur. Faire du mal. Elle ne se laisserait pas embêter.

Bientôt arrivée.

Plus que deux rues, et elle serait chez Fay. Peut-être qu'il vaudrait mieux lui parler des sadiques. Seulement Fay réagissait comme les instits : tant qu'elle comprenait le danger, elle faisait tout pour arranger les choses, mais quand elle ne comprenait pas…

Jane émergea de l'allée. La maison était devant elle, à une centaine de mètres.

Elle regarda au bout de la rue et son cœur tressauta.

La voiture grise venait de tourner le coin.

Elle ne les avait pas semés.

Elle détala vers la maison.

Fay la protégerait. Elle appellerait les flics et, avec un peu de chance, ils se donneraient la peine de venir. S'ils ne venaient pas, au moins elle ne serait pas seule. Il y aurait Fay.

Elle monta deux à deux les marches du perron, ouvrit la porte en hâte et la claqua derrière elle.

Ouf ! Sauvée !

Quelle idiote de paniquer… Elle n'avait pas besoin de raconter tout ça à Fay.

Et puis non, ce serait vraiment bête de se taire. Elle allait tout lui dire.

— Fay !

Pas de réponse.

La maison était silencieuse.

Fay devait se trouver dans la cuisine. Elle mettait un point d'honneur à accueillir Jane et les garçons quand ils rentraient de l'école.

Oui, elle était bien dans la cuisine. La latte de parquet près de l'évier venait de grincer.

Mais pourquoi ne répondait-elle pas ?

Lentement, elle traversa le séjour vers la cuisine.

— Fay ?

— Ça ne va pas plaire du tout à Fay Sugarton, remarqua Joe en se garant devant la maison. Elle nous a interdit de parler à la petite.

— Tant pis. On lui a fait peur, je ne veux pas qu'elle fasse de cauchemars à cause de nous. Et bravo, quel talent pour la filature ! railla-t-elle en ouvrant la portière. Je t'avais demandé d'être discret.

— Elle est futée, rétorqua Joe en descendant. À croire qu'elle s'attendait à trouver une voiture derrière elle.

Eve lui jeta un coup d'œil.

— Tu crois qu'elle se doute que quelqu'un la suit ?

— Nous allons très bientôt pouvoir le lui demander.

Il monta les marches et sonna à la porte.

— Du moins, ajouta-t-il, si nous arrivons à convaincre Mme Sugarton de nous laisser entrer.

— Elle n'a pas le choix. Elle a l'air de l'aimer, cette petite. Ce n'est pas comme si nous voulions révéler à Jane que… Zut, pourquoi elle n'ouvre pas ?

Joe sonna une nouvelle fois.

— Elle devait aller faire des courses. Peut-être qu'elle n'est pas encore rentrée et que les gamins ont peur d'ouvrir.

— Ça fait des heures qu'elle devrait être revenue. C'est fermé, annonça-t-elle en tentant d'ouvrir.

— La gamine..., dit-il pensivement. Non, remarque, peut-être pas. Allez, hop !

Il mit l'épaule contre la porte et l'enfonça.

— Mieux vaut entrer illégalement que... Hé !

Il s'effondra par terre, fauché par la batte de base-ball qui venait de le heurter aux genoux.

Jane repartit à l'attaque aussitôt, frappant Eve en pleine poitrine. La douleur la cloua sur place, si bien qu'elle parvint tout juste à esquiver le coup de batte dirigé vers sa tête.

— Sadiques ! Sales sadiques, je vais vous tuer ! hurla Jane en reprenant son élan, le visage inondé de larmes. Espèce de sales...

Joe plongea et la plaqua au sol.

— Ne lui fais pas de mal, parvint à dire Eve en cherchant son souffle.

— Pourquoi ? Je vais avoir besoin de rotules en plastique ! Et toi, elle a failli te défoncer le crâne, ajouta-t-il, à cheval sur l'enfant qui se débattait.

— Elle a eu peur. On vient d'enfoncer sa porte. Elle a dû penser...

Du sang. La petite était couverte de sang. Ses joues, ses lèvres, ses mains...

— Joe ! Elle est blessée. Il l'a blessée !

Elle se mit à genoux à côté de Jane et repoussa les cheveux qui lui couvraient les joues.

Jane en profita pour lui planter les dents dans la main. Aussitôt, Joe lui attrapa les mâchoires pour la forcer à lâcher prise et parvint à libérer Eve.

— Arrête, dit-il en fermant de force la bouche de Jane et en la regardant droit dans les yeux. On ne te fera pas de mal ! On est là pour t'aider. Où est Mme Sugarton ?

Jane le foudroya du regard.

— Police. Détective Quinn.

Il attrapa son insigne dans sa poche et le lui montra en répétant :

— Nous sommes là pour t'aider.

L'enfant se calma un peu.

— Où es-tu blessée ? demanda Eve.

Jane fixait toujours Joe avec haine.

— Lâchez-moi.

— Laisse-la, Joe.

— Je ne suis pas sûr que ce soit une très bonne idée, maugréa-t-il en se mettant debout et en se hâtant de récupérer la batte.

Jane se redressa lentement.

— Sales flics. Pourquoi vous n'êtes pas arrivés avant ?

Les larmes recommençaient à couler.

— Vous n'êtes jamais là quand on a besoin de vous. Cons de flics ! Cons de flics…

— Bon, je suis là, maintenant. Où es-tu blessée ?

— J'ai rien. C'est elle.

Eve se tétanisa.

— Mme Sugarton ?

— Fay, sanglota Jane en regardant vers la cuisine. Fay.

— Merde ! cria Eve.

Elle se releva d'un bond et courut à la cuisine.

Du sang.

Du sang partout.

Sur la table en Formica.

Sur la chaise renversée.

Sur le carrelage où Fay Sugarton gisait, le regard fixe, la gorge tranchée.

— N'avance pas, dit Joe, à côté d'Eve. Il pourrait y avoir des empreintes. Ne touche à rien.

— Elle est morte, constata Eve à voix basse.

— Oui.

Il la prit par les épaules et la fit pivoter vers l'entrée.

— Retourne là-bas et occupe-toi de la gosse pendant que j'appelle des renforts. Essaie de savoir si elle a vu quelqu'un.

Elle ne parvenait pas à s'arracher au regard mort.

— Dom, chuchota-t-elle. Ça ne peut être que lui.

— Allez, retourne là-bas.

Elle hocha la tête et sortit lentement de la cuisine.

Jane était assise par terre, recroquevillée contre le mur, les genoux remontés sous le menton.

— Elle est morte, hein ?

— Oui, dit Eve en se laissant tomber par terre à côté d'elle. Tu as vu quelqu'un ?

— J'ai essayé de la sauver. Elle saignait. J'ai voulu arrêter le sang… mais j'ai pas pu. La maîtresse a dit que, en cas d'accident, il faut d'abord arrêter le sang. Je n'y suis pas arrivée. Je n'ai rien pu faire.

Eve aurait voulu la prendre dans ses bras, la serrer contre elle, mais la petite gardait ses distances.

— Ce n'est pas ta faute. Je suis sûre qu'elle était déjà morte.

— Peut-être pas. J'aurais peut-être pu me débrouiller si j'avais été plus intelligente. Je n'ai pas fait trop attention quand la maîtresse a parlé de ça. Je ne pensais pas… Je ne savais pas…

Eve se sentit craquer. Elle tendit le bras et toucha timidement l'épaule de la petite fille.

Jane se dégagea brutalement.

— Vous êtes qui ? jeta-t-elle. Vous êtes flic, vous aussi ? Pourquoi vous n'êtes pas venus plus tôt ? Pourquoi vous n'avez pas empêché que ça arrive ?

— Non, je ne suis pas de la police, mais je veux savoir comment ça s'est passé. Est-ce que tu as vu…

Et puis non. La petite n'était pas en état de répondre à ce genre de questions.

— Tu veux qu'on se mette sur la véranda pour attendre la police ?

D'abord, elle crut que la petite n'accepterait pas, mais Jane finit par se lever et sortit avec elle.

— Je m'appelle Eve Duncan, annonça Eve en s'asseyant près d'elle sur la dernière marche. Le détective, à l'intérieur, s'appelle Joe Quinn.

La petite regardait droit devant elle.

— Toi, tu t'appelles Jane MacGuire, c'est ça ?

Pas de réponse.

— Si tu ne veux pas parler, ce n'est pas grave. Je sais que tu devais beaucoup aimer Mme Sugarton.

— Non, je m'en fichais. J'habitais chez elle, c'est tout.

— Ça m'étonne, mais n'en parlons pas pour l'instant. On n'a qu'à rien dire du tout. Je pensais juste que tu te sentirais mieux si on faisait un peu connaissance.

— Parler, ça veut rien dire. Je ne vous connais toujours pas.

La gamine allait tout faire pour la repousser, songea Eve. Elle ne pleurait plus, mais elle se tenait toute droite, rigide, méfiante au plus haut point. Quoi de plus naturel ? N'importe quel autre enfant aurait sangloté à sa place. Une réaction sans doute plus saine que ce repli.

— Moi non plus, je n'ai pas très envie de parler, tu sais. On n'a qu'à rester assises comme ça sans rien dire. D'accord ?

— Oui, répondit Jane en évitant son regard.

La petite était couverte de sang. Eve songea qu'elle aurait sans doute dû la nettoyer. Mais pas tout de suite. Elles n'étaient en état de bouger ni l'une ni l'autre. Elle appuya la tête à la balustrade. Le souvenir des yeux morts ne la quittait pas. Fay Sugarton avait été une femme bien, qui avait donné beaucoup. Elle n'avait pas mérité…

— J'ai menti, lâcha Jane en regardant toujours droit devant elle. Je crois… que je l'aimais bien.

— Oui, moi aussi.

Jane retomba dans le silence.

Barbara Eisley se gara le long du trottoir en même temps que la première voiture de police.

Les policiers se précipitèrent dans la maison, tandis que Barbara Eisley s'arrêtait devant Jane, s'adressant à elle avec une douceur remarquable.

— Tu te souviens de moi, Jane ? Je m'appelle madame Eisley.

Jane la dévisagea, sans expression.

— Oui, je me souviens de vous.

— Tu ne peux plus rester ici.

— Je sais.

— Je suis venue vous chercher tous les trois. Où sont Chang et Raoul ?

— À l'école. Ils ont basket.

— Je vais envoyer quelqu'un les récupérer. Viens avec moi. (Elle lui tendit la main.) On va te laver, et après on parlera de tout ça.

— Non, j'ai pas envie d'en parler, protesta Jane en se levant pour la suivre.

— Où l'emmenez-vous ? demanda Eve.

— Au foyer d'accueil d'urgence.

— Sera-t-elle vraiment en sécurité là-bas ?

— L'établissement est sous surveillance, et Jane sera entourée par les autres enfants.

— Vous devriez nous la laisser…

— Sûrement pas ! jeta Barbara Eisley d'un ton aussi dur qu'il avait été doux. Elle est sous ma responsabilité et je ne vous la confierai à aucun prix. Je n'aurais jamais dû me laisser entraîner dans vos histoires. Les journalistes et les politiques vont me tomber dessus à bras raccourcis.

— Nous devons la protéger. Ce n'était pas Mme Sugarton qui était visée. Elle a dû déranger le tueur.

— Et avez-vous réussi à la protéger ? Non, évidemment. Fay Sugarton était une femme formidable, extraordinaire, qui a aidé des dizaines d'enfants, continua Barbara Eisley en transperçant Eve du regard. Elle n'aurait pas dû mourir. Elle serait peut-être encore en vie si je ne vous avais pas donné ce…

— Et Jane serait peut-être morte.

— Je n'aurais jamais dû m'en mêler, et je ne veux plus rien avoir à faire avec vous. Je ne veux plus vous voir, et laissez Jane MacGuire tranquille, acheva-t-elle en tournant les talons pour regagner sa voiture.

Impuissante, Eve les regarda partir. Jane était assise toute droite sur le siège du passager, elle avait l'air minuscule et terriblement fragile.

— Il n’y avait rien d’autre à faire.

Elle se tourna et vit Joe sur le seuil.

— J’espérais que nous pourrions l’emmener avant l’arrivée des services sociaux, répondit-elle.

— C’est moi qui ai averti Barbara Eisley.

— Quoi ?

— Dans ce genre de cas, on doit toujours appeler les services sociaux. Ils protègent les enfants des médias et des interrogatoires de police. Ça lui évitera le feu des projecteurs.

— Nous aurions pu la protéger aussi.

— Nous aurait-elle laissés faire ? Elle ne nous connaît pas. Au foyer, elle sera entourée d’enfants et surveillée par le personnel. Elle sera beaucoup plus en sécurité qu’avec nous, et nous pourrons toujours veiller sur elle en même temps.

L’argument ne tranquillisa pas Eve.

— J’aurais préféré que tu ne…

— Eve, elle est peut-être le témoin direct d’un crime. Elle t’a raconté ce qui s’est passé ?

Elle fit non de la tête.

— Bon, dans ce cas il va falloir que j’aille la voir tout à l’heure.

— Tu ne pourrais pas la laisser… ?

Non, bien sûr, il ne pouvait pas laisser Jane tranquille si elle avait vu quelque chose.

— Barbara Eisley ne t’autorisera peut-être pas à la voir, reprit-elle. Elle a l’air de nous en vouloir.

— Un badge de police, c’est très utile dans ce genre de situations ! Allez, viens, ajouta-t-il en l’aidant à se relever. Je te reconduis. L’équipe technique va arriver d’une minute à l’autre. Moi, je vais devoir revenir, mais ta présence n’est pas indispensable.

— Je t'attends.

— Non, inutile. Ça risque de prendre des heures, et les médias vont débarquer dans le sillage des enquêteurs. J'ai appelé Charlie, annonça-t-il en l'entraînant en bas des marches. Il nous attend dans le hall de mon immeuble et il assurera ta protection jusqu'à mon retour. Dès que tu seras dans l'appartement, continua-t-il en lui ouvrant la portière, téléphone à Spiro et à Mark pour leur raconter ce qui vient d'arriver.

— D'accord, et peut-être que j'essaierai de téléphoner à Barbara Eisley pour voir si je peux lui arracher un nouveau rendez-vous.

— Laisse-la pour l'instant. Donne-lui le temps de se calmer.

Elle secoua la tête. Sa dernière vision de Jane MacGuire la poursuivait : assise toute droite, comme si elle avait eu peur de s'effondrer si elle baissait sa garde.

Dom pouvait la casser, la massacrer. De combien s'en était-il fallu pour que Jane se trouve face à lui dans la cuisine ?

Un vent de panique la traversa à cette pensée. Il fallait se calmer. Jane n'était plus en danger dans l'immédiat.

Non, on ne lui ferait jamais croire ça.

— Je l'appelle dès que je rentre.

— Non, répondit Barbara Eisley froidement. Ne m'obligez pas à le répéter une énième fois, madame Duncan. Jane restera sous notre protection. Si vous approchez d'elle, je vous fais jeter en prison.

— Vous ne comprenez pas la situation. Dom a tué Fay Sugarton en plein jour. Il a réussi à s'introduire chez elle et à lui trancher la gorge dans sa cuisine. Qu'est-ce qui l'empêchera de faire la même chose à Jane dans votre foyer ?

— Tous les jours, nous devons protéger des enfants contre des parents violents, des mères droguées au crack et à l'héroïne, qui tentent de les récupérer. Nous savons ce que nous faisons. L'adresse du refuge est confidentielle. Et, même si cet homme découvrait son emplacement, il ne pourrait pas tromper notre vigilance.

— Vous n'avez encore jamais eu affaire à…

— Au revoir, madame Duncan.

— Attendez ! Comment va-t-elle ?

— Pas très fort. Mais elle se remettra. Je vais l'envoyer chez le psychothérapeute demain matin.

Elle raccrocha.

Eve se souvenait bien des psys des services sociaux. Ils s'obstinaient à vous harceler de questions pendant des heures, et cachaient difficilement leur dépit quand ils échouaient à établir le contact. Jane n'en ferait qu'une bouchée, tout comme Eve avant elle.

— Ça a marché ?

Elle se tourna vers Charlie, assis à l'autre bout de la pièce.

— Non. Je tenterai de nouveau ma chance demain.

— Vous êtes tenace.

— La ténacité est la seule arme dont je dispose avec elle. Parfois ça marche. Parfois non.

Pourvu, pourvu que cette fois son insistance porte ses fruits.

— Vous avez eu des nouvelles de l'agent du FBI que Spiro a envoyé à Phoenix ? demanda-t-elle.

— Je ne sais pas grand-chose, juste que la police de là-bas accepte de coopérer. J'aurais voulu qu'il me laisse y aller moi-même. C'est pas que je m'ennuie, ajouta-t-il avec un sourire, mais en entrant au FBI j'espérais qu'on me confierait des jobs un peu plus difficiles que de la protection rapprochée. Même si l'intéressée me fait galoper à travers toute la Géorgie.

— Désolée. Café ? Malheureusement, le frigo est vide.

— J'ai vu un restaurant thaïlandais au coin de la rue, qui livre à domicile, dit Charlie en sortant son portable. Vous voulez quoi ?

— Ce que vous voudrez, avec des nouilles. Et commandez quelque chose à garder au frigo pour Joe. Il ne prend jamais le temps de manger.

— Ça marche.

Elle ramassa son sac et se dirigea vers la chambre.

— Je dois appeler Spiro.

— Inutile. Je l'ai fait après le coup de fil de Joe. Il a juré comme un charretier et il a dit qu'il arrivait.

Elle ferma la porte de la chambre et s'y appuya.

Restait à appeler Mark… mais elle avait besoin de temps pour récupérer. La mort de Fay Sugarton la rendait malade. On ne pouvait pas reprocher à Barbara Eisley d'être en colère.

S'approchant de la fenêtre, elle regarda le parc d'en face. Il faisait sombre à présent, et les lampadaires jetaient des halos sur les arbres. Les ombres semblaient menaçantes.

« Es-tu là, Dom ? Regardes-tu ? Espèce de salaud ! »

Son portable se mit à sonner.

Joe ? Spiro ?

La sonnerie persistait.

Elle sortit le téléphone de son sac.

— Allô ?

— Alors, tu t'entends bien avec notre petite Janie ?

— Ordure !

— J'ai beaucoup regretté de ne pas pouvoir rester pour assister à votre rencontre, mais j'étais un peu pressé. Je n'ai même pas pu attendre pour voir la petite de près.

— Alors vous avez tué Fay Sugarton à sa place…

— À t'entendre, on croirait que j'improvise. Je ne l'ai tuée « à la place » de personne. Je n'avais aucune intention de faire mourir la gosse tout de suite. C'était bien Fay Sugarton que je visais.

— Mais pourquoi, enfin ?

— Tu n'aurais jamais pu nouer de lien affectif fort avec Jane tant que Sugarton était dans le secteur. Il fallait s'en débarrasser. Tu la trouves comment, cette petite ?

— Je ne l'aime pas du tout. Elle a failli me fracasser le crâne avec une batte de base-ball.

— Ce n'est pas le genre d'incident qui doit te déranger. Tu admires certainement sa force de caractère. Je crois que je n'aurais pas pu mieux choisir.

— Au contraire, elle n'a rien à voir avec Bonnie.

— Tu vas finir par t'attacher.

— Je ne vois pas comment. Ça ne marchera pas. D'ailleurs, elle n'est pas avec moi.

— Je sais. Il va falloir remédier à ça. Ce n'est pas du tout ce que j'avais prévu. Sors-la du foyer.

— C'est impossible.

— Je veux que vous soyez ensemble. Trouve un moyen de la récupérer.

— Vous ne comprenez pas… On va me mettre en prison si je l'approche.

Un silence.

— Je n'ai pas dû être assez clair. Soit tu la sors du foyer, soit c'est moi qui vais la chercher. Je te donne vingt-quatre heures.

Eve sentit la panique monter.

— Je ne sais même pas où ça se trouve !

— Débrouille-toi. Réfléchis. Tu as des contacts. Il y a toujours moyen de s'arranger. Moi, ça ne me posera aucun problème.

— Le refuge est surveillé. Vous ne pourrez pas passer. On vous prendra.

— Oh ! que non ! Il ne suffit que d'un instant d'inattention, d'un seul employé insatisfait ou démotivé.

— Je me moque de cette petite. Je ne pourrai jamais ressentir la moindre affection pour…

— Mais bien sûr que si ! Il suffit que tu apprennes à la connaître. Tu as passé des années à essayer de retrouver des enfants que tu n'avais jamais rencontrés. Maintenant je t'en offre un rien que pour toi. Que de possibilités…

— J'appelle la police dès que j'aurai raccroché.

— Tu veux signer l'arrêt de mort de Jane ? Ça lui serait fatal, tu sais. Je ne m'estimerai jamais battu. Si je ne parviens pas à l'atteindre tout de suite, j'attendrai. Une semaine, un mois, un an. C'est fou ce que le temps peut faciliter la tâche. Les gens ont la mémoire courte, ils relâchent leur vigilance… Et tu ne serais pas assez proche d'elle pour m'arrêter. Je te donne vingt-quatre heures, Eve, conclut-il en raccrochant.

« Il est fou, pensa-t-elle. Barbara Eisley avait dit que personne ne pouvait entrer dans le refuge. »

Mais Eve elle-même en avait douté.

Il ne suffit que d'un instant d'inattention, d'un seul employé insatisfait ou démotivé.

N'était-ce pas cela qu'Eve redoutait depuis le début ? N'était-ce pas la raison qui l'avait poussée à supplier Barbara Eisley de la laisser prendre Jane ?

La gorge serrée, elle se sentait dominée par la peur. Il était capable de tout. Il trouverait le moyen de tuer Jane si elle ne parvenait pas à la sortir du foyer.

Et elle n'avait que vingt-quatre heures.

Joe. Il fallait appeler Joe.

Elle raccrocha après avoir composé la moitié du numéro. Elle ne pouvait pas lui demander de se rendre complice de l'enlèvement d'un enfant, et de risquer ainsi son travail.

Mais elle avait besoin de lui.

Et alors ? Elle devait rempocher son égoïsme et se débrouiller toute seule.

Comment faire ? Elle ne savait même pas où on avait emmené Jane.

Tu as des contacts. Il y a toujours moyen de s'arranger. Moi, ça ne me posera aucun problème.

Elle composa un numéro.

Mark Grunard répondit à la deuxième sonnerie. Il était furieux.

— Merci de m'avoir prévenu pour Fay Sugarton ! Je suis arrivé chez elle avec la moitié des journalistes de la ville.

— Je voulais vous appeler, mais je n'ai pas eu le temps.

— Vous n'avez pas respecté notre accord.

— Ça ne se reproduira plus.

— Pas de danger. Je ne marche plus dans la combine. Vous et Joe, vous auriez dû…

— J'ai besoin de votre aide. Dom a encore appelé.

Une pause.

— Quand ?

— Les services sociaux ont emmené la gosse dans leur foyer d'accueil d'urgence. Lui, il exige que je la prenne avec moi. Il m'a donné vingt-quatre heures pour la récupérer.

— Et si vous refusez ?

— À votre avis ? Il la tue, bordel !

— Il aura du mal à entrer dans le…

— Il y arrivera. On ne peut pas courir ce risque.

— Joe en pense quoi ?

— Rien. Je ne veux pas lui en parler. Il ne doit rien savoir.

Mark Grunard poussa un petit sifflement.

— Ça ne va pas lui plaire.

— Il en a assez fait. S'il m'aide, il risque trop gros.

— Mais, puisque vous m'appelez, dois-je en déduire que vous êtes prête à sacrifier mon humble personne ?

— Vous avez moins à perdre et plus à gagner.

— Quel genre d'aide aviez-vous en tête ?

— Je veux savoir où elle est. Vous avez une idée ?

— Peut-être.

— Comment ça, peut-être ?

— Écoutez, l'adresse de ce refuge est mieux gardée qu'une arme bactériologique.

— Mais vous la connaissez ?

— Un jour, j'ai suivi Eisley qui raccompagnait là-bas un enfant mis au secret lors d'un gros procès.

Dom aurait très bien pu en faire autant.

— C'est une grande vieille bâtisse, dans Delaney Street, qui était à l'origine une maison de repos. Mais l'adresse a très bien pu changer. C'était il y a plus de deux ans.

— Nous n'avons qu'à tenter le coup. Elle a dit que le foyer était sous surveillance.

— Il y a un garde qui fait des rondes dans la propriété. J'imagine que vous allez me demander de détourner son attention.

— Exactement.

— Et ensuite ? Une fois que vous l'aurez récupérée, vous l'emmènerez où ?

— Je ne sais pas. Je trouverai. Alors, vous m'aidez ?

— Vous me faites courir un sacré risque.

— Vous ne le regretterez pas.

— J'espère bien, rétorqua-t-il durement. À partir de maintenant, je ne vous lâche plus d'une semelle.

— Je ne peux pas… (Elle s'interrompit et reprit avec un soupir.) D'accord, on trouvera bien un terrain d'entente. Venez me chercher. Rendez-vous de l'autre côté de la rue, dans le parc.

— Pas avant minuit.

— Mais Mark, il n'est encore que 17 h 30. Je veux la sortir de là-bas tout de suite.

— Bon, à onze heures alors. Mais, si vous voulez y aller plus tôt, ce sera sans moi. C'est déjà assez risqué comme ça avec le garde. Je veux au moins que tout le monde dorme dans le foyer avant de m'en approcher.

Encore cinq heures et demie à attendre. Comment allait-elle tenir tout ce temps ? Elle était déjà à bout de nerfs. Bien, du calme. Dom lui avait donné vingt-quatre heures.

— D'accord. Je vais dîner et puis je dirai à Charlie d'aller se coucher. La porte de la cuisine mène à une buanderie qui donne devant les ascenseurs. Je peux filer en douce et vous retrouver dans le parc à onze heures.

— Entendu.

Elle raccrocha. C'était fait. Mark Grunard s'était montré plus coriace qu'elle ne l'avait escompté. Elle le comprenait, d'ailleurs. Elle lui demandait un immense service, et personne n'acceptait de prendre de tels risques sans contrepartie.

Personne, sauf Joe.

Il ne fallait pas penser à Joe. Elle ne pouvait pas lui proposer de l'accompagner.

— Eve ! appela Charlie de l'autre côté de la porte de la chambre. Venez, le dîner est arrivé.

Elle rassembla son courage. Il ne restait plus qu'à jouer la comédie pendant le dîner et espérer qu'elle aurait le temps de s'esquiver avant le retour de Joe.

8

— Tu ne veux pas me parler de ce qui est arrivé ?

— Non.

Jane regardait droit devant elle. Qu'elle lui fiche la paix celle-là ! La directrice du foyer avait l'air d'un gros oiseau gris perché sur le sofa, et sa voix roucoulante lui tapait sur les nerfs. Elle essayait sans doute d'être gentille, mais Jane en avait assez.

— J'ai sommeil, madame.

Elle s'appelait comment, déjà, cette dame ? Mme Morse…

Parler du sang. Parler de Fay. Pourquoi les adultes voulaient-ils toujours qu'on parle de tout, tout le temps ? Elle ne voulait surtout pas penser à Fay. Elle ne voulait plus jamais penser à elle. Elle n'avait qu'une envie, refermer la porte sur son chagrin. Non, d'abord, elle voulait quand même savoir une chose.

— Qui est-ce qui l'a tuée ?

— Ici, tu ne crains rien, ma chérie, dit Mme Morse gentiment.

Ce n'était pas une réponse, et Mme Morse mentait. On était en danger partout.

— Qui a tué Fay ?

— Nous ne savons pas au juste.

— Les flics doivent bien le savoir. Fay n'a jamais fait de mal à personne. C'est une bande qui a fait le coup ? Ils ont volé quelque chose ?

— Il vaut mieux ne pas penser à tout ça maintenant. Nous en reparlerons demain.

Elle tendit la main pour caresser les cheveux de Jane.

— Dis-moi plutôt ce que tu ressens.

Jane recula avant qu'elle ne puisse la toucher.

— Je ne sens rien du tout. Je me fiche complètement que Fay soit morte. Je m'en ficherais aussi si vous mourriez. Fichez-moi la paix !

— Je comprends.

Jane serra les dents. Comment s'en débarrasser ? Elle ne comprenait rien. Personne ne la comprenait.

Sauf peut-être Eve. Eve n'avait pas tenté de la faire parler. Elle lui avait tenu compagnie en silence, mais Jane avait senti d'une certaine façon que…

C'était bête. Elles n'étaient restées que quelques minutes ensemble. Et, si elle avait l'occasion de la revoir, elle s'apercevrait qu'Eve était exactement comme tout le monde.

— Est-ce que je peux faire quelque chose pour toi ? demanda Mme Morse.

« Laissez-moi partir. »

Elle se garda bien de le dire tout haut. On l'avait déjà placée dans ce foyer, et elle savait qu'elle y resterait jusqu'à ce qu'on lui trouve une autre famille d'accueil.

Mike, lui, allait se retrouver tout seul. Il était dans la rue, dans le noir, et il ne se doutait pas que personne ne lui apporterait plus à manger, qu'elle ne pourrait pas le protéger.

On l'avait enfermée, on l'obligeait à abandonner Mike.

Du sang.

Le regard fixe de Fay posé sur elle pendant qu'elle essayait d'arrêter l'hémorragie.

Méchant. Il y avait trop de gens méchants sur Terre.

Mike.

— Tu trembles, remarqua Mme Morse. Ma pauvre petite, pourquoi tu ne veux pas…

— Je ne tremble pas ! s'écria Jane en se levant. J'ai froid. Vous ne la chauffez pas, votre putain de baraque ?

— On ne dit pas de gros mots, ici, ma chérie.

— Alors foutez-moi dehors, pauvre conne ! jeta Jane en la foudroyant du regard. Je ne veux pas rester, je vous déteste. Je vais aller dans votre chambre pour vous couper la gorge au milieu de la nuit, comme le fils de pute qui a fait ça à Fay.

La brave dame se leva et recula, ainsi que Jane l'avait prévu. Par les temps qui couraient, ce genre de menaces étaient traitées très sérieusement par les éducateurs, même quand elles émanaient d'enfants aussi jeunes que Jane.

— Il ne faut pas dire des choses pareilles. Va te coucher, ma petite chérie. Nous parlerons de ce qui ne va pas demain matin.

Jane sortit en courant, traversa la salle commune, grimpa l'escalier, dépassa le policier qui montait la garde devant sa chambre et claqua la porte derrière elle. Cette fois, on lui avait réservé une petite chambre pour elle toute seule, mais elle devrait certainement la partager bientôt, dès qu'on déciderait qu'elle s'était remise de son choc. La plupart du temps, les chambres étaient occupées par trois, voire quatre enfants.

Mais on n'avait encore jamais posté de garde devant sa porte. C'était sans doute à cause de ce qui était arrivé à Fay.

Elle avait du mal à respirer. Elle s'approcha de la fenêtre et regarda en bas dans le jardin. Les rosiers auraient eu besoin d'être taillés. Fay lui avait montré comment les raccourcir en automne. Après, avait-elle expliqué, ils repoussaient plus beaux, plus forts au printemps. Jane ne l'avait pas crue, mais elle avait quand même attendu les résultats avec curiosité…

Fay.

Il ne fallait pas penser à elle. Elle n'était plus là. On n'y pouvait rien. Il fallait refermer cette porte dans sa tête.

Mieux valait à la place penser à Mike, à la rue, aux sadiques qui risquaient de lui faire du mal. Elle pouvait aider Mike.

Mais pas en restant ici.

Le bâtiment de brique de deux étages de Delaney Street était construit en retrait de la rue, et entouré d'un gazon miteux et d'un jardin broussailleux. Il datait des années vingt et portait mal son âgc.

— Est-ce indiscret de vous demander comment vous avez l'intention de procéder ? demanda Mark poliment en se garant dans une rue latérale. Il est presque minuit, et j'imagine que toutes les issues sont fermées à double tour. En admettant que vous parveniez à trouver où est sa chambre, je voudrais bien savoir comment vous comptez y accéder, et ensuite comment vous convaincrez la gamine de vous suivre sans vous faire tirer dessus par le garde. Il assure des rondes régulières.

« Moi aussi, je voudrais bien le savoir », se dit Eve.

— Vous ne savez pas où ils peuvent l'avoir mise ?

— Le garçon qui avait comparu pendant le procès couchait dans une petite chambre tout en haut, côté sud. La première fenêtre sur le jardin, à l'arrière.

— Il était seul ?

— Oui, c'était un cas spécial.

Jane était-elle aussi considérée comme un cas spécial ? Il ne lui restait plus qu'à l'espérer et à prier sa bonne étoile.

— Je vais voir par-derrière s'il y a moyen d'entrer, dit-elle en sortant de la voiture. Vous, occupez-vous de l'avant et, si vous rencontrez le garde, retenez-le.

— Un jeu d'enfant, ironisa Mark. Vous n'avez pas une tâche un peu plus difficile ? Ce n'est pas…

— Baissez-vous !

Elle plongea dans la voiture, tirant Mark pour qu'il se couche sur le siège.

— La police !

Une voiture de patrouille passa lentement devant le foyer, éclairant de ses phares la façade et le jardin.

Eve retenait son souffle, s'attendant qu'elle s'arrête. Les avait-on repérés ?

La voiture poursuivit sa route et passa le coin.

— Je crois qu'on ne risque plus rien maintenant, dit Mark en redressant la tête. Il fallait se douter qu'une protection supplémentaire serait assurée.

— Espérons qu'il n'y a toujours qu'un seul garde sur le terrain, dit Eve en se relevant. Et que la voiture de police ne va pas revenir trop vite. Dépêchez-vous.

Elle longeait déjà l'allée, puis traversa la pelouse. Il ne fallait pas réfléchir, juste foncer en priant pour que ça marche.

Elle atteignit l'arrière du bâtiment et leva les yeux vers l'étage. La première fenêtre, côté sud…

La chambre était plongée dans l'obscurité, la fenêtre fermée.

Pas de chance.

Une gouttière rouillée descendait le long du mur, mais à un mètre de la fenêtre.

Comment diable allait-elle pouvoir…

Attention.

Elle jeta un coup d'œil derrière elle.

Un bruit ?

Quelqu'un guettait-il dans l'ombre ?

Non, il n'y avait rien. Son imagination lui jouait des tours.

Elle se tourna une nouvelle fois vers la maison. D'abord, elle devait trouver le moyen d'atteindre le premier. Ensuite, il faudrait entrer dans la chambre sans effrayer Jane. Mieux vaudrait pénétrer d'abord au rez-de-chaussée et puis…

Une fenêtre s'ouvrit.

Eve s'immobilisa.

Jane passa la tête dehors et regarda en bas vers elle. Pouvait-elle la reconnaître ? Oui, la lune, assez lumineuse, permettait de distinguer les visages. Mais aurait-elle confiance pour autant ? Pour l'instant, tout le monde devait lui sembler dangereux.

Jane observa Eve un long moment. Puis elle posa un doigt sur ses lèvres comme pour lui intimer l'ordre de se taire.

C'était un geste de connivence qui les rendait complices. Eve ne savait pas ce qui lui valait cette chance, mais elle comptait bien en profiter. L'occasion était inespérée.

Jane lança un drap noué par la fenêtre. Le bout vint se balancer près d'un mètre cinquante au-dessus de la tête d'Eve. Aussitôt, la petite se mit à descendre comme un singe ; comment comptait-elle… ?

— Rattrape-moi ! ordonna Jane.

— Ce n'est pas si facile. Si je te manque, tu vas te casser…

— T'as qu'à pas me rater.

Elle lâcha tout et tomba dans les bras d'Eve. Son poids la renversa et elles s'effondrèrent l'une sur l'autre.

— Pousse-toi de moi ! souffla Jane.

Eve roula sur le côté et parvint à s'asseoir.

— Désolée. Tu as failli me défoncer les côtes.

Jane s'était déjà remise sur pied, et fonçait vers l'autre côté du bâtiment.

« Merde ! » pensa Eve en se levant d'un bond pour se lancer à sa poursuite.

— Vous avez perdu quelque chose ? demanda Mark.

Il avait saisi Jane au moment où elle passait le coin du bâtiment, et la retenait en lui tenant le bras dans le dos. Elle lui donna un coup de pied dans le tibia.

— Aïe ! Arrête de te débattre, ou je te tors le cou, petit diable.

— Ne lui faites pas de mal, recommanda Eve en s'agenouillant devant la petite fille. Nous voulons t'aider, Jane, n'aie pas peur.

— Je n'ai pas peur. Et je n'ai pas besoin de vous.

— Tu as bien eu besoin de moi tout à l'heure.

— C'était haut. Je risquais de me casser les jambes.

— Ah, et ça ne t'aurait pas gênée de me casser quelque chose, à moi ?

Jane la dévisagea calmement.

— Pas du tout. Je me fiche pas mal de vous.

— Pourtant tu ne dois pas avoir peur de moi, puisque tu n'as pas crié en me voyant.

— J'avais besoin de quelqu'un. Je savais que le drap serait trop court.

— Mais tu comprends que je ne te veux pas de mal ?

— Peut-être. Je ne sais pas. Qu'est-ce que vous faites là, d'abord ? demanda-t-elle en fronçant les sourcils.

Eve hésita. Elle ne voulait pas l'inquiéter, mais elle se doutait que Jane devinerait tout de suite si elle mentait.

— J'avais peur pour toi.

— Pourquoi ?

— Je te le dirai plus tard. Nous n'avons pas le temps.

Jane regarda par-dessus son épaule.

— Il n'est pas flic, celui-là.

— Non. C'est Mark Grunard, un journaliste de la télé.

— Il veut faire un reportage sur Fay ?

— C'est ça.

— On ne devrait pas traîner ici, Eve, remarqua Mark avec impatience. Je n'ai pas vu le garde, mais il risque de nous tomber dessus d'un instant à l'autre. Et Dieu sait quand la voiture de patrouille va refaire son apparition.

Elle avait autant hâte de partir que lui, mais elle ne pouvait pas entraîner Jane contre son gré.

— Tu veux bien venir avec nous, Jane ? Crois-moi, c'est juste pour te protéger.

Jane ne répondit rien.

— De toute façon, tu voulais t'enfuir. Je te promets de trouver une cachette pour toi où personne ne pourra te trouver.

— Lâchez-moi.

— Sûrement pas, dit Mark, tu te sauverais et…

— Lâchez-la. Elle doit prendre sa décision librement.

Mark desserra son étreinte, et Jane se dépêcha de se dégager.

Elle contempla Eve quelques secondes, puis déclara :

— Bon, d'accord. Elle est où, votre voiture ?

Ils n'avaient pas roulé plus de quelques centaines de mètres quand Jane dit à Mark :

— Vous n'allez pas dans le bon sens.

— Pardon ?

— Je veux aller à Luther Street.

Chez Fay.

— Non, tu ne peux pas retourner là-bas, expliqua Eve gentiment. Fay n'est plus là, Jane.

— Je le sais bien. Vous me prenez pour une idiote ? Elle est morte. On a dû l'emmener à la morgue. Je veux quand même aller à Luther Street.

— Tu veux récupérer quelque chose ?

— Oui.

— La police est encore dans la maison. On ne te laissera pas entrer et on te ramènera au foyer.

— Emmenez-moi à Luther Street, je vous dis.

— Jane, écoute, la maison est sous…

— Je ne veux pas aller dans la maison. Laissez-moi descendre au début de l'allée deux rues plus bas.

— L'allée par laquelle tu es passée cet après-midi quand tu as repéré notre voiture ?

Jane fit signe que oui.

— Pourquoi ?

— Je veux y aller.

— Tu y as laissé des affaires ? demanda Mark depuis le siège du conducteur.

— Qu'est-ce que ça peut vous faire ? Vous voulez en parler à la télé ? attaqua Jane. C'est pas vos oignons.

— Si, maintenant si, justement. Eve m'a promis un sujet de reportage si je l'aidais à te faire évader. Tu sais ce qu'on risque pour enlèvement de mineur ? Ça peut me conduire en prison et foutre ma carrière en l'air. Je prends un sacré risque pour toi, alors arrête de discuter.

L'ignorant, Jane se tourna vers Eve.

— Vous risquez d'aller en prison ? Alors pourquoi vous avez fait ça ?

— J'étais inquiète pour toi. Je pensais que tu étais peut-être en danger.

— Comme Fay ?

Bravo, elle s'était laissé coincer. Elle ne pouvait que lui dire la vérité.

— Oui, comme Fay.

— Vous savez qui l'a tuée ?

— Oui.

— Qui ?

— Je ne sais pas son vrai nom. Il se fait appeler Dom.

— Pourquoi il a fait ça ? Fay n'a jamais embêté personne.

— Il n'est pas normal. Il aime faire du mal aux gens. Je sais que c'est terrible, mais il y a des personnes comme ça, qui aiment faire souffrir les autres.

— Ça, je le sais. C'est des sadiques. Il y en a plein partout.

Eve se figea.

— Ah bon ?… Tu en as vu il n'y a pas longtemps ?

— Peut-être, répondit Jane avec un coup d'œil à Mark. Je regarde les infos à la télé. On montre tout le temps des sadiques.

Mark haussa les épaules.

— C'est mon boulot.

— Tu as vu quelqu'un qui t'a fait peur ? insista Eve.

— Il ne m'a pas fait peur. Il était comme tous les autres qui traînent devant la cour de l'école.

— Il t'a suivie ?

— Des fois.

— Mais bon sang, pourquoi n'en as-tu pas parlé à quelqu'un ?

Jane tourna la tête vers la fenêtre.

— Je veux aller à Luther Street, tout de suite.

— À quoi il ressemblait ? demanda Mark.

— Il était grand, et il allait vite. Je ne l'ai pas vraiment vu. C'était qu'un sadique comme les autres. Emmenez-moi à Luther Street ou laissez-moi descendre.

Mark lança un regard interrogateur à Eve.

— On fait quoi ?

— Conduisez-nous à l'allée, mais par l'entrée de Market Street. On ne peut pas risquer d'être repérés de la maison.

— C'est-à-dire par Quinn, remarqua Mark en prenant à gauche.

— Exactement.

À moins que Joe ne soit déjà rentré à l'appartement. Dans ce cas, il avait découvert sa disparition…

— Il va être furieux.

— Je sais, répondit Eve en s'enfonçant dans son siège. Je n'avais pas le choix.

— Je ne me plains pas. Si vous n'aviez pas voulu protéger Quinn, vous n'auriez pas ressenti le besoin de demander mon aide. Et lui, il aurait été tout à fait capable de me larguer s'il avait pensé que c'était mieux pour vous.

— Grouillez-vous ! cria Jane.

La tension dans sa voix était telle qu'Eve la regarda avec surprise. Jane était dressée sur la banquette, les mains crispées.

— On va arriver bientôt, ne t'en fais pas.

— Qu'est ce que tu as laissé, dans l'allée ? demanda Mark doucement.

Jane ne répondit rien, mais en voyant ses poings se serrer, Eve eut un frisson d'appréhension.

— Accélérez, Mark.

— Il y a une limitation de vitesse.

— Tant pis.

— Vu ce que nous venons de faire, ce n'est pas très malin de risquer…

— Accélérez.

Avec un haussement d'épaules, il appuya sur la pédale.

— Merci, marmonna Jane sans regarder Eve.

— Qu'est-ce qu'il y a dans l'allée ?

— Mike, répondit-elle tout bas. Le sadique l'a vu. Je lui ai dit d'aller dormir vers la mission d'Union Street, mais je parie qu'il est retourné à Luther Street. C'est plus près de chez sa mère.

— Qui est-ce ?

— Il est trop petit. J'ai essayé de l'empêcher de… Les petits, c'est bête. Ils ne savent pas…

— Ils ne savent pas qu'il y a des sadiques, c'est ça ?

— Son père, c'est un sale type, mais pas comme… Vous croyez que le sadique qui me suivait, c'est celui qui a tué Fay, hein ?

— Je n'en suis pas sûre.

— Mais vous pensez que oui.

— C'est possible.

— Crevard ! jeta Jane, les yeux brillants de larmes. Fils de pute !

— Bien d'accord.

— J'aurais dû le dire à Fay. Je croyais que c'était qu'un tordu qui suivait les enfants. Il y en a plein partout. Je ne savais pas qu'il la tuerait.

— Ce n'est pas ta faute.

— J'aurais dû le lui dire. Elle voulait que je lui raconte ce qui se passait. J'aurais dû…

— Jane, ce n'est pas ta faute.

— Si, j'aurais dû lui dire.

— Bon, d'accord, peut-être que tu aurais dû. On fait tous des choses qu'on regrette. Mais tu ne pouvais pas deviner qu'il lui ferait du mal.

Jane ferma les yeux.

— J'aurais dû lui dire.

Eve abandonna. Elle aussi avait eu des regrets après la mort de Bonnie. Mais Jane n'avait que dix ans. Un enfant ne devrait jamais porter une telle culpabilité. Mais dans la vie, il n'y avait pas de justice.

— Quel âge a Mike ?

— Six ans.

Eve en eut mal au cœur. C'était Jane que voulait le tueur, pas ce petit garçon. Mais Dom n'en était pas à une victime près.

— Fay n'a pas voulu que je le ramène à la maison. Elle préférait appeler les assistantes sociales. Mais je savais qu'on ne ferait que le renvoyer à son père. Mike a peur de lui. Je ne pouvais pas la laisser faire. Je voulais seulement le protéger, ajouta-t-elle en rouvrant les yeux.

— Je m'en doute.

— Mais le sadique m'a vue avec lui. Il sait que Mike est tout seul.

— Il ne va peut-être rien lui arriver.

Eve lui toucha l'épaule. Jane était dure comme du bois, mais au moins elle ne s'écarta pas.

— Nous allons le trouver, Jane. Je suis sûre que Dom n'a pas traîné du côté de Luther Street ce soir. La police est partout dans le quartier.

— Vous avez dit qu'il était fou.

— Pas quand il s'agit de sa propre sécurité. Je suis sûre qu'il n'arrivera rien à Mike d'ici à ce qu'on le retrouve.

« Pourvu que je ne me trompe pas », songea-t-elle en ajoutant :

— Et après, on le mettra en lieu sûr.

— Il ne faut pas le ramener chez son père.

— Je t'assure qu'on le protégera.

— Vous le jurez ?

Bon Dieu, à quoi s'engageait-elle ? Comme si un seul enlèvement ne suffisait pas...

— Oui, c'est promis. (Une pause.) Mais il faut que toi, tu promettes de m'obéir pour que je puisse te protéger comme il faut.

— Je ne suis pas comme Mike ! Je sais me débrouiller toute seule.

— Je ne promets que si tu promets aussi, Jane.

— Bon, d'accord, mais seulement si vous ne faites rien de bête.

Eve poussa un soupir de soulagement.

— J'essaierai de ne rien faire de bête. Tu me le diras, si ça m'arrive ?

— Ah ben çà, sûrement !

Mark quitta la rue et s'arrêta à l'entrée de l'allée.

— Éteignez vos phares, chuchota Jane d'un ton pressant. Vous voulez lui faire peur ?

Elle glissa hors de la voiture à toute vitesse et courut dans l'allée.

— Jane !

Eve sauta de la voiture et la suivit dans l'obscurité.

Son téléphone portable se mit à sonner dans son sac. Elle ne répondit pas, se sentant incapable de parler à Joe ou à Dom.

Mais elle allait peut-être devoir affronter Dom en chair et en os… Il pouvait très bien s'être douté que Jane viendrait dans l'allée.

Et s'il les attendait, embusqué dans l'ombre ?

Pas de réponse.

Joe sentit ses tripes se nouer en raccrochant. Elle aurait dû répondre. Elle n'éteignait jamais son portable. Il l'avait laissée dans un tel état d'angoisse qu'il était peu probable qu'elle dorme, et la sonnerie l'aurait réveillée de toute façon.

Et où diable était passé Charlie Cather ?

Il appela le poste fixe de l'appartement.

Charlie répondit à la deuxième sonnerie d'une voix ensommeillée.

— Tout va bien ? demanda Joe.

— Oui. On est bouclés à l'intérieur. Mme Duncan est allée se coucher il y a environ deux heures.

Cela ne rassura pas vraiment Joe. Pourquoi n'avait-elle pas répondu à son portable ?

— Elle va bien ?

— Oui. Elle ne dit pas grand-chose, mais elle n'est pas très bavarde de toute façon. Elle s'inquiète pour la gamine.

— Je sais.

— L'agent Spiro est arrivé ?

— Il est sur les lieux du crime. Moi, je suis passé par le poste en rentrant, mais j'ai encore des rapports à taper. Je m'en passerais !

— Oui, c'est pénible, la paperasserie.

« Elle aurait dû répondre à son portable », se répétait Joe malgré lui.

— Allez voir si elle va bien.

— Vous voulez que je la réveille ?

— Si nécessaire, oui, réveillez-la. Allez voir dans sa chambre si tout va bien.

— Elle ne va pas être très contente si je… Bon, d'accord, j'y vais.

Joe patienta.

Il ne s'était probablement rien passé. Il était peu probable que Dom prenne le risque de s'attaquer à elle dans l'appartement. Ça ne faisait pas partie de sa stratégie. La méthode aurait été trop simple. Il avait décidé de se servir de Jane MacGuire comme appât.

Et une femme avait déjà été prise dans les mailles de son filet. Joe s'était occupé du meurtre tout l'après-midi et toute la soirée. Dès qu'il posait les yeux sur Fay Sugarton, il pensait à Eve. Mais était-elle jamais vraiment loin de ses préoccupations ?

— Elle n'est pas là.

Joe ferma les yeux. Bon Dieu, il s'en était douté !

— Je vous jure que personne n'a pu entrer dans l'appartement, Joe. Je n'ai pas bougé d'ici, et j'ai vérifié les portes quand Eve est allée se coucher.

— Elle a reçu des coups de fil ?

— Pas sur la ligne de l'appartement. Je n'ai pas entendu sonner son portable.

— Vous avez très bien pu ne rien entendre si elle se trouvait dans une autre pièce.

— Elle ne m'a parlé d'aucun appel.

Dom lui avait téléphoné. Joe en avait la certitude. Dom avait appelé, et elle était sortie de l'appartement.

Pour aller le rencontrer ?

Elle n'aurait jamais fait une chose aussi stupide. Eve était tout sauf bête.

Pour l'attirer hors de l'appartement, Dom avait dû brandir une menace très sérieuse.

Jane MacGuire.

Merde !

Il raccrocha et feuilleta son carnet d'adresses pour trouver le numéro de pager de Barbara Eisley. C'était le seul moyen d'obtenir l'adresse du refuge à cette heure.

Eisley le rappela en moins d'une minute. Il en fallut dix à Joe pour la persuader de lui donner l'adresse.

Une fureur croissante montait en lui, il étouffait de rage. Il aurait pu étrangler Eve. Elle recommençait à l'exclure. Après toutes ces années d'intimité, elle lui tournait le dos. Ah, s'il avait pu ne jamais rencontrer cette garce ! Elle faisait de sa vie un enfer. La moitié du temps, il avait envie de la secouer comme un prunier, et l'autre, de la bercer dans ses bras pour la consoler. Elle se croyait assez forte pour se battre seule contre tous, mais elle ne viendrait pas à bout de Dom.

Non, Eve, n'y va pas.

Ne cours pas vers lui.

Attends-moi.

Elle courait.

L'allée sentait le graillon et les ordures.

Obscurité.

Un bruit à gauche.

Son cœur bondit dans sa poitrine.

Dom ?

Non, un chat.

Où était Jane ?

— Jane ? Vous la voyez, Mark ?

— Je suis là ! appela Jane.

Le grand carton de réfrigérateur contre le mur de brique.

— Mike va bien, annonça Jane en rampant hors du carton, entraînant un petit garçon à sa suite. Il a peur, c'est tout. Il dit qu'il a entendu plein de grattements ce soir. Sûrement des rats. Il a faim. Vous avez quelque chose à manger ?

— Non, malheureusement.

— C'est qui ? demanda Mike en observant Mark et Eve avec méfiance. Une assistante sociale ?

— Mais non, je ne t'aurais pas fait ça ! Tu ne peux plus rester ici. Il y a des gens méchants qui peuvent venir.

— Je te jure que ça va.

— Tu seras mieux là où Eve va t'emmener. Prends tes affaires.

Mike hésita.

— Il y aura plein à manger.

— Bon, d'accord, dit Mike en se faufilant de nouveau dans le carton.

— Où vous allez le mettre ? demanda Jane. Il va vouloir savoir où il va.

Eve aurait bien voulu le savoir elle-même.

— Il faut que je réfléchisse.

— Pas dans un foyer.

— Non.

— Ni avec son père.

— Ça va, Jane, j'ai compris.

— Vous avez promis !

Eve eut un coup au cœur. Elle venait de voir une grande tache humide qui luisait sur le dessus de la boîte en carton.

— Je tiendrai ma promesse.

Mike ressortit en tirant un sac de voyage derrière lui.

— Il y aura quoi à manger ? J'aime les frites.

— On va voir ce qu'on peut faire. Vous les ramenez à la voiture ? ajouta-t-elle en se tournant vers Mark.

Jane la regarda.

— Vous ne venez pas ? demanda Mark avec un haussement de sourcils.

— J'arrive dans une minute.

Sans discuter, il poussa les enfants devant lui pour les faire sortir de l'allée.

Elle toucha du bout des doigts la tache sombre. Ce n'était pas aussi mouillé qu'elle l'aurait cru. Sa main tremblait tandis qu'elle fouillait dans son sac pour en tirer une petite lampe de poche.

La trace sur ses doigts était rouge foncé, presque rouille.

Du sang.

Il a entendu plein de grattements, ce soir.

Elle éclaira le carton.

« C'est bien, Eve. Une petite récompense... »

Elle fut prise de terreur en réalisant à quel point Dom avait été proche du petit garçon.

Quel genre de récompense ?

La vie de Mike ?

Non.

Les points de suspension à la fin de la phrase menaient vers le bas.

Un objet blanc était posé à terre.

Elle s'agenouilla lentement et l'éclaira avec le faisceau de sa lampe.

Un os. Minuscule, délicat. Un os de doigt d'enfant.

Bonnie ?

Prête à s'évanouir, elle se retint au carton pour ne pas tomber.

Tiens bon. Il cherche à te faire mal.

Oh mon Dieu ! Bonnie…

Il ne fallait pas le toucher. Surtout ne toucher à rien. Peut-être, cette fois, aurait-il commis une erreur.

Bien, elle faisait des progrès. Elle avait été incapable de se retenir quand il avait laissé la côte sur la véranda.

Maintenant, elle parvenait à se contenir. Elle acceptait d'abandonner le petit os fragile par terre dans l'allée pour se donner toutes les chances d'attraper ce salaud.

Elle se leva pesamment et éteignit sa torche.

Lutter contre la douleur. Partir.

Ne pas penser à l'os. Ne pas penser à Bonnie.

Elle ne pouvait plus rien pour sa fille, mais elle pourrait peut-être sauver Jane et Mike.

« Dom, tu es là ? Tu peux y aller, montre-moi du sang. Montre-moi les os de ma fille. Tout ce que tu fais me rend plus forte.

« Je ne te laisserai pas gagner, cette fois. »

9

L'homme avait la gorge tranchée.

— Mon Dieu, qui est-ce ?

Joe releva la tête et vit Barbara Eisley à quelques pas de lui. Elle approcha et baissa les yeux sur le corps dissimulé dans les buissons sur le côté de la maison.

— C'est le garde ? demanda-t-elle.

— Que faites-vous ici ?

— Ça vous étonne de me voir ? Vous me réveillez au beau milieu de la nuit pour me dire que vous allez venir mettre la pagaille au refuge, et vous imaginez que je vais me rendormir tout tranquillement ? Je suis responsable de ce foyer, ajouta-t-elle en jetant un coup d'œil au bâtiment à présent baigné de lumière. Où est Jane MacGuire ?

— Je n'en sais rien.

— La directrice dit qu'elle ne se trouve pas dans sa chambre. Le garde est mort. Vous pensez qu'elle a été tuée, elle aussi ?

— Possible. Mais je ne le crois pas, ajouta-t-il en voyant le choc s'inscrire sur le visage de Barbara Eisley. Il y avait un drap noué qui pendait de sa fenêtre.

— Elle est descendue… et elle est tombée tout droit dans les bras du tueur.

— Pas forcément.

Barbara Eisley le dévisagea avec intensité.

— Eve Duncan…, dit-elle avec rancœur. Je lui avais dit de ne pas approcher la petite.

— Mais elle vous a expliqué que Jane était en danger. Vous n'avez rien voulu entendre. Priez plutôt le ciel qu'Eve soit parvenue à la prendre avant l'assassin de votre garde. Arrangez-vous pour que personne ne touche à rien ni ne circule dans cette zone avant l'arrivée de l'équipe technique.

— Où allez-vous ?

— Essayer de trouver Jane MacGuire.

— Si Eve Duncan l'a emmenée, c'est un enlèvement. Mais, ajouta-t-elle après une pause, puisqu'il y a des circonstances atténuantes, si elle rend l'enfant dans les vingt-quatre heures j'essaierai de persuader l'Aide à l'enfance de ne pas porter plainte.

— Je lui transmettrai votre généreuse proposition. En supposant qu'elle prenne contact avec moi.

— Vous devez bien savoir où elle est. Il faut absolument retrouver cette enfant, insista-t-elle avec une pointe de panique dans la voix. Vous êtes amis, non ?

— Je le pensais.

Il sentit son regard le suivre pendant qu'il regagnait sa voiture, garée le long du trottoir.

Vous êtes amis, non ?

Amis… Pendant de longues années, il s'était obligé à accepter leur relation telle qu'elle était, et maintenant voilà qu'Eve semblait la rejeter.

Elle n'aurait pas pu choisir plus mal son moment.

Il se foutait de l'amitié, se foutait de l'espoir. Il se foutait de tout.

« Je ne te demande qu'une seule chose, m'appeler pour que je sache que ce salaud ne t'a pas fait la peau. »

Mark se gara devant la résidence Peachtree.

— Chez qui allons-nous ?

— Chez ma mère et son fiancé, répondit Eve. C'est la seule personne que je connaisse qui puisse accepter de s'occuper de Mike.

Jane leva la tête pour regarder la tour de trente étages.

— Ta mère ? demanda-t-elle d'un ton inquiet.

— Elle a bien réussi à m'élever. Je pense qu'elle devrait pouvoir se débrouiller avec Mike.

— Faut voir.

Eve poussa un soupir exaspéré. Non seulement elle allait devoir persuader Sandra de l'aider, mais sa mère devrait aussi gagner l'approbation de Jane.

— Il ne risquera plus rien ici, Jane. L'immeuble est protégé par un service de sécurité, et mon ami Joe a déjà mis en place une protection spéciale pour ma mère. Mike sera nourri et gardé. Que veux tu de plus ?

Jane ne répondit rien et avança vers la porte d'entrée, Mike dans son sillage.

Eve interrogea Mark du regard.

— Vous venez ?

— Pas si je peux éviter. Il est plus d'une heure du matin. Je préfère de loin faire face à notre tueur en série que de réveiller votre mère et son ami. Ils doivent dormir à poings fermés et je me vois mal les convaincre d'adopter un gamin en cinq minutes. Je vous attends ici.

— Lâche !

Il sourit.

— Ben oui.

Elle suivit les enfants, pas plus enthousiaste que Mark devant la tâche qui l'attendait. Elle connaissait à peine Ron Fitzgerald ; elle ne l'avait rencontré qu'une seule fois avant de partir pour Tahiti. Il lui avait semblé être un homme agréable, intelligent, réellement épris de sa mère. Mais il ne devait rien à Eve.

Le mieux serait d'essayer de le convaincre lui d'abord. Car, même si elle n'avait aucune envie d'imposer cette corvée à sa mère, elle ne doutait pas un seul instant qu'elle accepterait de lui venir en aide. Sa priorité serait de ménager une relation à laquelle Sandra tenait de toute évidence beaucoup. Elle demanderait à sa mère d'emmener les enfants dans la cuisine pour leur donner à manger, et, pendant ce temps, elle expliquerait la situation à Ron et le supplierait d'accepter.

— Non, répondit Ron sans hésitation. Je ne veux pas que Sandra soit impliquée dans des activités illégales. Confiez ces enfants à la police.

— Je ne peux pas. Je vous ai déjà expliqué que…

Eve s'interrompit et prit une profonde inspiration pour se calmer.

— Je ne vous demande pas de prendre Jane, reprit-elle. Cela pourrait en effet vous mettre tous les deux dans une position fâcheuse. Mais Dom ne s'intéresse pas à Mike, autrement il l'aurait déjà tué quand il en a eu l'occasion. J'ai simplement besoin que quelqu'un s'occupe de lui pendant que la situation se règle.

— Il s'agit d'un mineur en fugue. Nous pourrions nous attirer beaucoup d'ennuis en ne le rendant pas à ses parents.

— Mais bon sang, d'après ce que dit Jane, il dort dans la rue depuis des jours, et personne n'a déclaré sa disparition ! Vous pensez que ses parents ne s'en moquent pas ?

— C'est illégal.

Il parlait en avocat.

— J'ai besoin de vous, Ron.

— Je le vois bien, mais c'est Sandra que je protège. Je voudrais bien vous aider, mais je ne veux à aucun prix qu'elle…

— Nous acceptons, lança Sandra depuis la porte. Ron, ça ne rime à rien de me surprotéger.

— Depuis quand nous écoutes-tu ? demanda-t-il en se tournant vers elle.

— Un moment, répondit-elle en entrant dans la pièce. Tu te doutes qu'Eve ne serait pas venue si elle avait eu le choix.

— Sandra, laisse, je m'en charge.

— Écoute, ce petit garçon est mort de peur. Nous ne pouvons pas nous débarrasser de lui en le renvoyant simplement chez ses parents. Et puis je ne peux pas dire non à Eve si elle a besoin de moi. Je l'ai fait trop souvent quand elle était petite… Seulement, ajouta-t-elle après une hésitation, ce n'est pas ta fille, à toi. Si tu veux, je peux ramener Mike chez moi.

— Tu ne vas pas partir, jeta-t-il avec un froncement de sourcils.

— Pourquoi pas ? Nous avons été très heureux, mais il n'y a pas que toi dans ma vie, Ron.

— Il est illégal d'héberger un enfant en fugue, et je t'interdis de…

— Je ne t'ai pas dit combien de fois Eve s'était enfuie quand je prenais du crack ? Ne fais pas attention à lui, ajouta-t-elle avec un coup d'œil à sa fille, il ne se rend pas compte. Il ne sait pas ce que c'est.

— Je ne veux pas te créer de difficultés, maman.

— Si sauver cet enfant du froid peut gâcher notre relation, alors elle ne vaut pas la peine d'être vécue. Tu ne crois pas ? ajouta-t-elle en se tournant vers Ron.

Il la regarda fixement un moment, puis fit un faible sourire.

— Tu exagères, Sandra. Bon, tu as gagné… Nous n'avons qu'à raconter aux voisins que c'est le fils de mon frère en visite de Charlotte.

Un vif soulagement envahit Eve.

— Merci.

— Tu veux toujours tout assumer toute seule, commenta Sandra en secouant la tête. Tu ne veux jamais qu'on t'aide. Pour une fois que je peux faire quelque chose pour toi…

Eve lança un regard interrogateur à Ron.

— Laissez le petit ici. Ça ne me plaît pas, mais je ne dis plus rien. (Il prit Sandra par la taille.) Mais je ne veux plus vous voir ici jusqu'à ce que ce salaud soit derrière les barreaux. Vous m'avez entendu ? Je refuse que vous mettiez Sandra en danger.

— Je comptais bien me tenir à l'écart. Garde quand même ton téléphone portable allumé en permanence, maman. J'appellerai régulièrement pour m'assurer que tout se passe bien. Maintenant, ajouta-t-elle en se levant, je vais chercher Jane, et nous partons.

— Je suis prête, déclara Jane en apparaissant à la porte. Mike est encore en train de manger un pancake, madame Duncan. Vous feriez mieux de l'arrêter ou il va avoir mal au cœur.

— Encore un ? Mon Dieu, c'est son sixième ! s'écria Sandra en partant en courant vers la cuisine.

Jane avança vers Eve.

— On devrait partir tout de suite. J'ai expliqué à Mike que j'allais m'en aller, mais il risque de faire des histoires s'il se met à trop y penser. Soyez gentil avec lui, ajouta-t-elle en s'adressant à Ron. Il peut avoir peur de vous au début. Son père est grand, comme vous.

— On s'occupera bien de lui.

Jane le dévisagea.

— Vous n'avez pas envie de le garder, observa-t-elle. Eve, on ne devrait peut-être pas…

— J'ai dit que je m'occuperais de lui, protesta Ron vivement. Même si je ne suis pas ravi, j'ai promis de le faire, et je le ferai.

Jane gardait l'air soucieux.

« Zut, se dit Eve, il fallait vite débarrasser le plancher. »

— Allez, viens, Jane, lança-t-elle en la poussant vers l'entrée. Ils se débrouilleront très bien sans nous.

— Je ne sais pas si…

Eve l'entraîna dehors et referma la porte derrière elles.

— Il sera très bien, je te dis. Ma mère va le dorloter.

— Elle n'est pas très bonne cuisinière. Les pancakes étaient mal cuits.

— C'est vrai, ce n'est pas son point fort. Mais elle est gentille. Tu l'aimerais bien si tu la connaissais mieux.

— Mais je l'aime bien. Elle est un peu comme… Fay.

— Et Fay était très protectrice, non ?

— Oui… (Un silence.) C'est son mec…

— Il est gentil aussi. Il ne fera pas de mal à Mike.

— Je ne l'aime pas.

Eve ne lui donnait pas vraiment tort. Elle l'avait trouvé beaucoup plus sympathique la première fois qu'elle l'avait rencontré. Mais la perfection n'était pas de ce monde, et elle pouvait s'estimer heureuse qu'il prenne les intérêts de Sandra tellement à cœur.

— Il s'inquiète pour ma mère. Tu crois que je leur laisserais Mike si je n'avais pas une totale confiance en eux ?

Jane l'observa, sourcils froncés, puis finit par céder.

— D'accord, je te crois. On va où ?

— On sort de la ville, on trouve un motel et on se couche. Je suis fatiguée, et toi ?

— Oui, moi aussi.

Eve voyait bien que Jane était épuisée. Elle avait les traits tirés, le teint pâle, et pourtant elle avait tenu bon tant que Mike avait eu besoin d'elle.

Jane ne dit plus un mot jusqu'à l'arrivée de l'ascenseur.

— Pourquoi ? murmura-t-elle pendant la descente. Pourquoi c'est arrivé ?

— Je t'expliquerai, mais pas maintenant. Fais-moi confiance.

— En quel honneur ?

Bonne question. Après tout ce que Jane avait vécu durant les dernières vingt-quatre heures, elle n'avait aucune raison de croire les autres.

— Je ne sais pas. Moi non plus, à ta place, je ne ferais sans doute confiance à personne. Disons que je suis ta meilleure chance de t'en tirer.

— Bof !

Vexée, Eve rétorqua vertement :

— Eh bien, il faudra que tu te contentes de moi. De toute façon, je ne peux rien te dire d'autre.

— C'est pas la peine d'être désagréable.

— C'est comme ça. Moi aussi, j'en ai assez. J'en ai jusque là, et je n'ai vraiment pas besoin qu'une… Pardon, se reprit-elle en se mordant les lèvres. Ça commence à faire un peu beaucoup, c'est tout.

Jane se tut jusqu'à la sortie de la tour.

— C'est pas grave, dit-elle une fois dehors. Je préfère que tu sois pas aimable, mais que tu me dises la vérité. Je déteste les assistantes sociales pleurnicheuses qui font des manières.

Dans son enfance, Eve avait aussi détesté ça, mais elle estima que son rôle aujourd'hui était de les défendre.

— Elles ne font que leur…

Oh ! et puis zut. Elle était trop fatiguée pour ce genre d'hypocrisies.

— Je te jure que je ne te pleurnicherai jamais dessus, promit-elle en ouvrant la portière. Allez, monte. On file.

Mark se tourna vers elle.

— Je vois que nous avons semé un de nos deux orphelins.

— Ma mère va s'occuper de lui.

— Bon, et maintenant on va où ?

— On se tire très vite. Un des premiers endroits où la police va me chercher, c'est chez ma mère. On a déjà de la chance d'être arrivés avant les flics. Sortez de la ville. Trouvez un hôtel.

— Vous avez des préférences ?

— Un endroit où on ne nous trouvera pas.

— Qui ça, on ? Dom, ou Joe Quinn ?

Joe.

Le regard perspicace de Mark croisa le sien.

— Joe vous retrouvera n'importe où, Eve.

Oui, elle le savait. Ce n'était qu'une question de temps. Il fallait donc profiter de ce répit.

— Je réglerai la question de Joe plus tard.

Mark fit entendre un petit sifflement.

— Je ne voudrais pas être à votre place.

Mais, même si elle redoutait de lui parler, elle devait lui passer au moins un petit coup de fil pour lui parler des mots griffonnés sur le carton et de l'os. Peut-être que, cette fois, Dom avait laissé des traces.

Pourtant, jusqu'à présent, il n'avait commis aucune erreur discernable.

Mais ne prenait-il pas trop de risques ? À peine quelques heures après l'assassinat de Fay Sugarton, il s'était exposé en allant déposer l'os à quelques centaines de mètres du lieu du crime.

Peut-être n'était-il pas invulnérable. Peut-être avait-il laissé un indice qui permettrait de découvrir son identité.

Donc il fallait appeler Joe, résister à ses reproches, et lui dire ce qu'elle savait.

Mark Grunard les conduisit à un Motel 6, près de Ellijay, en Géorgie. Il prit une chambre individuelle pour lui-même, et une double pour Eve et Jane.

— Voilà, mission accomplie, dit-il en tendant la clé à Eve. À demain matin.

— Merci, Mark.

— Ne me remerciez pas. Je voudrais pouvoir prétendre que je ne m'intéresse qu'à sauver la vie de cette gamine, mais ce qui me motive, ce n'est que le scoop que je vais en tirer.

— Merci quand même.

Elle fit entrer Jane dans la chambre et ferma à double tour.

— Va dans la salle de bains. Lave-toi.

Quel froid ! Elle monta le thermostat.

— Dors avec tes sous-vêtements cette nuit. Je te trouverai des vêtements de nuit demain.

— D'accord, répondit Jane en bâillant.

Elle composa le numéro du portable de Joe dès qu'elle fut certaine que Jane s'était endormie dans le lit voisin.

— Joe ?

— Où es-tu, bon Dieu de merde ?

— Je vais bien. Je suis avec Jane MacGuire. Elle est en sécurité.

— Je t'ai cherchée dans toute la ville. Sandra n'a rien voulu me dire.

— La police l'ennuie ?

— Évidemment. Qu'est-ce que tu crois ?

— Protège-la, Joe.

— C'est ce que je fais dans la mesure du possible, mais ce n'est pas après elle qu'ils en ont surtout. Où es-tu ?

Elle ne répondit pas à cette question.

— Je t'appelle juste pour te dire que vous trouverez peut-être des pièces à conviction dans une allée qui donne dans Luther Street. Dom a laissé un message écrit avec du sang sur un carton, et il y a un os de doigt d'enfant par terre.

— Le message dit de quel enfant il s'agit ?

— Non.

Bonnie.

« Arrête. Ne pense pas à Bonnie. »

— Et je ne sais pas non plus à qui est le sang.

— Moi, je m'en doute. C'est celui du garde qui surveillait le refuge d'où tu as kidnappé la gosse.

— Non…

Elle frissonna en comprenant que Dom avait peut-être prévu de s'attaquer à Jane là-bas.

— Depuis combien de temps est-il mort ?

— Nous n'en savons encore rien. La nuit était froide. L'heure de la mort peut être difficile à déterminer quand le corps a été exposé à des températures basses. La dernière fois qu'on l'a vu, il était environ 20 h 15.

Donc il pouvait avoir été tué en début de soirée, des heures avant qu'elle n'arrive sur les lieux. L'impression qu'elle avait eue d'être observée sous la fenêtre de Jane pouvait très bien n'être que le fruit de son imagination.

— Alors, en plus d'être coupable d'enlèvement, tu es aussi suspectée de meurtre, résuma Joe.

— Moi ?

— Oui. Tu étais sur les lieux du crime. Mais je pense que personne ne va réellement te croire coupable.

— Tu me rassures.

— Seulement tu seras considérée comme un témoin direct possible, et on va vouloir t'interroger. Et puis il y a l'enlèvement. Un avis de recherche a été lancé contre toi.

— Tu te doutes pourquoi j'ai voulu tirer Jane de là-bas. Dom m'a dit que, si je n'allais pas la chercher, il irait la tuer.

— Ça ne m'étonne pas, répondit-il d'une voix neutre. J'aurais trouvé sympathique que tu me téléphones pour en discuter avant.

Évidemment, il était dans une colère noire.

— Je préférais y aller toute seule.

— Ah oui ? Si je me souviens bien, je suis impliqué jusqu'au cou dans cette affaire aussi. Pourquoi as-tu soudain décidé de te passer de moi ?

— Tu le sais très bien. Il fallait que je fasse sortir Jane de là-bas même par des méthodes illégales. Tu es flic, Joe.

— Tu crois que ça m'aurait empêché de t'aider ? Mais merde, pour toi je n'aurais pas hésité !

— Je le sais bien.

La gorge serrée, elle avala sa salive pour tenter de soulager la crispation.

— Je ne voulais justement pas te laisser te sacrifier.

— Ah oui !

Il dut s'interrompre pour essayer de reprendre son calme.

— Qu'est-ce qui t'autorise à prendre ce genre de décision pour moi ?

— J'ai pris ce droit.

— Et tu m'as mis à l'écart.

— Oui, c'est vrai. Ne te mêle plus de cette histoire, Joe.

— Pas question. Je t'ai trop souvent laissée me reléguer au second plan. Ça, encore, je le supporterais, mais je ne veux plus que tu me rejettes de cette façon.

— C'est une preuve d'amitié de ne pas te laisser…

— Je me fous de l'amitié ! lança-t-il avec une violence sourde. J'en ai marre de rester sur la touche. Archimarre d'être relégué à la niche comme un vieux chien qui ne réclame rien de plus qu'une petite caresse sur la tête de temps en temps.

Cette réaction lui fit l'effet d'un électrochoc.

— Joe…

— C'est arrivé trop souvent, Eve.

— Mais pas du tout.

— Si. Tu n'en as même pas conscience. Tu ne veux rien voir, et le peu que tu perçois tu l'interprètes comme ça t'arrange. Tu vas raccrocher, et tu ne te souviendras que de ce que tu voudras.

— Mais tu es très important pour moi, dit-elle d'une voix tremblante. Je t'ai toujours traité comme un ami très, très proche.

— Dans ce cas, pourquoi ne m'as-tu pas averti ? Pourquoi ne veux-tu pas me dire où tu es ?

Il prit une profonde inspiration, puis baissa le ton, persuasif.

— Je te donne une dernière chance. Laisse-moi venir te rejoindre tout de suite. Après, je n'insisterai plus. Tu pourras te cacher la tête dans le sable sans…

— Je ne peux pas. Tu ne dois pas m'aider. Pas cette fois.

Il se tut, et un silence vibrant s'installa.

— Bien, si c'est ça que tu veux… Tu sais, je suis presque soulagé. Mais je te trouverai. Tu ne me rejetteras pas de ta vie comme ça, et plutôt crever que de laisser cette ordure te tuer.

— Je ne veux pas que tu me cherches. Si tu me téléphones, je raccrocherai. Tu as compris ?

— Je te trouverai, lança-t-il en coupant la communication.

Elle appuya en tremblant sur le bouton d'arrêt. Joe était un pilier de sa vie, et elle avait l'impression que ses fondations venaient d'exploser sous elle. Elle l'avait déjà vu en colère, mais cette fois ce n'était pas pareil. Il l'accusait. Il soutenait des choses cruelles et fausses. Jamais elle ne l'avait traité avec mépris. Elle ne pourrait pas vivre sans lui. Pourquoi ne comprenait-il pas qu'elle n'agissait ainsi que pour le protéger ?

Il fallait étouffer la douleur. S'endormir. Essayer d'oublier.

Elle éteignit la lampe de chevet.

Je te trouverai.

Des mots qui avaient sonné comme une menace. Le Joe auquel elle venait de parler l'intimidait. C'était Joe le dur, le flic, l'ex-SEAL. Implacable, inébranlable, terrible.

Mais non. Joe ne lui voudrait jamais de mal. Joe était plus proche d'elle qu'un frère, plus protecteur qu'un père.

J'en ai archimarre d'être relégué à la niche comme un vieux chien qui ne réclame rien de plus qu'une petite caresse sur la tête de temps en temps.

Elle ne devait plus penser à Joe. Sa vie était bien assez compliquée comme ça.

Tu ne veux rien voir.

Au contraire, elle voyait très bien qu'il fallait le tenir à l'écart pour l'instant, et elle refusait de se sentir coupable.

Elle ferma les yeux, ignorant le picotement sous ses paupières. Dormir. Demain, elle trouverait le moyen de mettre Jane en lieu sûr, à l'abri de Dom. Cela pressait beaucoup plus que de rassurer Joe et de se justifier. Elle réglerait la question plus tard. Pour l'instant, Jane avait la priorité.

J'en ai marre de rester sur la touche.

Comme si elle ne lui accordait pas d'importance !

Non, ne pas penser à lui. Ce qu'elle entendait dans ces paroles la perturbait autant qu'un volcan près d'entrer en éruption. Elle avait toujours su que la lave couvait sous la cendre, mais n'avait pas voulu l'admettre. Et elle ne pouvait pas se le permettre maintenant.

Elle se tourna dans le lit, cherchant le sommeil.

Je te trouverai...

La sonnerie du téléphone la réveilla.

Joe ? Elle ne répondit pas. Elle ne supporterait pas une nouvelle dispute.

La sonnerie persista.

Zut, si elle ne décrochait pas, Jane allait se réveiller.

Elle répondit à voix basse.

— Allô ?

— Alors, tu as visité l'allée de Luther Street ?

C'était Dom.

— Oui.

— Dans ce cas, tu as dû récupérer notre chère petite Jane. Je pensais bien qu'elle voudrait à tout prix porter secours à son petit copain. Elle a l'air de l'aimer beaucoup. C'est tout à fait le genre de chose que tu aurais fait à son âge, hein ? Je t'ai déjà dit que vous vous ressembliez beaucoup ?

— Vous avez tué le garde.

— Tu avais besoin qu'on te donne un coup de main. Il t'aurait gênée. Comment t'es-tu débrouillée pour la faire sortir ? La gouttière ? J'y ai bien pensé, mais…

— Pourquoi m'appelez-vous ?

— J'aime entendre ta voix. Te rends-tu compte de la nervosité et de l'émotion qui la font vibrer ? J'en perçois toutes les nuances. C'est jouissif.

— Je vais raccrocher.

— Non, passons aux choses sérieuses, il faut que je te donne mes directives. C'est trop dangereux pour nous de rester à Atlanta. On pourrait t'arrêter pour enlèvement, et ça gâcherait tout. Ça t'empêcherait de te lier à Jane et je serais contraint de lui trancher la gorge. Et comme tu la ferais très certainement placer sous étroite surveillance, l'exécution serait très difficile.

La main d'Eve se crispa sur le téléphone.

— Si on m'arrêtait, vous n'auriez plus aucune raison de la tuer. Votre petit scénario tomberait à l'eau.

— Mais non, chose promise, chose due. Je tiens toujours parole. Donc attention à ne pas te faire prendre. C'est pour ça que je veux que tu quittes Atlanta.

— Vous avez peur que je vous trouve, si je reste ?

— Au contraire, j'adore te tendre la perche. L'idée que tu me traques me plaît énormément. Je ne me suis pas autant amusé depuis longtemps. Je me préoccupais toujours tellement de rendre mes crimes parfaits que je ne voyais pas l'importance d'une interaction avec la victime.

— Si je me cache, nous n'aurons aucun contact.

— Je ne veux pas que tu te caches. Je te demande simplement de quitter Atlanta. Je pense qu'il est temps que tu fasses un tour à Phoenix.

— Où ?

— J'ai toujours aimé Phoenix.

— Je sais. Vous avez tué des gens là-bas.

— Tiens, comment sais-tu ça ?

— Le FBI a déjà découvert deux meurtres que vous avez commis il y a plusieurs années. Donc, vous n'êtes pas aussi malin que vous le pensiez. Vous allez vous faire prendre, Dom.

— Pas par ces affaires-là. On ne trouvera aucun indice. J'ai été extrêmement prudent, et le temps aura effacé tout ce qui aurait pu subsister malgré tout. Ce n'est que récemment, par lassitude, que j'aurais pu commettre des erreurs. Il y aura une petite chance de m'attraper si tu découvres une de mes prises récentes.

— Très récentes ?

— Oui. Ce serait logique que ce soit toi qui trouves la femme qui m'a donné l'idée de notre rencontre. Elle n'était pas spécialement intéressante, mais c'est en la tuant que j'ai fini par comprendre ce qui n'allait pas et que, de fil en aiguille, j'en suis arrivé à toi. Elle m'a fait voir la lumière, et ensuite c'est moi qui l'ai éclairée.

— À Phoenix ?

— Ah, ça commence à t'intéresser.

— Comment s'appelait-elle ?

— Je ne m'en souviens pas. Aucune importance.

— Quand est-ce arrivé ?

— Il y a cinq ou six mois environ. Je ne sais plus. Un peu plus tôt, une autre prise m'avait fait sentir un début de problème, mais c'est elle qui finalement a fait jaillir la lumière. C'est important de trouver quelqu'un qui vous éclaire le chemin, tu ne crois pas ? Trouve-la, Eve, et tu auras une chance d'arriver à moi.

— Dites-moi où elle est.

— Allons, allons… Un petit effort… Il paraît, reprit-il après une pause, qu'elle avait une très jolie voix de soprano.

— Elle était chanteuse ?

— Va à Phoenix. Emmène Jane. Ne la lâche pas, couve-la… Materne-la. Tu as trouvé l'os ?

— Salaud !

Il se mit à rire.

— Tu auras bientôt la série complète, et il sera temps que je recommence. Tu ne trouves pas que Jane a une ossature intéressante ?

Ne pas perdre son sang-froid. Il la cinglait de ses paroles pour lui tirer des cris.

— Donnez-moi tous les os que vous voudrez. Ce ne sont pas ceux de Bonnie.

— Tu es bonne comédienne, on y croirait presque. Va à Phoenix, Eve.

— Espèce de sale type, pourquoi je vous obéirais ?

— Va à Phoenix. C'est mon dernier mot.

Il raccrocha.

Dernier mot, dernières paroles... Combien en avait-il entendu, cette ordure, au cours des ans ? Combien de hurlements, de supplications ?

La femme de Phoenix l'avait-elle imploré de l'épargner, avant qu'il ne la tue ?

— C'était lui, hein ? demanda Jane dans le noir.

Eh merde !

— C'était le type qui a tué Fay ? Pourquoi il te téléphone ?

— C'est une longue histoire.

— Je t'ai entendu dire qu'il voulait me tuer. Pourquoi ? Je ne lui ai rien fait. Et Fay non plus.

— Je t'ai dit que c'est un fou.

— Mais pourquoi il veut me tuer, moi ? insista Jane avec obstination. Je veux le savoir.

Eve hésita. Jusqu'où pouvait-elle aller sans terroriser la pauvre enfant ?

— Je veux savoir !

Bon, ça ne servait à rien d'essayer de la calmer avec de pieux mensonges. Jane avait besoin de connaître le danger et de savoir qui la menaçait. Peut-être que, si elle avait parlé à Bonnie des monstres qui rôdaient partout, sa fille aurait encore été en vie.

— C'est bon, dit-elle en allumant. Je vais tout te raconter.

— Il n'a pas écrit avec son doigt, rapporta Spiro en rejoignant Joe qui l'attendait en haut de l'allée, à côté de sa voiture. Ça aurait été trop beau. On a trouvé un bâton trempé dans du sang derrière le carton. On va l'analyser pour voir si on trouve des fibres, puisqu'il portait probablement des gants. Qu'est-ce qu'il venait foutre ici ?

— Pas la moindre idée.

Joe ne quittait pas des yeux les quatre agents du FBI qui s'activaient encore autour du carton.

— Eve ne m'a pas confié les détails. Elle m'a juste parlé de ce carton et de l'os.

— Elle a dû ressentir un drôle de choc.

— J'imagine, dit Joe en remontant en voiture. En combien de temps pouvez-vous obtenir les résultats des analyses ?

— Deux jours.

— Il est probable que le sang soit bien celui du garde. Prévenez-moi dès que vous saurez quelque chose, ajouta-t-il en mettant le moteur en marche.

— Où est-elle, Joe ?

— Je ne sais pas.

— L'enlèvement est un crime grave.

— Je suis au courant, mais, ajouta-t-il en regardant Spiro droit dans les yeux, vous connaissez très bien ses raisons.

— Ça ne me regarde pas. Le tribunal jugera. Mon boulot, c'est de l'arrêter.

— Votre boulot, c'est plutôt d'arrêter Dom. Vous n'avez aucun sens des priorités ?

— Mais si, répliqua Spiro avec un sourire. Je veux mettre la main sur Eve parce que c'est mon plus sûr moyen de m'approcher de Dom. Alors ? Où est-elle ? insista-t-il en le dévisageant.

— Je vous l'ai dit, je n'en sais rien.

Spiro haussa les sourcils.

— Incroyable, et le pire c'est que je vous crois.

— Mais je vais la retrouver. Si vous avez la moindre information, continua Joe en détournant les yeux, je vous serai reconnaissant de m'avertir.

— Dites, ça ne doit pas être facile pour vous de me demander ce genre de service. Vous devez vraiment être à bout de ressources.

— Il faut absolument que je la retrouve.

— Je me demandais pourquoi vous n'aviez pas essayé de dissuader vos collègues de lancer l'avis de recherche. En fait, vous voulez tellement la retrouver que vous vous fichez qu'elle atterrisse en prison.

— Vous n'avez pas bloqué l'avis de recherche non plus. Vous ne voulez surtout pas d'elle en liberté, ou cachée quelque part où vous ne pouvez pas la contacter.

Spiro ne dit rien.

— Répondez, vous me préviendrez si vous découvrez quelque chose ?

— Peut-être… Bon, d'accord… même si je suis persuadé que vous ne m'en garderez pas la moindre reconnaissance.

— Ce n'est pas si sûr. Dom a certainement suivi Eve. Je pourrais être amené à faire appel à vous.

En repartant, Joe s'aperçut que Spiro n'avait pas bougé du bord du trottoir. Dans la lumière crue des phares, il avait l'air plus lugubre et plus fatigué que jamais. Appellerait-il Joe s'il trouvait une piste qui menait à Eve ? Rien n'était moins sûr. Il ne fallait rien attendre de lui.

Peu importait, au moins il aurait tout tenté de ce côté-là.

Maintenant, il fallait bloquer la souffrance et réfléchir.

Ensuite, il partirait en chasse.

— C'est complètement idiot, protesta Jane. Je n'ai rien à voir avec toi. Et Fay non plus.

— Je sais.

— C'est horrible. Je te déteste.

Eve encaissa le coup. Elle aurait dû prévoir cette réaction.

— Je comprends. Mais les faits sont là : Dom représente un danger pour toi. Il faut que tu me laisses te protéger.

— Je ne suis pas obligée.

— Non, c'est vrai. Si tu te sauves, Dom peut ne pas te trouver. Tu te cacheras, ou tu te feras reprendre par les services sociaux et tu seras protégée par la police… Mais, ajouta-t-elle au bout d'un instant, tu m'as dit que tu n'avais pas confiance en la police.

Jane la fusilla du regard.

— Ou alors, reprit Eve, tu m'accompagnes et tu acceptes que j'assure ta protection.

— Je ne veux pas aller avec toi. (Un silence.) Tu as décidé d'aller à Phoenix, c'est ça ? Tu fais tout ce qu'il demande !

— On n'a pas vraiment le choix, si on veut qu'il se fasse prendre.

— Oui, il faut l'attraper, dit Jane, toute raide sur son lit. Il a tué Fay. Elle ne lui avait rien fait, mais il l'a tuée quand même. Je le déteste. Je déteste ce chien de fils de pute.

— Moi aussi. On a au moins ça en commun.

— Il pense vraiment que je suis ta fille ? Il doit être cinglé.

— Je crois qu'il veut seulement que je te considère comme ma fille.

Jane se tut un moment.

— Bonnie me ressemblait beaucoup ?

— Non. Elle était plus jeune, plus douce, plus rêveuse. Tu ressembles davantage à moi quand j'avais ton âge.

— Je ne te ressemble pas du tout.

— Comme tu voudras.

— Exactement.

— Mais je crois que tu seras en sécurité tant que tu seras avec moi. Il veut que nous restions ensemble. Tu ne veux pas venir avec moi ?

Jane lui tourna le dos.

Il ne fallait pas insister, avoir confiance en son intelligence. Elle avait besoin de temps pour réfléchir.

Eve éteignit.

— Donne-moi ta décision demain matin.

Pas de réponse.

Que ferait-elle si Jane refusait de l'accompagner ? Cette possibilité la terrifiait.

Il serait toujours temps de s'en inquiéter si la question se posait.

Tu te caches la tête dans le sable.

Elle ne voulait pas penser à Joe non plus, pas plus qu'à son discours injuste. Cela faisait trop mal.

Joe…

— Ça veut dire quoi, « plus douce » ?

— Pardon ?

— Ta fille…

— Je l'aimais énormément. Je voulais que sa vie soit bonne, heureuse. Je me suis dit il y a peu de temps que si je lui avais expliqué… Non, laisse tomber.

— Tu veux dire que tu regrettes d'avoir fait une bêtise ? Comme moi quand je n'ai pas raconté ce qui se passait à Fay ?

— Oui, quelque chose de ce genre.

Un nouveau silence.

— Tu ne dois pas faire de bêtises très souvent.

— Une fois suffit.

— C'est vrai.

Mon Dieu, elle s'y prenait en dépit du bon sens. Jane se sentait assez coupable comme ça.

— La mort de Fay n'est absolument pas ta faute, Jane. Si quelqu'un doit se sentir responsable, en dehors de Dom, c'est moi. Laisse-moi me rattraper en l'empêchant de te faire du mal à toi aussi.

Plusieurs minutes s'écoulèrent.

« Endors-toi. Elle ne va pas te répondre. »

— Bon, d'accord, je viens avec toi, lança Jane.

Eve poussa un profond soupir.

— Tant mieux.

— Ce n'est pas parce que je t'aime. Je me fiche pas mal de toi. Il peut bien te tuer, je m'en moque. Mais lui, je le déteste. C'est dégoûtant ce qu'il a fait à Fay. C'est dégoûtant ce qu'il veut me faire. Je voudrais que quelqu'un lui coupe la gorge.

— Je comprends ça très bien.

Oui, elle comprenait cette haine, l'impuissance que Jane ressentait. Elle s'y reconnaissait totalement.

Elle s'identifiait à Jane.

Elle rejeta instantanément cette idée. C'était cela que Dom voulait, qu'elle se sente de plus en plus proche d'elle, empathique. Il était hors de question de le satisfaire. Il fallait tenir Jane à distance. Ce serait facile avec une enfant dure comme elle, qui refusait de se laisser séduire.

Pourtant, avec Mike, Jane n'avait pas été dure. En la voyant sourire au petit garçon, Eve avait un peu pensé à Bonnie. Il y avait eu en elle la même tendresse lumineuse…

Du délire.

Bonnie et Jane n'avaient rien de commun.

Dieu merci.

Il fallait arrêter de penser à ça et se concentrer sur le moyen de protéger Jane à Phoenix.

Et surtout ne plus laisser Dom mener le jeu.

Il était temps de partir en chasse.

Son téléphone se remit à sonner.

Quoi encore ?

— À Phoenix ? demanda Mark pensivement. C'est loin d'Atlanta. Vous aurez sans doute plus de chances de cacher la petite là-bas.

De l'extérieur du McDonald, à travers la vitre, Mark regardait Jane attablée devant son petit déjeuner.

— Mais non, répondit Eve. De nos jours, rien n'est plus éloigné de rien. Et c'est grâce à vous, les gens des médias.

— Les progrès de la science en sont aussi un peu responsables, remarqua Mark en prenant une gorgée de café. C'est risqué pour vous d'essayer d'aller à Phoenix, non ?

— C'est encore pire de rester ici.

— Mais comment allez-vous assurer la protection de la gamine ?

— J'ai ma petite idée là-dessus.

— Et vous ne voulez rien me dire ?

Elle secoua la tête.

— Donc, reprit-il, cela veut dire aussi que vous ne voulez pas que je vous accompagne à Phoenix ?

— Absolument. Personne ne sait que vous avez joué un rôle dans l'enlèvement de Jane. Vous m'avez assez aidée comme ça.

— J'avais mes raisons. Je veux l'exclusivité, Eve. Vous me devez au moins ça.

— Je vous appellerai dès que je toucherai au but.

— Et je dois vous faire confiance ?

— Je ne vous laisserai pas tomber.

Il la dévisagea.

— Bien, je vous crois. Tant pis, je retourne travailler. Je peux encore dénicher des éléments qui vous seront utiles. Vous me téléphonerez pour me dire où vous êtes ?

— Entendu.

— Comment comptez-vous aller là-bas ?

— J'espérais que vous me prêteriez votre voiture. Je pars de Birmingham, je vous la laisse à l'aéroport.

— Et comment comptez-vous prendre un vol sans être reconnue ? Il faut montrer une pièce d'identité rien que pour aller aux toilettes, de nos jours.

— Je me débrouillerai.

— Je peux vous conduire là-bas, si vous voulez.

— Vous en avez assez fait.

— Ça ne coûte rien d'essayer. Vous croyez qu'elle ne va pas vous mener la vie trop dure ? demanda-t-il en désignant Jane d'un mouvement de tête.

— Je n'ai pas dit ça. Elle se méfie de tout le monde, moi y comprise. Depuis qu'elle s'est levée ce matin, elle ne m'a pas adressé deux phrases. Mais, au moins, j'arrive à lui faire entendre raison. Merci pour tout, Mark, conclut-elle en lui tendant la main.

Il la lui serra puis fit tomber ses clés de voiture dans sa paume.

— Souvenez-vous de ce que vous me devez. Je vous laisse le champ libre pour l'instant, mais je tiens à mon exclusivité.

— Vous l'aurez, promit-elle en le quittant pour rejoindre Jane.

— Eve…

Elle s'arrêta et vit que Mark la considérait d'un air songeur.

— Vous êtes drôlement sûre de vous ce matin.

— Je voudrais bien l'être, rétorqua-t-elle avec une grimace.

— En tout cas, vous avez l'air beaucoup plus en forme qu'hier soir.

— Le matin, tout semble plus facile.

— Pas toujours. Je crois que vous avez un atout en réserve dont vous ne voulez pas me parler.

— Au revoir, Mark, je vous appellerai, coupa-t-elle avec un signe de la main.

Il se trompait. Elle ne se sentait pas sûre d'elle le moins du monde ; elle avait peur et ne savait trop où elle en était. Ce que Mark avait interprété comme de l'assurance n'était rien d'autre qu'un faible espoir en perspective.

C'était peu, mais elle s'en contenterait.

Il l'attendait dans le parking de l'aéroport de Birmingham.

— Tu es complètement folle.

Logan attira Eve contre lui et lui donna un baiser possessif.

— Et Joe est criminel de t'avoir laissée t'embarquer dans cette cavale, ajouta-t-il.

— Joe n'a rien à voir là-dedans.

Elle recula pour le contempler, profondément rassurée par la vue familière de cet homme fort, si cher à son cœur.

— Joe n'est au courant de rien, répéta-t-elle.

— Tu ferais n'importe quoi pour protéger cet enfoiré.

— Laissons Joe en dehors de ça. Tu as apporté les pièces d'identité ? demanda-t-elle en faisant signe à Jane de sortir de la voiture.

Il lui tendit une pochette en cuir.

— Du liquide, des faux certificats de naissance, deux cartes de crédit et un permis de conduire.

— C'est un bandit ? demanda Jane.

— Ça dépend des points de vue, répondit Logan en lui jetant un coup d'œil.

— Dans mon quartier, on vend des faux papiers à tout le monde.

— Moi je ne les vends pas, je les achète. Et tu devrais te réjouir que j'aie pu m'en procurer aussi vite.

— Je te présente John Logan, Jane. Ce n'est pas un escroc, mais un homme d'affaires respectable.

— C'est de lui que tu parlais ? Celui qui va nous aider ?

— On ne peut pas prendre l'avion sans pièce d'identité.

— Je vous ai trouvé une maison… dans la banlieue de Phoenix. Deux des meilleurs vigiles de ma compagnie vont monter la garde. Viens, ajouta-t-il en prenant le bras d'Eve. Allons-y.

— Non, on se quitte ici. Je ne veux pas être vue avec toi.

— Je ne te laisserai pas avant d'arriver à Phoenix. Un avion de tourisme nous attend. De cette façon, tu ne risqueras pas d'être reconnue.

— Pas question. Je sais que j'ai accepté ton aide quand tu as appelé la nuit dernière, mais je ne veux pas que tu en fasses plus.

— Trop tard, commenta-t-il avec un sourire. Je n'ai pas peur du risque. Tu vas voir.

— Je ne vais rien voir du tout. Je n'ai aucune intention d'impliquer qui que ce soit d'autre dans cette galère.

Le sourire de Logan s'effaça.

— Écoute, je refuse de t'abandonner alors que tu as des ennuis. Tu aurais dû m'appeler au lieu de me laisser apprendre ce qui se passait par hasard, grâce à un de mes associés à Atlanta.

— Un associé ? Tu me fais suivre, oui !

— Je reste vigilant, c'est tout. Je ne savais pas jusqu'où Joe irait pour te garder près de lui.

— C'est mon ami, et il a fait…

— D'accord, dit-il l'arrêtant d'un geste. Disons seulement que je suis heureux que ce soit moi qui t'aide et pas lui. Dommage que je ne puisse pas voir sa tête.

— Il a plus à perdre que toi. Il est flic, alors que toi…

— Moi, je ne suis qu'un gros homme d'affaires mal dégrossi, je sais. Mais, ajouta-t-il en la poussant vers la sortie, j'ai assez d'argent pour couvrir ta fuite. Tu n'as qu'à te servir de moi, je ne demande par mieux.

Il se tourna vers Jane qui les suivait.

— Tu en penses quoi, toi ?

Elle l'observa.

— Oui, sers-toi de lui, Eve.

Il eut l'air un peu décontenancé.

— Elle a la tête sur les épaules, cette petite.

— Je ne me sers de personne, autant que possible, commenta Eve.

— Pourquoi pas, si c'est ce qu'il veut ? On peut avoir besoin de lui.

— Bel esprit pratique, remarqua Logan. Tu ne veux pas intervenir à mon stage de formation des cadres ? J'ai beaucoup d'employés qui…

— Il dit ça pour me faire plaisir ? interrompit Jane avec une mine dégoûtée. Sers-toi de lui, Eve.

— Bon, Logan, tu peux nous emmener à Phoenix, mais après tu t'en vas.

— On en reparlera là-bas.

10

Il faisait presque nuit quand Logan arrêta la voiture devant une petite maison couverte de tuiles rouges dans les environs de Scottsdale. Eve eut une vision fugitive du bâtiment à travers un bosquet épais et une grille d'entrée en fer forgé de style espagnol.

Logan descendit de voiture et tapa le code, déclenchant l'ouverture automatique du portail, puis retourna à la voiture.

— Il y a deux télécommandes dans le tiroir de l'entrée, expliqua-t-il à Eve. Prends-en une pour ne pas avoir à sortir de la voiture. Les deux gardes logent dans la maison de gardien au nord de la propriété. Herb Booker et Juan Lopez. Ils feront des rondes régulières, mais ils ne te dérangeront pas, à moins que tu n'appuies sur l'alarme.

— Et où est-elle ?

— Près des téléphones dans la cuisine, la salle de bains, la grande chambre et le salon. Tu ne seras jamais à plus de quelques pas de moi.

— Tu as l'air de bien connaître cet endroit.

— J'habite ici quand je viens dans la région pour affaires. Un peu de sécurité, ça ne peut pas faire de mal.

— Tu es sûre que ce n'est pas un escroc ? demanda Jane à Eve.

— Charmant ! commenta Logan.

— Je te jure que non, dit Eve en descendant de voiture. C'est plutôt comme les hommes politiques. Ils ne se promènent jamais sans garde du corps.

— Ouille, ça fait mal, plaisanta Logan en ouvrant la porte d'entrée. Sachant ce que tu penses des gens qui font de la politique... Il vaudrait encore mieux que tu me prennes pour un escroc. Je voudrais pouvoir te convaincre que certains sont honnêtes et travaillent dur.

— Je préfère qu'on évite le sujet, dit Eve en poussant Jane dans la maison. Merci. Maintenant va-t'en.

— Il y a deux chambres d'amis.

— Au revoir.

— Elle est où la cuisine ? J'ai envie d'un sandwich, annonça Jane en traversant l'entrée.

— Tu vois, ça lui fait de la peine que tu me chasses. Je crois qu'elle m'aime bien. Elle a bon goût cette petite.

— Il n'y a que toi pour voir de l'affection dans cette totale indifférence. Allez, ouste ! ajouta-t-elle en croisant les bras. Je ne veux plus te voir.

— Je t'assure que, Jane et moi, on s'entendrait bien si on prenait le temps de faire connaissance. Elle me rappelle un peu toi, quand je t'ai rencontrée.

— Elle n'a rien à voir avec moi !

Il lâcha un sifflement.

— Je crois que j'ai fait une gaffe.

— Va-t'en, Logan, je t'en prie.

Il lui caressa la joue du bout des doigts en souriant.

— Bon, je pars. Je suis flatté que tu tiennes autant à m'épargner.

Joe, lui, ne s'était pas senti flatté. Cet idiot avait piqué une colère complètement irrationnelle.

— Je ne peux plus rien faire pour toi ?

— J'imagine qu'il y a un ordinateur qui donne accès à Internet.

— Bien sûr. Les ordinateurs, ça me connaît, j'en fabrique ! Il y a aussi une excellente bibliothèque dans le bureau.

— Alors j'ai tout ce qu'il me faut.

— Tu trouveras des vêtements pour vous deux dans les deux chambres principales. Je ne suis pas sûr que ce sera la bonne taille pour Jane. Elle est plutôt petite pour une fille de dix ans.

— Ça ne l'empêche pas d'avoir de la personnalité.

— En effet, j'avais remarqué, commenta-t-il en se penchant pour l'embrasser. Bon, j'y vais. Si tu as besoin de moi, tu me trouveras au Camelback Inn.

— Non, je voulais que tu retournes à Monterey !

— Je sais… Je te laisse la voiture de location, ajouta-t-il en descendant les marches. Je vais à la maison de gardien pour demander à un des deux hommes de me conduire à l'hôtel.

— Écoute. J'ai déjà accepté que tu me rendes plus de services que je n'aurais dû. Je vais me sentir atrocement coupable si tu as des ennuis.

— Parfait. Une culpabilité bien exploitée peut servir un homme intelligent. Et ça montre que je ne te suis pas indifférent.

Ils se sourirent.

— Je mise tout là-dessus, ajouta-t-il.

— Logan, quitte la ville.

— Non. Tu peux m'empêcher d'habiter dans la même maison que toi, mais tu ne peux pas m'interdire de rester à proximité. Et puis, reprit-il avec un clin d'œil, je voudrais vraiment voir la tête de Joe quand il découvrira que c'est moi qui t'ai aidée.

Il disparut derrière la maison sans lui laisser le temps de répondre.

Sans doute n'aurait-elle pas dû le laisser intervenir du tout. Logan ne savait pas s'arrêter.

Non, ce n'était pas totalement vrai. Il avait respecté scrupuleusement les limites qu'elle avait posées à leur relation. Il n'avait jamais été ni trop vite ni trop loin pour elle. Vu sa nature dominatrice, il avait dû avoir du mal à accepter ces contraintes, et elle ne l'en appréciait que davantage.

Au moins, cette fois, elle avait remporté une demi-victoire, et avec Logan ce n'était pas rien. Elle verrait plus tard comment le convaincre de repartir. En attendant, elle avait du travail, mais elle devait appeler sa mère avant toute chose pour s'assurer que tout se passait bien.

Elle alla décrocher le téléphone sur la table de l'entrée et composa le numéro de portable de Sandra, qui répondit à la troisième sonnerie.

— Ça va ? demanda Eve.

— Oui et non. Le tueur ne s'est pas montré, mais Ron a bien failli étrangler Mike. Personne n'avait jamais dû le forcer à prendre un bain. Un peu plus, et il retournait dormir dans la rue.

— Zut !

— Ne t'inquiète pas. Ils ont trouvé un compromis. Ron aime bien résoudre les situations difficiles. Il l'a soudoyé en lui promettant de lui ramener un repas de chez McDonald chaque fois qu'il prendrait un bain. Le gamin a sauté sur l'occasion ! Je suis assez vexée…

— Tous les enfants aiment McDonald.

— N'essaie pas de me consoler. Tu sais comme moi que je suis très mauvaise cuisinière. Et toi, ça va ?

— Oui. J'essaierai de t'appeler un soir sur deux. Au moindre problème, au moindre doute, téléphone-moi.

— D'accord… (Une pause.) Joe ne sais pas où tu es ni ce que tu fabriques.

— C'est préférable.

— Il est dans tous ses états. Je ne l'ai jamais vu comme ça.

— Ne lui dis rien.

— C'est ton ami. Je me sentirais plus tranquille s'il était avec toi. Pourquoi ne veux tu pas lui…

— Non, maman.

— Bon, soupira Sandra. Mais il ne va pas me lâcher.

— Tu es assez forte pour lui résister.

— Il est plus tenace que moi. Mais il m'aime bien, il me ménagera. Tu vas bien me dire où tu es, à moi.

— À Phoenix.

— Et je ne dois pas le dire à Joe ?

— Non, je t'en prie.

— Tu as tort.

— Je dois te laisser, maman. Sois prudente.

— Ce serait plutôt à moi de te dire ça.

Eve raccrocha lentement. Joe s'était lancé à sa poursuite, et c'était un excellent chasseur. Quelle serait sa stratégie ?

— Tu veux un sandwich ? demanda Jane derrière elle. C'est de la dinde. J'en ai préparé deux.

— Merci.

Elle n'avait pas faim, mais ce geste de bonne volonté était le premier depuis que Jane avait accepté de venir à Phoenix.

— Ça me fera du bien, affirma-t-elle.

Elle suivit Jane jusque dans la cuisine.

— Il va falloir qu'on s'occupe de nos repas nous-mêmes, mais j'avoue que je ne suis pas très douée.

— Ça ne peut pas être pire que ta mère, remarqua Jane en se juchant sur un tabouret de bar au comptoir.

— C'est ce que tu crois. Je n'ai pas beaucoup d'expérience.

Elles mangèrent leur sandwich dans un silence détendu.

— Moi, je peux essayer, proposa soudain Jane. C'est moi qui préparais presque tous les repas dans une de mes familles d'accueil.

— Chez les Carboni ? Mme Eisley m'a dit que tu n'avais pas été très heureuse chez eux.

— Ça allait. Tu veux que je débarrasse ? demanda-t-elle en terminant sa dernière bouchée.

— Pas la peine, il n'y a presque rien à faire, je m'en charge. Logan m'a dit qu'il y avait une bonne bibliothèque dans le bureau… Je ne sais pas s'il y a des livres qui te plairont, mais…

— Des livres ? demanda Jane, le visage illuminé de plaisir. Il y a dcs livres ?

— D'après Logan, oui.

Jane avait déjà camouflé son ravissement.

— J'y jetterai peut-être un coup d'œil. Je n'aurai sans doute rien d'autre à faire.

Elle glissa en bas du tabouret, apporta son assiette à l'évier et ouvrit le robinet.

— Logan a l'air de bien t'aimer. Vous couchez ensemble ?

Eve eut du mal à ne pas réagir. Quand même, elle n'avait que dix ans, cette gamine. Elle était jeune, mais ce n'était plus une enfant… Au cours de sa brève existence, elle avait probablement subi plus de traumatismes qu'une femme de trente ans.

— Ça ne te regarde pas.

Jane haussa les épaules.

— Il nous aide beaucoup. Je me demandais s'il fallait que tu le paies.

Le sexe comme monnaie d'échange, c'était ça aussi, la vie de la rue. Dans son enfance, Eve avait connu beaucoup de prostituées, et bien sûr Jane avait été exposée à la même réalité.

— Logan et moi, nous sommes amis. Les amis, ça ne se paie pas. C'est un type bien. Et ce n'est pas un escroc, je te jure, ajouta-t-elle avec un sourire.

— Je n'y croyais pas vraiment, c'était juste pour l'énerver.

— Jane, enfin…

— Ça ne l'a pas choqué, c'est un vrai dur, hein ? Elle est où, la bibliothèque ?

— Pas la moindre idée.

— Je vais chercher.

— Si ça ne t'ennuie pas, une fois que tu auras choisi des livres, va les lire dans une autre pièce. Je dois travailler à l'ordinateur.

— Pourquoi ?

— Je vais tenter de me connecter aux archives du journal local.

— Ah ! Pour retrouver la femme assassinée ?

— Oui. Je n'ai pas beaucoup d'indices. Dom m'a donné le minimum d'informations. Il m'a simplement dit que le meurtre avait eu lieu il y a cinq ou six mois, qu'elle était chanteuse, et que le corps n'avait pas été retrouvé. Donc je cherche une disparition plutôt qu'un meurtre.

— Je ne te dérangerai pas, promit Jane en disparaissant dans le couloir.

Au moins, elle n'aurait pas à se creuser la tête pour lui trouver des occupations. Jane adorait visiblement lire et se réjouissait de pouvoir puiser dans la bibliothèque. Quant à elle, elle allait prendre une douche rapide, passer un jean et une chemise, puis elle se mettrait à l'ordinateur.

— Tu veux du café ? demanda Jane en posant une cafetière et une tasse sur le bureau à côté d'Eve. Il est assez fort. Je ne sais pas le faire autrement.

— Ça ira très bien, répondit Eve en se renversant sur sa chaise de bureau et en se frottant les yeux. Ce n'était pas la peine, tu n'étais pas obligée.

— Si j'avais été obligée, je ne l'aurais pas fait.

Jane alla s'effondrer dans un fauteuil en cuir à l'autre bout de la pièce.

— Tu n'as rien trouvé ?

— Non. Je suis remonté de sept mois, numéro après numéro. Peut-être qu'il m'a menti. Il est plus de minuit, remarqua-t-elle en se versant du café. Tu devrais déjà être au lit.

— Pourquoi ?

— Tu n'es pas fatiguée ?

— Et toi ? lança Jane, le menton insolent.

Eve était trop épuisée pour répondre à la provocation. Elle fit la grimace.

— Moi, si. Je devrais te mettre au travail et en profiter pour aller me coucher.

— Je veux bien essayer, mais à l'école on se sert de Mac. C'est quoi, comme ordinateur ?

— Un Logan.

Les enfants étaient tellement plus avancés qu'elle ne l'avait été à cet âge…

— Un Logan ?

— Oui, John Logan fabrique des ordinateurs.

— Comme Bill Gates ?

— Un peu. Sauf qu'il fait du matériel, pas des logiciels. Et ils ne se ressemblent pas du tout. Tu as trouvé de quoi lire ?

— Oui, j'ai pris un livre sur des savants qui recherchent l'emplacement de la ville de Troie. C'est cool. Et puis aussi, ajouta-t-elle après un silence, un autre qui parle de reconstitution de crânes. T'as dit que c'était ton métier. Il est à toi ?

— Non, Logan m'a embauchée pour travailler sur une affaire, et il aime bien se documenter.

— Les photos sont dégoûtantes.

Eve hocha la tête.

— Tu sais vraiment faire ça ?

— Absolument.

— Pourquoi ?

— C'est mon métier. Et, parfois, je peux aider des parents à se sentir un peu moins mal quand ils ont perdu un enfant.

— Ils devraient juste arrêter d'y penser.

— C'est ta méthode ?

— Ben oui. Pourquoi pas ? jeta Jane avec un regard provocateur. Je n'ai pas pensé une seule fois à Fay depuis qu'elle a été tuée. Elle est morte, à quoi ça servirait ?

Eve la contempla d'un air dubitatif.

— C'est vrai, insista Jane. J'ai pensé au sadique qui a fait ça, mais pas à elle. Allez, je vais me coucher.

Elle se leva et sortit très vite de la pièce.

Tant de douleur. Comment parvenir à convaincre une enfant aussi perturbée de baisser sa garde ? D'ailleurs, il ne fallait surtout pas essayer de s'approcher d'elle. Pour l'instant, ce serait le parti le plus dangereux à prendre.

Le mieux pour toutes les deux serait de trouver la femme disparue… à condition que Dom l'ait réellement tuée. Comme elle l'avait dit à Jane, il pouvait très bien avoir menti afin de l'obliger à quitter Atlanta.

Mais quel intérêt de l'attirer à Phoenix ?

Il aimait cette ville, avait-il dit. Peut-être y avait-il dans l'atmosphère un élément qui déclenchait…

Toutes ces réflexions ne menaient à rien, il fallait se remettre au travail. Elle n'avait rien trouvé d'intéressant pendant la période de cinq à sept mois indiquée par Dom. Peut-être devrait-elle remonter plus loin dans le temps. Ou, non, elle allait plutôt commencer par les parutions plus récentes…

Lc 30 janvier. Il n'y avait même pas un mois !

Debby Jordan, la trentaine, avait été mariée et mère de deux garçons. Elle avait disparu en se rendant à une répétition de sa chorale.

Il paraît qu'elle avait une très jolie voix de soprano.

Eve lut rapidement le premier compte rendu de la disparition, puis passa aux articles plus détaillés des jours suivants.

Ne la voyant pas rentrer, son mari avait retrouvé la voiture dans le parking de l'église.

L'enquête n'avait strictement rien donné.

L'église avait offert une récompense de deux mille dollars pour obtenir des informations.

Les membres de la chorale avaient été interrogés et avaient tous parlé de sa gentillesse et de sa voix ravissante. « Une voix de soprano belle comme celle d'un ange. »

Plusieurs photos déchirantes de son mari et de ses deux petits garçons avaient été publiées.

Debby Jordan.

Eve se laissa aller contre son dossier et ferma les yeux. Elle imaginait le plaisir qu'avait pris Dom à la lancer sur de fausses pistes avec ses mensonges. « Tu ne m'as pas rendu la tâche facile, mais je l'ai trouvée, espèce de sale type. »

Elle était trop écœurée pour se réjouir de sa réussite. Une femme active, heureuse, était morte. Eve ne pouvait pas la faire revenir, mais elle pouvait découvrir qui l'avait tuée. La première étape serait de localiser le corps de Debby Jordan.

Bien. Puisque Dom voulait justement qu'elle procède ainsi, il devait lui avoir donné des indices. « Réfléchis. Souviens-toi de chaque mot qu'il a prononcé en mentionnant Debby Jordan. »

Elle m'a fait voir la lumière, et ensuite c'est moi qui l'ai éclairée.

C'est elle qui finalement a fait jaillir la lumière. C'est important de trouver quelqu'un qui vous éclaire le chemin, tu ne crois pas ?

Elle se redressa lentement.

Elle comprenait peut-être… à moins que Dom ne se moque encore d'elle.

Les Indiens appelaient les chutes « l'endroit où tombe la lumière de la lune ».

Talladega Falls.

Qu'avait dit Charlie des deux meurtres de Phoenix ?

Deux squelettes ont été découverts il y a trois mois à San Luz.

Elle se leva d'un bond et courut à la bibliothèque. Un dictionnaire. Pourvu que Logan en ait pour l'espagnol ! Elle en dénicha un et le feuilleta rapidement.

San… « saint ».

Les mains tremblantes, elle poursuivit sa recherche.

Luz… « lumière ».

C'était bien ça !

La lumière.

Elle prit une profonde inspiration.

« Je te tiens, salopard. J'ai trouvé ! Il ne me suffit plus que d'un peu de temps, et je vais trouver Debby Jordan. »

Elle se pencha sur l'ordinateur, se connecta au moteur de recherche, puis tapa le mot clé : « cynophile ».

— On va où ? demanda Jane en regardant par la fenêtre de la voiture le paysage de cactus. On est en plein désert.

— Nous arrivons.

— Où ?

— Je t'ai dit qu'il me fallait de l'aide pour trouver Debby Jordan. Nous avons besoin d'une personne qui habite par ici.

Jane regarda derrière elle.

— Il y a une voiture qui nous suit.

— Je sais, c'est un des hommes de Logan.

— Ah bon, fit Jane en se tournant de nouveau vers la vitre. C'est moche par ici. Tout plat et tout marron. Je préfère chez moi.

— Moi aussi. Mais plus on s'approche des montagnes, plus ça verdit.

— Un peu.

Où était l'embranchement ? Les instructions de la publicité d'Internet avaient été précises, mais elle n'avait pas encore vu… Là !

Une pancarte en bois avec une flèche et un nom peint à la main : « Patrick ».

Elle tourna à gauche sur le chemin de terre cahoteux. Dans un kilomètre et demi, elles devraient arriver au ranch.

— Il s'appelle Patrick ?

— C'est son nom de famille. Sarah Patrick. Elle dresse des chiens.

Le visage de Jane s'illumina.

— Des chiens ?

C'était son premier sourire depuis qu'elle avait laissé son ami Mike.

— Elle leur apprend à travailler, pas à devenir des chiens de salon.

— Elle leur apprend quoi ?

— À obéir aux ordres. J'ai fouiné à droite et à gauche, et j'ai trouvé des articles sur elle dans la presse locale. Elle appartient à une unité de recherche et de sauvetage bénévole située à Tucson, et elle est rattachée aussi à la brigade cynophile de l'ATF. Elle est allée avec son chien sur les lieux de l'attentat à la bombe d'Oklahoma City il y a quelques années, et à Tegucigalpa après le cyclone Mitch, et aussi en Iran l'année dernière après le tremblement de terre.

— Ils ont fait quoi, là-bas ?

— Ils ont essayé de retrouver des rescapés sous les décombres. Et ensuite, ajouta-t-elle après un silence, ils ont cherché les corps des victimes. De toute évidence, le chien de Mme Patrick a du flair.

— Il a senti les morts ?

— C'est à ça que sont dressés les chiens de recherche et de sauvetage. Ils sont très intelligents. Parfois, la police d'Atlanta utilise elle aussi des chiens spécialement dressés pour trouver les cadavres.

— Et c'est ça que tu veux qu'il fasse ? Qu'il trouve la dame que Dom a tuée ?

— Oui. Tiens, regarde, le ranch.

Si on pouvait appeler cela un ranch. Il n'y avait qu'une sorte de chalet de rondins, plusieurs grands enclos délimités par des barbelés, et un vaste corral pourvu d'un équipement qui lui donnait des allures de terrain de jeu. Une vieille Jeep à la peinture verdâtre écaillée était garée sur le côté.

— Il n'y a pas de chiens, constata Jane, déçue. C'est vide. Sans doute qu'elle n'est pas très douée, si personne ne lui donne de travail.

Eve se gara devant la maison.

— Ne tire pas de conclusions trop hâtives. Peut-être que c'est une période creuse. Dans toutes les branches il arrive que…

La porte s'ouvrit et une femme vêtue d'un short caramel et d'une chemise à carreaux sortit de la maison de bois.

— Vous êtes perdues ?

— Sarah Patrick ?

— Oui. Attendez que je devine. Vous venez m'apporter le résultat du Grand Tirage. C'est moi qui ai gagné le chèque d'un million. Où sont mes fleurs ?

Eve la contempla avec stupéfaction.

— Ah, je me suis trompée, soupira Sarah Patrick. Dommage. L'argent m'aurait sans doute corrompue, mais j'aurais bien aimé avoir des fleurs. Rien ne pousse, ici. Le sol est trop sablonneux. Tant pis, les enfants, c'est aussi bien que les plantes, ajouta-t-elle en approchant de la vitre baissée pour saluer Jane. Je m'appelle Sarah, et toi ?

— Jane.

— Il fait chaud. Tu veux entrer chez moi, Jane ? Je vais te donner de la citronnade. Vous aussi, si vous voulez, ajouta-t-elle pour Eve. À moins que vous ne soyez inspectrice des impôts. Là, je lâcherais mon chien sur vous.

Eve sourit.

— Je m'appelle Eve Duncan. Vous n'avez rien à craindre. Je viens vous proposer du travail.

— Il y a toujours quelque chose à craindre, avec les impôts. Je gagne à peine de quoi vivre avec Monty mais, comme je suis travailleuse indépendante, ma déclaration est toujours inspectée à la loupe. Ils ne comprennent jamais pourquoi je le déclare comme personne à charge.

Eve suivit Sarah Patrick et Jane dans la maison.

— Qui est Monty ?

— C'est lui, là, dit-elle en désignant la cheminée.

Un golden retriever, couché de tout son long par terre, leva la tête, bâilla et remua la queue.

— Gros paresseux, commenta Sarah en allant ouvrir le réfrigérateur. Nous venons de rentrer d'un jogging de huit kilomètres, et moi je tiens encore le coup.

— Vous n'avez pas sa fourrure, protesta Jane avec indignation en se mettant à genoux à côté du chien. Il a eu chaud.

Monty leva des yeux tristes vers elle puis lui lécha la main.

Jane fondait à vue d'œil, constata Eve avec surprise. Elle se tourna vers Sarah.

— Il est magnifique, mais je comprends que les inspecteurs des impôts se posent des questions.

Sarah sourit.

— Ça m'amusait de voir si ça passerait. On n'y a vu que du feu jusqu'à mon premier contrôle. Je crois que Jane n'a pas envie qu'on la dérange, remarqua-t-elle en ne prenant que deux verres. Asseyez-vous.

Elle versa la citronnade puis alla s'appuyer à l'évier.

— Je ne reste pas trop près, j'ai pitié de vous. Je n'ai pas encore eu le temps de prendre de douche.

En effet, la peau bronzée de son visage et de ses jambes était encore luisante de sueur. Sarah Patrick avait entre vingt-cinq et trente ans. De taille moyenne, elle avait un corps mince et nerveux et portait ses cheveux brun foncé coupés court. Sans être belle, elle avait de grands yeux chocolat étincelants et une jolie bouche qui lui donnaient du charme. Mais ce qui la rendait exceptionnelle, c'était son énergie inépuisable.

— C'est votre fille ? demanda Sarah en contemplant Jane. Elle est très aimante. C'est bien, ça.

C'était vrai, nota Eve. Jane se montrait soudain très tendre. Qui aurait pu croire qu'elle succomberait ainsi au charme d'un retriever ?

— Non, ce n'est pas ma fille.

— J'aime bien les enfants.

— Vous n'en avez pas ?

— Je n'ai même pas de mari ! rétorqua Sarah, les yeux brillant de malice. Dieu merci. J'ai assez d'ennuis comme ça.

— Vous vivez seule ici ? Vous ne devriez pas indiquer où vous vivez dans votre publicité.

— Si personne ne vient, je m'ennuie. Je sais me défendre. Et j'ai un très bon chien de garde, ajouta-t-elle en lançant un coup d'œil à son retriever. Vous n'aviez pas remarqué ?

Son chien redoutable roula sur le dos en position de soumission et attrapa la main de Jane entre ses pattes avant d'un geste joueur. Il poussa un hou-hou gentil et tendit le cou pour lui mordiller le poignet.

— Heu, oui…, fit Eve sans conviction.

Sarah se mit à rire.

— Je vois que vous avez des doutes sur mes qualités de maître-chien. Monty n'est pas un très bon exemple des résultats que j'obtiens. Il souffre de petits problèmes psychologiques. En fait, il ne sait pas très bien qui de nous deux est le chien.

— Il est adorable.

Le visage de Sarah s'attendrit.

— Je ne vous le fais pas dire.

Puis, posant son verre dans l'évier, elle demanda :

— Qui vous envoie ?

— Je vous ai trouvée sur Internet.

— J'avais oublié que j'avais une page. Je l'ai ouverte il y a des années, et personne n'y a jamais répondu. Je suppose que les indications pour me trouver ne sont pas très incitatives. Pourquoi ne vous êtes-vous pas laissé décourager ? demanda-t-elle avec un regard perspicace.

— J'ai besoin de vous.

— Il doit bien y avoir un maître-chien plus près de chez vous.

— J'ai besoin d'un chien de catastrophes.

Sarah se tendit.

— J'aurais dû m'en douter. Vous travaillez pour quel service ? L'ATF ? C'est Madden qui vous envoie ?

— Non. Je ne travaille ni pour l'ATF ni pour le fisc. Et je ne connais pas de Madden.

— Je voudrais pouvoir dire pareil. C'est un bon point pour vous, mais ça ne m'intéresse pas. Vous travaillez dans un service de police ? Je peux vous donner le nom de plusieurs maîtres-chiens qui collaborent avec la police.

— Non, c'est vous que je veux. D'après la presse, vous êtes la meilleure dans le domaine.

— Pas moi. Monty.

— Peut-être, mais ce n'est pas lui qui va pouvoir négocier avec moi.

— Je ne le ferai pas non plus.

— S'il vous plaît. Ça ne devrait prendre que quelques jours.

Sarah secoua la tête.

— Vous n'avez pas l'air tellement occupée. Je vous paierai plus que le tarif habituel.

— Non, je vous ai dit non.

— Pourquoi ?

— Je n'aime pas chercher des corps.

— Mais ça vous arrive de le faire.

— Oui, admit Sarah en détournant les yeux.

— Alors faites-le pour moi.

— Partez.

Eve se leva.

— Je vous en prie, réfléchissez. J'ai besoin de votre aide.

— Mais moi, je n'ai pas besoin de vous.

Elle se tourna vers Jane et le chien.

— Viens, Monty. Il est grand temps que tu arrêtes de te ridiculiser.

Elle claqua des doigts.

La scène qui suivit fut à peine croyable. Monty roula sur ses pattes, bondit en avant, et fut au côté de Sarah en l'espace de deux secondes, métamorphosé. Il était aux aguets, vibrant d'énergie, et fixait Sarah avec une totale concentration.

— Il est très obéissant, remarqua Eve. Qui est le chien et qui est le chef ne fait pas le moindre doute, je crois.

— Je ne suis pas son chef. Nous sommes coéquipiers. Monty m'obéit parce qu'il sait que, dans certaines situations, nous pourrions tous les deux être tués s'il ne me faisait pas confiance.

Elle alla à la porte et Monty suivit, sur ses talons.

— Partez, s'il vous plaît. Vous n'obtiendrez rien de moi.

— Je suis navrée que vous le preniez comme ça. Viens, Jane.

Jane lança un regard noir à Sarah.

— Ne l'obligez pas à courir quand il fait chaud. Ce n'est pas bon pour lui.

— Si, au contraire. Nous courons huit kilomètres deux fois par jour, qu'il pleuve ou qu'il vente. Nous devons garder notre forme physique et nous entraîner à tolérer toutes les températures. C'est important.

— Ça l'a fatigué, affirma Jane en tendant la main pour caresser le chien. Il ne faut pas…

Elle s'interrompit car Monty reculait pour éviter le contact.

— Pourquoi il fait ça ? Je croyais qu'il m'aimait bien.

— Il t'aime bien, mais il est passé en mode travail.

— Viens, Jane, on y va, dit Eve en partant vers la voiture.

Jane la suivit à contrecœur, jetant des coups d'œil à Monty et à Sarah Patrick par-dessus son épaule.

— Je n'aime pas quand il est comme ça. Il n'était pas pareil tout à l'heure.

Ils avaient changé tous les deux dès qu'Eve avait mentionné la recherche du cadavre. La femme et le chien qui se tenaient dans l'encadrement de la porte n'étaient pas les mêmes que ceux qui les avaient accueillies tout à l'heure. Il n'y avait plus trace d'humour ni de chaleur humaine sur le visage de Sarah. Son visage était dur comme la pierre, et Monty évoquait un animal de sorcière, distant, obéissant au moindre geste de sa maîtresse.

— C'est très important ! cria Eve à Sarah. Réfléchissez !

Sarah fit non de la tête.

— Je peux vous rappeler pour voir si vous avez changé d'avis ?

— Je ne changerai pas d'avis.

Eve allait démarrer quand Sarah remarqua la petite mine déçue de Jane.

— Attendez !

Elle lança un regard à son chien et commanda en claquant des doigts :

— Va dire au revoir, Monty.

Métamorphose. Monty bondit vers la voiture et se dressa contre la portière pour essayer d'atteindre Jane par la fenêtre ouverte.

Celle-ci ouvrit la porte et Monty se rua sur elle, s'asseyant pratiquement sur ses genoux avec des gémissements et des coups de museau. Elle enfouit le visage dans son cou, le serrant fort contre elle.

— Ça suffit, ordonna Sarah.

Monty donna un dernier coup de langue à Jane et repartit près de sa maîtresse. Il s'assit à ses pieds, mais sa queue battait le sol comme un roulement de tambour.

— Merci, dit Eve.

Sarah haussa les épaules.

— Que voulez-vous que je vous dise, j'adore les enfants et les chiens.

— Dans ce cas, écoutez ce que j'ai à vous dire. Vous pourriez…

Sarah rentra dans la maison et ferma la porte.

Eve crispa les mâchoires, exaspérée. Quelle tête de mule !

— Elle a laissé Monty dehors, dit Jane. Et s'il s'enfuyait, s'il se perdait ?

— Il ne se perdra pas.

Elle démarra et regarda Monty dans le rétroviseur. Il n'avait plus rien d'un animal de sorcière ; il était redevenu le chien adorable qui avait fait fondre Jane. Il fit demi-tour, alla à la porte et y appuya une patte. Elle s'ouvrit aussitôt et il rentra.

— Elle s'occupe bien de lui, tu sais.

— Elle l'oblige à courir. Je ne l'aime pas du tout.

— Moi si. Parfois, en voulant être trop gentil, on cause plus de mal que de bien.

— Mais c'est un chien. Il ne peut pas comprendre.

Ce n'était pas si sûr. Eve se souvint du sentiment étrange qui l'avait saisie quand Sarah avait regardé Monty dans les yeux pour l'autoriser à dire au revoir. On aurait cru qu'ils communiquaient par télépathie.

Un animal de sorcière…

Mais non. Le golden retriever n'avait rien d'inquiétant. Même en mode travail, il paraissait plus distant que dangereux.

— Tu l'aimes bien même si elle t'a dit non ? demanda Jane.

— Elle peut encore changer d'avis, répondit Eve sans trop y croire.

En attendant, elle n'avait plus qu'à recommencer ses recherches sur Internet pour essayer de trouver une autre solution.

Elle avait comme l'impression que Sarah Patrick ne se laisserait pas convaincre.

Le téléphone sonnait quand Eve rentra dans la maison.

— Elle a accepté ? demanda Logan dès qu'elle répondit.

— Tu m'as fait suivre.

— Pour assurer la protection de la petite.

— Mais on t'a appelé pour te dire qui je suis allée voir.

— Oui, Sarah Patrick. Maître-chien. Pas bête.

— Elle a refusé.

— Tu lui as proposé suffisamment d'argent ?

— Nous n'en sommes même pas arrivées là. À l'instant où j'ai parlé d'utiliser Monty pour rechercher un cadavre, elle s'est butée. Elle m'a accusée de faire partie de l'ATF et d'avoir été envoyée par un dénommé Madden que, de toute évidence, elle ne porte pas dans son cœur.

— Tu tiens vraiment à ce que ce soit elle ?

— Oui. C'est la meilleure dans sa branche, et elle travaille toujours seule. Elle risque moins de me dénoncer à la police. Elle déteste les inspecteurs des impôts, ajouta-t-elle sèchement, ça devrait te la rendre sympathique.

— Certainement.

— Si je ne peux pas la convaincre, j'arriverai bien à trouver un autre maître-chien presque aussi qualifié.

— Et si je tentais de…

— Non, ne te mêle pas de ça, Logan, jeta-t-elle en raccrochant.

— On ne va pas revoir Monty ? demanda Jane.

Tiens, elle avait l'air presque triste.

— Tu n'as jamais eu de chien ?

— Non, jamais.

Comprenant qu'elle s'était prise d'une folle passion pour Monty, Eve la plaignit de tout son cœur. Qui lui aurait résisté, d'ailleurs ? Il était tellement gentil.

— Je la rappellerai demain pour essayer de la faire changer d'avis.

— Si tu veux. C'est vrai qu'il est assez mignon, mais je m'en fiche. Je vais lire, lança Jane en sortant de la pièce.

Elle ne s'en fichait évidemment pas. Ce n'était qu'une manœuvre de protection, une réaction tout à fait normale pour une enfant trop souvent trahie au cours de sa brève existence. Quel dommage de laisser échapper cette chance pour Jane de nouer un lien chaleureux.

Il devenait plus important que jamais de gagner Sarah Patrick à leur cause. Comment trouver un autre maître-chien accompagné d'un animal aussi intelligent et aussi sympathique que Monty ?

Elle n'avait aucune chance d'y arriver…

Et puis merde !

Elle prit le téléphone et appela les renseignements pour obtenir le numéro du Camelback Inn.

11

La nuit était froide dans le désert, et un vent glacé fouettait le visage de Sarah pendant sa course. Monty trottait à son côté, suivant son rythme. Elle sentait le sang battre dans ses veines et les muscles de ses mollets se contracter à chaque foulée.

Monty s'impatientait. Elle le sentait. Il ne la quitterait pas sans autorisation, mais il avait envie de se donner à fond.

À mi-montée, elle ralentit.

Monty la regarda.

— Allez, vas-y, dit-elle, amusée. Fais-moi passer pour une mauviette, file !

Monty partit au galop. Sa fourrure dorée prit un éclat argenté sous la lune tandis qu'il gravissait la côte à toute allure. Magnifique…, pensa-t-elle. Les scientifiques disaient que les chiens descendaient des loups, pourtant elle n'associait jamais Monty à un animal sauvage, sauf dans des moments comme celui-ci.

En haut de la colline, il l'attendit. Elle devinait sa satisfaction.

Petite nature.

— Je n'ai que deux pattes, pas quatre. (Elle s'arrêta pour reprendre son souffle.) Et tu dois être à moitié cabri.

Tu parles !

Monty bondit pour la rejoindre et s'appuya contre elle amicalement.

Le silence. Le vent. La nuit.

Elle ferma les yeux, savourant l'instant. Que c'était bon !

Monty gémit.

Elle rouvrit les paupières et baissa la tête vers lui.

— Qu'est-ce qui ne va pas ?

Il regardait fixement la maison de rondins, loin au-dessous.

— Que se passe-t-il, Monty ?

Elle s'approcha du bord de la colline et vit à son tour ce qui avait alerté son chien : des phares. Une voiture approchait du ranch.

Elle se tendit. Était-ce de nouveau Eve Duncan ? Elle avait beau s'être montrée plus que claire la veille, Eve lui avait donné l'impression d'être une femme très déterminée. Peut-être avait-elle décidé de tenter sa chance une nouvelle fois.

L'envie ne lui manquait pas de rester en haut de la colline jusqu'à ce que sa visiteuse se lasse d'attendre et rentre chez elle.

Monty ne l'entendait pas de cette oreille. Il descendait déjà le sentier.

— Je t'ai dit de repartir ?

Enfant.

Monty adorait les gosses, et il se souvenait de la petite Jane. Bien, autant faire face. Elle allait se débarrasser d'Eve Duncan en un rien de temps.

Sarah prit le sentier à petite allure.

— Attends-moi, bon sang.

Enfant…

Ce n'était pas la voiture d'Eve Duncan.

Madden, alors ?

Elle s'arrêta brusquement, le cœur battant.

— Monty.

En entendant la note de panique dans sa voix, Monty s'arrêta, sur le qui-vive. Il la regarda.

Peur ?

Oui, bien sûr qu'elle avait peur.

Pas d'enfant ?

— Non, je ne crois pas.

Quel parti prendre ? Fallait-il se sauver ? Faire face à Madden ?

Mais, même si elle ne rentrait pas pendant plusieurs jours, Madden serait encore là à son retour. Elle savait d'expérience qu'il ne lâchait jamais prise. Alors autant y aller tout de suite. Elle pourrait toujours disparaître plus tard.

Elle avança, Monty, anxieux, à son côté.

Aider ?

— Non. Ça va.

Il gémit.

— Je te dis que ça va, bon sang.

— Madame Patrick ? demanda l'homme qui attendait près de la porte. Est-ce que je peux vous parler ? Je m'appelle John Logan.

Ouf, ce n'était pas Madden. Monty se mit à remuer la queue en percevant son soulagement.

— Bel optimisme, murmura-t-elle. Ça pourrait être un huissier, tu sais.

— Madame Patrick ?

Elle avança.

— Il est plus de neuf heures du soir et, Monty et moi, nous nous couchons tôt. Appelez-moi demain matin.

— Je viens de loin pour vous voir, et il faut que je vous parle tout de suite. Je vous assure que je suis tout ce qu'il y a de plus respectable, ajouta-t-il avec un sourire.

Vêtements, chaussures impeccables… Les trafiquants de drogue aussi soignaient leur tenue !

— Je n'aime pas qu'on passe chez moi si tard à l'improviste.

— Eve m'avait bien dit que vous étiez coriace.

Elle aurait dû s'en douter.

— Eve Duncan ? C'est elle qui vous a demandé d'intervenir ?

— Pas vraiment. Je viens de mon propre chef, mais elle m'a demandé de lui donner un coup de main. Bel animal, remarqua-t-il avec un regard admiratif à Monty.

Lui aussi était un bel animal. Élégant comme un couguar. Mais les couguars pouvaient être dangereux.

— Oui, il est beau, approuva-t-elle en ouvrant la porte. Et il est fatigué. Bonsoir, monsieur Logan.

Le sourire de Logan s'effaça.

— Attendez. Je peux entrer ? Je dois recevoir un coup de téléphone.

— Chez moi ?

— J'ai pris cette liberté. C'est quelqu'un que vous connaissez. Le sénateur Todd Madden…

Elle se figea.

— Alors, je peux entrer ?

Elle franchit le seuil et lui claqua la porte au nez. Il frappa.

— Ce serait vraiment préférable que vous acceptiez de me parler avant qu'il n'appelle. Il m'a semblé qu'il devait se montrer très déplaisant quand on le contrariait.

Rien de Madden ou de ce qui l'entourait n'était jamais agréable. Elle devait reprendre son calme. Faire face à la situation.

— Entrez, dit-elle en ouvrant la porte.

Elle s'assit dans le fauteuil à bascule.

— Expliquez-vous, et partez.

— Je vais faire aussi vite que possible. Eve a besoin que vous retrouviez un corps qui est enterré quelque part dans la région.

— Dites-lui de s'adresser à quelqu'un d'autre.

— C'est vous qu'elle veut, et je la comprends. J'ai demandé à mon équipe de vérifier vos références, et vous êtes assez exceptionnelle.

— Ah oui ?

— Votre efficacité à Oklahoma City a été incroyable. Et, à la suite du tremblement de terre en Iran l'an dernier qui a fait deux mille victimes, vous avez réussi à sauver vingt-sept personnes ensevelies sous les décombres.

— Et j'ai retrouvé soixante-huit morts.

— Vous vous souvenez du chiffre exact ?

— Je me souviens d'à peu près tous les chiffres, et d'absolument tous les visages.

— Eve ne vous demandera pas de regarder le visage de ce cadavre-ci.

— J'ai toujours détesté le mot « cadavre ». Cela déshumanise la personne morte.

— Tout ce que demande Eve, c'est que vous localisiez le corps avec votre chien. Ensuite, vous pourrez retourner couler des jours paisibles dans votre petit coin de désert.

— Ce n'est pas si simple.

— Vous avez déjà travaillé pour la police à la recherche de cada... de corps. La police de Salt Lake City vous tient en grande estime.

— Youpi !

Il sourit.

— Le sergent Levitz est persuadé que vous lisez dans les pensées de votre chien. Il dit qu'il ne sait vraiment pas comment vous vous comprenez si bien.

— Levitz n'a pas inventé la poudre. Tous les propriétaires de chiens vous diront qu'il ne manque que la parole à leur compagnon. Quand on se connaît depuis aussi longtemps que Monty et moi, on se comprend.

— Vous admettrez quand même que le lien qui vous unit est inhabituel. Même moi, je m'en rends compte, compléta-t-il en regardant Monty, couché aux pieds de Sarah.

Elle ne répondit pas.

— Et vous avez traversé de grandes épreuves ensemble.

— C'est vrai. Je ne chercherai pas ce corps.

— Nous avons vraiment besoin de vous, répéta-t-il avec un soupir. Je suis désolé, mais j'insiste.

— Allez vous faire voir.

— Madden est-il très ponctuel ? demanda-t-il en consultant sa montre. Parce que si c'est le cas, il devrait…

La sonnerie du téléphone retentit.

Sarah décrocha.

— Il est là ? demanda Madden.

— Oui.

— C'est un type très influent, Sarah. Il a le bras long en politique. Je ne veux pas le mécontenter, surtout qu'il ne demande rien de bien compliqué.

— Pour vous, peut-être.

— Nous avons déjà discuté de ça. Logan m'a assuré que le travail ne devrait pas prendre plus d'un ou deux jours.

— C'est trop long. Même une heure serait trop longue si ce n'est pas une question de vie ou de mort.

— Je sais que vous n'aimez pas les recherches de cadavres, mais c'est nécessaire.

— Êtes-vous sûr que cette recherche n'est pas illégale ?

Un silence.

— Logan est un homme d'affaires respectable.

« C'est ça, avec des relations dans le monde politique. » La main de Sarah se crispa sur le combiné.

— Je ne veux pas m'en charger, Madden.

— Mais vous vous en chargerez. Parce que, ajouta-t-il d'un ton doucereux en baissant la voix, vous savez très bien ce que vous risquez si vous ne le faites pas, Sarah.

« Salaud. »

— Deux jours. Je leur donne deux jours.

— Je n'ai rien promis de plus à Logan. Au revoir, Sarah. Et bonne chance.

Il raccrocha.

— Deux jours, jeta-t-elle en se tournant vers Logan.

— Eve sera très heureuse.

— Je me fiche pas mal de lui faire plaisir. Je préférerais n'avoir jamais entendu parler d'elle de ma vie. Je lui ai dit non, et elle vous a envoyé faire le sale boulot à sa place.

— C'est de moi que vient l'idée de contacter Madden. Je n'ai même pas dit à Eve ce que ce nom évoquait pour moi. Elle n'aurait jamais accepté de vous faire de chantage. Elle m'a simplement demandé de voir s'il n'y avait rien que nous puissions vous proposer d'assez alléchant.

— Et vous vous êtes servi de lui quand même.

— J'ai moins de scrupules. Et j'ai fouillé plus à fond qu'elle dans votre vie, ce qui m'a permis de comprendre que Madden pourrait vous convaincre. Elle vous voulait, et je vous ai eue. Vous n'avez ni télévision ni radio ? demanda-t-il en regardant autour de lui.

— Je n'en ai pas besoin.

— Vous êtes un peu coupée du monde.

— C'est ce que je recherche.

— Eve avait mentionné que vous n'aviez pas de télévision. Je pense utile que vous sachiez à qui vous avez affaire, dit-il en lui tendant l'enveloppe brune qu'il tenait à la main. C'est un dossier concernant Eve Duncan et des coupures de presse sur Talladega et le meurtre d'un agent de sécurité. Cela ne vous fournira pas tous les détails, mais vous aurez une bonne base de départ.

— Je ne m'intéresse pas à Eve Duncan, à moins que votre dossier ne m'aide à trouver un moyen de vous refuser ma collaboration.

— N'y comptez pas, mais cela vous donnera peut-être un peu plus envie de participer. Eve essaie de sauver la vie d'un enfant.

— En me forçant à trouver un mort ?

— Malheureusement, oui. À propos, ajouta-t-il après avoir fait un pas vers la porte, si j'étais vous je ne contacterais pas la police pour révéler où se trouve Eve. Cela me mettrait très en colère et je serais obligé de téléphoner à Madden. J'ai l'impression qu'il serait prêt à tout pour sa carrière. Je me trompe ?

— La police la recherche ?

— Lisez le dossier, conseilla-t-il en ouvrant la porte. Je dirai à Eve que vous êtes enchantée de lui rendre service.

Elle jura entre ses dents.

— Eve vous contactera. Faites ce qu'on vous demande. Je me moque que ça vous plaise ou non.

Sarah attendit que la porte se referme sur lui, les poings serrés sur les bras de son fauteuil. Cela ne lui apporterait rien de se mettre en colère. Le travail ne durerait que deux jours. Peut-être même ne trouverait-elle rien.

Mais s'il y avait un corps, Monty le découvrirait à coup sûr.

Il poussa un gémissement et leva les yeux vers elle. Se penchant pour l'entourer de ses bras, elle enfouit le visage dans son pelage.

— Pardon, mon vieux, murmura-t-elle, les larmes aux yeux. Nous n'avons pas le choix.

Eve reçut un coup de téléphone de Sarah Patrick plus tard dans la soirée.

— Logan m'a dit que vous acceptiez de m'aider. C'est très gentil de votre part.

— Je veux en finir le plus vite possible. Nous commençons la recherche demain. Vous avez délimité une zone ?

— Je crois. Je ne suis pas sûre. Nous devrons peut-être essayer deux ou trois…

— Vous avez deux jours. Procurez-moi un vêtement de la victime. Parfois Monty réagit mieux à l'odeur imprégnée dans les vêtements qu'à celle du corps.

— Ça risque de prendre un certain temps. Je ne sais pas si…

— C'est à vous de voir. Je vous ai dit ce dont j'avais besoin. Moi, je me fiche qu'on la trouve ou pas. Au contraire. Une fois que vous aurez le vêtement, appelez-moi et on se rejoindra sur la zone de recherche.

Elle raccrocha.

Eve resta songeuse un moment, puis elle appela Logan.

— Je voudrais bien savoir ce que tu as fait à Sarah Patrick !

— Je l'ai convaincue de travailler pour toi.

— De quelle façon ? Je l'ai trouvée glaciale.

— Ce qui compte, c'est le résultat. Tu l'as pour deux jours. Emploie-la bien.

Elle aurait dû se douter que Logan ne reculerait devant rien pour arriver à ses fins. Il n'avait eu aucun scrupule pour l'obliger à travailler pour lui.

— Je ne veux pas qu'elle ait à en souffrir.

— Elle ne souffre pas. Toi non plus. Jane non plus. Sers-toi d'elle au lieu de te ronger de remords. Tu veux rester en vie ? C'est bien ça qui compte, non ?

Il a raison, se dit-elle avec lassitude. C'est le principal.

— Elle veut un vêtement de la victime. Penses-tu pouvoir m'en obtenir un sans entrer de force chez les Jordan et terroriser la famille ?

— Je vais me débrouiller. Et surtout, ne me remercie pas de t'avoir obtenu Sarah.

Elle eut honte. Pourquoi l'accabler de reproches ? C'était elle qui lui avait demandé d'agir. Peut-être avait-elle même espéré inconsciemment qu'il irait plus loin qu'elle ne le lui demandait.

— Excuse-moi. Je dois être un peu déprimée. Je ne sais pas si Sarah va arriver à trouver le corps. Je ne suis même pas sûre de l'endroit où cette femme a été enterrée. J'extrapole à partir des éléments dont je dispose, mais sans aucune certitude.

— Je voudrais vous accompagner demain. C'est possible ?

— Tu en as déjà trop fait. Je ne veux pas qu'on puisse te voir en ma compagnie.

— On n'en fait jamais trop.

— Va dire ça à Sarah Patrick. Elle ne me donne que deux jours.

— Essaie de t'en tenir à ce qu'elle demande. J'aimerais autant ne pas avoir à remettre la pression sur elle. Tout en essuyant ses insultes, je me suis pris de sympathie pour cette femme.

— Je ne crois pas que ce soit réciproque. J'ai eu l'impression qu'elle préférerait nous enterrer tous les deux plutôt que de localiser Debby Jordan.

— Puisque tu ne veux pas me laisser t'accompagner, tu vas devoir supporter ses humeurs toute seule. Je t'aurai le vêtement demain matin.

C'était un sweat-shirt de base-ball blanc avec le logo des Arizona Diamondbacks imprimé sur le devant.

Sarah Patrick le prit sans le regarder.

— Il a été lavé depuis qu'elle l'a porté ?

— Non. Logan dit qu'elle a dormi dedans la veille de sa disparition.

— Comment l'a-t-il obtenu ?

— Je ne le lui ai pas demandé.

— Il a dû le voler dans un sac pour les sans-abri.

— Il n'est pas aussi pourri que vous le croyez.

— Probablement pire.

— J'ai été étonnée que vous vouliez un vêtement. Elle est enterrée depuis presque un mois. L'odeur ne peut pas…

— J'aurais pu utiliser une substance qui reproduit l'odeur de putréfaction, mais cela aurait angoissé Monty. Je ne sais pas si ce sweat-shirt va servir à quelque chose, ajouta-t-elle avec un haussement d'épaules, mais autant essayer. Pourquoi avez-vous choisi cet endroit ? demanda-t-elle en scrutant le terrain.

— Ce champ s'étend au fond de la subdivision « Desert Light ».

— Et alors ?

— Des corps ont été retrouvés dans deux autres endroits dont les noms ont un rapport avec la lumière. Dom a mentionné plusieurs fois la lumière au cours de notre dernière conversation. Je crois qu'il voulait me mettre sur la voie.

— Pourquoi ne vous a-t-il pas dit carrément où il l'avait ensevelie ?

— Ça ne l'aurait pas autant amusé. Il veut que je me donne du mal.

— Dites plutôt qu'il veut que Monty se donne du mal.

— Il ne sait pas que j'ai fait appel à vous.

Mais Eve n'en était même pas sûre. Dom ne l'avait pas contactée depuis qu'elle était arrivée à Phoenix, ce qui ne signifiait pas pour autant qu'il ne la surveillait pas de près.

— Et vous voulez que j'inspecte ce champ simplement à cause de son nom ?

— Il n'est pas loin non plus de l'église où Debby Jordan a disparu.

Sarah lui jeta un coup d'œil dubitatif.

— Je sais, ce n'est pas un motif très sérieux, reconnut Eve, les lèvres blanches, mais je n'ai rien d'autre.

— Comme vous voudrez. Je veux bien me lancer sur n'importe quelle fausse piste pendant deux jours. Mais je ne travaillerai pas une minute de plus.

Elle prit un sac en toile dans sa voiture, et son attention s'arrêta sur Jane, agenouillée près de Monty.

— Pourquoi avez-vous emmené cette gosse ?

— Dom préfère qu'elle reste avec moi, et je ne peux pas risquer de la laisser seule. Elle ne nous dérangera pas.

— Je n'ai jamais dit ça. Elle a l'air intelligente. Seulement Monty ne va pas pouvoir lui tenir compagnie.

Elle s'approcha de Jane et lui sourit.

— Désolée, il est temps que Monty se mette au travail.

Jane se leva.

— Je peux vous accompagner ?

Sarah lança un regard interrogateur à Eve.

Pourquoi pas, après tout, puisque Jane était là. Il ne serait pas pire pour elle de participer activement à la recherche que de rester dans la voiture à attendre. Au contraire, cela l'occuperait. Elle hocha lentement la tête.

Sarah s'adressa alors à Jane.

— Je te préviens, nous avançons assez vite, et en général je repasse deux fois sur tout le terrain pour m'assurer qu'on n'a rien oublié.

— J'arriverai à vous suivre.

— Comme tu voudras.

Sarah s'agenouilla pour ouvrir le sac de toile. Elle en sortit une laisse qu'elle accrocha au collier de Monty.

Il s'immobilisa.

— Il a compris ? demanda Jane.

— Il se doute qu'il va se passer quelque chose, mais il ne sait pas encore quoi. Je le mets en laisse pour mieux contrôler par où nous passons. C'est rare que je l'attache, sauf quand nous sommes dans un endroit qu'il ne connaît pas. Et puis la laisse rassure les gens.

— Pourquoi ?

— C'est un grand chien. Les gens se méfient des grands chiens.

— Ils sont fous !

— Je suis bien d'accord avec toi, répondit Sarah avec un sourire.

Elle fouilla de nouveau dans le sac et en sortit une ceinture en toile de jean qui comportait une multitude de poches à outils.

Monty fut aussitôt sur le qui-vive.

— Maintenant, il sait que nous allons travailler, expliqua Sarah en attachant son harnachement autour de sa taille. C'est le signal.

Monty leva la tête, les yeux brillants.

Sarah tendit le sweat-shirt pour le lui faire sentir.

— Trouve-la, Monty.

Appuyée au capot de la voiture, Eve regarda Sarah, Jane et Monty arpenter le champ. Ils marchaient vite, comme Sarah l'avait expliqué, mais le terrain était vaste, et il faudrait du temps pour en couvrir toute la surface.

Monty avançait tête baissée, muscles tendus. Il s'arrêta deux fois, hésita, puis repartit. Sarah ne le ramena à la voiture qu'en début d'après-midi.

— Rien.

— Vous êtes sûre ? demanda Eve, déçue.

— Monty, oui. Ça me suffit.

— Il est vraiment fiable ?

— Il est absolument incroyable.

— Pourquoi s'est-il arrêté deux fois ?

— Il a senti un animal mort.

Eve réagit brutalement.

— Un animal ?

— Rien d'humain, je vous assure. Monty connaît la différence.

Elle enleva la laisse de Monty, puis sa ceinture, et se tourna vers Jane.

— Cinq minutes de pause. Tu veux aller jouer avec lui ? Ça lui fera plaisir.

Elle n'eut pas à le répéter deux fois. Jane courut dans le champ avec Monty tandis qu'elle les suivait des yeux.

— Monty l'aime bien.

— Elle en est folle.

— Elle a bon goût.

— Merci de l'avoir laissée vous suivre. Elle a pas mal souffert dans la vie. La compagnie de Monty lui fait du bien.

— Ce n'est pas sa faute à elle si j'ai été obligée d'accepter ce travail. C'est à vous que j'en veux, déclara Sarah avec un regard lourd de reproches.

Eve encaissa.

— C'est vrai. Et j'ai intérêt à vous faire travailler autant que je peux tant que vous êtes là. Ça ne changera rien à ce que vous pensez de moi.

— Vous avez d'autres sites possibles en vue ?

— Environ onze. Ils comportent tous le mot « lumière » dans leur nom.

— Onze ?

Eve sortit son plan de la ville et lui montra les zones qu'elle avait encerclées.

— Peut-être douze.

— Vous n'y arriverez jamais en deux jours.

— Nous inspecterons d'abord ceux qui sont le plus proches de l'église de Debby Jordan. Y a-t-il une limite à l'endurance de Monty ?

— Non, il nous est arrivé de travailler soixante-douze heures d'affilée à Tegucigalpa, avec seulement de courtes pauses. Mais vous avez vu le temps que ce champ nous a pris ?

— Dans ce cas, nous ferions mieux de continuer, déclara Eve en repliant sa carte. Moonlight Creek n'est qu'à un quart d'heure. Il faudra chercher le long des deux rives du cours d'eau.

— Cela prendra plus de temps qu'ici.

— Appelez Monty et Jane, ordonna Eve en montant dans sa voiture.

Sarah l'observa une seconde, puis lui fit un sourire contraint.

— Vous ne vous avouez jamais vaincue, vous !

— Et vous ?

Sarah lui tourna le dos pour appeler Jane.

— Ramène mon chien ! On a du travail !

Elles poursuivirent les recherches pratiquement jusqu'à minuit, ne parvenant à éliminer que quatre sites supplémentaires. Il en restait sept.

— Ça suffit, décréta Sarah en enlevant sa laisse à Monty. On arrête pour aujourd'hui. Je suis fatiguée, et je n'y vois plus rien.

— Vous n'avez pas besoin de voir. Il suffit que Monty renifle le sol.

— Vous n'avez vraiment aucun scrupule, vous.

— Je n'ai pas le choix, répondit Eve avec un coup d'œil à Jane endormie sur la banquette arrière.

Sarah suivit son regard.

— Il tue vraiment des enfants ?

— Oui.

— Salopard.

— Encore une heure.

— Non. On n'y voit plus rien. Monty pourrait se blesser, et je n'ai pas le droit de risquer sa santé.

— Au Honduras, vous avez travaillé plus longtemps.

— Il y avait des vies à sauver, il ne s'agissait pas que de trouver des corps. On arrête pour ce soir.

Elle fit signe à Monty qui sauta dans la Jeep.

— Nous n'avons pas exploré autant de sites que j'espérais.

— Je vous avais prévenue.

— Je sais. Je voulais juste… Vous ne me donnez pas assez de temps.

— C'est comme ça.

— Oui, je sais.

Sarah monta dans la Jeep.

— Nous recommençons demain à l'aube.

— À l'aube ?

— Vous ne voulez pas d'une journée de recherches complète ?

— Bien sûr que si. Mais je pensais que vous…

— Monty et moi, nous ne sommes pas des fonctionnaires. Je vous ai promis deux jours, vous les aurez.

Avant qu'Eve ait eu le temps de répondre, la Jeep de Sarah partit en trombe.

Eve démarra à son tour.

Sarah avait du caractère, mais elle n'était pas aussi intraitable qu'Eve l'avait redouté au premier abord. Elle avait travaillé sans relâche, jusqu'à l'épuisement, et ne dormirait que quelques heures cette nuit avant de recommencer. De toute évidence, elle se laissait attendrir par les enfants. Peut-être qu'en se montrant persuasive elle pourrait la convaincre de continuer encore quelques jours et…

Son portable sonna.

— Tu te couches tard, remarqua Dom. C'est l'énergie du désespoir, on dirait !

— Vous me réveillez…

— Ça m'étonnerait, à moins que tu ne dormes au volant.

Pas de panique, surtout. Il pouvait dire ça au hasard.

— Vous n'avez pas appelé depuis un moment. J'espérais m'être débarrassée de vous.

— Il ne s'est écoulé que quelques jours. Je me suis bien amusé à te voir te démener pour retrouver notre charmante soprano.

— Vous bluffez. Vous ne savez pas où je suis.

— Je ne le savais pas au départ. Tu t'es échappée d'Atlanta très discrètement. Mais je savais que ce ne serait qu'une question de temps avant que tu ne découvres l'identité de ma soprano. Il m'a suffit de surveiller la maison de Debby Jordan.

— Je ne suis pas allée chez elle.

— Mais un des hommes de John Logan y est allé, en revanche. À partir de là, je n'ai plus eu qu'à le suivre pour trouver Logan, et Logan m'a conduit tout droit à toi. C'est lui qui t'a aidée à quitter Atlanta ?

— Je ne vois pas de quoi vous vous voulez parler.

— Tu le protèges, remarqua Dom avec un rire. Je n'en ai pas après lui, tu sais. Il a simplement contribué à rendre la situation plus intéressante. Mais j'admets que tu m'as étonné en n'apparaissant pas toi-même à la porte du veuf éploré. J'aurais dû me douter que tu trouverais une autre méthode. C'est un coup de génie d'utiliser Sarah Patrick. Dommage que tu ne sois pas allée au bon endroit.

— Je la trouverai.

— Pas trop vite, j'espère. Chaque jour qui passe te fatigue un peu plus, l'angoisse monte, la colère aussi. J'ai envie de faire durer le plaisir.

— Je la trouverai demain.

— Ça me décevrait. Je voudrais que la recherche prenne au moins une semaine.

— Dans ce cas, pourquoi n'allez-vous pas la déterrer pour la cacher ailleurs ?

— Tu sais très bien que c'est la pire des erreurs à commettre pour un assassin. Je pourrais me faire prendre, laisser des traces, tomber dans n'importe quel piège. Non, le mieux, c'est de te ralentir. Je t'ai dit à quel point j'appréciais que tu emmènes Jane partout avec toi ? Elle est avec toi maintenant, non ?

Eve ne répondit pas.

— Tu t'attaches à elle, je me trompe ? Plus les enfants sont âgés, plus ils sont intelligents. On peut leur parler. Bonnie était un peu jeune pour toi…

— Taisez-vous.

— Tu vois comme tu es sur les nerfs ? La poursuite est vraiment grisante. Je commence à me demander si la petite Jane n'est pas devenue inutile. Ça te ralentirait, si je la tuais, non ?

— Ça m'arrêterait net.

— Non, je crois que tu serais suffisamment en colère contre moi pour continuer. La colère et la douleur sont presque d'aussi bons moteurs que la peur.

Ignoble vampire.

— Je raccroche.

— Je vais peut-être la tuer ce soir.

La main d'Eve se crispa sur le téléphone.

— Oui, reprit-il, ça te ralentirait vraiment. Regarde dans ton rétroviseur.

Des phares.

— Tu me vois ?

— Ce n'est pas vous. Un des hommes de Logan nous a suivies toute la journée.

— Il vous a perdues au dernier site de recherche. Mais moi, j'ai mis un point d'honneur à vous tenir compagnie.

— Vous mentez.

— Tu es encore loin de chez toi ?

Elle ne répondit pas.

— Tu ferais mieux de te dépêcher.

Elle appuya sur l'accélérateur.

— Oui, je pense qu'il est temps que je tue Jane.

Il bluffait.

Mon Dieu, la voiture qui la suivait accélérait !

Le cœur d'Eve battait à lui rompre les côtes.

Plus vite.

Encore dix rues avant d'arriver.

Les phares gagnaient-ils du terrain ?

Oui.

Elle prit un virage sur deux roues.

Jane murmura quelque chose à l'arrière, dérangée par les secousses.

— Je t'ai dit comment je tuais les enfants ? Je m'y prends lentement. Leurs émotions vibrent avec une totale pureté. Eux seuls méritent la couleur blanche. Rien ne vient troubler leur peur et leur douleur, contrairement aux adultes. Tu penses que Jane sera aussi courageuse que Bonnie ?

Elle avait envie de le tuer.

Plus que quatre rues.

— J'entends ta respiration. Comme tu as peur…

Les phares l'aveuglaient dans le rétroviseur.

Elle laissa tomber le téléphone sur le siège et écrasa l'accélérateur.

Le portail arrivait devant elle.

La télécommande. Ouverture de la grille.

Elle s'ouvrait trop lentement. Son poursuivant était sur elle.

Elle faillit arracher les vantaux en passant et remonta l'allée en trombe.

Les phares la suivaient toujours. Il avait franchi le portail juste derrière elle.

Elle pila avec un crissement de pneus devant la maison et appuya sur le klaxon sans relâche.

Vite, que quelqu'un vienne avant que…

On frappait à sa portière. Un visage se colla à la vitre.

— Madame Duncan, ça va ?

Herb Booker.

Elle baissa la vitre.

La lumière crue des phares de la voiture arrêtée derrière elle brillait toujours dans le rétroviseur. La portière du conducteur était ouverte.

— Eve ? demanda Jane d'une voix engourdie en se redressant.

— Tout va bien, assura-t-elle, une main crispée sur le volant. C'est votre voiture, Herb ?

— Ben oui. Je vous ai suivie toute la journée. Ça ne va pas ? Je me suis inquiété quand vous vous êtes mise à foncer.

Ellc prit le téléphone et le leva lentement vers son oreille.

— Salaud.

— Je blaguais.

Et il raccrocha.

— Vous avez l'air crevée, commenta Sarah en dévisageant Eve. Ça va ?

— Je n'ai pas bien dormi. Et vous ?

— En forme. Monty et moi, nous avons l'habitude de nous contenter de quelques heures de sommeil.

Eve sortit sa carte.

— Nous avons exploré les zones au sud de l'église hier. Je voudrais passer à l'ouest aujourd'hui. Ici, d'abord, dit-elle en tapotant un point sur la carte. Le Woodlight Reservoir.

— Vous êtes sûre ? Ça représente un bon périmètre. Vous feriez mieux de choisir l'endroit le plus plausible. Vous n'avez que jusqu'à minuit ce soir.

— Vous ne voulez pas changer d'avis ?

— Non, dit Sarah en se tournant pour envoyer la laisse de Monty à Jane. Viens, toi, nous avons du pain sur la planche.

Eve la suivit des yeux avec désespoir. Après l'incident de la veille, cette recherche semblait bien futile. Pourquoi s'était-elle lancée dans l'entreprise ? Simplement pour distraire une ordure ?

Non. Le motif de départ restait valide. Il y avait une possibilité que Dom ait commis une erreur.

Par pitié, faites qu'il ait laissé des indices.

— Nous devons nous arrêter, maintenant, annonça Sarah calmement. Je suis désolée.

Eve crispa les poings.

— Il ne peut pas déjà être minuit.

— Il est une heure trente.

Elle donna son signal et Monty sauta dans la Jeep.

— J'imagine que je dois vous remercier pour les heures supplémentaires, marmonna Eve avec désespoir.

— Je sais que vous avez plutôt envie de m'arracher les yeux.

— Non, ce n'est pas vrai.

Eve était très déçue mais ne pouvait rien lui reprocher. Elle travaillait d'arrache-pied depuis l'aube, ne laissant que de courtes pauses à Monty pour boire et se reposer.

— Je voudrais tellement que vous acceptiez de me donner une journée de plus.

— Impossible, répondit Sarah en évitant son regard. Je sais que vous avez d'excellentes raisons d'agir, mais ce n'est pas suffisant. Mon devoir est de protéger Monty. Je ne voulais pas prendre en charge ce travail, et je vous ai déjà octroyé deux jours.

— Ce n'est pas assez.

— Je ne peux rien vous donner de plus. À chaque instant au cours de ces deux journées, j'ai espéré que nous ne trouverions pas cette femme. Sans doute est-il même préférable que je n'intervienne plus. Imaginez que je ne sois pas aussi consciencieuse que vous le souhaitez…

— Peu probable. Ce n'est pas votre genre de tricher.

— Faites appel à quelqu'un d'autre.

— Tout délai serait fatal, vous le savez.

— Je ne peux rien pour vous. Désolée, conclut Sarah en démarrant.

— Si vous étiez vraiment désolée, vous m'aideriez. Ce n'est pas agréable de trouver des corps, mais je pense que vous…

— Pas agréable ? répéta Sarah d'une voix tendue. Mais ma pauvre, vous n'avez aucune idée de ce que c'est !

— Je sais qu'attraper Dom et protéger Jane a plus d'importance que toutes les objections que vous pourriez formuler. Qu'est-ce que c'est qu'un jour ou deux de plus ?

— Vous avez le droit à votre opinion. Moi, je dois protéger mes intérêts tout comme vous protégez les vôtres… Désolée.

Les yeux brûlants de larmes, Eve vit les feux arrière de la Jeep disparaître. Elle s'en remettrait, mais pour l'instant elle n'en pouvait plus de fatigue et de découragement. Il fallait rentrer, se reconnecter à Internet, et voir si elle pouvait trouver un maître-chien pour remplacer Sarah Patrick.

12

Monty gémissait.

— Tais-toi, ordonna Sarah en appuyant sur l'accélérateur. Tu ne connais pas ton bonheur.

Triste.

— Ce n'est pas ma faute si elle est triste. Il faut bien que je prenne soin de nous.

Seule.

— Tout le monde est seul.

Pas nous.

Elle tendit la main pour lui caresser la tête.

— Non, c'est vrai, murmura-t-elle.

Il se remit à gémir.

— J'ai dit non.

Enfant.

Cette pensée déchirait aussi le cœur de Sarah.

— Ça ne nous regarde pas. Eve va s'occuper d'elle.

Triste.

— Dors. J'en ai assez, tu exagères. Nous avons terminé. Nous avons eu de la chance, et je refuse de risquer une journée de plus.

Monty se coucha sur le siège, tête posée sur les pattes.

Enfant...

— Où est-elle, Mark ? demanda Joe.

Il y eut un silence à l'autre bout du fil.

— Comment m'avez-vous trouvé ?

— Ça n'a pas été facile. Votre chaîne n'était pas très chaude pour me donner votre nouveau numéro de portable. Vous en avez changé il y a deux jours. Pourquoi ?

— Je reçois beaucoup d'appels qui encombrent ma ligne, comme tous les journalistes.

— Mais vous avez pris deux semaines de congé.

— J'étais fatigué. J'ai décidé de descendre ici, en Floride, pour prendre le soleil.

— Vous deviez bien savoir que j'essaierais de vous joindre.

— Franchement Joe, je ne me donnerais pas tout ce mal pour vous éviter.

— Moi, je crois que si. Où est Eve ?

— Comment voulez-vous que je le sache ?

— Elle n'avait pas l'adresse du foyer. Il m'a fallu un quart d'heure pour obliger Eisley à me la donner, pourtant Eve a trouvé le moyen d'y aller et d'emmener la gamine. J'ai bien réfléchi, et je ne vois que vous.

— Vous croyez qu'Eisley m'aurait révélé l'adresse du foyer ?

— Je crois que vous connaissez tous les secrets de cette ville, tous les cadavres dans les placards.

— L'expression est assez mal venue, vu les circonstances.

— Où est-elle, Mark ?

— J'ai investi beaucoup de temps et d'efforts dans cette enquête. Eve ne veut pas que vous sachiez où elle est.

— Ça ne m'empêchera pas de la trouver.

— Peut-être, mais sans mon aide.

— À voir. Soit je la trouve, soit je vous trouve, vous, et croyez-moi il vaudrait mieux pour vous que je tombe sur elle d'abord.

— C'est une menace ?

— Absolument. Où est-elle ?

— Disons qu'elle suit les indications de Dom.

— Quelles indications ?

— Moi, je le sais, à vous de le découvrir, répondit Mark avec une courtoisie excessive. Je n'aime pas les menaces, Joe.

Il raccrocha.

Joe retomba contre son dossier, glacé jusqu'aux os.

Bon Dieu de merde !

Surtout, ne pas se laisser dominer par la peur. Il fallait la trouver. Harceler Mark jusqu'à ce qu'il crache toutes ses informations.

Il recomposa le numéro.

Il fallait la retrouver.

Monty hurlait.

Sarah se redressa dans son lit.

Monty ne hurlait presque jamais.

Elle alluma la lampe de chevet et mit les pieds par terre.

Il hurla de nouveau puis s'arrêta.

Vite !

Elle franchit la porte d'entrée en un clin d'œil.

— Monty ?

Pas de réponse.

Elle alluma dans le salon et retourna dehors, laissant la porte ouverte.

— Monty ?

Pas un bruit. Ses mains se crispèrent d'angoisse.

— Monty, où es…

Il y avait quelque chose près de son écuelle à eau.

Un gros steak entamé à grandes bouchées.

Elle ne donnait jamais de viande rouge à Monty.

— Non !

Elle courut dehors dans la nuit.

— Monty !

Elle trébucha sur une masse de fourrure sans vie…

Par pitié, par pitié. Non.

— Monty !

On klaxonnait. Quelqu'un appuyait comme un forcené sur un avertisseur qui hurlait dans la nuit.

— Qu'est-ce que c'est ?

Eve recula son siège de l'ordinateur et se leva.

Le téléphone du bureau sonna.

— Un intrus au portail, annonça Herb Booker. Restez à l'intérieur pendant que nous allons voir.

— Ça ne peut être qu'un ivrogne. Personne de vraiment dangereux ne s'amuserait à déranger le voisinage de cette façon.

— Ne sortez pas, s'il vous plaît.

— Il va réveiller Jane !

Elle alla à la porte d'entrée.

Le Klaxon hurlait toujours tandis qu'elle descendait l'allée vers la grille. Juan Lopez arriva avant elle.

La Jeep de Sarah Patrick était arrêtée devant le portail.

— Ouvrez-moi !

— Ouvrez, ordonna Eve à Lopez.

Il appuya sur la télécommande et la grille s'ouvrit.

La voiture dépassa Eve et s'arrêta devant la porte d'entrée.

— C'est bon, dit Eve aux deux gardes.

Sarah descendit de la Jeep au moment où Eve la rejoignait. Un seul regard suffisait pour s'apercevoir qu'elle était dans tous ses états.

— Qu'est-ce qui ne va pas ?

— Ce qui ne va pas ? Ce fils de pute. Ce sale fils de pute, je vais le tuer !

— Dom ?

— Qui d'autre ? Qui d'autre aurait…

Une peur soudaine envahit Eve.

— Sarah, où est Monty ?

— Ce fils de pute !

— Sarah, répondez-moi.

— Il a essayé de le tuer. Il a voulu tuer Monty, répéta-t-elle, laissant libre cours à ses larmes.

— Il est en vie ?

— J'ai eu une peur atroce. J'ai cru qu'il…

— Sarah, que s'est-il passé ?

— Il a lancé une pièce de bœuf près de l'écuelle de Monty. De la viande empoisonnée.

— Vous en êtes sûre ?

— Un coyote en a mangé. Il était mort quand je l'ai trouvé.

— Monty n'y a pas touché ?

— Ça m'aurait étonné qu'il en mange. Je lui ai appris à ne rien accepter. Mais je ne savais pas ce qui se passait… Il ne me répondait pas.

Elle s'essuya les joues d'un revers de main.

— Eh merde !

— Je comprends, dit Eve en ouvrant la porte. Entrez.

— Une seconde. Je fais descendre Monty.

Eve ne le voyait pas.

— Où est-il ?

— Par terre, à l'arrière.

— Pourquoi ? Il n'a pas mangé du tout de poison, au moins ?

— Non.

Sarah s'agenouilla à côté de la Jeep et son ton se fit doux et caressant.

— Viens mon bébé, tout le monde descend.

Monty poussa un gémissement.

— Oui, je comprends, mais il faut sortir de là et entrer dans la maison. Allez, dit-elle en lui mettant sa laisse, viens, Monty.

Il finit pas se lever et sauta hors de la Jeep. Il avait la queue basse, serrée entre les pattes, et il avançait très lentement.

— Vous êtes sûre qu'il n'a pas mangé de poison ?

— Oui, complètement.

— Mais qu'est-ce qu'il a, alors ?

— À votre avis ? Il est triste. J'ai eu un mal fou à l'arracher au coyote mort. Il devait être encore en vie quand Monty l'a trouvé. Monty a du mal à supporter la mort. Comme tout le monde, non ? ajouta-t-elle avec un haussement d'épaules.

— Vous voulez dire qu'il souffre d'un problème psychologique ?

— Oui. Et je ne vois pas ce qu'il y a de si bizarre à ça, jeta Sarah avec un regard noir.

— Mais rien du tout.

Rien qu'à le voir, on se rendait compte qu'il avait subi un choc terrible. Il avait les oreilles plaquées à la tête, une expression désespérée.

— Qu'est-ce qu'on peut faire ?

— Ça va aller. Il lui faut juste un peu de temps pour se remettre. Je peux l'emmener dans la chambre de Jane ?

— Elle dort.

— Il ne la réveillera pas.

— Mais à quoi cela servira ?

— Il n'y a rien de plus vivant qu'un enfant. Monty se sentira mieux près d'elle.

— Jane aurait des vertus thérapeutiques ?

— Elle sera contente de le voir, insista Sarah avec obstination. Elle adore Monty.

Qui aurait pu résister à ce chien ? songea Eve. Avec ses grands yeux doux et malheureux à vous fendre le cœur.

— C'est en haut, la première porte.

— Merci.

Eve attendit que Sarah monte à l'étage avec Monty, puis elle alla préparer du café dans la cuisine.

Quand Sarah apparut à la porte, le café avait presque fini de passer.

— Il est couché ?

— Oui. Désolée, mais Jane s'est réveillée.

— Elle va se rendormir.

— Il est dans le lit, avec elle, avoua Sarah d'une voix hésitante. Mais il est propre. Je l'ai lavé tout à l'heure, en rentrant.

— Du lait, du sucre ?

— Rien, merci.

Eve lui tendit une tasse.

— Ne prenez pas cet air coupable, ce n'est pas si grave.

— Si. Monty et moi, nous n'aimons pas dépendre des autres.

— Je ne crois pas que Monty se pose autant de questions que vous.

— Vous avez raison. Il est sans doute plus équilibré !

— Pourquoi êtes-vous venue ? Sûrement pas parce que Monty a besoin qu'on le console.

— J'étais folle de rage. J'avais envie de tuer ce salaud. Ça n'a pas passé, d'ailleurs.

— Vous êtes sûre que c'était Dom ?

— Pas vous ? Je n'ai aucun voisin proche qui pourrait en vouloir à Monty. Il reste toujours près de moi. Personne n'a jamais tenté de lui faire le moindre mal avant qu'il ne se mette à chercher Debby Jordan. On veut vous empêcher de la retrouver.

— Non, seulement me retarder. Dom s'amuse trop pour m'arrêter net. Il ne savait pas que vous aviez refusé de continuer à m'aider.

— C'est pour ça qu'il a voulu tuer Monty ?

Eve hocha la tête.

— Je ne me laisserai pas faire ! s'exclama Sarah en crispant les doigts autour de sa tasse. Je vais me payer ce salaud et lui faire passer l'envie de s'amuser.

— Je croyais que vous vouliez arrêter les recherches.

— Ne faites pas l'imbécile. Il a essayé de tuer mon chien. Il peut recommencer. La seule façon pour moi de protéger Monty, c'est d'attraper cette ordure.

Elle prit une dernière gorgée de café et reposa sa tasse brusquement.

— Il est temps de nous coucher. Nous n'avons que quelques heures de sommeil avant de repartir à l'aube.

— Vous restez ?

— Oui. C'est plus sûr pour Monty. Il me faut une chambre. Si ce n'est pas possible, je peux aller chercher mon sac de couchage. J'ai l'habitude de dormir n'importe où.

— Il y a une chambre libre en face de la mienne.

— Merci. Je vais sortir mon sac de voyage et les affaires de Monty de la Jeep. Allez vous coucher, conseilla-t-elle en quittant la cuisine. Je fermerai.

Eve la suivit des yeux. La colère et l'instinct de conservation avaient fait de Sarah Patrick une ennemie redoutable pour Dom.

Elle éteignit et monta. Il ne fallait pas se plaindre puisque c'était ce qu'elle avait souhaité, mais jamais elle n'aurait imaginé voir Sarah débarquer pour prendre l'enquête en main.

Elle s'arrêta à la porte de Jane et ouvrit. La petite s'était rendormie, avec Monty dans son lit. Elle dormait le bras passé autour du gros chien.

Après tout, tant mieux. Eve se savait assez forte pour tenir tête à Sarah Patrick si besoin. Le chien faisait du bien à Jane, et l'agression montrait que Dom était tout près ; il commençait à se lasser de les surveiller sans agir.

Elle ferma la porte de Jane avec un frisson. Avoir Sarah et Monty dans la maison pouvait être utile. Elle se sentait très seule.

— Allez vous coucher, ordonna Sarah en la dépassant dans le couloir.

— Va te faire voir.

Sarah s'arrêta net.

— Pardon… J'ai l'habitude de mener les gens et je me sens assez impuissante depuis quelque temps. Je vais me surveiller.

— D'accord, dit Eve avec un petit sourire.

Voilà qui augurait bien de l'avenir. Sarah et elle allaient pouvoir s'entendre. D'autant que, maintenant, elles avaient un objectif commun.

« Tu as fait une bêtise, Dom. Tu n'es pas infaillible. Si tu avais attendu, Sarah m'aurait lâchée. À présent, j'ai une alliée.

« As-tu commis d'autres erreurs avec Debby Jordan ? »

— Rien ? demanda Eve, déçue.

— Non, rien du tout, répondit Sarah en faisant signe à Monty de monter dans la voiture. Il a pensé qu'il y avait quelque chose sous l'arbre abattu, mais il a changé d'avis.

— On renonce déjà ? Monty doit être aussi fatigué que nous, il s'est peut-être trompé.

— Il ne se trompe jamais. Il n'aura aucun doute quand il tombera sur ce que nous cherchons.

— Ça fait trois jours.

— Je te dis qu'elle n'est pas là !

Sarah s'interrompit et reprit plus aimablement :

— Pardon. La journée a été longue.

Elles s'étaient épuisées jour après jour. De l'aube à minuit, et parfois plus. Sarah avait des raisons d'être de mauvaise humeur. Pendant qu'Eve restait dans la voiture ou qu'elle la contemplait de loin, Sarah avait parcouru des kilomètres avec Monty. C'était déjà miraculeux qu'elle tienne bon.

Sarah garda le silence presque jusqu'à la maison.

— Il nous reste encore combien de sites ?

— Quatre.

— C'est peu. Il n'aurait pas pu se moquer de toi ?

— Il est capable de tout. Mais, si nous n'étions pas sur la bonne voie, pourquoi aurait-il essayé de tuer Monty ?

— Pour se rendre plus crédible ?

— Possible. Peut-être que ça lui plaît de me voir tourner en rond.

— Mais ça te semble improbable.

— Oui, je me dis qu'il faut qu'il y trouve son compte. Il aime le suspense, les hauts et les bas. Les espoirs et les déceptions. La tension et le soulagement. Si nous trouvions Debby Jordan, il atteindrait un extraordinaire paroxysme.

— On dirait que tu le connais, ce salaud.

En effet, Eve avait parfois ce sentiment. Il était toujours présent à son esprit. Et, par moments, elle avait l'impression qu'en se tournant suffisamment vite elle l'apercevrait.

Son imagination lui jouait des tours. Depuis la nuit où il lui avait téléphoné dans sa voiture, Juan Lopez et Herb Booker n'avaient pas relâché leur attention, et ils lui assuraient que personne ne la suivait.

Elle voulait bien les croire…

Elle prit le virage et vit la grille familière apparaître devant elle.

— On la trouvera demain, promit-elle à Sarah. Il ne m'a pas menti. Je sais que…

— Attention !

Eve pila devant un homme.

— Hé !

Lopez avait arrêté sa voiture derrière elle et se précipitait vers lui, l'arme au poing.

— Non ! cria Eve.

Lopez s'effondra de tout son long au milieu de la chaussée.

Merde, il allait tuer Lopez.

Elle sauta de la voiture et courut vers eux.

— Eve, tu es folle ! s'écria Sarah.

— Arrête, arrête, je te dis ! Mais merde, arrête ! Tu vas le tuer.

— Je me sens des envies de meurtre, grommela Joe en relâchant le cou de Lopez et en se relevant. Cet imbécile s'est jeté sur moi.

— Il voulait me protéger.

— Si c'est comme ça qu'il te défend ! Logan perd son argent.

— Il se débrouille très bien.

Le portail s'ouvrit et Herb Booker sortit de la propriété en courant. Joe fit volte-face, prêt à l'offensive, mais Eve se plaça devant lui.

— Non, Herb, tout va bien, je le connais.

Le regard d'Herb passa de son coéquipier, qui s'asseyait lentement, à Joe.

— Tout va bien ? Vraiment ?

— Il est de la police.

— Depuis quand les flics s'amusent à jouer les Rambos ?

— Joe est un cas à part. Va m'attendre à la maison, dit-elle à ce dernier.

— Tu vas m'autoriser à entrer ?

— Tais-toi. Je t'en veux à mort. Ce n'était pas la peine de t'en prendre à Juan.

— Il avait une arme.

— Et toi, tu as failli le tuer.

— Je t'ai dit que j'étais énervé, expliqua-t-il avec un haussement d'épaules.

— Eh bien, moi, c'est pareil. Personne ne t'a invité.

— Je suis au courant.

Il tourna les talons et passa le portail à grands pas.

— Qui est-ce ? demanda Sarah tandis qu'Eve remontait en voiture et repartait. Je suis comme Herb, il m'a aussi fait penser à Rambo.

— Joe Quinn. Un vieil ami.

— Tu es sûre ? Il n'avait pas l'air si content que ça de te voir.

— Il est fâché, expliqua-t-elle en serrant les dents. Mais pas plus que moi.

— C'est lui qui m'a sauté dessus chez Fay, intervint Jane depuis la banquette arrière.

— Tu l'avais attaqué. Avec une batte de base-ball.

— Tu prends sa défense, remarqua Sarah.

— La force de l'habitude.

Elle se gara et sortit de la voiture.

— Allez vous coucher, toutes les deux. Je m'occupe de lui.

— Ça ne va pas être du gâteau, remarqua Sarah à voix basse, mais Monty et moi, nous sommes trop fatigués pour te proposer de l'aide, et Jane n'a pas sa batte de base-ball sous la main.

La plaisanterie amusa beaucoup Jane.

— Monty peut dormir avec moi cette nuit, Sarah ?

— Non, pas cette nuit. Il faut garder ça pour les cas exceptionnels.

Elle fit un signe de tête en passant devant Joe.

— Soyez gentil avec Eve, ou je lâche mon chien sur vous.

Sans attendre de réponse, elle fit entrer Jane et Monty dans la maison.

— Qui est-ce ? demanda Joe à Eve.

— Sarah Patrick, avec son chien Monty. Si tu sais où je suis, je m'étonne que tu ne saches pas qui est Sarah. Logan ne t'a pas expliqué ce qui se passait ?

— Tu veux rire, répondit-il en la suivant à l'intérieur. Logan ne m'a appris que le strict minimum : que tu étais en bonne santé, qu'il t'avait placée sous la protection de deux gardes, et que je n'avais qu'à aller me faire pendre.

— Alors comment m'as-tu trouvée ?

— Mark m'a dit que tu voulais aller à Phoenix et qu'il pensait que tu avais une idée derrière la tête. J'ai tout de suite pensé à Logan. Je l'ai cherché, et j'ai appris qu'il avait quitté Monterey et logeait au Camelback Inn. J'ai aussi découvert qu'il était propriétaire de cette maison, et j'ai trouvé logique qu'il vous propose de vous y héberger, toi et Jane.

— Très astucieux.

— Il n'y a pas de quoi faire de l'esprit, protesta-t-il d'une voix voilée. J'ai eu horriblement peur de ne pas arriver avant Dom. J'ai vraiment du mal à rester calme, tu sais.

— En effet, à en juger par la scène que tu viens de faire dehors.

— Tu n'as pas apprécié ? Tant pis. J'ai toujours su que tu détestais la violence. Tu en as trop souffert dans ta vie. Avec toi, je me surveille, mais j'en ai assez, Eve. Accepte-moi tel que je suis.

Il parcourut l'entrée du regard.

— Très joli, très confortable. Logan ne s'est pas foutu de toi.

— Il m'a beaucoup aidée.

— Ah oui ? fit-il en lui jetant un regard acéré. Aidé comment ? Avec sa compassion et plein de petites discussions intimes ?

— Bien sûr que je lui parle. Je l'appelle dès que je peux pour lui dire où nous en sommes. Tu voudrais que je le laisse tomber froidement après le secours qu'il m'a apporté ?... Je ne vois même pas pourquoi je me justifie. Ça ne te regarde pas.

— Il n'y a qu'une seule chose qui m'intéresse. Est-ce que Dom t'a contactée depuis que tu es ici ?

— Oui.

Il étouffa un juron.

— Il ne va pas te lâcher, ce salaud ? Il te colle aux talons.

— Je ne vois pas ce qui t'étonne. Il a passé des années à filer ses victimes, il connaît sans doute toutes les ficelles du métier. Ce qui lui plaît, c'est guetter les moments où je m'effondre.

Elle entra dans le séjour et lui fit face.

— Je suis fatiguée, Joe. Dis-moi ce que tu as sur le cœur, et laisse-moi aller me coucher. Nous devons nous lever à l'aube pour reprendre les recherches.

— Alors c'est tout ?

— Mais oui, c'est tout ! s'écria-t-elle. Qu'est-ce que tu veux ? Que je te présente des excuses parce que j'ai voulu t'éviter de perdre ton boulot ? Je referais la même chose demain s'il le fallait. C'est mon problème, pas le tien.

— Je me suis préoccupé de tes problèmes depuis le jour où je t'ai rencontrée. Et je m'y intéresserai jusqu'à ma… (Il s'interrompit.) Tu me rejettes, reprit-il. Tu te replies sur toi. Je le sens, tu sais. Combien de temps crois-tu que je vais pouvoir…

Il fit deux pas vers elle et l'attrapa par les épaules.

— Regarde-moi. Pour l'amour du ciel, regarde-moi tel que je suis, pas tel que tu voudrais que je sois.

Son regard…

Elle se sentait si oppressée qu'elle pouvait à peine respirer.

— Oui ? demanda-t-il d'une voix vibrante.

— Lâche-moi.

Même à elle, l'ordre parut manquer de conviction.

Il resserra son étreinte puis la relâcha lentement.

— Je ne suis pas idiot. Après toutes ces années, je ne vais pas me précipiter. Mais tu m'as tenu enchaîné trop longtemps par la pitié. Je n'en peux plus.

— Par la pitié ? Je ne t'ai jamais demandé ta pitié.

— Comment veux-tu que je n'en aie pas éprouvé ? Ça me torturait. Ça m'accompagnait partout, à table, au lit. Un sentiment sec comme de la poussière, mais c'était tout ce que j'avais. Et, chaque fois que je pensais ne plus pouvoir tenir, tu rouvrais la blessure et j'étais de nouveau pris au piège.

Il soutint son regard.

— C'est fini, la pitié, Eve.

— Je vais me coucher, jeta-t-elle en reculant. On en reparlera demain matin.

— Non, ce n'est pas nécessaire. Maintenant ça peut attendre. Je vais dormir ici, annonça-t-il en désignant le canapé du regard.

— Il y a encore une chambre libre.

— Tu me la montreras demain. Va, sauve-toi.

Elle avait en effet besoin de lui échapper. Elle ne savait plus où elle en était, elle s'affolait, elle se sentait toute drôle. Et Joe, quelle injustice, la connaissait si bien qu'il devinait sans doute exactement ce qu'elle ressentait.

— À demain, dit-elle.

— Ça va aller, Eve, tu verras, dit-il doucement avec son premier sourire de la soirée. N'y pense plus. Prends les choses comme elles viennent, tu vas t'y faire. Je suis le même homme que tu connais depuis dix ans.

Mais, pendant les quelques secondes où il l'avait regardée dans les yeux, elle avait presque cru avoir affaire à un inconnu.

Quand il la touchait…

Combien de fois l'avait-il tenue dans ses bras au cours des dix dernières années ? Amicalement, tendrement, pour apaiser sa souffrance, pour lui permettre de traverser ses nuits tourmentées et solitaires.

Mais jamais comme ce soir.

— Bonne nuit, murmura-t-elle.

C'est fou, songea-t-elle en se déshabillant et en entrant dans le lit. Ça n'aurait jamais dû arriver. Joe ! Qu'est-ce qui te prend ? Tu ne devrais pas ressentir ça pour moi.

Et elle, surtout, n'aurait pas dû éprouver la même chose pour lui.

Ses seins étaient durs, sensibles contre le draps frais, et elle ne pouvait ignorer la sensation révélatrice entre ses cuisses.

Merde.

Non, pas pour Joe. Elle ne voulait pas de ce désir animal pour lui. Ce genre de relation ne correspondait pas à la case qu'elle lui avait attribuée dans sa vie.

Une case… D'où lui venait cette idée ? L'avait-elle cantonné, dans son esprit et dans son cœur, à un seul rôle possible dans son intimité, et tout cela simplement parce qu'elle ne supportait pas l'idée de le voir partir ? Quel égoïsme fou !

Ce ne pouvait pas être vrai. Et pourtant n'avait-elle pas déjà soupçonné qu'il se passait quelque chose d'autre entre eux dans le motel, à Ellijay ? Quelque chose qu'elle s'était interdit de laisser monter à la surface ?

Mais peut-être ne s'agissait-il ce soir que d'une aberration temporaire de la part de Joe. Demain, il aurait sans doute retrouvé son état normal.

Mais elle ? Pourrait-elle jamais plus le regarder de la même manière ? Quand il l'avait touchée, et dévisagée avec cette incroyable intensité, il avait changé à ses yeux. Elle avait soudain pris conscience de lui, conscience du Joe Quinn physique, sensuel. Pris conscience de la largeur de ses épaules, de la minceur de ses hanches, de sa bouche…

Elle avait eu envie d'avancer la main pour toucher ses lèvres.

Chaleur. Sensation. Soif.

Il fallait arrêter de penser à lui de cette manière. Elle devait retrouver son équilibre, le convaincre du danger. Rester logique, détachée…

Mais non, elle se sentait trop perturbée. Comment garder sa neutralité ?

« Je te déteste, Joe. »

En descendant le lendemain matin, elle trouva Joe en bas de l'escalier, en jean et en sweat-shirt, les cheveux mouillés après sa douche.

— Le café est prêt. Sarah, Jane et Monty sont dans la cuisine. Tu es en retard. Mauvaise nuit ? demanda-t-il avec un sourire.

— Pas du tout.

— Menteuse. Sarah m'a mis en courant de vos progrès, si on peut appeler ça ainsi.

Son ton naturel la soulagea. Elle retrouvait le Joe qu'elle connaissait. On aurait presque cru que rien ne s'était passé la veille au soir.

— Il nous reste des chances de la retrouver.

— Si Dom ne t'a pas menti. Et ne compte pas trop trouver des indices même si nous déterrons Debby Jordan. Spiro dit que rien d'utilisable n'a été recueilli dans les tombes de Talladega.

— Et le carton, dans l'allée ?

— Rien. Le sang appartenait bien au garde du foyer.

Et les deux tombes de Phoenix ?

— Spiro a fini par envoyer Charlie assister les enquêteurs. Rien pour l'instant.

— Ce qui ne veut pas dire que nous échouerons cette fois.

— Il ne t'aurait pas parlé de Debby Jordan s'il y avait la moindre de chance d'obtenir des preuves contre lui.

— Pas si sûr. Il n'en peut plus de sa petite sécurité. Il a besoin… Je ne sais pas de quoi il a besoin, mais c'est là que j'interviens. Et il a fait au moins une erreur depuis que je suis arrivée à Phoenix.

— Le chien de Sarah.

— Exactement. S'il a commis une erreur, il a pu en commettre d'autres.

— Et si tu te trompes ?

— On trouvera bien un moyen de le prendre. Ça ne peut pas continuer comme ça éternellement. Je ne veux pas vivre cachée, et je ne me laisserai pas provoquer par cet individu. J'ai horreur de ça ! Il se nourrit de mon angoisse, Joe.

— Tu as peut-être raison. Il se peut que Debby Jordan nous offre la solution. (Une pause.) Allez, viens prendre le petit déjeuner, et après on y va.

— Tu nous accompagnes ?

— Tu laisses bien la gamine venir. Pourquoi pas moi ?

— Jane est obligée de rester avec moi.

Il posa la main sur la poignée de la porte de la cuisine, mais elle l'arrêta.

— Je ne veux pas que tu viennes, Joe.

— Tant pis, je viens quand même. Tu ne te débarrasseras plus de moi comme ça.

— Écoute, j'ai fait attention. Je suis restée très discrète. J'ai laissé Sarah répondre aux gens qui venaient nous poser des questions pendant les recherches, mais il y a toujours la possibilité que la police me repère. Je ne veux pas que tu sois avec moi si ça arrive.

— Dans ce cas, je me dépêcherai de t'arrêter avant, répliqua-t-il avec un grand sourire. Je ne t'ai pas dit que j'étais en mission ? J'ai réussi à persuader ma chef qu'elle avait eu l'idée de m'envoyer ici d'elle-même. Je suis chargé de liaison pour Atlanta dans la cellule de crise. Donc rassure-toi, mon travail n'est pas en danger.

— Tu joues avec le feu, et je ne veux pas que tu viennes avec…

— Tu te répètes.

— Et toi, tu n'écoutes jamais ce qu'on te dit. Je n'ai pas besoin de toi.

— Tu as bien laissé Logan t'aider.

— Je n'en voulais pas, de son aide !

— Ça ne t'a pas empêchée de l'accepter.

— Ça n'a rien à voir.

— Complètement d'accord. J'ai eu envie de t'étrangler quand tu es partie et que tu t'es réfugiée près de lui. Mais plus maintenant, ajouta-t-il avec un sourire. Je trouve plutôt que c'est bon signe. Tu sais pourquoi ? Réfléchis un peu.

Elle n'avait aucune intention d'y réfléchir. Elle se sentait de nouveau oppressée. Ses sensations de la nuit précédente revenaient. Non, jamais elle n'éprouverait ça pour Joe ! C'était son meilleur ami, presque un frère.

— Ça me perturbe, tu gâches tout.

— Il faudra t'y faire, rétorqua-t-il en entrant dans la cuisine.

— Doucement, mon vieux, tu vas trop vite.

Sarah retint la laisse plus fermement. Monty se montrait nerveux et il avançait à toute allure depuis qu'ils étaient entrés dans ce champ à l'arrière de la Dawn's Light Elementary School.

Instinct ou impatience ? Il avait cherché pendant des jours et des jours sans rien trouver. Dieu sait qu'elle-même n'en pouvait plus.

Il devait être presque 18 heures. Le jour baissait et les ombres des arbres rabougris s'allongeaient sur le sol aride.

— Vous en avez encore pour longtemps ? cria Joe de la voiture garée au bout du champ.

— Environ un quart d'heure.

Elle s'arrêta un instant, le temps de souffler. Son regard s'attarda sur Joe et Eve. Ils se conduisaient bizarrement ces deux-là. On voyait qu'ils étaient de vieux amis. Souvent, l'un finissait les phrases de l'autre, comme des gens qui se connaissent très bien. Pourtant, une tension désagréable émanait d'eux. Que les gens étaient compliqués ! Les chiens se conduisaient beaucoup plus simplement… en général.

— On a bientôt fini ? demanda Jane.

— Oui, dit-elle en repartant. Tu ne veux pas retourner à la voiture pour prendre un sandwich ? Tu dois avoir faim.

— Non, je reste avec toi. Monty a l'air d'aller plus vite. Pourquoi ?

— Comment veux-tu que je le sache ? Moi, je ne fais que le suivre.

— Mais qu'est-ce qu'il a ? demanda Jane avec inquiétude.

— Rien.

Le pas accélérait encore.

— Retourne à la voiture, tu ne vas pas pouvoir suivre.

— Mais j'ai toujours suivi !

— Je t'ai dit de retourner à la voiture ! Tu vas nous ralentir.

Jane s'arrêta, la regarda fixement, puis, tournant les talons, s'éloigna.

Elle lui avait fait de la peine. Mais elle n'avait pas le choix. À présent, elle devait uniquement se concentrer sur Monty.

Plus vite.

À gauche.

Plus vite.

Monty tirait sur la laisse.

Tout près.

Impatience.

Espoir.

Trouvé !

Monty se mit à creuser.

— Non, Monty.

Trouvé !

Elle n'essaya plus de l'arrêter. Tôt ou tard, il comprendrait.

Parti ?

— Oui.

Il recula.

Parti.

Il sc mit à gémir.

Le pauvre, il souffrait.

Elle tomba à genoux et lui enlaça le cou.

Enfant ?

— Je ne crois pas.

Mais parti.

Des larmes brûlantes plein les yeux, elle le berça doucement.

— Chut…

— Que se passe-t-il ? Il a mal ? demanda Eve qui avait accouru.

— Oui.

Et c'était sa faute. Elle avait essayé de ne pas penser à ce moment tout en sachant parfaitement qu'il viendrait.

— Oui, il a mal.

— On l'emmène chez le vétérinaire ?

— Ça ne servirait à rien.

« Je t'en prie, arrête de gémir. Tu me brises le cœur. »

Parti.

— Que s'est-il passé ? demanda Joe en s'agenouillant à son tour près du chien. Je peux lui donner des soins de premier secours. J'ai fais un stage de…

— Il l'a trouvée.

— Ici ? Debby Jordan ?

— J'imagine que c'est elle, répondit Sarah d'une voix douloureuse. C'est un être humain… mort.

Elle se releva.

— Je ramène Monty à la voiture, annonça-t-elle. Il a fini son travail. Allez, viens mon bébé, dit-elle en donnant une petite secousse à la laisse.

Monty refusa de bouger.

— Monty, tu n'y peux rien. Il est temps de partir.

Il resta couché, geignant toujours.

— Je peux faire quelque chose ? demanda Joe gentiment.

— Il ne veut pas la quitter. Il sait qu'elle est morte mais il ne l'accepte pas.

Elle fit de son mieux pour contrôler sa voix et ajouta :

— Cet idiot réagit toujours comme ça.

— Bon, dans ce cas il vaut mieux l'éloigner le plus vite possible, décida Joe en soulevant le retriever. Du calme, mon vieux. Je ne vais pas te faire de mal. Sarah veut que tu retournes à la voiture.

— Je vous accompagne ? demanda Eve.

— Non, reste ici, répondit Sarah en suivant Joe. Je ne veux pas perdre l'emplacement exact. Il n'est pas question que je ramène Monty dans ce champ.

Jane se précipita en voyant Joe revenir avec Monty dans les bras.

— Qu'est-ce qui se passe, il a quoi ?

— Il va bien, déclara Joe en déposant Monty doucement sur la banquette arrière. Il ne voulait pas revenir à la voiture.

— Ah ? Pourquoi ?

Joe se tourna vers Sarah.

— Je retourne rejoindre Eve pour marquer l'emplacement. Ça va aller ?

Sarah hocha la tête, puis elle monta à l'arrière et souleva la tête de Monty pour la poser sur ses genoux.

Jane l'observait.

— Il a l'air malade.

— Non, il n'est pas malade, il est triste, c'est tout.

— Pourquoi ?

Le regard de Jane fila vers Eve, toujours debout au même endroit.

— Il l'a trouvée ?

— Il a trouvé quelqu'un.

Jane eut un frisson.

— Je ne croyais pas que ça arriverait en vrai. Je savais qu'on avait raison de la chercher, mais je…

— Moi c'est pareil, commenta Sarah en essayant de sourire. Je n'avais pas très envie de la trouver non plus.

— C'est parce que tu avais peur que ça fasse de la peine à Monty.

— Oui, je savais que ça lui ferait beaucoup de mal.

— C'est déjà arrivé ?

— À chaque fois. Quand je l'ai ramené de Tegucigalpa, il a refusé de sortir pendant un mois. Il a perdu quatre kilos. J'ai tout fait pour l'obliger à s'alimenter.

— Ça va faire pareil, cette fois ?

— J'espère que non, dit Sarah en caressant la tête de Monty.

— Tu n'aurais pas dû l'emmener là-bas.

— Il a sauvé beaucoup, beaucoup de vies. Tu aurais voulu que je l'en empêche ?

— Non, peut-être pas, admit Jane. Mais ça ne me plaît pas.

— À moi non plus.

— Tous les chiens sont comme lui ?

— Les golden retrievers sont tellement gentils qu'ils font d'excellents chiens de compagnie et de handicapés. Ils débordent d'amour, et Monty doit en avoir hérité d'une double dose.

Jane serra les poings.

— Ça me fait mal de le voir comme ça ! Dis-moi, comment je peux le consoler ?

Sarah savait d'expérience qu'il n'y avait pas de remède miracle. Mais la petite souffrait presque autant que Monty, et il fallait bien trouver quelque chose à lui dire.

— Monte à côté de nous. Caresse-le, qu'il sache que tu es là.

— Ça va lui faire du bien ?

— Il aime les enfants, et toi en particulier, Jane. Ça ne peut que le réconforter.

Jane grimpa à l'arrière et se mit à caresser Monty.

— Il gémit encore. Tu es sûre qu'il veut que je le touche ?

Sarah n'était sûre de rien, mais elle savait que l'amour, la force vitale d'un enfant étaient déjà des miracles en soi. Elle aussi aurait eu grand besoin d'un petit souffle de cette énergie.

— Ça ne peut pas lui faire de mal. Continue.

Le silence tomba dans la voiture pendant quelques minutes.

— Pourquoi tu l'obliges à continuer ? murmura Jane. Tu aimes Monty, ça doit être horrible pour toi.

— Il n'y a pas grand monde qui soit qualifié pour ce travail. Mais justement, ajouta-t-elle en s'éclaircissant la voix, je dois être très sélective sur les moments où l'utiliser. Je suis responsable de lui. Il n'y a que moi qui puisse le protéger.

— Pourquoi ?

— Mais parce que Monty ne peut pas s'empêcher d'être comme il est, et qu'il m'aime. Allez, mon vieux, dit-elle en passant doucement la main sur la tête de son chien. Je t'en prie, ne sois pas triste. Ça me fait trop de peine. On va te sortir de là… Tu comprends, reprit-elle dans un murmure, il ne me refuse jamais rien.

Debby Jordan reposait là, sous la terre. Eve fixa le sol à l'endroit indiqué par Sarah. Cela ne ressemblait pas du tout à une tombe.

— Ici ? demanda Joe en arrivant.

Il portait un drapeau de signalisation rouge qu'il avait dû prendre dans le coffre.

Elle désigna l'emplacement exact.

— Je n'arrive pas à croire que Monty ait fini par la trouver, confia-t-elle. J'avais presque perdu espoir.

— Toi ? Ça m'étonnerait.

Il planta fermement le drapeau et se releva.

— Ça devrait tenir. Tu as décidé de la marche à suivre, maintenant ?

— On ne peut pas creuser nous-mêmes. Nous ferions disparaître les indices. La police locale ?

— On pourrait choisir cette voie, oui. Ou alors, ajouta-t-il après une petite pause, on pourrait appeler Spiro.

— Je suis recherchée pour enlèvement d'enfant. Je ne peux pas le laisser me retirer Jane.

— Il est toujours possible de conclure un marché. Mais pas question que tu sois la monnaie d'échange, précisa-t-il d'un air décidé. Je ne veux pas qu'on se serve de toi pour attraper le tueur.

— Nous ne sommes même pas encore sûrs que c'est bien Debby Jordan qui est enterrée ici.

— Mais tu en as l'intuition, non ?

— Oui. Je pense que c'est elle. Il voulait que je la trouve, et nous l'avons trouvée. Mais il espérait faire durer le plaisir. Nous sommes probablement allés trop vite pour lui. Maintenant, la balle est dans son camp.

13

— Comment va Monty ? s'enquit Joe plus tard dans la soirée quand Eve descendit.

— Sarah est inquiète. Il n'a pas voulu de son dîner. Jane le couve. Dire que j'imaginais que ce chien allait lui faire du bien, je n'avais pas prévu ça !

— Il lui en fait, tu sais. S'occuper des autres, c'est excellent. Nous vivons dans un monde trop égoïste.

Joe lui aussi s'était occupé de Monty. Elle le revoyait soulever tendrement le retriever pour le porter jusqu'à la voiture. C'était fou ce que la douceur d'un homme dur pouvait être émouvante.

— Tu as pu joindre Spiro ?

— Oui. Il arrive. Il dit qu'il serait venu de toute façon. Charlie a découvert quelque chose de très intéressant sur les deux autres affaires, paraît-il.

— Quoi ?

— Il n'a rien voulu dire.

— Lui qui tient à ce qu'on partage toutes nos informations…

— On finira bien par lui tirer les vers du nez. Pour l'instant, il a l'impression de nous rendre service. Il suffit d'arriver à le convaincre que c'est donnant donnant.

Le téléphone sonna.

Joe lui jeta un coup d'œil.

— Je décroche ? demanda-t-il

Ce ne pouvait pas être Dom. Il appelait toujours sur le portable.

— Non, je réponds.

Elle souleva le combiné.

— Content de vous entendre, Eve, dit Mark Grunard, mais j'aurais préféré avoir de vos nouvelles un peu plus tôt. Vous aviez promis de me contacter.

— Il n'y avait aucune raison de le faire. Je ne savais rien de plus. Comment avez-vous découvert où j'étais ?

— J'ai conclu un marché avec Joe. Lui, il tient parole, au moins. Il est là ?

— Oui.

Elle tendit le téléphone à Joe.

— C'est Mark Grunard.

Elle s'assit et observa le visage de Joe pendant sa conversation. Aucune expression. La méfiance et l'immobilité des traits avaient entièrement repris le dessus.

— Il vient, annonça Joe en raccrochant. Il veut se trouver sur place au cas où des événements intéressants se produiraient.

— Il paraît que vous avez conclu un marché.

— C'était la seule façon pour moi de l'obliger à me révéler où tu étais passée. Je l'ai rappelé après avoir appris l'existence de cette maison.

— Sans me demander mon avis ?

— Tu m'as consulté avant de te sauver ? J'aurais conclu un pacte avec le diable si besoin. Tu veux savoir ce que je serais prêt à faire pour te garder ?

Surprise, elle éprouva un choc.

— Je ne veux pas…

— Non, je me doutais que tu ne voudrais pas savoir.

Il se détourna d'elle et se dirigea vers la porte d'entrée.

— N'en parlons plus pour l'instant.

— Où vas-tu ?

— Sur la tombe. Je préfère ne pas laisser le site sans surveillance.

— Quoi, tu crois qu'il reviendrait ?

— S'il te surveille, il sait où nous en sommes.

— Il n'essaiera pas de déplacer le corps. Il m'a expliqué que ce serait trop risqué.

— Dans ce cas, je monterai la garde pour rien. Mais ça ne peut pas faire de mal.

— Tu vas rester combien de temps ?

— Va te coucher, je ne veux pas de toi là-bas. C'est mon boulot, ajouta-t-il en ouvrant la porte. Toi et Sarah, vous avez fini le vôtre.

— C'est bête d'y aller ce soir si tu penses qu'il…

Mais elle parlait dans le vide. Il était déjà parti.

Comment osait-il la déstabiliser et ensuite lui causer cette frayeur en retournant sur la tombe de Debby Jordan ? Comment imaginait-il qu'elle allait pouvoir dormir ? Elle ne pourrait pas fermer l'œil, à l'imaginer seul dans ce champ.

Mais si, elle dormirait. Elle ne penserait pas à lui. Qu'il prenne des risques, si ça lui chantait. Tant pis pour lui s'il se retrouvait face à Dom. Il en serait même sans doute enchanté. Il le terrasserait en deux coups de karaté, comme avec Lopez, et s'en tirerait sans une égratignure.

Son cœur battait à grands coups. Stop. Ne pas penser à lui.

Il fallait se coucher et dormir.

Joe était assis à quelques mètres de la tombe. Eve sentit son regard peser sur elle pendant qu'elle le rejoignait. Il faisait trop sombre pour distinguer son expression, mais sans doute ne laissait-il rien paraître de ses émotions. En général, elle se contentait de mouvements d'yeux et de bouche presque indiscernables pour se guider.

Qu'importe, puisqu'il ne faisait plus aucun mystère de ce qu'il ressentait.

— Je t'attendais, dit-il en tapotant le sol à côté de lui. Assieds-toi.

— Eh bien moi, je ne m'attendais pas à venir.

Elle s'assit, entourant ses genoux de ses bras.

— Je t'avais dit qu'il ne viendrait pas.

— Mais tu n'as pas voulu me laisser courir ce risque seul.

— Tu es mon ami… la plupart du temps.

— Tout le temps. Tu n'aurais pas dû venir seule.

— Je ne suis jamais seule. Un des deux gardes m'a suivie.

— C'est bien la seule chose qui me fasse éprouver une quelconque gratitude envers Logan.

— Il est très généreux.

— Sans commentaire.

Elle garda le silence, les yeux posés sur le point du champ marqué par le drapeau rouge. « Est-ce toi, Debby Jordan ? Je l'espère. Je prie le ciel qu'on puisse te rendre aux tiens. »

— Elle avait deux enfants ? demanda Joe.

— Deux petits garçons. D'après les journaux, c'était une femme comblée. Un bon mariage, des enfants, des amis. Quelqu'un de bien. Et puis, un jour, elle est sortie de chez elle et n'est jamais revenue. Pas d'avertissement, aucune raison. Dom l'a vue et a décidé de la tuer. C'est ça qui fiche le plus la trouille. On peut mener sa vie du mieux qu'on peut, être bon, être droit, ça ne fait pas la moindre différence. Un dingue vous choisit au hasard et vous prend tout. Ce n'est pas juste.

— Voilà pourquoi nous devons vivre chaque instant comme si c'était le dernier. Il ne faut pas se couper du monde.

Là, il ne parlait plus de Debby Jordan.

— Je ne me coupe pas du monde. Je choisis ma vie.

— Eh bien, tu devrais élargir un peu ton champ d'action. Tu te contentes de peu.

— Je suis satisfaite.

— Tu parles !

— Mais merde, pourquoi tu veux tout changer ?

— Parce que je suis trop égoïste. J'ai envie de plus.

— Je ne peux pas… Je ne veux pas…

— … de vie sexuelle ?

Eve sentit monter la tension. C'était justement le sujet qu'elle ne voulait aborder à aucun prix. Pourtant elle avait dû repousser ce genre d'idées au moins cent fois, dans son lit la nuit précédente.

— Moi, je pense que tu en as envie, dit-il, le regard détourné. Tu as eu quelques aventures depuis la mort de Bonnie. Pas sérieuses, car tu ne voulais pas qu'elles nuisent à ton travail.

Eve n'avait encore jamais mentionné ses liaisons. Elle ne s'était même pas rendu compte qu'il les avait remarquées.

— Ça n'a pas changé, je ne veux pas ralentir ma vie professionnelle.

— Alors il faudra que tu apprennes à mieux gérer ton temps, dit-il d'un ton presque détaché. Parce que je suis là, et que je ne plaisante pas. Je t'ai observée, j'ai attendu. J'ai appris à maîtriser ma jalousie, ma colère et mon désespoir. Je n'ai jamais essayé de t'empêcher d'aller avec d'autres hommes parce que je savais que ces expériences t'aidaient peu à peu à guérir. De ma part, tu avais besoin d'autre chose. Tu l'as eu.

— Joe…

— Depuis que je t'ai rencontrée, tu as été le centre de tout ce que j'ai entrepris. Tu es devenue ma raison d'être. Je ne sais pas pourquoi. C'était plus fort que moi.

Il se tourna enfin vers elle.

— Mais si tu voulais bien voir au-delà de ta préoccupation pour Bonnie et pour les autres enfants disparus, tu t'apercevrais que je ne suis pas loin, moi non plus, d'être au cœur de ton existence.

— Tu es mon ami.

— Pour toujours. Mais je peux devenir plus que ton ami. Je peux donner du bonheur à ton corps. (Un arrêt.) Et je peux te donner un enfant.

— Non !

— Je te fais peur, là. Tu angoisses rien que d'y penser, mais ça pourrait vraiment te guérir. Écoute, tu ne trahirais pas Bonnie.

— Pas question.

Il haussa les épaules.

— Je n'insiste pas. Nous avons encore bien du chemin à parcourir avant d'en arriver là.

Elle lui lança un regard douloureux rempli de confusion.

— Joe, ça ne marcherait pas.

— Mais si. Je ferai tout pour que ça marche. Mon premier objectif, ajouta-t-il avec un sourire, est de t'aider à voir en moi un objet sexuel et plus un frère. Tu veux que je te parle de ce que j'aime faire au lit ?

Il plaisantait… Mais était-ce si certain ? Elle se sentait tellement perdue qu'elle n'était plus sûre de rien.

— Non, finalement, je préfère te faire la démonstration directement. (Son sourire s'effaça.) Et je sais que ce n'est ni le moment ni l'endroit. Même si nous avons passé le plus clair de notre temps en équilibre au bord d'une tombe.

Il tendit la main pour lui toucher la joue.

— Je veux que tu saches que le plus souvent, quand je te regarde, ce n'est pas une amie que je vois. Je t'imagine au lit, ou sur moi en train de mettre les mains sur… (Il éclata de rire.) Tu as les yeux grands comme des soucoupes.

— Arrête, Joe, dit-elle, le visage en feu. Je ne veux pas penser à ça.

Mais elle y pensait malgré elle. Elle ne pourrait pas s'empêcher de se rappeler cette conversation.

Et il le savait.

— Ce n'est pas grave, affirma-t-il, toujours souriant en la prenant dans ses bras. Détends-toi. Ça ne me dérange pas de me cantonner au rôle de consolateur de temps en temps. Je veux seulement ouvrir notre relation à d'autres possibilités plus intéressantes.

Elle n'aurait pas dû se laisser réconforter. C'était injuste pour lui. Et puis cela embrouillait tout. D'ailleurs de quoi était-il vraiment question ? De sexe ? D'amour ? D'amitié ? Elle ferait mieux de rester sur la réserve en attendant d'y voir plus clair.

Et pourtant, il leur était arrivé des centaines de fois de rester ainsi l'un contre l'autre, à partager leurs pensées et leurs silences. Comment pouvait-elle le repousser ? Ce serait trop douloureux. Pire que de se couper en deux.

— Ne panique pas, murmura Joe. Notre amitié ne changera pas. Je n'essaie pas de te la retirer, au contraire. Je veux juste que nous retirions plus de bonheur de notre relation.

— Tu dois penser que je suis une sale égoïste, remarqua-t-elle d'une voix tremblante. Tu m'as toujours tellement apporté. Tu m'as sauvé la vie et tu m'as empêchée de devenir folle. Je te donnerais tout ce que tu veux si je n'avais pas peur de finir par te faire du mal. Le sexe, ce n'est rien. Toi, tu demanderais plus, et je ne connais rien aux relations entre hommes et femmes. Le garçon qui m'a mise enceinte de Bonnie m'a quittée dès que je lui ai annoncé que je ne me ferais pas avorter. Ce n'était pas une très bonne entrée en matière. Je me demande si je saurais porter un engagement aussi fort.

— Mais bien sûr que oui. Tu es capable de tout ce que tu voudras.

— Tu crois ? Je n'ai pas si bien vécu que ça les liaisons que j'ai eues depuis.

— Parce que ce n'était pas moi.

Elle ne put s'empêcher de rire.

— Toujours modeste !

— Je me contente de dire la vérité ! Allez, dors, ajouta-t-il en lui appuyant la tête sur son épaule. Si tu as de la chance, tu rêveras de moi.

— Je ne te donnerai pas cette satisfaction. Tu es déjà assez vaniteux comme ça.

Elle se détendit peu à peu, étonnée d'arriver à reprendre si vite ses vieilles habitudes. Bizarre, songea-t-elle dans une demi-somnolence. Joe semblait capable de passer d'un état à l'autre sans effort, et il l'entraînait à sa suite.

— Je ne devrais pas dormir. Je suis venue au cas où Dom…

— Je sais. Dès que je t'ai vue arriver, je me suis senti plus tranquille.

— Tais-toi, toi.

— À votre service.

— Oui, c'est ça. On m'y reprendra, à me déranger pour voler à ton secours.

— Tu ne pourrais pas t'en empêcher.

Il avait raison. Sans une hésitation, sans une arrière-pensée. Parce que l'idée que Joe pourrait mourir ou être blessé était trop terrifiante pour qu'elle accepte de l'envisager.

Vivre sans Joe…

Spiro arriva au champ à 10 h 15 le lendemain matin.

— Bonjour, Eve. Vous n'avez pas chômé depuis la dernière fois. C'est là ? demanda-t-il en portant le regard sur le drapeau rouge.

— Oui, c'est là, répondit Joe.

— Espérons que ce chien a bon flair. Je vais avoir l'air d'un imbécile s'il n'a repéré qu'un cadavre de taupe.

— Il est excellent, intervint Eve. Sarah dit qu'il ne se trompe jamais.

— Sarah ?

— Sarah Patrick, le maître-chien.

— Ah oui, Joe m'a parlé d'elle, dit Spiro en se tournant de nouveau vers Joe. Et que fait-on, si ce n'est pas Debby Jordan ?

— On reprend les recherches.

— Et vous imaginez que je vais pouvoir prétendre ne pas savoir qu'Eve et la gamine sont ici ? Vous m'en demandez beaucoup. Je pourrais perdre mon boulot. Sans parler du risque d'être mis en examen pour recel de malfaiteur.

— Ne faites pas tant d'histoires, Spiro. Si vous n'étiez pas décidé à accepter le marché que je vous propose, vous ne seriez pas venu. Vous auriez envoyé les flics de Phoenix pour nous cueillir.

— Et dites-moi ce qui devrait me retenir de le faire ?

— Nous venons de vous donner une piste primordiale.

Spiro garda le silence un moment.

— Rendez la gamine aux services sociaux, et nous pourrons peut-être...

— Non, trancha Eve. Ce n'est pas négociable.

Spiro se tourna vers elle.

— Tout est négociable.

— Je ne la rendrai pas. (Une pause.) Mais je vais vous faciliter la tâche. J'accepte de faire ce que vous voulez.

— Non ! jeta Joe.

— Tais-toi, Joe. Je savais très bien qu'on en arriverait là.

Elle regarda Spiro droit dans les yeux.

— Je vous donne ma parole que je vous laisserai m'utiliser comme vous voudrez. À la condition qu'il n'y ait pas d'autre solution.

— Et qui en décidera ?

— Moi.

— Ça vous donne trop de pouvoir, ça ne me plaît pas.

— Mais vous allez accepter, commenta-t-elle d'un ton ironique. Parce que vous n'avez qu'une obsession : vous voulez prendre Dom autant que moi.

— Davantage. Moi, je sais exactement ce qu'il est et ce qu'il peut faire. Tandis que vous ne l'avez considéré que de votre point de vue personnel.

— C'est vrai, mes intérêts ne pourraient pas être plus personnels. Alors, ça marche ?

Spiro hésita.

— Ça marche…

— Et maintenant, je peux placer un mot ? demanda Joe d'un air sombre. J'ai l'impression qu'on se passe de moi une fois de plus.

— Nous avons besoin de lui, Joe. C'était la seule façon d'obtenir son accord.

— Tu aurais pu me laisser essayer de négocier d'abord. Et vous, ajouta-t-il en se tournant vers Spiro, vous avez vraiment intérêt de mettre tous vos moyens pour coincer ce salaud. Autrement, je pourrais décider que votre petit marché est nul et non avenu. Et je ne serai pas tendre.

Spiro fit semblant de ne pas l'entendre. Son regard errait vers l'emplacement de la tombe.

— J'appelle la police de Phoenix pour procéder à l'excavation du site. Donc je veux que vous disparaissiez tous les deux d'ici. Je raconterai que j'ai bénéficié des confidences d'un informateur. J'envoie un homme chez vous, dit-il à Eve, avec tout l'équipement nécessaire pour localiser et enregistrer les appels de Dom. Je n'ai guère d'espoir, mais il faut tenter le coup.

Il se dirigea vers sa voiture en ajoutant :

— J'appelle la police tout de suite. Partez.

— Quand saurons-nous ce que vous avez trouvé ? demanda Eve.

— Je vous appelle ce soir pour vous faire un premier rapport. Juste pour vous montrer que je mouille ma chemise, ajouta-t-il en leur adressant un sourire sardonique.

— D'accord. On se retrouve à la maison, Joe.

— Je vais encore traîner un peu avant de rentrer. Je vais faire un tour au poste de police pour consulter le dossier et parler à Charlie Cather. Je suis trop tendu. Il faut absolument que je m'active.

L'appel de Spiro arriva à 20 h 45 ce soir-là.

— C'est bien Debby Jordan.

— Il n'y a aucun doute ? demanda Eve.

— C'est trop tôt pour l'analyse d'ADN, mais nous avons pu comparer la dentition.

— Il ne lui a pas arraché les dents ?

— Ça m'a surpris aussi. Ou peut-être pas tant que ça. D'après ce que nous avons vu, il l'a littéralement mise en pièces. Il a dû être pris d'une rage frénétique.

— Rien d'autre ?

— Si, elle avait une bougie dans la main droite. Une chandelle. Rose pâle.

Elle m'a fait voir la lumière, et ensuite c'est moi qui l'ai éclairée.

— Vous allez pouvoir trouver la provenance de la bougie ?

— On va essayer. Le problème, c'est que c'est la grande mode. Tout le monde en fabrique.

C'était vrai. Même sa mère aimait s'éclairer à la bougie quand elle prenait son bain.

— Quand aurez-vous le rapport d'autopsie ?

— Demain, au plus tôt.

— Bien, au revoir, Spiro. Appelez-moi dès que vous aurez du nouveau.

— Je vois, on me soutire toutes mes informations, et on me jette dès qu'on n'a plus besoin de moi ! Je vous appellerai demain.

Il raccrocha.

Des bougies.

La lumière.

C'est moi qui l'ai éclairée.

Pour lui, cela représentait quoi ?

Frénésie. C'était difficile d'imaginer Dom se laissant emporter par la rage. Il se maîtrisait trop, réfléchissait longuement à ses actes. Pourtant, il avait dit que Debby Jordan avait marqué un tournant dans sa vie.

— Eve…

Jane était à la porte du bureau.

— Salut. Comment va Monty ?

— Je ne sais pas. Oh, pas trop mal. J'ai faim. Tu veux que je te fasse un sandwich en même temps ?

Quelque chose ne tournait pas rond. Elle jouait trop les indifférentes. Pourquoi avait-elle quitté le chevet de Monty ?

— D'accord, ça me ferait plaisir.

— Tu n'as pas besoin de venir avec moi. Je vais te l'apporter.

Elle disparut dans le couloir.

Était-elle inquiète pour Monty ? Avait-elle peur ? Eve avait toujours du mal à deviner ce que ressentait Jane. Mais cette tentative de communication valait la peine qu'on y réponde.

Elle se laissa tomber sur le canapé en se frottant les yeux. Il fallait penser à trop de choses, prendre en compte trop de besoins. Arrête de te plaindre. Au moins, l'enquête avance.

— Tu dors ?

Elle rouvrit les paupières. Jane était devant elle avec un plateau.

— Non, je me reposais les yeux. Je n'ai pas beaucoup dormi.

Jane posa le plateau sur la table basse.

— J'ai apporté mon sandwich, mais peut-être que tu préfères être toute seule.

C'était Jane, justement, qui n'admettait jamais que la solitude lui pesât.

— Non, j'avais envie de compagnie. Assieds-toi.

Jane prit place à l'autre bout du canapé, les jambes repliées sous elle.

— Tu ne manges pas ? demanda Eve.

— Ah, si.

Elle prit son sandwich et en grignota un petit bout.

— Eve, ça t'arrive souvent de te sentir seule ?

— Ça m'arrive.

— Mais tu as ta mère et Joe, et M. Logan.

— C'est vrai.

Elle mangea une bouchée.

— Et toi, Jane, ça t'arrive ?

— Sûrement pas !

— Je me posais la question… Tu n'as pas demandé de nouvelles de Mike depuis longtemps.

— Tu as dit que ta mère essayait qu'on retire ses droits à son père. Mike n'aura plus rien à craindre. (Une inquiétude traversa son regard.) Pourquoi ? Il s'est passé quelque chose ? Est-ce que l'avocat a refusé de…

— Non, tout va bien. Ma mère dit qu'ils deviennent tous très copains.

Mais si Mike s'acclimatait, Eve trouvait que Jane n'avait pas l'air d'aller bien du tout.

— C'est dur d'être loin de ses amis, et je sais que tu aimes bien Mike. Ça arrive souvent qu'on se sente seul tout d'un coup.

— Pas moi.

Il fallait trouver une autre tactique.

— Ça m'étonne que tu ne restes pas avec Monty. Je suis sûre qu'il a besoin de toi.

Un silence.

— Non. Sarah a dit que je lui faisais du bien, mais c'est pas vrai. Il a besoin d'elle, pas de moi. Il se rend à peine compte que je suis là.

Voilà, on y était.

— Je suis sûre qu'il s'en rend très bien compte.

— Non ! C'est son chien. Il est à elle. J'avais envie qu'il soit à moi, avoua-t-elle sans regarder Eve en face. Je pensais que, si je l'aimais assez, il m'aimerait plus que Sarah. Je voulais le prendre à Sarah, ajouta-t-elle avec un air de défi.

— Je comprends.

— Tu ne trouves pas ça mal ?

— Non.

— Mais ce n'est pas bien. Je… Elle est gentille, Sarah. Seulement, Monty, je l'aime vraiment fort. J'aurais tellement voulu qu'il soit à moi ! Que quelque chose soit vraiment à moi !

— Il est un peu à toi aussi. Il est juste davantage à Sarah. C'est normal qu'elle compte plus, elle était là la première.

— Comme Bonnie ? C'est elle qui compte le plus pour toi ?

Une onde de choc parcourut Eve.

— Je croyais qu'on parlait de Monty. Comment en sommes-nous passées à Bonnie ?

— Elle compte plus que tout pour toi. C'est pour ça que tu m'aides, hein ? C'est pour Bonnie, pas pour moi.

— Bonnie est morte, Jane.

— Mais quand même, elle passe encore d'abord.

Jane grignota un petit bout de sandwich avant de continuer.

— Remarque, ça m'est égal. Pourquoi ça m'embêterait ? Je m'en fiche. Je me disais juste que c'était bizarre.

Mon Dieu, ses yeux brillaient de larmes !

— Jane…

— Je m'en fous. Je m'en fous complètement.

— Pas moi.

Elle se déplaça sur le canapé et attira Jane dans ses bras.

— Je t'aide parce que je t'apprécie beaucoup et seulement pour ça.

Jane restait raide comme un piquet.

— Alors tu m'aimes bien ?

— Bien sûr.

Bon Dieu, elle avait presque oublié la chaleur fragile d'un enfant qu'on serre dans ses bras.

— Je t'aime beaucoup.

— Moi aussi, je t'aime bien, dit Jane en se détendant peu à peu contre elle. C'est pas grave, je sais que je ne peux pas compter plus qu'elle, mais peut-être qu'on peut être amies. Toi, tu n'appartiens pas à quelqu'un comme Monty. Je voudrais…

Elle s'interrompit.

— Bien sûr qu'on peut être amies, dit Eve.

Jane lui fendait le cœur. Elle était tellement sur ses gardes, tellement dure, et à la fois en si grande demande.

— Je ne vois vraiment pas pourquoi on ne serait pas amies, reprit Eve. Et toi ?

— Moi non plus.

Jane resta contre elle encore un moment, puis la repoussa et courut à la porte.

— Bon, ça va. Je vais chercher à manger pour Monty et puis après j'irai me coucher.

L'instant d'attendrissement étant terminé, Jane s'échappait d'une situation qui la mettait mal à l'aise.

Rien de surprenant à cela. Eve se sentait aussi gênée qu'elle. Cela la fit rire. Elles étaient vraiment faites pour s'entendre.

— Je croyais que Monty n'avait pas besoin de toi.

— Il faut qu'il mange. Si Sarah devait le nourrir, elle serait obligée de le quitter, et ça le rendrait triste. C'est pas sa faute à lui si c'est pas moi qu'il préfère, conclut-elle en sortant.

S'adapter, faire des concessions, accepter la réalité. Jane n'avait jamais rien connu d'autre, et elle n'osait pas en demander plus, songea Eve en se levant. Mais elle venait de franchir un pas important en commençant à admettre qu'elle avait besoin des autres. Et Eve avait été choisie pour combler son manque d'affection.

Eve eut un petit sourire en montant. Jane n'était pas la seule à devoir se satisfaire de la seconde place. Elle-même se faisait voler la vedette par un golden retriever.

Ce ne fut qu'une fois au lit, la lumière éteinte, qu'elle prit conscience de la portée de ce qui venait de se passer.

Dom avait obtenu ce qu'il voulait.

Jane s'était glissée sous sa carapace et commençait à prendre une place dans son cœur.

Il fallait se calmer. Tout allait bien. Jane ne prenait pas la place de Bonnie. Ce qu'Eve ressentait pour elle n'avait rien à voir ; elle la considérait plus comme une amie que comme sa propre fille.

Mais cette affection suffirait peut-être à donner envie à Dom de passer à l'action.

Elle lutta contre la panique. Il n'était pas trop tard. Elle pouvait encore repousser Jane, prétendre que rien n'était arrivé dans le bureau.

Une pure vue de l'esprit. Jamais elle ne serait capable de faire du mal à Jane.

Mais Dom ne savait pas que la situation avait évolué. Il n'y avait qu'à le lui cacher et se montrer très distante avec Jane dès qu'elles sortiraient.

Oui, elle pouvait très bien cacher la vérité à Dom.

— Bonjour, dit Joe en entrant dans la cuisine et en prenant une chaise. J'ai besoin d'un café.

— Il est fait. Sur le comptoir.

Eve porta sa tasse à ses lèvres.

— Tu n'es pas rentré, cette nuit.

— Comment le sais-tu ? demanda-t-il en se relevant pour se servir. Tu me surveilles ? Tant mieux.

— J'ai juste frappé à ta porte pour voir pourquoi tu ne répondais pas. Tu aurais pu appeler.

— J'espérais que tu dormais déjà. Tu ne trouves pas qu'on a l'air d'un vieux couple ? demanda-t-il avec un sourire espiègle.

— Pourquoi n'es-tu pas rentré ?

— J'ai raccompagné Charlie à son hôtel et nous avons bu deux ou trois verres. Enfin, un peu plus que ça.

— Tu as essayé de le soûler ?

— Disons de le décontracter. Charlie est très prudent. Spiro le surveille de près depuis qu'il a pris l'initiative de demander le rapport du VICAP.

— Ne lui fais pas d'ennuis. Tu aurais dû sonder la police de Phoenix d'abord.

— C'est ce que j'ai fait, mais communication zéro. La police locale en veut à mort à Spiro de ne pas livrer le nom de l'informateur qui lui a indiqué la tombe de Debby Jordan.

— Et quel rapport avec toi ?

— Les flics d'ici trouvent que je suis un peu trop copain avec Charlie et Spiro. Donc je ne saurai rien à moins de pouvoir soutirer des informations à l'un ou à l'autre.

— Ça a donné quelque chose ?

— J'ai mis un temps fou à le persuader de me dire ce qu'il avait découvert sur les meurtres de Phoenix.

— Il y avait des bougies ?

— Oui, des traces de cire qui se sont avéré venir de bougies, mais j'ai mieux. Les corps avaient été enterrés depuis beaucoup plus longtemps que ceux de Talladega.

— Combien ?

— Entre vingt-cinq et trente ans.

— Non !

C'était suffoquant. Combien de morts, combien de tombes, Dom ?

— Et en trente ans, personne ne l'a jamais pris ? Ça semble impossible.

— Comme l'a dit Spiro, il a sans doute eu de la chance au début, et puis ensuite il a gagné en expérience. (Une pause.) Mais nous aussi, nous avons peut-être eu de la chance. Ces deux meurtres pourraient être ses tout premiers.

— Ça ne nous avance pas à grand-chose. Que veux-tu qu'il reste comme traces après tout ce temps ?

— Les corps ont été identifiés.

— Comment, puisque les dents avaient été arrachées ?

— ADN. N'oublie pas que les corps ont été retrouvés il y a déjà presque trois mois. Le rapport du labo est arrivé il y a deux semaines. (Il but une gorgée.) La police a passé en revue les fichiers, et a trouvé quatre personnes possibles parmi les disparitions. On a rendu visite aux familles, quand c'était possible, et on est tombé sur Jason et Eliza Harding. Quinze et seize ans, frère et sœur. Ils ont disparu le 4 septembre 1970. Des gamins sympas. Un peu tête brûlée. Jason jouait de la guitare et parlait sans arrêt d'aller un jour à San Francisco. Quand ils ont disparu, leur père a suggéré à la police d'aller faire un tour du côté de Haight-Ashbury ou de Los Angeles. Il y avait un adolescent qui traînait partout avec eux, un garçon gentil, d'après M. Harding, même s'il commençait pourtant à se demander à l'époque s'il n'avait pas une mauvaise influence sur Jason et Eliza. Lui et ses deux frères étaient arrivés en ville quelques semaines plus tôt. Ses frères étaient plutôt timides, pas très ouverts, mais Kevin était un grand bavard bourré d'énergie. Il n'arrêtait pas de discourir sur les groupes, les chanteurs et les musiciens qui se faisaient des fortunes en se produisant dans les cafés de la Côte ouest. Un séducteur.

— Dom, tu penses ?

— Il s'appelait Kevin Baldridge. Lui et ses frères ont disparu en même temps que Jason et Eliza.

— La police a pu retrouver leur trace ?

— Non, mais il pourrait y avoir une photo d'eux.

— Fantastique !

— Ne te réjouis pas trop vite. Mme Harding l'avait transmise à la police, mais elle n'est pas dans le dossier. Charlie va la demander aux Harding. C'est le genre de cliché qu'une mère garderait, non ?

— Oui, je pense.

Joe avait raison. Elle ne devait pas nourrir trop d'espoirs, mais quelle chance folle !

— Leur a-t-on déjà annoncé que les corps de leurs enfants avaient été découverts ?

— Pas encore. Charlie leur rend visite demain. Ils vivent à Azora, une petite ville au nord d'ici.

— Je veux l'accompagner.

— Je me doutais que tu demanderais ça. Mais ce ne serait pas très bon pour lui d'être vu en compagnie d'une kidnappeuse. Je lui ai fait promettre de te montrer la photo dès qu'elle serait enregistrée comme pièce à conviction.

— Une photo…

— Ce n'est peut-être pas Dom.

— Mais si c'était lui…

Demain, elle se sentirait peut-être assez forte pour regarder son visage.

Joe posa sa tasse sur la table.

— Je vais prendre une douche et dormir un peu, annonça-t-il en se levant. Et ensuite je t'emmène déjeuner dehors.

— Tu es sûr ?

— Tu vas devenir folle si tu dois attendre des nouvelles de Spiro ou de Charlie sans rien faire. À moins que tu n'aies un autre corps à déterrer… Sois prête à midi.

Tyran !

— Et si je n'avais pas envie de sortir déjeuner ? Et si ce n'était pas bon pour toi non plus d'être vu avec une kidnappeuse ?

— Alors pose-moi un lapin. J'emmènerai Monty à la place. Il sera peut-être plus content que toi de me voir. Le problème, c'est que Sarah ne serait pas d'accord pour que je lui donne des plats mexicains épicés.

Il sortit.

C'était la seconde fois en douze heures qu'elle passait après le chien, songea-t-elle, amusée. Il y avait de quoi vous donner des complexes.

Heureusement, Joc avait retrouvé une humeur plus légère. Elle avait besoin de tout sauf de gérer des imbroglios sentimentaux. N'empêche, elle dépendait de sa bonne volonté… Inutile de s'inquiéter. Joe avait raison. Elle deviendrait cinglée si elle ne s'occupait pas.

— Il y a du café ? demanda Sarah depuis la porte.

Elle avait l'air aussi fatiguée et affaiblie que son chien qui la suivait.

— Bien sûr, dit Eve en s'empressant de se lever. Assieds-toi. Tu veux quelque chose à manger ? Tu n'as pas avalé une bouchée depuis que Monty a trouvé Debby Jordan.

— C'était elle ? demanda Sarah en prenant place à la table tandis que Monty se couchait à ses pieds. L'identification est sûre à 100 % ?

Eve fit oui de la tête.

— Ouf !

Elle se baissa pour tapoter la tête de Monty.

— C'est fini, mon vieux. Terminé.

— Des œufs ?

— Non, juste des céréales, s'il te plaît.

Eve plaça les céréales, un bol et du lait devant elle.

— Monty a mangé ?

— Un peu hier soir. Il commence à se remettre.

Sarah versa des céréales dans le bol et du lait par-dessus.

— Notre travail va servir à quelque chose ? On va le retrouver ?

— Nous avons une piste qui semble prometteuse.

Elle lui parla de la photo.

— Alors tu vois, maintenant, ça avance vraiment.

— Oui. (Un silence.) Je me disais que je rentrerais bien chez moi demain. La recherche est terminée. Il n'y a plus aucune raison pour que Dom s'attaque à Monty maintenant.

Il a dû être pris d'une rage frénétique.

— Dom agit sans raison. Tu as trouvé le corps plus vite qu'il ne le souhaitait. Ne pars pas.

— Nous sommes assez grands pour nous défendre. Il nous avait juste pris par surprise. Nous, on préfère être chez nous, ajouta-t-elle en frottant les oreilles de Monty.

— Je t'en prie, reste. Rien que quelques jours. Il y a une petite chance pour que le problème se règle vite. (Une pause.) Et puis Jane va s'inquiéter pour Monty, tu sais.

— Oui… Bon, d'accord, deux ou trois jours. Mais Monty se rétablira plus vite chez nous.

L'existence de Sarah ne tournait qu'autour du bien-être de Monty.

— Merci.

Sarah termina ses céréales et se leva.

— J'emmène Monty faire le tour de la propriété. Il a besoin de se dépenser. Et moi aussi, ajouta-t-elle avec une petite grimace. Nous ne supportons ni l'un ni l'autre d'être enfermés très longtemps.

Ils avaient tous l'air du même avis : il fallait bouger, arrêter de penser à Dom. Passer le temps.

— Je sors déjeuner avec Joe. Toi et Monty, vous pourriez surveiller Jane ?

— Bien sûr. Mais c'est plutôt elle qui va nous surveiller, remarqua Sarah avec un grand sourire. Elle est craquante. Elle va me manquer. (Son sourire s'effaça.) Je n'arrive pas à croire que ce monstre veut la tuer.

— C'est pourtant vrai.

— Oui, je sais.

Elle alla à la porte, suivie par Monty.

— J'ai appris beaucoup de choses sur les monstres à Oklahoma City.

— Je ne sais pas comment tu as fait pour tenir le coup.

— On prend les choses au jour le jour. Minute après minute, même. Et on tâche de trouver le moyen, dans les intervalles, de rester sain d'esprit.

— Allez, va promener ton chien.

Sarah lui fit un petit sourire.

— Et toi, va déjeuner avec Joe. C'est chacun son truc.

— Exactement, du moment que ça marche.

14

Logan appela Eve sur son portable alors qu'elle se rendait au restaurant avec Joe.

— Tu as trouvé Debby Jordan…

— Oui.

— Tu aurais pu téléphoner pour me prévenir au lieu de me laisser l'apprendre par les journaux.

— Je t'ai dit de ne pas t'en mêler.

Elle aurait voulu que ni lui ni personne n'intervienne, mais ça ne risquait pas d'arriver !

— Quinn est encore installé dans la maison ?

— Oui.

— C'est Herb qui m'a averti de son arrivée. Je ne t'ai pas appelée en espérant que tu le renverrais, mais j'ai l'impression d'être la cinquième roue du carrosse.

— Je me débarrasse de lui dès que je peux, répondit-elle en jetant un petit coup d'œil à Joe. Il ne me rend pas la tâche facile.

— Ça ne m'étonne pas. J'aurais dû me douter qu'il trouverait la maison. Il est avec toi, là ?

— Oui.

— Le con, je viens t'aider.

— Non, Logan.

Un silence.

— Je sens que tu n'es plus avec moi, Eve. Tu me rejettes.

— J'y suis obligée.

Un nouveau silence.

— Ça pourrait vouloir dire beaucoup de choses, ça…

— Ça veut dire exactement ce que j'ai dit.

Il raccrocha avec un juron et Eve appuya sur le bouton d'arrêt.

— Il n'est pas content ? demanda Joe.

— Non.

— Parfait.

— Tais-toi !

Des larmes lui brûlaient les yeux. Il valait sans doute mieux que Logan soit en colère contre elle. Si elle ne lui avait pas téléphoné, peut-être était-ce simplement pour le pousser à la quitter. Il était pétri d'amour-propre, et elle ne voulait pas le blesser.

Je sens que tu n'es plus avec moi, tu me rejettes.

Il avait touché un nerf à vif. S'éloignait-elle vraiment de lui ? Depuis quand ? En reparaissant, Joe avait mis sa vie sens dessus dessous.

— Logan a fait tout ce qu'il pouvait pour me faciliter lcs choses, et pourtant il ne s'est pas imposé. À la différence de certaines personnes que je connais.

— Il a eu tort, tant pis pour lui. Il a toujours choisi la lenteur et la courtoisie pour te séduire.

— Une méthode intelligente.

Joe se contenta de sourire, ce qui donna à Eve envie de le gifler.

— Pardon, dit-il. En fait, je me sens plutôt bien disposé à son égard, et je ne devrais pas le critiquer. J'ai commis la même erreur pendant des années. Il n'y a qu'une seule différence entre nous, ajouta-t-il en prenant un ton plus grave. Tu n'es pas le centre de son existence. Il ne ferait pas n'importe quoi pour te garder. Voilà pourquoi il va te perdre.

Joe tourna brusquement et la voiture passa la grille d'un joli petit parc.

— Et c'est pour ça que je vais gagner, ajouta-t-il en se garant. Maintenant, arrête de penser à ça et détends-toi. Nous sommes arrivés.

Elle le regarda sans comprendre.

— Arrivés où ?

— C'est ici que nous déjeunons.

Il désigna de la tête un camion de traiteur mexicain stationné près de l'aire de jeu, à quelques mètres.

— Galindo's. Herb dit qu'ils font les meilleurs *fajitas* de Phoenix.

Il tira une paire de lunettes de soleil de la boîte à gants et attrapa un chapeau de paille noir sur la banquette arrière.

— Mets ça. Tu auras l'air de Madonna incognito.

— Tu es complètement fou.

— Non, j'ai faim. Je me suis dit que ce serait agréable de s'asseoir sur un banc et de déjeuner en regardant les gens passer. Il fait trop beau pour rester enfermé, conclut-il en sortant de la voiture.

Oui, il faisait vraiment beau, et elle n'avait pas envie de se disputer avec lui. Elle voulait se reposer, arrêter de penser à Logan et à Dom. Demain, il serait temps d'y repenser. Demain, ils auraient peut-être la photo.

Eve et Joe étaient assis sur un banc et mangeaient leurs plats mexicains comme s'ils n'avaient pas un souci en tête. Elle souriait en se penchant vers Quinn pour lui essuyer le coin de la bouche.

Elle avait subtilement changé d'attitude, pensa Dom.

Retrouvait-elle espoir ?

Peut-être. Elle avait découvert Debby Jordan.

Dom ne se formalisait pas. Bien sûr, il aurait préféré que la recherche traîne un peu plus longtemps pour que la tension monte, pour que les liens entre Jane MacGuire et elle se resserrent, mais il n'avait pas d'objection à cette montée d'optimisme. Plus on montait, plus on tombait de haut. Peut-être, en définitive, valait-il même mieux qu'elle ait retrouvé Debby Jordan assez vite. À partir de maintenant, les événements allaient se précipiter, et il allait devoir manœuvrer très habilement. Une poussée d'adrénaline le galvanisa à cette agréable pensée.

Mais il jouissait encore plus de son duel avec Eve Duncan. Elle évoluait, s'endurcissait, changeait tout comme lui avait changé. Il trouvait passionnant d'observer cette métamorphose tout en s'en sachant responsable.

Donc, il n'avait pas d'objection à ce nouvel optimisme.

Mais autre chose la transformait…

Il fallait l'observer. Le langage corporel trahissait presque toujours les gens. En l'étudiant, il finirait par saisir ce qui arrivait. Il commençait très bien à la connaître.

Il la percerait à jour.

Sarah et Jane vinrent au-devant d'Eve et de Joe quand ils s'arrêtèrent devant la maison.

Au moment où Eve ouvrit la portière, Monty courut vers elle en remuant la queue.

Elle lui tapota la tête.

— Il a l'air d'aller mieux.

— Oui, Dieu merci, dit Sarah en rappelant Monty d'un geste. Vous avez bien déjeuné ?

— Très. Des *fajitas* et du chili, répondit Joe. Je pense qu'Eve a beaucoup plus apprécié le repas que Monty ne l'aurait fait. J'ai voulu lui en rapporter, mais Eve m'a convaincu que ça ne vous plairait pas.

— Je vous aurais étranglé ! Monty a des flatulences.

— Vous ne revenez que maintenant de votre jogging ?

— Non, Jane et moi, nous avons pique-niqué, expliqua Sarah en adressant un sourire à la petite fille. Jane ne se souvenait même plus à quand remontait son dernier pique-nique.

— Bof, on s'en fiche, commenta celle-ci. Il y a toujours plein de fourmis et de la terre dans les sandwichs.

— Tu es dure, là, protesta Sarah.

— En tout cas, Monty a bien aimé, lui.

— Parce que tu lui as donné presque tout ton rosbif.

— C'est toi qui lui as permis de le prendre. Il en avait besoin. Ça fait des jours qu'il ne mange presque rien. Viens, Monty, ajouta Jane en se dirigeant vers la porte. Je vais te donner de l'eau.

Monty ne bougea pas.

Sarah fit un nouveau signe et il bondit derrière Jane pour entrer dans la maison.

— Merci de lui avoir tenu compagnie, dit Eve.

— Je l'aime bien. Je voudrais pouvoir... (Elle s'interrompit avec un léger froncement de sourcils.) Ce n'est pas facile pour elle.

— Qu'est-ce qui n'est pas facile ?

— Elle a envie de partager Monty avec moi. Elle le voudrait rien que pour elle, mais c'est impossible. Ce serait dangereux pour lui de partager sa fidélité. Et puis nous sommes proches depuis trop longtemps tous les deux. Ça exclut un peu les autres.

— Elle se rend compte qu'on ne peut pas tout avoir. Elle a déjà intégré l'art du compromis.

— Les compromis, c'est nul !

— Je suis bien d'accord, murmura Joe. Je vais appeler Charlie Cather, poursuivit-il en allant à la porte. Ensuite, j'irai au poste de police. Je rentre ce soir.

— Pourquoi veux-tu appeler Charlie ? Je croyais qu'il ne voulait pas qu'on l'accompagne.

— Ça ne peut pas faire de mal d'insister.

Sarah le suivit des yeux.

— Vous êtes restés longtemps dehors. Je me demandais si je devais partir en expédition de sauvetage avec Monty.

Eve sourit.

— Je n'ai pas besoin qu'on me protège de Joe.

— C'est sûr, ça ?

— Nous n'avons pas vu passer le temps. Tu ne l'aimes pas ?

— Je n'ai pas dit ça. Bien sûr qu'il m'est sympathique. Il a été gentil avec Monty. En général, j'aime tous les gens qui le traitent bien. Je sais seulement qu'il a une forte personnalité, et qu'il faut faire attention de ne pas se laisser bouffer par des hommes comme ça. J'ai eu l'occasion d'en rencontrer plusieurs dans son genre.

— On a juste déjeuné ensemble, tu sais. Je ne risquais rien.

— À moins, remarqua Sarah avec un coup d'œil perspicace, que tu n'en aies un peu envie.

Elle leva la main pour prévenir toute objection.

— Ça ne me regarde pas. Je vais voir ce que fabriquent Jane et Monty.

Eve la suivit dans la maison. Elle entendit son rire se mêler à celui de Jane dans la cuisine. Joe devait être en train de téléphoner dans le bureau.

Joe…

À moins que tu n'en aies un peu envie.

Bien sûr que non ! Elle n'en avait pas envie. Elle voulait que tout redevienne comme avant. C'était trop risqué de se laisser influencer par…

Le téléphone de la maison sonna.

— Un M. Grunard est à la grille, annonça Herb Booker quand elle décrocha. Il dit que vous l'attendez.

— Laissez-le entrer, Herb.

Elle raccrocha, éprouvant un vif soulagement. L'arrivée de Mark Grunard la ramenait au sujet le plus important.

Elle ouvrit tout de suite pour éviter qu'il ne sonne.

— Quel bon accueil… Ça ne vous ressemble pas, remarqua le journaliste en descendant de voiture. Je m'attendais à être obligé de forcer la porte.

— Je n'avais pas l'intention de vous cacher quoi que ce soit. Il n'y avait simplement rien d'important à vous apprendre.

— Je suis journaliste. J'arrive à rendre intéressante une demi-heure de courses au supermarché.

— C'est justement ce que je redoute, riposta Eve. Entrez, je vais vous raconter où nous en sommes. Les informations que je vais vous donner sont confidentielles, bien entendu.

— Mais évidemment, dit-il en la suivant dans le salon. Où est Quinn ?

— Dans le bureau, je crois. Il doit aller au poste de police tout à l'heure.

— J'ai entendu dire qu'il avait réussi à se faire octroyer le poste de chargé de liaison. Très intelligent. Et vraiment pratique pour moi.

Elle lui fit face.

— Je veux bien collaborer avec vous, Mark, mais je ne tolérerai pas que vous mettiez Joe en difficulté.

— Quinn est assez grand pour savoir ce qu'il fait.

Mark n'allait rien vouloir entendre. Maintenant qu'il avait mis le pied dans la porte, il allait pousser jusqu'à obtenir ce qu'il voulait.

— Mark, j'ai eu un peu mauvaise conscience à cause de vous, et je n'aime pas revenir sur ma parole. Mais à la seconde où vous mettrez le travail de Joe en péril, je vous lâche sans le moindre scrupule.

— Pourquoi voulez-vous que je mette Joe dans une situation difficile ? demanda-t-il avec un sourire. Nous travaillons pour la même cause. J'irai au poste dès que j'aurai pris une chambre d'hôtel, mais je ne dérangerai pas Quinn. C'est agréable, ici, commenta-t-il en regardant autour de lui. Quinn m'a dit que c'était la planque de Logan.

— Je ne vois pas de quoi vous voulez parler, répondit-elle, le regard inexpressif.

Il se mit à rire.

— Il a aussi dit que vous refuseriez de l'admettre.

— Logan n'a rien à voir dans cette histoire. Fichez-lui la paix.

— Tiens, je t'ai apporté un verre de lait, Eve, dit Jane en entrant. Mme Carboni disait que le lait, c'était bon pour l'estomac quand on avait mangé du piment.

— Je n'aime pas trop que tu me compares à Mme Carboni, remarqua Eve avec un sourire en prenant le lait. Merci quand même.

— Faut pas te vexer. Je mettais en douce du jus de piment dans tout ce qu'elle mangeait. Ça ne se remarque pas tellement dans la sauce à spaghettis. Parfois le lait ne lui servait à rien et elle était malade toute la nuit.

— Bravo ! s'exclama Eve en riant.

— Je n'ai rien mis dans ton lait. À toi, je ne ferais jamais ça.

— Tiens tiens, murmura Mark, notre amour d'enfant a fait des progrès.

Jane lui jeta un regard ulcéré.

— Bon, pas tant que ça, rectifia-t-il. Comment vas-tu, Jane ?

— Je ne suis pas un amour d'enfant ! jeta-t-elle en tournant les talons.

— Ouille ! J'ai l'impression qu'elle ne tolère que vous.

— J'aurais réagi comme elle si vous aviez été aussi condescendant avec moi. Elle tient le coup de façon extraordinaire. C'est une enfant exceptionnelle.

— Bon, d'accord, d'accord. Je vois que vous vous serrez les coudes, toutes les deux. Je ferais mieux d'aller dire un mot à Quinn pour qu'il m'explique où en est l'enquête. Ça sera moins dangereux. Où est le bureau ?

— La deuxième porte à gauche, indiqua-t-elle sèchement.

Il s'arrêta à la porte pour la regarder.

— Dom est arrivé à ses fins. Vous vous êtes attachée à cette gosse.

— Ne dites pas de bêtises. Nous sommes habituées l'une à l'autre, c'est tout. Nous vivons ensemble.

Il secoua la tête.

— Peut-être. En tout cas, évitez que Dom vous voie ensemble. Il pourrait commettre la même erreur que moi.

Un frisson glacé la parcourut. Leur attachement se remarquait-il à ce point ?

— Il ne la verra pas avec moi.

— Dans ce cas, tout va bien, commenta Mark en quittant la pièce.

Mais c'était loin d'être vrai. Si Mark avait tiré ses conclusions si vite, n'importe qui d'autre en serait capable. Il fallait faire encore plus attention. Elle ne sortirait jamais plus de la maison avec Jane. Malgré cette décision, la peur lui donnait un peu mal au cœur. Elle avait besoin de chaleur, de vie, et…

Joe.

Non, elle ne pouvait pas aller chercher du réconfort auprès de lui.

Jane et Sarah étaient dans la cuisine. Elle n'avait qu'à les rejoindre, s'asseoir à la table et les écouter bavarder et rire. Elle caresserait Monty et puis elle appellerait sa mère. Elle s'occuperait pour ne pas penser à la photo et à Dom, n'essaierait de voir que les bonnes choses de la vie.

Bientôt la terreur s'en irait.

La poupée rousse levait des yeux brun vitreux vers Eve. Sa gorge de porcelaine avait été tranchée de part en part.

— Elle était dans l'allée. Quelqu'un a dû la jeter à travers la grille, expliqua Herb Booker calmement. La caméra vidéo du portail est tombée en panne et Juan a trouvé la poupée en allant voir ce qui se passait. La caméra avait explosé. Sans doute qu'on a tiré dessus avec un fusil à lunette, puisque nous n'avons eu aucune image suspecte avant la destruction. J'allais appeler M. Logan, mais j'ai pensé que vous deviez voir ça d'abord.

— Merci, répondit-elle d'une voix blanche.

— Elle n'était pas là quand M. Quinn et M. Grunard sont partis. J'ai vérifié la fermeture de la grille moi-même. (Il hésita.) On dirait une petite fille, cette poupée.

— Je vois bien.

Bonnie.

Jane.

— C'est dégueulasse. On devrait prévenir quelqu'un.

— Je m'en occupe.

— Sans vous vexer, madame, ça pourrait vouloir dire que la gamine est…

— Je m'en charge, Herb, le coupa-t-elle, la main se crispant sur la poupée. Merci pour votre aide.

— Vous devriez vraiment demander…

— Ça ira ! (Elle s'interrompit, regrettant son ton coupant.) Désolée. Je suis inquiète. J'ai besoin d'être seule pour penser à tout ça. Je ne veux pas que vous préveniez qui que ce soit. Même pas M. Logan. C'est compris ?

Il hocha la tête, mais ne promit rien. Pourquoi s'y serait-il senti obligé ? C'était Logan qui le payait.

— Même pas M. Logan, répéta-t-elle avant de lui offrir une échappatoire : du moins pas avant demain, d'accord ?

— Si vous voulez, répondit-il avec un haussement d'épaules. Juan et moi, nous allons faire plus de rondes dans la propriété cette nuit. Ne vous inquiétez pas.

— Merci.

Comment ne pas s'inquiéter ? Dom s'était approché assez près pour jeter ce cadavre de poupée pratiquement sur son paillasson.

Booker ne bougeait toujours pas.

— Merci, Herb.

Elle alla dans le salon, et un moment plus tard entendit la porte d'entrée se refermer sur lui.

S'asseyant sur le canapé, elle sortit son portable et le posa devant elle sur la table basse.

Puis elle attendit qu'il appelle.

Il était pratiquement minuit quand la sonnerie retentit.

— Un petit rappel, annonça Dom.

— Qu'est-ce qui ne va pas ? Vous en avez assez de m'envoyer des os ?

Il y eut un silence surpris.

— Tu es en colère…

— Évidemment.

— Intéressant, ça.

— Vous vous attendiez à ce que je me cache en tremblant dans le noir, espèce de salaud ?

— Je n'avais pas d'idée préconçue. Comme je te l'ai dit, je voulais seulement te remettre en tête ce qui compte le plus dans ta vie. J'avais peur que tu ne sois en train de l'oublier.

— Ce qui compte, c'est vous ?

— Oui. Pour l'instant, il n'y a rien de plus important pour toi que moi.

— Allez vous faire foutre !

Elle raccrocha.

La sonnerie reprit cinq minutes plus tard.

Elle laissa sonner.

On essaya de l'appeler encore quatre fois au cours de l'heure suivante.

Elle ne répondit pas.

Joe revint vers deux heures du matin.

Elle était encore assise sur le canapé, la poupée entre les mains, quand il entra dans le séjour.

Il n'eut qu'à jeter un coup d'œil à ce qu'elle tenait et à son visage pour comprendre.

— Merde ! Raconte.

— Dom a jeté ça dans l'allée. Herb ne te l'a pas dit ?

— Non. Je me demandais pourquoi ils étaient tous les deux à la grille quand je suis passé. Il a téléphoné ?

— Oui.

Il se mit à genoux devant elle.

— Ç'a été dur ?

— C'est toujours atroce. Il aime ça, ajouta-t-elle, la voix tremblante. Il trouvait que je ne faisais pas assez attention à lui. Il voulait me rappeler qu'il était toujours là.

Joe lui repoussa doucement les cheveux du visage.

— Je ne vois pas comment tu pourrais l'oublier.

— Ça ne lui suffit pas. Il veut avoir tout pouvoir sur ma vie, être tout pour moi. (Elle regarda la poupée.) Il m'a jeté cette horreur pour que je me souvienne de Bonnie et de Jane, et de tous les autres…

— Chut…

— Ne me fais pas taire. C'est un comble ! s'écria-t-elle en se levant d'un bond. Tu me traites comme la victime qu'il veut faire de moi. Je refuse de me conduire en victime. Je lui refuse le droit de téléguider ma vie.

— Du calme, dit-il en se levant. Ce n'est pas moi l'ennemi, Eve.

— Je sais.

Elle fit un pas vers lui et se cacha le visage contre son épaule.

— Tiens-moi fort.

Il l'entoura doucement de ses bras.

— Mais non, merde, plus fort ! s'écria-t-elle en se serrant contre lui.

Il s'immobilisa.

— Est-ce que nous nous comprenons bien ?

— Je refuse de penser à lui. Je refuse de penser à la mort. C'est ça qu'il veut que je fasse. Je veux vivre !

— Et tu penses que le sexe et la vie, c'est la même chose ?

— Mais oui ! Autrement, pourquoi on en ferait tout un plat ?

— Le sexe peut occuper une grande place dans l'existence.

— Je ne veux pas me laisser manipuler par lui. Je n'attendrai pas bien sagement qu'il vienne me donner des ordres. Je ferai ce que je veux, merde !

— Cette déclaration d'amour est renversante.

— Tu crois que je ne me rends pas compte à quel point c'est injuste pour toi ? Mais tu en as envie. Tu m'as dit que tu en avais envie, ce n'est plus le cas ?

— Bien sûr que si ! répondit-il. Mais je ne voyais pas les choses comme ça.

— Moi non plus. Seulement je refuse complètement qu'il…

Elle devenait folle. Elle ne pouvait pas faire ça à Joe. Où étaient passées ses bonnes intentions ? Des larmes se mirent soudain à couler le long de ses joues.

— Je suis désolée. On n'en parle plus. Je ne sais pas à quoi je pensais. J'ai réagi d'instinct. Pardonne-moi. Un moment d'aberration. Il m'a rendue complètement…

Le portable sonna.

— Ne réponds pas, lança-t-elle. C'est lui. Je lui ai raccroché au nez et il n'arrête pas de rappeler.

— Éteins ton téléphone.

— Je ne veux pas qu'il ait l'impression d'avoir gagné.

— Tu es sûre que c'est lui ?

— Oui, c'est Dom. Il n'est pas content. Je n'ai pas eu la réaction qu'il attendait.

Elle prit le téléphone qui sonnait toujours et l'enfouit au fond de son sac.

— Il voulait que la poupée me démolisse. Tu n'as qu'à la donner à Spiro, dit-elle en la lui tendant. Qu'il voie s'il peut en tirer quelque chose, trouver d'où elle vient.

— Entendu. Ça va ? demanda-t-il en la dévisageant.

— À part mon coup de folie, je suis en pleine forme, dit-elle avec gêne. Je vais me coucher. À demain.

— À demain.

Quand elle entra dans son lit après avoir pris une douche, le téléphone s'était arrêté de sonner. Peut-être avait-il abandonné pour ce soir. Dieu merci, il ne se doutait pas de la catastrophe qu'il avait failli causer. Non, elle seule en était responsable. Elle devait assumer ses responsabilités. La colère et la rage impuissante n'étaient que des excuses faciles.

Elle tendit la main et éteignit.

— Tu n'aurais pas dû. Je voulais te voir.

Joe se tenait dans l'encadrement de la porte, sa silhouette sombre se découpant sur la lumière du couloir.

Une silhouette visiblement nue.

— Non, murmura-t-elle.

— Trop tard, dit-il en approchant. Tu m'as invité.

— Je t'ai dit que j'avais eu tort, que je regrettais.

— Mais moi pas. Tu m'as pris au dépourvu, tout à l'heure, et tu m'as blessé. Mais, quand j'ai pris le temps de réfléchir à ce qui s'était passé, j'ai compris qu'une chance comme ça ne se refusait pas.

— Je ne voulais pas te blesser, répondit-elle d'une voix mal assurée. Je ne veux pas te faire de mal, Joe. C'est pour ça qu'il ne faut pas que ça arrive.

— Mais tu en as envie.

— Non.

— C'est peut-être Dom qui a déclenché ton impulsion, mais tu as bien dû y penser, ou ça ne te serait même pas venu à l'esprit.

— Bien sûr que j'y ai pensé. Tu as tout fait pour. Je suis humaine, merde !

— Et j'ai bien l'intention d'en profiter. C'est une soirée pleine de surprises. Tu as enfin décidé que tu voulais vivre. C'est la première fois que je t'entends dire ça. Allez, ajouta-t-il en soulevant la couverture. Fais-moi une petite place.

La cuisse nue de Joe toucha la sienne.

Elle se poussa.

— Joe, arrête, on va le regretter.

— Jamais, dit-il en lui couvrant le sein avec sa main.

— Je t'en prie…

La main de Joe avait déjà glissé entre ses cuisses.

— Tu sais que je ne t'ai jamais vraiment embrassée ?

Elle se cambra en sentant son pouce.

— Là, tu ne m'embrasses pas !

— Je vais y venir. Je vais tout te fai… Bon Dieu, tu es prête pour moi ! Je pensais qu'il faudrait que…

Le portable d'Eve se mit à sonner, et Joe jura entre ses dents.

— Éteins-le, murmura-t-elle.

Il commençait à sortir du lit quand la sonnerie s'arrêta.

— Et puis non, dit-il en retournant auprès d'elle. Je te promets que tu vas bientôt ne plus l'entendre.

Elle poussa un cri en le sentant plonger profondément en elle.

Le téléphone sonnait.

Joe allait et venait, vite, fort.

Le téléphone…

Il la souleva, l'écrasant contre lui tout en continuant son mouvement, plus profond, plus vite.

Le téléphone sonnait-il encore ?

Elle n'entendait plus rien que le battement du cœur de Joe contre son oreille.

— Pourquoi n'as-tu pas éteint le portable ? demanda-t-elle d'une voix ensommeillée.

— À ton avis ? rétorqua-t-il en lui embrassant la poitrine. J'étais occupé. Peut-être que je n'avais pas envie de perdre de temps.

— Non, dis-moi.

— Par vanité. Je voulais devenir plus important pour toi que Dom, le battre. Tu m'as un peu vexé, expliqua-t-il en lui embrassant le nez.

— Pas suffisamment pour t'arrêter.

— Il aurait fallu un cataclysme pour m'arrêter. Dom n'est pas si important que ça.

— Si.

— Tu as vu, je l'ai maté. Donc il est disqualifié.

Pour l'instant.

— Arrête de penser à lui.

Il se pencha hors du lit pour allumer la lumière et éteindre le téléphone.

— J'ai envie de te regarder.

— Donne-moi le drap, dit-elle en rougissant.

— Cela fait trop longtemps que j'ai envie de te voir comme ça. J'ai bien droit à ce petit plaisir.

Non, pas quand elle avait envie de fondre à chacun de ses regards.

— S'il te plaît, éteins.

— Pas avant de…

Mais, voyant son expression, il éteignit.

— Peut-être plus tard ?

— Peut-être.

— J'avais oublié que tu n'avais pas tant d'expérience que ça, déclara-t-il en la prenant dans ses bras. Tu as aimé ? Je te plais ?

Elle ne dit rien.

Il garda le silence un moment.

— Après dix ans, je crois que j'ai gagné le droit de te l'entendre dire.

Dix ans. Elle sentit des larmes lui piquer les yeux.

— Si je n'avais pas peur de te donner la grosse tête, je te dirais que tu es plutôt bon.

— Plutôt ?

— Très. Très bon.

— Continue.

— Tu es un taureau, un étalon. Brad Pitt, Keanu Reeves et Casanova tout en un. Je ne comprends pas comment Diane a pu te laisser partir.

— Elle n'est pas bête. Elle savait qu'elle méritait plus que je ne pouvais lui offrir. C'était une erreur depuis le début.

Elle se souleva sur un coude pour le regarder.

— Pourquoi l'as-tu épousée, Joe ?

— Ça va te faire peur si je te le dis.

— Bien sûr que non.

Silence.

— Pourquoi ?

— Pour toi. C'est pour toi que je l'ai épousée.

— Comment ça ?

— Tu étais trop isolée. J'ai pensé que tu avais besoin d'une amie.

— Tu plaisantes ?

— Je t'ai dit que ça te ferait peur.

— Les hommes ne se marient pas pour donner…

— Moi si, répondit-il simplement.

Elle le regarda fixement.

— Tu étais le centre du monde. Tout ce que je faisais tournait autour de toi. À cette époque, j'avais presque abandonné l'espoir de devenir autre chose pour toi. Je pensais avoir choisi quelqu'un qui pourrait t'offrir la compagnie dont tu avais besoin. Diane appréciait le confort matériel que je lui offrais, et j'ai honnêtement essayé de faire en sorte de réussir notre mariage. Ça n'a pas marché comme je l'espérais, reconnut-il avec un haussement d'épaules.

— C'est vrai que c'est effrayant.

— Les obsessions, toujours. Comme tu devrais le savoir, mon amour, remarqua-t-il en lui posant un doigt sur la lèvre inférieure.

Elle se tendit.

— Mon amour, répéta-t-il. Habitue-toi.

— Je ne suis pas obligée de m'habituer à quoi que ce soit.

— Non, mais autant t'y faire. Ça sera plus agréable pour nous. (Une pause.) N'aie pas peur de m'aimer, Eve. Je ne suis pas un enfant sans défense qu'on pourrait t'arracher. Je suis un grand gaillard assez solide pour vivre encore cinquante ans.

— Je n'ai pas peur.

— C'est ce qu'on dit.

Il baissa la tête, effleurant tout juste les lèvres d'Eve avec les siennes.

— Mais ce n'est pas grave. Tu n'as pas besoin de me dire que tu m'aimes. Je peux attendre.

— Je ne t'aime pas. Pas comme tu voudrais.

— Moi, je crois que si.

Ses lèvres la caressaient, légères comme une plume.

— Mais, ajouta-t-il, si tu ne m'aimes pas, ce n'est pas grave non plus.

— Si, c'est grave. Ça ne va pas. Je ne suis pas normale. Tu es bien placé pour le savoir. Tu devrais trouver quelqu'un de plus…

— Toi, tu n'es pas normale ? C'est moi qui suis obsédé depuis dix ans.

— Ce n'est pas pareil. Je ne peux…

— Chut, dit-il en revenant sur elle. N'analyse pas tout comme ça. Laisse le temps au temps. Profites-en…

Quand elle s'éveilla, il n'était plus là.

Le vide.

La solitude.

Quelle idiote ! Elle se conduisait comme si elle n'avait jamais couché avec un homme. Faire l'amour, prendre du plaisir, se quitter… c'était ainsi qu'elle préférait vivre ses liaisons. Sans émotion qui pourrait entraver son travail.

— Debout, c'est l'heure ! Il est presque midi, annonça Joe en ouvrant la porte et en approchant du lit. J'ai appelé Charlie, il revient d'Azora. Il a la photo.

Elle se redressa dans le lit.

— Je vais pouvoir la voir ?

— Tu la demanderas toi-même à Spiro, il arrive.

— Pour quoi faire ?

— Pour prendre la poupée.

Ah oui.

— Tu l'as appelé ce matin ?

— Dès que je me suis levé. J'ai dit aux deux gardes de le laisser entrer. File sous la douche, ajouta-t-il en se dirigeant vers le placard. Je t'apporte des vêtements. Tu veux porter quoi ?

— N'importe. Un jean… une chemise.

Elle courut dans la salle de bains et entra sous la douche. Joe n'aurait pas pu être plus désinvolte, plus naturel. On aurait dit qu'il ne s'était rien passé pendant la nuit. Pas qu'elle s'en plaigne, d'ailleurs. Elle se serait sentie très gênée s'il s'était conduit autrement. La nuit avait été trop… Elle secoua la tête. Elle ne voulait pas se souvenir de l'érotisme de ces heures passées avec Joe.

— Sors de là. Il faut que tu manges avant l'arrivée de Spiro, dit Joe derrière la porte vitrée. Dépêche-toi.

— Mais je me dépêche !

Dès qu'elle ouvrit la porte, il l'enveloppa dans une immense serviette et se mit à la sécher.

Elle reprit vite les choses en main.

— Laisse ! Je peux quand même faire ça toute seulc.

Le regard de Joe tomba sur ses seins.

— Ça me fait plaisir.

Plaisir.

Une chaleur l'envahit.

— J'ai sorti la chemise à carreaux bleus. Je te trouve belle en bleu. Ça ne te gêne pas ?

— Non…

Elle aurait dû insister pour qu'il arrête. Le mouvement paresseux de ses mains sur la serviette moelleuse la mettait dans un état fou. Dieu sait pourquoi, ce geste lui semblait aussi intime que de faire l'amour.

— Tu ne m'avais pas dit que tu aimais le bleu.

— Il y a beaucoup de choses que je ne t'ai pas dites. Mais j'ai bien l'intention de rattraper le temps perdu. (Il baissa la tête pour l'embrasser dans le cou.) Tu veux retourner au lit pour que je te raconte ma vie ?

Oui, elle avait envie de retourner au lit.

— Si tu me promets de vraiment tout me raconter. Je ne suis jamais arrivée à te soutirer la moindre confidence.

— Cette fois, tu n'y arriveras pas non plus, rétorqua-t-il avec un rire. Nous n'avons pas le temps.

Il recula en lui tendant la serviette.

— Habille-toi. Je t'attends dehors.

— Ah, maintenant tu veux que je m'habille ! Je voudrais bien savoir pourquoi tu t'es amusé à venir me rejoindre dans la douche…

— Pour que tu comprennes bien que je n'avais aucune intention de me laisser plaquer au bout d'une nuit. Tu ne vas pas pouvoir penser à moi pendant un moment, remarqua-t-il avec un sourire, mais je ne vais pas te quitter une minute de la journée. Ne l'oublie pas.

Elle regarda fixement la porte qui se refermait derrière lui. Comment voulait-il qu'elle pense à autre chose qu'à lui ? Il avait ressuscité sa sensualité.

Suffit, elle se conduisait comme une nymphomane. Elle ne laisserait pas son corps et Joe Quinn la diriger. Elle pouvait oublier tout ce qui n'avait pas d'importance. Cela demanderait juste un peu de volonté et de détermination.

Elle jeta sa serviette et s'habilla.

Joe l'attendait assis sur une chaise à côté du lit quand elle sortit de la salle de bains. Il la dévisagea et hocha lentement la tête.

— Oui, je m'attendais à cette réaction. Aucun problème. Allez, on descend, dit-il en se levant, c'est l'heure du petit déjeuner.

Elle s'était préparée à passer à l'attaque, et fut décontenancée par cette dérobade.

— Je n'ai pas faim.

— Bon, dans ce cas, tu me regarderas manger.

Il tendit la main. Elle vit qu'il tenait son téléphone portable.

— D'abord, reconnecte-toi, dit-il calmement. C'est vrai que je veux te protéger, mais je ne peux pas le faire si ton ennemi reste invisible. Nous devons le forcer à se mettre à découvert.

— C'est ce que je te dis depuis le début.

— J'avais trop peur pour toi, ça m'a empêché de t'écouter. Maintenant, j'ai trop peur pour ne pas t'écouter. Tu n'abandonneras pas, donc je ne peux pas abandonner non plus. Nous devons aller jusqu'au bout. Rallume-le.

Elle prit le téléphone et appuya sur le bouton.

Silence.

Joe sourit.

— Quelle déception ! Je crois qu'on s'attendait tous les deux à entendre un sinistre claquement de cymbales. Viens, ajouta-t-il en la poussant doucement vers la porte. C'est parti !

Quand ils arrivèrent en bas, Spiro était déjà dans le salon.

— Où est la poupée ?

— Je l'ai mise dans une boîte et je l'ai glissée derrière des livres sur l'étagère, expliqua Joe en se dirigeant vers la bibliothèque encastrée. Je ne voulais pas que Jane tombe dessus par hasard.

— Elle n'aurait pas sourcillé, remarqua Spiro sèchement. C'est elle qui m'a ouvert quand j'ai sonné et elle m'a soumis à un interrogatoire en règle. Elle a même appelé le garde pour s'assurer que je n'avais pas sauté par-dessus la clôture électrique.

— Où est-elle ?

— Après m'avoir autorisé à m'asseoir de très mauvaise grâce, elle a dit qu'elle allait à la cuisine pour vous préparer quelque chose à manger.

Il prit la boîte et jeta un coup d'œil à la poupée.

— C'est moche. Ça a dû vous faire peur.

— Non, ça m'a rendue folle de rage.

— Il vous a appelée après ?

— Oui. Je lui ai raccroché au nez.

Spiro releva la tête.

— Ce n'était peut-être pas très malin.

— J'en ai assez d'être intelligente et prudente. Et la photo ? Je peux la voir ?

— Pas avant qu'on l'ait enregistrée comme pièce à conviction.

— Je peux avoir une copie ?

— Non plus, pas avant qu'on l'ait enregistrée.

Eve perdait patience.

— Et Kevin Baldridge ?

— D'après Charlie, répondit Spiro avec un sourire, Mme Harding se souvient très bien de Kevin Baldridge et de ses frères. Kevin était très discret quand on lui demandait d'où ils venaient, mais un de ses frères a mentionné Dillard.

— Où est-ce ?

— Une petite ville dans le nord de l'Arizona.

— Assez petite pour qu'on retrouve la trace de Kevin Baldridge ?

— Possible. Espérons que les gens de là-bas ont bonne mémoire.

— Et ses frères ? Même si Kevin Baldridge est parti vivre ailleurs, eux sont peut-être rentrés dans leur ville natale.

— Peut-être, dit Spiro en se levant. Nous le saurons bientôt. Quand Charlie en aura fini avec la photo, il va passer des coups de fil pour vérifier les registres d'état civil et les dossiers scolaires. Moi, je pars à Dillard aujourd'hui.

— Nous pouvons aller avec vous ?

— Je n'y vois pas d'objection… Et si Dom est bien Kevin Baldridge, il sera peut-être poussé à l'action en vous voyant envahir son territoire. Tiens, vous ne réagissez pas ? s'étonna-t-il en regardant Joe. Aucune objection ? Vous ne vous indignez pas que je veuille me servir d'elle ?

Joe ne releva pas l'ironie.

— On part tout de suite ?

— Non, plus tard dans l'après-midi. Il faut que je retourne au poste pour attendre Charlie et m'assurer que la photo est bien enregistrée dans le dossier…

Mark Grunard est venu me voir à mon hôtel ce matin, reprit-il après une pause. Il paraît que vous collaborez toujours avec lui. Je lui ai dit que cela ne signifiait pas que j'allais lui donner des informations moi aussi. Je n'ai jamais vu d'un bon œil ce marché que vous avez passé avec lui.

— Il m'a aidée, intervint Eve. Je dois lui renvoyer l'ascenseur.

— Mais moi je ne lui dois rien, et je n'aime pas le voir suivre Charlie à la trace comme ça.

— Il aurait pu nous livrer à la police une dizaine de fois, Jane et moi, mais il ne l'a pas fait.

— Pourquoi ?

— Parce que je lui ai promis l'exclusivité sur la capture de Dom.

— Ah oui ? (Il se dirigea vers la porte.) En tout cas, quels que soient vos petits arrangements avec lui, nous ne l'emmenons pas à Dillard.

— Je t'ai préparé un sandwich à l'œuf et au bacon, Eve, dit Jane depuis la porte. Viens manger.

— J'arrive.

Jane jeta un regard froid à Spiro.

— Il peut te parler pendant que tu manges, ça va refroidir.

— Je m'en voudrais de vous empêcher de vous sustenter, ironisa Spiro en faisant une courbette à Jane. Je vous rassure, jeune fille, j'allais partir.

— Attendez.

Spiro se tourna vers Eve.

— Combien de temps pensez-vous que nous resterons absents ? demanda-t-elle.

— Quelques heures, une journée. Cela dépendra de ce que Charlie aura le temps de dénicher avant notre départ.

— Nous emmenons Jane.

— Pas question. Je me mouille déjà suffisamment sans me montrer avec un enfant kidnappé.

— Il faut absolument qu'elle vienne.

— Elle est très bien protégée ici.

— Ça me serait égal de la quitter pour quelques heures, mais comme vous ne savez pas quand nous rentrerons…

— Est-ce bien raisonnable ?

— Dom veut que nous restions ensemble.

Le regard de Spiro passa d'Eve à Jane.

— Mais voulez-vous qu'il vous voie avec elle ? Il est évident que vous êtes devenues très proches.

— Si Eve veut que je vienne, je viendrai, déclara Jane en faisant un pas vers elle. Et je n'ai pas été kidnappée. Vous êtes vraiment bête, vous.

— Je suis sûrement idiot, en effet. Je vous déconseille de l'emmener, Eve.

— J'assurerai la protection d'Eve et de Jane, intervint Joe. Vous, occupez-vous de trouver la piste de Kevin Baldridge.

Spiro secoua la tête.

— Vous avez tort. Je passe vous prendre cet après-midi, vers quatre heures, conclut-il en ouvrant la porte.

Eve se demanda si elle avait vraiment tort d'emmener Jane. Elle ne voulait pas que Dom les voie ensemble, mais avait-elle le choix ? Jane était sous sa responsabilité. Elle ne pouvait pas la laisser, peut-être pour plusieurs jours. Jamais elle ne se le pardonnerait s'il lui arrivait quoi que ce soit. Elle avait déjà vécu cet enfer.

Elle se tourna vers Joe.

— Je suis obligée de l'emmener.

— Oui, je comprends.

— Moi, je veux venir, intervint Jane. On ne va pas le laisser nous commander. Maintenant, viens prendre ton petit déjeuner. Après tu me diras où on va.

15

L'avion de tourisme atterrit sur un minuscule aérodrome au nord de Dillard, en Arizona, à 20 h 30 le même soir. De récentes chutes de neige avaient recouvert la bourgade de montagne, et il faisait un froid glacial. L'aéroport n'avait que deux pistes cahoteuses. Un seul taxi était garé à l'extérieur.

Pendant le trajet qui les menait au centre, Spiro reçut un coup de fil de Charlie. Il n'avait pas l'air très content quand il raccrocha.

— Le tribunal a brûlé il y a six ans, annonça-t-il, et il n'y avait pas trace des enfants Baldridge dans les archives de l'école.

— Peut-être ont-ils suivi leur scolarité dans une villc voisine.

— Nous allons voir à Jamison, à quarante-cinq kilomètres. Mais, remarqua-t-il en regardant par la vitre, les écoles sont fermées jusqu'à demain matin. Il va falloir passer la nuit à l'hôtel… sauf que Charlie prétend qu'il n'y en a pas. Je crois que la population de Dillard dépasse à peine les quatre mille âmes.

— Six mille cinq cents, interrompit le chauffeur.

Spiro prit un calepin dans sa poche.

— Charlie m'a donné l'adresse d'un gîte rural. Mme Tolvey, dans Pine Street.

— Une bonne adresse, remarqua le chauffeur. Mme Tolvey offre d'énormes petits déjeuners.

— Nous y serons très bien, répondit Eve en lisant la fiche d'identification collée à la vitre. Merci, M. Brendle.

Elle passa un bras autour de Jane qui tombait de sommeil.

— Du moment qu'il y a des lits, ça fera l'affaire.

— Appelez-moi Bob. Les lits sont bons, là-bas. Mme Tolvey tient son gîte depuis vingt ans, et elle change ses matelas tous les cinq ans.

— Quel luxe ! commenta Spiro.

— On ne peut pas dire qu'ils servent beaucoup, vous savez.

— Vingt ans, répéta Joe avec un coup d'œil à Spiro. Mais quelle coïncidence !

— Charlie fait bien son boulot. On n'est pas assurés de dénicher des renseignements, mais on peut toujours espérer.

— Pensez-vous que Mme Tolvey aura suffisamment de chambres pour nous tous ? demanda Joe au chauffeur.

— Elle en a six. Toutes propres comme un sou neuf. Oui. C'est tout près, à deux rues d'ici, tout droit.

Ils trouvèrent une grande maison grise avec une balancelle en bois accrochée dans la véranda. Une lampe brillait à côté de la porte.

— Allez frapper pendant que je sors vos bagages.

— Attendez, dit Spiro. Vous avez un bar, dans ce patelin ?

— Vous voulez rire ! On en a quatre, répondit Bob en sortant les sacs de voyage du coffre. Vous préférez aller prendre un verre d'abord ?

— Où les habitués se retrouvent-ils ?

— Chez Cal Simm, 3e Rue.

— Emmenez-moi là-bas, ordonna-t-il.

Puis, se tournant vers Eve, il expliqua :

— Je veux essayer de trouver des pistes avant demain. Allez prendre les chambres et dites à Mme Tolvey que j'arrive d'ici quelques heures.

Eve hocha la tête. Spiro acheva ses instructions en s'adressant à Joe.

— Vous voudrez bien interroger Mme Tolvey ?

— Je ne demande que ça.

Le taxi repartait quand Mme Tolvey ouvrit la porte. Vêtue d'un peignoir en chenille vert pâle, elle avait la cinquantaine bien passée, de courts cheveux bouclés et un visage avenant.

— J'ai vu Bob vous déposer. Je m'appelle Nancy Tolvey. Vous avez besoin d'une chambre ?

— De trois, dit Joe en soulevant les sacs et en entrant dans le hall d'entrée. Une double avec lits jumeaux pour Mme Duncan et la petite fille, et une simple à côté pour moi. Un ami doit venir nous rejoindre plus tard, nous prendrons aussi une chambre pour lui.

— Parfait. Mais nous n'avons pas de lits jumeaux. Un grand lit à deux vous ira ?

Eve fit oui de la tête.

— Vous n'avez qu'à monter pour montrer leur chambre à Eve et à Jane, moi je reste en bas pour les formalités, dit Joe.

Eve ramassa son sac et celui de Jane et suivit Nancy Tolvey.

La chambre qu'elle leur montra était propre et jolie, avec un motif de lierre vert clair sur le papier mural crème.

— Il n'y a pas de salles de bains individuelles. C'est au bout du couloir.

— Tu as entendu, Jane ? demanda Eve. Va prendre ta douche d'abord. Je t'apporterai ton pyjama dès que j'aurai défait ton sac.

— D'accord, répondit Jane en bâillant. Je ne sais pas pourquoi, j'ai déjà envie de dormir.

— C'est l'altitude, expliqua Nancy Tolvey. Vous ne devez pas être de la région.

— Nous venons de Phoenix.

— Ah, j'y suis allée une fois. Il fait chaud, là-bas. Je ne pourrais jamais m'habituer à ce climat après avoir vécu ici toute ma vie.

Toute sa vie…

Joe avait promis à Spiro d'interroger Nancy Tolvey, mais Eve n'eut pas la force d'attendre.

— Nous essayons de retrouver une famille qui a peut-être vécu ici il y a longtemps. Les Baldridge, ça vous rappelle quelque chose ?

— Baldridge ?

Nancy Tolvey garda le silence un moment puis fit non de la tête.

— Je ne crois pas. Je ne me souviens de personne de ce nom qui aurait vécu ici. Je vous remonte d'autres serviettes, annonça-t-elle en repartant vers l'escalier.

Cela n'avait rien coûté d'essayer, se dit Eve. Peut-être trouveraient-ils quelque chose demain.

Nancy Tolvey fronçait les sourcils en arrivant en bas de l'escalier.

— Ça ne va pas ? demanda Joe.

Prenant place derrière le vieux bureau du hall, elle ouvrit le registre.

— Ce n'est rien. Inscrivez-vous ici, s'il vous plaît. Nom, adresse, numéro de permis de conduire.

Sourcils toujours froncés, elle le regarda faire.

— Vous devrez partager la salle de bains. Nous n'avons pas de… (Elle s'interrompit en fermant les yeux.) Les bougies…

— J'espérais que vous auriez l'électricité, commenta Joe sèchement.

Elle rouvrit les paupières.

— Non, ce n'est pas ce que je voulais dire. Mlle Duncan m'a demandé si je connaissais la famille Baldridge et je lui ai répondu que je ne me souvenais de personne portant ce nom dans la région.

Joe se figea.

— Mais ça vous revient ?

— Je n'avais pas envie d'en parler, mais à dire vrai je me rappelle d'eux. Malheureusement, je ne vois pas comment j'aurais pu oublier. Et ce n'est pas en refusant d'en parler que je vais arriver à effacer ça. C'est ce que je m'efforce de faire sans succès depuis des années.

— Les Baldridge ont vécu ici ?

— Non, pas à Dillard même, plus au nord.

— Près de Jamison ?

— Non, le chapiteau était situé plus haut, dans la montagne.

— Un chapiteau ?

— Le vieux Baldridge était pasteur évangéliste. Un prédicateur très dur. Il avait monté un grand chapiteau sur un plateau en pleine montagne, et c'est là qu'il prononçait ses sermons. Dans mon adolescence, je couchais un peu à droite à gauche. Enfin, pas mal, même. Mon père voulait sauver mon âme. Quand il a entendu parler du spectacle du révérend Baldridge sous le chapiteau, il m'y a conduite un soir. Et quand je dis « spectacle », vous pouvez me croire. C'était un drôle de cirque ! Le révérend m'a flanqué une frousse bleue.

— Pourquoi ?

— Il avait l'air d'un revenant. Avec un visage tout blanc, des cheveux gris sales et des yeux…

— Quel âge avait-il ?

— Dans les soixante ans. À moi, il me donnait l'impression d'être très vieux. Je n'avais que quinze ans.

Donc, le pasteur évangéliste ne pouvait pas être Dom, pensa Joe.

— Il a poussé des hurlements, continua Nancy Tolvey. Il vociférait en brandissant un cierge rouge et en me traitant de putain.

— Un cierge rouge ?

— Oui, le chapiteau était plein de bougies. Il n'y avait pas l'électricité. On n'était éclairé que par de grands chandeliers. En entrant, on prenait tous un cierge aussi. Les enfants en avaient des blancs. Les autres, soit des rouges, soit des roses. Je n'ai jamais pardonné à mon père de m'avoir emmenée là-bas et d'avoir laissé Baldridge me traîner sur l'autel pour me traiter de putain devant tout le monde.

— J'imagine que ça ne s'oublie pas, une expérience pareille.

— Je me souviens que je sanglotais et que je me suis arrachée à lui. Je suis sortie en courant du chapiteau et j'ai dévalé la pente jusqu'à la voiture. Mon père m'a poursuivie et il a essayé de m'obliger à y retourner, mais j'ai tenu bon. Il a fini par me ramener chez nous. Six semaines plus tard, je me suis mariée et je suis partie de la maison.

— Il y avait qui d'autre sous le chapiteau, ce soir-là ?

— Un monde fou. Pourquoi le cherchez-vous ? Vous êtes de sa famille ?

— Non. En fait, c'est justement sa famille que nous voulons retrouver.

— Là, je ne peux rien vous apprendre. Il faudra tenter de discuter avec quelqu'un qui le connaissait mieux.

— Pouvez-vous me suggérer des noms ?

— Papa avait entendu parler de lui par l'église baptiste de Bloom Street. Le week-end, beaucoup des fidèles de là-bas montaient participer aux revivals. Certains d'entre eux pourraient peut-être vous renseigner. C'est l'église où j'ai été baptisée, expliqua-t-elle avec un sourire amer, mais je n'y suis jamais retournée. J'avais trop peur d'y rencontrer quelqu'un qui avait vu ce vieux démon hurler que j'étais une ignoble pécheresse.

— Vous n'avez plus jamais entendu parler de lui ?

— Vous croyez que j'avais envie de repenser à ça ? Je n'étais pas une mauvaise gamine. Quelle importance de coucher avec des garçons, je vous demande ! Il n'aurait pas dû me faire ça. (Elle poussa un long soupir.) Je ne devrais pas me remettre dans cet état après tout ce temps. Depuis, j'ai mené une vie très heureuse. Mais ce qu'on a subi enfant, c'est ce qui laisse le plus de traces plus tard, pas vrai ? C'est drôle…

— Pas si drôle que ça.

Elle se leva.

— Je vous monte des serviettes. Vous avez la chambre juste en haut de l'escalier. À côté de Mlle Duncan et de la petite fille.

Joe la suivit des yeux dans l'escalier. Il était tombé sur le bon filon.

— Un pasteur évangéliste, répéta Eve, le père de Dom ?

— Ou son grand-père, je n'en sais rien. Elle dit qu'il avait dans les soixante ans.

— Dès qu'on a plus de trente ans, on a l'air d'un vieillard pour un ado de quinze ans.

— C'est vrai.

— La couleur des cierges devait avoir une signification pour ce prédicateur. Cela représentait peut-être le degré de grâce de ses ouailles…

— Ou plutôt leur degré de péché.

— Et Dom perpétuerait la tradition. Il est très intelligent. Il sait pourquoi il tue : pour le plaisir.

— Mais, comme le dit Nancy Tolvey, ce qui vous arrive dans l'enfance laisse des marques dont on ne se débarrasse jamais.

— Alors que lui est-il arrivé pour qu'il se transforme en tueur ?

— Qui sait ? Demain, nous irons à l'église baptiste pour essayer de trouver une piste.

— Le père de Dom pourrait-il encore être en vie ?

— C'est possible, mais il serait vraiment âgé.

Il se pencha pour lui effleurer le nez d'un baiser.

— Va dormir. Je vais attendre Spiro pour lui faire part de ce que nous avons appris.

— Je n'espérais pas qu'on trouverait si vite.

L'espoir la revigorait. Ils approchaient du but. Dom cessait d'être une complète énigme.

— Et demain, continua-t-elle, nous en saurons encore plus.

— Ne mise pas trop là-dessus.

— Que veux-tu que je fasse d'autre ? Je ne peux pas m'empêcher d'espérer.

— Je ne m'en plains pas, commenta Joe en souriant. C'est bon pour toi.

— Arrête, on dirait que tu parles d'une dingue et que tu es mon psychanalyste.

— Pardon. C'est vrai que j'ai pris l'habitude d'analyser le moindre de tes gestes à force de te regarder sagement de loin sans rien faire.

— « Sagement », ça ne te ressemble vraiment pas. Jane est couchée, reprit-elle en détournant la tête avec embarras. Tu peux veiller sur elle pendant que je prends ma douche ?

— Je ne bougerai pas de devant votre porte.

Troublée, elle sentit son regard la suivre tout au long du couloir. Depuis le début du voyage et jusqu'à cet instant, Joe avait repris son rôle d'ami et évité les commentaires trop personnels. Sa remarque venait de raviver d'un coup le souvenir de la nuit précédente.

Ses sentiments pour Joe, et c'était ça le plus perturbant, surpassaient presque son bonheur d'avoir trouvé des informations sur Dom.

Joe attendait Eve et Jane en bas quand elles descendirent le lendemain matin.

— Désolé, mais nous allons devoir nous passer du petit déjeuner de Mme Tolvey, déclara-t-il. Un taxi nous attend devant la porte. Nous devons rejoindre Spiro.

— Il n'est pas là ?

— Non. Il m'a appelé vers trois heures du matin. Il a trouvé une piste au bar, qui pourrait nous conduire au révérend Baldridge, et il ne s'est pas couché de la nuit.

— Tu lui as parlé de l'église baptiste ?

— Oui, mais il dit que nous n'avons pas besoin d'y aller. Après avoir entendu parler des cérémonies revivalistes sous le chapiteau, il a retrouvé le révérend Piper, le pasteur de l'église de Bloom Street. Il l'a réveillé. Eh oui, commenta-t-il devant la surprise d'Eve. Spiro n'a pas le moindre scrupule quand il tient une piste.

— Ça a donné quelque chose ?

— Il connaît l'endroit où le révérend prononçait ses sermons. C'est assez loin. Nous devons le retrouver là-bas.

Spiro attendait au sommet d'un promontoire. Des plaques de neige couvraient le sol çà et là, et des nuages gris s'amoncelaient sur les pics au loin.

Le chauffeur se gara au pied du sentier.

— Payez le taxi, Joe ! cria Spiro. Je vous reconduirai. J'ai mobilisé la voiture du révérend Piper. Ça sert parfois d'appartenir au FBI ! ajouta-t-il avec un sourire sardonique en désignant la Ford marron garée un peu plus loin.

Jane gravit la côte en courant et regarda autour d'elle. Le sol était totalement nu ; des lambeaux de toile noircie s'accrochaient encore à des poteaux calcinés plantés en terre.

— Il y a eu le feu ?

— Oui, répondit Spiro.

Eve eut soudain froid.

— Que s'est-il passé, ici ?

— Vous voulez envoyer la petite à la voiture ? demanda Spiro.

Jane se promenait lentement un peu plus loin.

— Non, je ne veux pas l'empêcher de participer. Elle a le droit de savoir, comme nous.

— Et que savons-nous ? demanda Joe qui venait de les rejoindre. Quand est-ce arrivé ?

— Il y a vingt-neuf ans.

— Accidentel ?

— C'est ce qu'on a supposé. Tout le monde savait qu'il y avait des bougies. L'incendie était inévitable un jour ou l'autre.

— Des victimes ?

— On n'a retrouvé aucun corps. Les cérémonies avaient lieu tous les vendredis, samedis et dimanches. Le feu a dû éclater plus tôt dans la semaine, parce que le site a été trouvé exactement dans cet état quand la première voiture de fidèles est arrivée le week-end.

— Il y a eu une enquête ?

— Bien sûr. Mais personne n'a retrouvé le révérend Baldridge. On a pensé qu'il était reparti. Les pasteurs évangélistes sont souvent itinérants, et, d'ailleurs, il n'était pas très apprécié des autorités. On l'avait averti du danger que représentait l'éclairage à la chandelle.

— Est-il vraiment allé ailleurs, à votre avis ?

— C'est bien ce qu'il va falloir qu'on découvre, commenta Spiro en regardant autour de lui. Il y a une drôle d'atmosphère, ici.

Eve ressentait le même malaise.

— Si l'incendie est arrivé il y a aussi longtemps qu'on le dit, pourquoi l'herbe n'a-t-elle pas repoussé ?

— Qu'avez-vous appris d'autre ? reprit Joe. Sa famille ? Est-ce que le révérend Piper vous a parlé de Kevin Baldridge ?

— Il ne se souvient pas de Kevin. Le père de Piper était déjà pasteur de l'église baptiste de Bloom Street du temps où le révérend Baldridge prêchait sous le chapiteau. Piper n'était qu'un petit garçon quand son père l'emmenait aux cérémonies. Il a rencontré Mme Baldridge une fois, mais il ne se souvient que d'Ézéchiel et de Jacob. Il n'a jamais vu Kevin.

— Nous savons pourtant qu'il y avait un fils de ce nom. Mme Harding l'a rencontré.

— S'il était ici, on le cachait bien. Pourquoi, c'est une autre histoire…, remarqua Spiro en secouant la tête. Apparemment, le vieux Baldridge employait toute sa famille pendant les services pour distribuer les cierges, faire la quête…

— C'est bizarre, ici, dit Jane qui était revenue près d'Eve. Quand est-ce qu'on rentre ?

L'étrange atmosphère mettait même Jane mal à l'aise, se dit Eve.

— Bientôt. Tu veux aller attendre dans la voiture ?

Jane fit non de la tête et se rapprocha d'elle.

— Je préfère rester avec toi.

— Nous n'avons qu'à partir, décida Spiro. Nous ne pouvons rien faire ici dans l'immédiat. Je vais passer à Phoenix, et j'enverrai une équipe technique pour étudier le site.

— Après vingt-neuf ans et un incendie ?

— Personne n'a recherché de tombes dans le coin.

— Évidemment, vous ne pensez pas que le révérend Baldridge a simplement pu déménager ?

— Je tiens compte de toutes les éventualités. Le vieux Baldridge semble avoir été un type assez déplaisant.

— Oui, approuva Joe en balayant le terrain du regard. Les fanatiques sont en général responsables de grands malheurs.

— Et, si Kevin Baldridge est bien Dom, ce fanatique-là a plus de malheurs que la moyenne à son actif. Tel père tel fils, conclut Spiro en amorçant la descente.

— Ce n'est peut-être pas Kevin le coupable, mais un de ses frères, remarqua Eve en le suivant.

— Alors où était Kevin pendant les services ? Ça m'a tout l'air d'une révolte contre le père.

Il jeta un coup d'œil en arrière.

— Que faites-vous, Quinn ?

Joe, un genou à terre, creusait le sol meuble avec la main.

— Je vérifie juste quelque chose.

Il porta la poussière à sa bouche, y posa le bout de la langue.

— Du sel, commenta-t-il.

Eve s'arrêta net.

— Quoi ?

— Je me demandais comme toi pourquoi rien n'avait repoussé, expliqua Joe en se frottant la main pendant qu'il se relevait. On a salé le terrain soit avant, soit après l'incendie. Il voulait que rien ne puisse plus jamais vivre à cet endroit.

Ils arrivèrent à Phoenix tôt dans la soirée. Spiro les quitta à l'aéroport, et Joe, Eve et Jane atteignirent la maison de Logan vers neuf heures.

À la grande surprise d'Eve, ils trouvèrent ce dernier dans le séjour en entrant. Il était assis sur le canapé et jouait aux cartes avec Sarah.

— Pas trop tôt ! fit-il, jetant ses cartes sur la table, en se levant. Tu peux m'expliquer pourquoi tu ne m'as pas averti que tu partais ?

— Ouf ! Je suis bien contente que vous soyez rentrés, remarqua Sarah. Il est ici depuis des heures, et il nous rend cinglés, Monty et moi. Il a refusé de partir, et il m'a ordonné de le distraire.

— Vous avez triché, grommela Logan.

— Il se trouve simplement que je joue mieux au poker que vous. À votre avis, comment les équipes de secours passent-elles le temps entre les sorties ? Je te le laisse, Eve, conclut-elle en se levant. Monty et moi, nous en avons marre de le voir faire la tête.

— Je ne faisais pas la tête.

Sarah le laissa dire.

— Viens, Jane. Tu as l'air aussi fatiguée que moi. Le voyage a été long ?

— Ça faisait peur, là-bas, raconta celle-ci en se penchant pour caresser Monty. Viens, mon vieux. Au lit.

Le retriever s'étira avant d'emboîter le pas à Sarah et à Jane.

Logan suivit Sarah du regard.

— Elle m'en veut toujours.

— Ça ne l'a pas empêchée de jouer aux cartes avec vous, remarqua Joe.

— Simplement parce qu'elle avait décidé de me battre à plate couture.

Puis, se tournant vers Eve, il reprit l'offensive.

— Ça ne t'est pas venu à l'esprit que je m'inquiéterais quand Booker me dirait que tu étais partie ?

— Ça s'est décidé très vite. Spiro tenait une piste. Je te jure que je n'y ai pas pensé.

Il avait raison, elle aurait dû le prévenir, se dit-elle, épuisée.

— Je suis désolée.

— Laissez-la tranquille, intervint Joe en se plaçant derrière elle et en lui posant les mains sur les épaules. Elle a assez de problèmes sans avoir à vous amadouer.

— Tais-toi, Joe. Il a toujours été bien avec moi. Je n'aurais pas dû le laisser s'inquiéter.

— M'inquiéter ne me fait pas peur si je peux m'attaquer à des problèmes concrets. Ce que je ne supportc pas, c'est d'être tenu à l'écart de...

Il s'interrompit, son regard passant d'Eve à Joe, qui se tenait toujours derrière elle.

— Alors ça y est, c'est fait ? Il est arrivé à ses fins ?

— Pardon ?

— Il a gagné. Il a fini par obtenir ce qu'il voulait. Bordel, ça ne pourrait pas être plus clair. J'aurais dû me douter qu'il n'y avait aucun espoir. Je pouvais me battre contre Quinn, mais pas contre toi, Eve. Dès l'instant où il est arrivé sur l'île, tu as eu envie de le suivre.

— À cause de Bonnie.

— Peut-être.

Logan la considéra un long moment.

— Prenez bien soin d'elle, Quinn.

— Inutile de me le dire.

— Si, et c'est une mise en garde, pas une requête. Dès que je peux t'être utile, appelle-moi, Eve.

— Elle n'aura pas besoin de vous, lança Joe.

— On ne sait jamais.

Pour Eve, la situation était insupportable. Elle ne pouvait pas le laisser partir comme ça.

— Joe, je veux parler à Logan.

Joe ne bougea pas.

— Joe, s'il te plaît.

— Bon, d'accord…

Il sortit.

— C'est drôle, j'ai l'impression qu'il rôde dans l'entrée, remarqua Logan.

— C'est sans doute ce qu'il est en train de faire, répondit-elle en tâchant de sourire. Tu devrais considérer que c'est un compliment.

— Ah oui ?

— Il a conscience que tu comptes beaucoup pour moi, que tu compteras toujours.

— Mais pas suffisamment, de toute évidence.

— Suffisamment, c'est quoi ? Ça me fait mal quand tu as de la peine. Je suis heureuse quand tu vas bien.

Si tu as besoin de moi, je serai toujours là. Ça ne suffit pas ?

— C'est déjà beaucoup. Pas ce que j'aurais voulu, mais je m'en contenterai. (Une pause.) Par curiosité, comment Quinn s'y est-il pris ?

— Je ne sais pas, répondit-elle franchement. Je ne voulais pas que ça arrive. Je ne me sens pas à l'aise. J'ai l'impression d'avoir été happée dans une sorte de tourbillon. C'est arrivé tout seul.

— Rien n'arrive jamais tout seul avec Quinn. C'est une force de la nature. J'ai toujours su qu'il t'attendait dans l'ombre.

— Moi, non.

— Je sais. J'espérais t'avoir passé la bague au doigt avant qu'il ne se décide à se déclarer. Je n'y suis pas arrivé.

Il la dévisagea un long moment puis lui donna un baiser rapide.

— Allez, nous avons passé une bonne année, non ?

Elle avait les larmes aux yeux.

— Excellente.

— Excellente, peut-être pas, parce que sinon nous n'en serions pas là. Mais vraiment bonne quand même.

Il lui prit le bras et la conduisit jusque dans l'entrée où Joe attendait devant l'escalier.

— Tiens, Quinn, quelle surprise !

— Attention..., dit Joe en se rapprochant d'Eve.

— Inutile de faire comme si j'allais la kidnapper. Ce n'est pas mon style. Mais ça me ferait le plus grand plaisir de vous tordre le cou.

— Seulement, vous allez vous retenir. C'est la différence entre nous. Vous êtes têtu, mais vous n'avez jamais atteint le point de non-retour avec Eve. Je me demande si ça vous est déjà arrivé avec quelqu'un, d'ailleurs.

Logan avança d'un pas et dit à voix basse :

— Ça me donne envie de vous prouver que vous avez tort.

— Logan ! protesta Eve.

Elle crut d'abord qu'il n'allait pas l'écouter, mais il tourna les talons et ouvrit la porte.

— Au revoir, Eve. Je ne te perds pas de vue. Ne me ferme pas complètement ton cœur, d'accord ?

— Ce serait impossible.

Ils avaient été trop proches. Elle l'embrassa sur la joue.

— Ça n'arrivera jamais, insista-t-elle.

— Bien, souviens-toi de cette promesse.

La porte se referma derrière lui.

Joe fit entendre un sifflement étouffé.

— Ça ne me plaît pas trop. Je vais devoir devenir ami avec ce type ?

— Tu n'es pas obligé. Mais moi, c'est mon ami, je te préviens. Tu n'y changeras rien.

— C'est bien ce que je craignais. Il va falloir que je revoie ma façon de… (Il s'interrompit.) Dis, ça n'a pas l'air d'aller. Je me tais et je te fiche la paix.

— Une grande première.

— Ça ne va vraiment pas, remarqua-t-il en fronçant les sourcils. Je suis fou de jalousie.

Elle reprit la phrase dont il s'était servi pour elle.

— Tu t'y feras.

— Oui, admit-il avec un sourire.

— Je ne t'ai fait aucune promesse, Joe. Je pense toujours que nous ne…

— Il est temps que je parte, coupa-t-il. Quand tu te lances dans l'introspection, ça peut devenir dangereux. Je vais au poste de police pour voir la photo… Je ne rentrerai peut-être pas ce soir, ajouta-t-il après un petit silence. Tu as besoin d'être seule.

Elle fut soulagée, mais déçue aussi.

— Tu n'es pas obligé de rester dehors. Si je ne veux pas de toi dans mon lit, je peux toujours le dire.

— C'est pour te prouver que je suis un garçon sensible.

Il se pencha vers elle pour l'embrasser vite et fort.

— Dors bien. À demain matin.

Justement, elle allait avoir du mal à dormir, songea-t-elle en montant à l'étage. Pendant tout le chemin du retour de Dillard, elle avait été obsédée par la vision du plateau ravagé. Quels événements avaient blessé Dom au point de le conduire à tout dévaster ? Il avait lacéré, assassiné la terre comme les corps de ses victimes.

Et puis ensuite il y avait eu Logan, et elle lui avait fait de la peine. Pour la deuxième fois.

Mais comment aurait-elle imaginé que ses sentiments pour Joe allaient changer de nature ? Si elle était intelligente, elle l'éliminerait de ses pensées, laisserait toute la place à son métier. Jamais elle ne se sentait si peu sûre d'elle, si émotive, dans son travail. La recherche des personnes disparues donnait un sens à sa vie, qui la satisfaisait entièrement.

Oui, c'était le mieux. Ne penser qu'au travail. Éliminer Joe de ses pensées…

— Ça ne marchera pas, Maman.

Bonnie était assise sur une chaise à côté du lit d'Eve.

— Joe ne te laissera pas revenir en arrière, continua-t-elle, et puis il est trop tard.

— Je ferai ce que je veux, riposta Eve en remontant sa tête sur l'oreiller. Il se mêle trop de ma vie.

— Moi aussi je m'en mêle, mais ce n'est pas pour ça que tu décides de me tourner le dos.

— On ne tourne pas le dos à ses rêves.

Cela fit rire Bonnie.

— Tu as toujours réponse à tout. Mais si tu ne me rejettes pas, c'est parce que tu m'aimes.

— Oh, oui..., répondit Eve dans un murmure.

— Et c'est pour ça que tu ne peux pas rejeter Joe non plus.

— Ce n'est pas pareil.

— Très vrai. Joe est vivant, lui.

— Je lui ferais du mal.

— Tu es déprimée à cause de Logan. Tu ne devrais pas. Ça devait arriver un jour ou l'autre. Tu te souviens quand je t'ai dit que l'amour pouvait parfois commencer d'une certaine façon et se transformer après ? Tu n'es pas obligée de perdre Logan, et tu ne perdras pas Joe.

— Ça... On peut très bien perdre les gens qu'on aime. Je t'ai bien perdue.

— T'es bête. Si tu m'as perdue, pourquoi je suis là à te parler ?

— Parce que je suis folle à lier. Voilà d'ailleurs une excellente raison pour quitter Joe.

— Je n'ai plus envie de parler de ça. Tu es intelligente, tu prendras la bonne décision. Je voudrais juste

passer un moment agréable avec toi, continua Bonnie en s'installant plus confortablement sur sa chaise. Ça me fait plaisir, et il y a longtemps qu'on ne s'est pas vues.

— Pourquoi tu n'es pas venue plus tôt ?

— Je n'arrivais pas à t'approcher. J'ai eu du mal, cette fois aussi. Il fait trop sombre… C'est tout noir autour de lui, maman.

— C'est un monstre. Dis-moi, Bonnie, ajouta-t-elle la gorge serrée, c'était lui ?

— Je n'arrive pas à le voir, il fait trop noir. Peut-être que je ne veux pas savoir.

— Moi, je veux savoir, il le faut.

— C'est vrai, pour protéger Jane. Je l'aime bien, Jane.

— Moi aussi. Mais c'est surtout à cause de toi, mon bébé.

— Je sais. Mais tu commences à t'intéresser davantage aux vivants maintenant. C'est normal.

Eve garda le silence un instant.

— Il a essayé de me faire croire que Jane était ta réincarnation. C'est idiot, hein ?

— Oui. Comment je pourrais être réincarnée alors que je suis ici en train de te parler ? Et puis elle ne me ressemble pas du tout, ajouta-t-elle avec un sourire.

— Non, pas du tout.

— Il vaut mieux qu'elle ne me ressemble pas, maman. Nous avons chacun notre âme. C'est pour ça que nous sommes tous uniques et intéressants.

— Dom n'a rien d'intéressant.

— Non. C'est un tordu, un affreux. J'ai peur pour toi, reprit Bonnie en fronçant les sourcils. Il s'approche de plus en plus…

— *Qu'il vienne. Je l'attends.*

— *Chut... Ne te mets pas en colère. Je ne veux plus qu'on pense à Dom ce soir. Tu veux bien me parler de Monty ? J'adore les chiens.*

— *Je sais. Je voulais t'offrir un chiot pour Noël, l'année où tu...*

— *Et depuis, tu n'arrêtes pas de regretter d'avoir trop attendu. À quoi ça sert ? J'ai été heureuse. Mais ça devrait te prouver une chose : il faut vivre chaque instant comme si c'était le dernier. Ne rien remettre au lendemain.*

— *Eh ! Ne me fais pas la morale !*

Bonnie gloussa.

— *Pardon. Alors parle-moi de Monty.*

— *Je ne sais pas grand-chose de lui. Il appartient à Sarah et c'est un chien de catastrophe. Jane l'adore et elle le suit partout dès qu'elle a...*

Joe tomba sur Mark Grunard en arrivant dans le hall de l'hôtel de Charlie Cather.

— Alors, vous êtes revenu de votre excursion en montagne ?

— Qu'est-ce que vous fabriquez ici ?

— Cather m'a promis de prendre un verre avec moi. Il devrait descendre d'un instant à l'autre. Vous avez trouvé quelque chose, à Dillard ?

— Rien dans les fichiers de l'école. Nous vérifions dans la ville voisine. Il semble que son père ait été prédicateur itinérant.

— Merde ! J'espérais qu'il y aurait des photos de classe qu'on pourrait comparer avec celle de Mme Harding.

— Nous aussi, dit Joe en s'asseyant. Ça ne plaît pas à Spiro que vous colliez aux basques de Cather.

— Tant pis pour lui. Je n'arrive pas à tirer quoi que ce soit de Spiro, alors il faut bien que je me rabatte sur quelqu'un. Ce sera beaucoup plus facile avec ce gamin.

— Il est plus coriace que nous ne l'imaginez.

— Mais il n'a pas autant d'expérience que Spiro, et il pourrait laisser échapper quelque chose. Il vous a parlé de la photo ? C'est pour ça que vous êtes venu ?

Joe n'en savait trop rien lui-même. Il venait de passer au poste où on lui avait appris que les copies de la photo n'étaient pas prêtes. Ils y mettaient de la mauvaise volonté. Les policiers de Phoenix étaient fous de rage depuis que Spiro avait caché l'origine de ses informations. On lui rendait la monnaie de sa pièce.

Même s'il arrivait à persuader Charlie de lui décrire la photo, il doutait que cela serve à quoi que ce soit. En vérité, il n'était venu que pour s'éloigner un peu d'Eve. Sa première impulsion avait été d'agir vite, de la convaincre au lieu de rester en retrait. Mais il aurait échoué. Elle avait été trop proche de Logan, et Joe aurait dû se réjouir qu'elle n'ait pas été encore plus triste. Mais il en avait plus qu'assez de sa patience d'ange. Leur relation était devenue trop forte pour qu'il fasse machine arrière.

— Personne ne m'a rien dit, Mark. Vous avez vu Charlie depuis qu'il est allé chercher la photo ?

— Hier soir, au poste. (Une pause.) Il n'avait pas l'air dans son assiette. Il essayait de cacher que quelque chose n'allait pas, mais il n'est pas très doué pour la dissimulation.

— Spiro lui a peut-être remonté les bretelles à cause de vous.

— Possible. Mais je n'ai rien remarqué avant qu'il ne revienne de chez les Harding avec la photo. Je suis content que vous soyez là. On va s'y mettre à deux pour lui faire avouer ce qui cloche. Justement, dit-il en se levant, le voilà.

Cather sortait de l'ascenseur et sourit en venant à leur rencontre.

— Je ne m'attendais pas à vous voir, Joe. Spiro m'a dit que vous veniez de rentrer de Dillard. Qu'est-ce que vous complotez tous les deux ?

Non… Joe ne pouvait pas se liguer avec Mark contre lui. Si Charlie laissait échapper un détail, il s'en servirait, mais il ne voulait pas lui soutirer d'informations. Il se leva.

— C'est un guet-apens !

Le sourire de Cather s'effaça.

— Je ne peux pas parler de la photo avant que Spiro ne me donne le feu vert. Pas question que je le prenne encore à rebrousse-poil.

Grunard avait vu juste. Charlie avait l'air soucieux. Mais peut-être était-ce seulement le stress.

— Si vous ne pouvez rien dire, on n'insiste pas. Mais si vous n'acceptez pas les pots-de-vin, il va falloir nous offrir à boire.

Partant en tête vers le bar, il ajouta :

— Comment va votre femme ?

Eve dormait quand Dom lui téléphona, très tôt le matin. Le son de sa voix, toujours horriblement déformée, pulvérisa la sérénité qu'elle éprouvait en général après ses rêves de Bonnie.

— Tu n'as pas perdu de temps. Alors, les lieux de mon enfance t'ont intéressée ?

— Comment savez-vous où je suis allée ?

— J'écoute tout. Je vois tout. Tu ne me sens pas te regarder, Eve ?

— Non, je ne m'occupe pas de vous… Kevin.

Il ricana.

— Je préfère Dom. Kevin n'existe plus. J'ai tellement souvent changé d'identité depuis… J'avais remarqué que tu essayais de me cacher des choses. Ça m'a mis en colère sur le moment. Puis ça m'a passé. Finalement, tu n'as réussi qu'à aiguiser mon appétit.

— Kevin devait être un joli petit salopard. Qu'est-il arrivé à vos parents ?

— Tu t'en doutes.

— Vous les avez tués.

— C'était inévitable. Mon père a imaginé que Satan m'habitait depuis ma plus tendre enfance. Il m'obligeait à rester immobile, un cierge noir dans chaque main, et puis il me battait jusqu'à ce que je m'effondre. Ensuite, il frottait du sel sur mes plaies. Peut-être avait-il raison de voir le démon en moi. Tu crois qu'on porte dès la naissance les germes du mal ?

— Vous, sûrement.

— Mais tu penses aussi que je suis fou. Mon père était fou, or on disait que c'était un saint. La frontière est étroite, non ?

— Est-ce qu'Ézéchiel et Jacob pensaient aussi qu'il était fou ?

— Non, ils avaient peur de lui et se laissaient berner comme tout le monde. Moi, j'ai essayé de leur faire comprendre. Je les ai emmenés avec moi quand je me suis enfui. Je me sentais seul à cette époque. J'avais encore besoin des autres.

— Et vous les avez emmenés ici, à Phoenix.

— Nous voulions aller en Californie. J'avais convaincu les deux petits Harding de nous accompagner. Mais Ézéchiel et Jacob se sont dégonflés. Ils ont plié bagage une nuit et ont couru retrouver mon père. Je suis entré dans une fureur noire.

— Et vous avez tué les enfants Harding.

— Ça m'a fait un effet incroyable. L'expérience la plus extraordinaire de ma vie. J'ai enfin compris ma nature et quel serait mon destin. Je suis retourné au chapiteau dans la montagne, et je les ai tous massacrés.

— Votre mère aussi ?

— Elle le regardait me punir sans rien dire. La cruauté est-elle moins terrible quand elle reste passive ?

— Et vos frères ?

— Ils avaient choisi leur camp en retournant là-bas. Je devait faire table rase.

— Où sont les corps ?

— Tu ne les trouveras pas. J'ai dispersé les morceaux à travers la moitié de l'Arizona et du Nouveau-Mexique. J'ai trouvé ça très amusant.

— Et vous avez ratissé du sel sur tout le terrain, là-haut.

— J'étais jeune, à l'époque. C'était un peu mélodramatique comme symbole.

— Comme de laisser un cierge dans la main de vos victimes ? Vous n'êtes plus un gamin.

— Il est difficile d'effacer son éducation. Et peut-être que, d'une certaine façon, ça me plaît de montrer à mon père que j'utilise à ma façon ses cierges bien-aimés.

— Votre père est mort.

— Il était certain d'aller au ciel, donc il doit me regarder de là-haut. Ou tu penses peut-être que son âme a été découpée en rondelles en même temps que son corps ? Je me suis souvent posé la question. (Une pause.) Tu penses que l'âme de Bonnie a été détruite ?

Elle se mordit les lèvres de toutes ses forces.

— Non.

— Bien, d'ailleurs tu sauras bientôt comment ça se passe. Je n'ai pas encore choisi la couleur de ton cierge. Décision difficile. Un blanc pour Jane, bien sûr. Mais pour toi, il faut tenir compte de…

Elle raccrocha. Il était d'humeur à se confier, et peut-être aurait-elle dû tenir plus longtemps, mais elle n'en pouvait plus. Il l'entraînait vers ses ténèbres. Et le coup de fil avait été d'autant plus difficile à supporter qu'elle sortait d'un rêve merveilleux de Bonnie. À présent, elle se sentait incapable de combattre le mal qui planait au-dessus d'elle. Le mal approchait de plus en plus…

Ça devrait te prouver une chose. Il faut vivre chaque instant comme si c'était le dernier. Ne rien remettre au lendemain.

C'était Bonnie qui l'avait dit.

Il fallait vivre chaque instant…

Eve entendit Joe rentrer deux heures plus tard. Elle sortit de sa chambre pour l'attendre en haut de l'escalier.

Il s'arrêta en la voyant.

— Ça va ?

— Non. Dom a appelé. Ça ne va jamais quand il m'a parlé.

— Il a dit quoi ?

— Des horreurs. Du poison. Je te raconterai plus tard.

Elle lui tendit la main et ajouta :

— Viens te coucher.

Il monta lentement les dernières marches et s'arrêta devant elle.

— Je suis pardonné ? Tu ne m'en veux plus de n'avoir pas regretté que Logan débarrasse le plancher ?

— Je n'ai rien à te pardonner.

Il lui prit la main.

— Tu as découvert que tu ne pouvais pas vivre sans moi dans ton lit ?

— Arrête de plaisanter.

— Je ne plaisante pas. Je te tends des perches, précisa-t-il en lui caressant la joue. J'ai l'impression que quelque chose de très important est en train de se passer. Qu'est-ce qui a changé, Eve ?

Elle avala sa salive avec peine.

— Je n'ai pas donné de chiot à Bonnie. Elle en voulait un, mais j'ai préféré attendre. Et après, il était trop tard.

Il haussa les sourcils.

— Quel est le lien ? Tu penses que m'inviter dans ton lit, c'est comme m'offrir un chiot ?

— Non. Le chiot n'est pas pour toi, Joe. Il est pour moi. Je me conduis en totale égoïste. J'ai envie d'être près de toi. J'ai envie que tu me parles. J'ai envie que tu me fasses l'amour. Et, ajouta-t-elle avec un sourire mal assuré, je ne veux pas attendre qu'il soit trop tard. Tu veux bien venir dans mon lit et rester avec moi, Joe Quinn ?

— Oh, oui ! dit-il en passant son bras autour de la taille d'Eve, la voix aussi tremblante que la sienne. Et comment !

16

Quand Spiro appela Eve dans l'après-midi, elle lui répéta ce qu'elle avait appris sur l'enfance de Dom.

— Le technicien qui surveille mon portable a-t-il pu localiser l'appel ?

— Non, pas moyen, c'est rageant. Mais ce que Dom vous a raconté correspond au peu que nous avons découvert. Nous avons contacté les établissements scolaires de Jamison, et aucun dossier n'a été trouvé pour les enfants Baldridge. Je suis quand même arrivé à dénicher deux vieux rapports concernant la visite d'une assistante sociale au pasteur. Quand on lui a demandé pourquoi ses fils n'allaient pas en classe, il a affirmé qu'ils recevaient un enseignement à domicile. D'après lui, ils n'auraient pas été élevés dans la foi en fréquentant l'école publique.

— Rien d'autre ?

— Si, un point important. Les deux rapports concernaient Ézéchiel et Jacob. Aucune mention de Kevin.

— S'il n'assistait jamais aux services, peut-être les autorités ne connaissaient-elles pas son existence.

— À en juger par l'état du plateau, on peut penser qu'il a voulu annoncer sa présence au monde entier.

— Pas forcément. Pendant des années, il s'est très bien passé de reconnaissance. Son besoin de notoriété n'est venu que récemment.

— C'est qu'il débutait, il manquait d'expérience. Il n'avait pas évolué. (Spiro observa un silence.) Mais, même s'il a changé, il a dû conserver les caractéristiques du criminel méthodique.

— À commencer par une intelligence supérieure à la moyenne. Mais cette discussion ne nous mène nulle part. Il faut surtout que nous sachions à quoi il ressemble. Où est la photo ?

— N'espérez pas trop de résultats de ce côté-là. Elle ne nous servira peut-être pas tant que ça.

— C'est-à-dire ?

— Vous m'avez bien entendu.

— Nous sommes censés travailler ensemble. Arrêtez de détourner mes questions. Dites-moi franchement ce qui ne va pas.

Spiro garda le silence.

Les agents du FBI étaient vraiment exaspérants ! Elle commençait à en avoir assez d'essayer de lui soutirer des informations. Ils avaient conclu un marché, mais de toute évidence il avait décidé de ne pas ouvrir la bouche sur ce point. Très bien, elle pouvait tout de même tenter de lui arracher une promesse plus précise.

— Quand me la montrerez-vous ?

— Bientôt.

— Mais quand ?

— Vous êtes vraiment obstinée ! Demain. Peut-être, ajouta-t-il en raccrochant.

Ils n'obtinrent une copie de la photo que deux jours plus tard. Spiro tendit à Eve l'enveloppe qui la contenait.

— La voilà. Vous allez être déçue.

— Pourquoi ?

— Regardez.

Joe se plaça à côté d'elle pendant qu'elle ouvrait l'enveloppe et en retirait le cliché.

La photo avait de toute évidence été prise dans un très grand jardin. Deux adolescents étaient assis au premier plan à une table de pique-nique ; un troisième, loin à l'arrière, descendait les marches d'une véranda.

— D'après Mme Harding, le garçon qui descend les marches, c'est Kevin Baldridge, expliqua Spiro. Ézéchiel et Jacob sont assis à la table.

Quelle déception ! Non seulement Kevin Baldridge était dans le lointain, mais la photo était légèrement surexposée, et, comme il bougeait, son visage était flou et totalement indistinct.

— Ça ne m'étonne plus que la police ne se soit pas intéressée à cette photo à l'époque, remarqua Eve. On ne voit rien. Ça pourrait être n'importe qui. Joe m'a dit que Charlie ne semblait pas très à l'aise. Je comprends pourquoi. Mais, ajouta-t-elle en regardant Spiro, les techniques de traitement photographique ont beaucoup évolué dans les vingt-cinq dernières années. Si on n'avait aucun moyen d'améliorer cette image au moment de l'enquête, maintenant c'est sans doute possible, non ?

— Probable. J'ai envoyé une autre copie à Quantico… (Un silence.) Je me demandais si vous n'auriez pas envie de tenter votre chance aussi. Vous travaillez souvent sur des photographies.

— Ma spécialité, c'est le vieillissement des visages, ce qui est une technique totalement différente.

— Ah, tant pis. C'est dommage.

Oui, très dommage ! songea-t-elle.

— Vous ne pouvez vraiment rien faire ?

Elle réfléchit.

— Peut-être, dit-elle finalement en se levant pour prendre l'annuaire. S'il y a un labo de développement en ville qui traite les retouches.

— C'est-à-dire ?

— Aérographe, et toutes les autres… Ah ! voilà.

Elle venait de trouver un encadré dans les pages jaunes.

— Pixmore, lut-elle. Reste à savoir s'ils font de l'infographie et s'ils ont des opérateurs capables de se charger du travail.

— Ils ont l'air d'être spécialisés dans les photos de mode, remarqua Joe en regardant par-dessus l'épaule d'Eve la publicité d'une belle femme en gros plan. Ça n'a rien de très technique, ça.

— Comment crois-tu que ces boîtes gagnent de l'argent ? On retouche tout sur ces photos, les boutons, les rides, les racines des cheveux. Avec un peu de chance, ils pourront nous aider. Les retoucheurs préfèrent travailler à partir de diapositives, mais je vais leur apporter ça pour voir ce qu'ils peuvent en tirer, s'ils ont du personnel qualifié, bien sûr. (Elle replaça la photo dans l'enveloppe.) Ce genre de labo demande en général des délais de plusieurs semaines. Le FBI ne pourrait pas nous donner un coup de pouce ?

— Je vais dire à Charlie de vous retrouver à Pixmore. Ça devrait prendre combien de temps ?

— Pas la moindre idée. Vingt-quatre heures, peut-être. Ça dépendra de la qualité de leur opérateur et des heures supplémentaires qu'il acceptera de fournir.

— Je demanderai à Charlie de rester avec lui jusqu'à ce que ce soit fini.

— Parfait, approuva-t-elle en allant à la porte. Ça ne fera sans doute pas de mal.

— Je te conduis là-bas, proposa Joe.

— Ce n'est pas la peine.

Il fit la grimace.

— J'ai l'impression de ne servir à rien. J'ai besoin de me rendre utile.

Pixmore était situé à une trentaine de minutes au nord de Phoenix, en haut d'une route de montagne en lacet. Le bâtiment d'un étage, tout de verre et de pierre, brillait sous le soleil. Charlie Cather entra dans le parking juste après Joe et Eve.

— C'est super que vous pensiez pouvoir tirer quelque chose de la photo. J'étais vraiment déçu. Moi qui espérais enfin tenir une bonne piste.

— Tout est possible, répondit Eve. On va essayer de rattraper ça.

— C'est ce qu'a dit Spiro. Tiens, voilà Grunard.

Une Toyota s'arrêtait non loin d'eux.

— Que vient-il faire ici ? demanda Eve.

— Il était avec moi à l'hôtel quand Spiro a appelé. Il me colle aux fesses, mais c'est pas un mauvais type.

— Ça ne plairait pas à Spiro.

— Je lui ai demandé son feu vert. J'ai le droit de donner le hors-d'œuvre à Grunard, mais pas le plat principal. Il doit repartir avant que le travail ne commence.

Mark les rejoignait, un sourire aux lèvres.

— Attention, il a l'air prêt pour le dessert, remarqua Joe dans sa barbe.

— Vous ne pouvez pas me trouver le négatif ?

Le retoucheur s'appelait Billy Sung, il avait moins de vingt-cinq ans et ne semblait guère optimiste.

— Je ne suis pas magicien, vous savez.

— Il n'y a pas de négatif, répéta Eve. Votre patron dit que vous êtes son meilleur opérateur. Je suis sûre que vous y arriverez.

— Ne me passez pas de pommade. Ça ne va pas être évident. Le tirage comporte une multitude d'erreurs. On peut facilement en corriger une, mais pas toutes à la fois. Ce qu'il vous faut, c'est une boîte d'infographie de Los Angeles, ou une bonne université, qui pourra augmenter la résolution. Pixmore n'est pas assez équipé.

— Alors rien à faire ?

Il haussa les épaules.

— Faut voir. J'ai un prof de fac qui a obtenu une bourse de recherche du gouvernement. Il a acheté un équipement hyperperformant. Il m'autorise souvent à l'utiliser.

— Vous êtes étudiant ?

— Oui, il me faut un diplôme pour décrocher un bon job sur la Côte ouest. Il y a de la compétition avec tous les petits génies de l'informatique qui sortent d'UCLA et d'USC. Je vise des entreprises vraiment innovantes. C'est fou ce qu'on peut faire avec de bons ordinateurs et de bons logiciels.

Il examina une nouvelle fois la photo.

— Mais vu les bécanes sur lesquelles je dois travailler, je ne me débrouille pas trop mal.

— Je vous crois, commenta Eve. Comment s'appelle votre professeur, et où est son labo ?

— Professeur Dunkeil. Ralph Dunkeil. Le labo est à cinq minutes d'ici, sur cette route, la Blue Mountain Drive.

— Vous pourriez en tirer quelque chose d'ici demain ?

Il fit non de la tête.

— Je vous en supplie, c'est très important.

Il la dévisagea quelques secondes.

— Bon… Si vous obtenez l'accord de Grisby. Il ne va pas être content que je mette le boulot en attente pour vous.

— Votre patron a déjà accepté, expliqua Charlie. Il a dit qu'on pouvait vous garder deux jours.

— On dirait les travaux forcés ! Grisby est un vrai esclavagiste. Je l'ai menacé de démissionner le trimestre dernier parce qu'il ne voulait pas me donner de temps libre pour passer mes examens.

— Je vous serais très reconnaissante si vous pouviez faire vite, dit Eve. Vous m'appellerez ?

— Moi, je vous appellerai, intervint Charlie. Je vais accompagner M. Sung pour lui donner un coup de main.

— Je n'ai pas besoin de votre aide, rétorqua Sung en lui jetant un regard froid. Le gouvernement téléguide déjà suffisamment la recherche. On subit les pressions du FBI, de la CIA, de l'IRS. Et maintenant vous.

— Eh, mon vieux, je fais mon boulot, c'est tout.

— Ouais, j'ai déjà entendu ça quelque part. Juste avant de sentir le claquement du fouet.

— Vous préférez que je reste avec vous à sa place ? intervint Mark Grunard en lui adressant un sourire. Vous ne voulez pas qu'on vous fasse un peu de pub ? Ça pourrait vous aider à trouver un job en Californie.

Sung eut l'air intéressé.

— Pas question, trancha Charlie. Je vous ai dit que vous ne pouviez pas rester, Grunard.

— Mais notre ami m'apprécie plus que vous.

Charlie désigna la porte de son pouce.

— Dehors.

— Je pourrais peut-être revenir quand vous aurez terminé, monsieur Sung, soupira le journaliste en lui tendant sa carte. Appelez-moi.

À ces mots, il sortit du laboratoire.

— Les résultats sont confidentiels, monsieur Sung, avertit Charlie.

— C'est ça...

Sung contempla pensivement la carte de visite avant de l'enfourner dans sa poche.

— ... c'est comme pour les essais atomiques du Nevada qui ont fichu le cancer à tout le monde, compléta-t-il.

— S'il vous plaît, appelez-moi dès que possible, intervint Eve. C'est vraiment important.

— Je vous tiens au courant.

— Qu'en penses-tu ? Tu crois qu'il va y arriver ? demanda Joe à Eve alors qu'ils remontaient en voiture.

— Peut-être. Il a l'air intelligent. Et je crois qu'il aime la difficulté. Je plains Charlie, ça ne va pas être drôle. De toute évidence, Sung a horreur des fonctionnaires.

— Tu devrais le présenter à Sarah. Alors, on fait quoi maintenant ?

— On rentre. Et on attend.

— Ça ne va pas être facile.

— Non, en effet.

Elle avait l'impression de passer son temps à attendre depuis quelque temps.

— Au moins, reprit-elle, Spiro nous a permis d'accélérer un peu l'enquête.

— Il prend de gros risques en collaborant avec nous. Il doit vraiment avoir hâte d'obtenir des résultats.

— Moi aussi, Joe… Moi aussi.

Il était près de trois heures du matin et la lumière brillait toujours dans Blue Mountain Drive, à la fenêtre du laboratoire du professeur Dunkeil.

Eve devait être contente d'avoir trouvé quelqu'un d'assez passionné pour travailler la nuit, pensa Dom.

Cet intérêt risquait de présenter un danger, mais pouvait aussi varier les plaisirs. À chaque initiative d'Eve, les enjeux montaient.

Il aurait sans doute dû se débarrasser de cette photo depuis des années, mais il avait continué sa route et jugé le détail sans importance. Pourtant, ce qui se passait dans le laboratoire aurait certainement des conséquences.

Avec le temps, tout changeait. Les sciences, la morale, les notions de bien, de mal… Qui aurait pu prévoir que ses besoins évolueraient autant ? Si ses priorités étaient restées les mêmes, il n'aurait pas passé la nuit devant le laboratoire.

Que se passait-il à l'intérieur ? Approchaient-ils du but ?

Il sentait l'excitation courir dans tous ses muscles. Vas-y, Eve. Tu brûles. Essaie de me trouver…

— Encore du café ? demanda Charlie.

Billy Sung apporta une modification à l'image.

— Pas tout de suite.

— Vous n'avez pas dîné. Je pourrais sortir chercher quelque chose dans un fast-food.

— Non.

Billy approchait du but. Il leur montrerait, à ces grosses têtes de Los Angeles, avec leur matériel hyper-sophistiqué… Il les valait bien. Plus que quelques mises au point, et il allait peut-être…

— Ça avance ?

— Je veux ! dit Billy en se frottant les yeux et en se penchant de nouveau sur l'écran. Je n'étais pas sûr que ce serait possible, mais je vais pouvoir…

Il s'immobilisa.

— C'est bizarre.

— Vous y êtes ?

— Attendez. Il faut que je vérifie les caractéristiques colorimétriques.

Il grossit l'image à l'écran.

Les couleurs se précisaient de plus en plus.

Son impression se confirmait.

Le téléphone sonna sur la table de chevet d'Eve.

— On arrive, il faut qu'on vous voie, dit Charlie.

— Pardon ?

— Sung veut vous parler, il est dans tous ses états.

Eve s'assit tout droite dans son lit.

— Il y est arrivé ?

— Pas tout à fait. Mais il aura fini d'ici une minute. Pour l'instant, il délire sur des problèmes de caractéristiques colorimétriques et de spectre lumineux, et il tient absolument à vous apporter la photo. Il refuse de me la laisser voir pendant qu'il la retravaille, mais je la lui piquerai dès qu'il aura terminé.

— Pourquoi tant de mystère ?

— Pas la moindre idée. De toute évidence, il me prend pour le bras droit de Big Brother. Il a passé un coup de fil, et puis il a dit qu'il voulait vous voir tout de suite. On dirait qu'il pense que c'est une affaire entre vous et lui, alors que l'enquête est sous la responsabilité du FBI. Il ne faut pas qu'il fasse comme si… Hé ? Où vous courez comme ça ? Il faut que je file, dit-il en reprenant le téléphone. Sung doit avoir fini, il vient de sortir à toute vitesse. On arrive d'ici une demi-heure, acheva-t-il avant de raccrocher.

— Sung a obtenu un résultat ? demanda Joe.

— C'est ce que dit Charlie, et il veut me parler.

Elle reposa le téléphone et sortit les jambes du lit.

— Il arrive d'ici une demi-heure avec la photo. Je m'habille.

Joe se redressa.

— Pourquoi est-ce qu'il veut te parler à toi ?

— Sans doute toujours parce qu'il n'aime pas les fonctionnaires.

— Au point de te réveiller en pleine nuit ?

Elle courait déjà vers la salle de bains.

— Qu'il débarque sans prévenir, qu'il vienne au lit avec nous si ça lui chante, du moment qu'il apporte la photo !

— Heu… là, je ne suis pas tout à fait d'accord. Tu as raison, finalement, il vaut mieux l'attendre en bas.

— Qu'est-ce qu'ils fabriquent ? demanda Eve en regardant sa montre une nouvelle fois. On les attend depuis près de trois quarts d'heure.

— Ils ont peut-être dû retourner au labo parce qu'ils avaient oublié quelque chose.

— Charlie nous aurait appelés, non ?

— Une panne ?

— Arrête d'essayer de me rassurer. Tu as le numéro de portable de Charlie ?

Joe hocha la tête et attrapa son téléphone.

— Pas de réponse, annonça-t-il en raccrochant. Il est temps d'aller voir ce qui se passe.

— Je viens.

— Non, reste, au cas où. Mes explications ne sont peut-être pas aussi idiotes qu'elles en ont l'air. S'ils arrivent, appelle-moi et je reviens tout de suite.

Joe avait raison. Il valait mieux qu'elle attende. Mais cela allait être terrible de rester seule sans pouvoir rien faire.

Le téléphone d'Eve sonna trois quarts d'heure plus tard.

— Il y a eu un accident, annonça Joe. Une voiture est sortie de la route et est tombée dans le ravin.

La main d'Eve se crispa sur le téléphone.

— C'est eux ?

— Je ne sais pas. (Une pause.) La voiture est pas mal amochée. Elle est tombée de trente mètres.

— Mon Dieu, dit-elle en fermant les yeux.

— L'équipe de secours est en train de descendre pour voir s'il y a des rescapés. Ça ne va pas être facile. La pente est très raide.

— Comment pourrait-on survivre à une chute pareille ?

— Tout est possible. La voiture n'a pas encore explosé. Il faut que je te laisse. Je te rappelle plus tard. Je vais rejoindre les secouristes.

La voiture n'a pas encore explosé.

La peur la transperça.

— Laisse-les faire leur travail, Joe. Ne descends pas.

— J'aime bien Charlie Cather, Eve, dit-il en raccrochant.

Elle aussi aimait bien Charlie, mais l'idée que Joe allait s'approcher de la voiture la terrorisait.

Elle le rappela.

Pas de réponse. Il avait déjà commencé la descente.

Une minute plus tard, elle était dehors.

Les gyrophares des ambulances, des voitures de pompiers et d'une demi-douzaine de voitures de police s'essaimaient sur la route. Un projecteur halogène était dirigé vers le fond du ravin, et un cordon jaune condamnait la voie de droite.

Joe.

Après s'être garée sur le bas-côté, elle sauta hors de sa voiture. Elle se fraya tant bien que mal un chemin à travers la foule, mais elle ne voyait strictement rien.

— Eve.

Spiro venait vers elle. Il fit signe à un policier.

— C'est bon, laissez-la passer.

Elle passa sous le cordon pour accéder au bord du précipice.

Spiro la suivit.

— Vous n'auriez pas dû venir, Eve. C'est de l'inconscience. Il y a des dizaines de policiers…

— Je m'en fiche. Où est l'équipe de secours ?

Spiro désigna la ligne de lumières qui approchait du fond du ravin.

— Ils sont presque arrivés à la voiture.

Quelle voiture ? On ne voyait qu'une masse de tôle tordue.

— Joe est avec eux, dit-elle.

— Je sais, il m'a appelé. Mais il était déjà en train de descendre quand je suis arrivé.

— On sait ce qui s'est passé ?

— Non. Il n'y a pas de témoin. On ne sait pas encore si un conducteur les a poussés hors de la route ou si les freins ont été sabotés. Nous ne sommes même pas certains qu'il s'agisse bien de la voiture de location de Charlie. L'équipe de secours va essayer de nous envoyer son numéro par radio.

— Mais vous pensez que c'est lui ?

— Pas vous ?

— Si.

Les lumières atteignaient presque la carcasse.

— On sait combien de temps cela va prendre ?

— Ce sera selon ce qu'ils trouveront en bas. Mais je dois vous mettre en garde. L'équipe de secours sent déjà le combustible. Pire même, des vapeurs d'essence doivent entourer le véhicule. Il suffirait d'une étincelle.

Eve se figea.

— Il faut leur dire de remonter tout de suite !

— Ils doivent d'abord essayer de sauver les occupants du véhicule.

— Rien ne les oblige à risquer une explosion. J'ai vu des grands brûlés et…

— Je sais, dit Spiro doucement. Personne n'a envie que ça se produise. Le chef d'équipe écourtera l'expédition dès qu'il estimera la situation trop dangereuse.

— Joe ne voudra rien entendre. Il n'obéit jamais aux ordres. Il risquera n'importe quoi pour les sortir de la voiture.

Elle aussi, elle aurait tout donné pour être en bas, pour pouvoir agir.

— Du calme, Eve. L'équipe ne commettra aucune erreur, personne ne sera mis en danger. Ils vont débrancher la batterie et caler le véhicule. Ensuite, ils utiliseront des outils de désincarcération qui permettent de dégager les occupants sans produire d'étincelles.

Les lumières se déplaçaient, formant un ballet autour et à l'intérieur de l'épave.

Dix minutes s'écoulèrent.

Quinze.

— Pourquoi est-ce qu'ils ne remontent pas ? Vous ne pouvez pas demander ce qui se passe ? demanda-t-elle à Spiro.

— Je vais voir.

Il se rendit à l'unité de commandement et revint au bout de quelques minutes.

— Ils ont extrait un des deux hommes. Ils n'ont pas pu confirmer, mais ils pensent que l'autre est mort. Le chef d'équipe vient de décider de faire remonter ses hommes.

— Pourquoi ?

Il hésita.

— Le capot est enfoncé. Ils n'ont pas pu accéder à la batterie pour la débrancher. Ils sont parvenus à éteindre le contact mais la moindre étincelle pourrait tout faire exploser. Le convertisseur catalytique, le circuit électrique…

— Et tout le monde remonte ?

— Regardez, on les aperçoit.

Les lumières en dessous d'eux se déplaçaient plus vite, s'éloignant de la carcasse pour reprendre la montée.

Par pitié, pourvu que Joe coure se mettre à l'abri avec les membres de l'équipe.

Son regard retourna à la carcasse.

Une lumière brillait toujours parmi l'amas de tôles tordues.

— Joe.

Elle aurait pu le parier. Le con. Le con !

— Merde, il est dingue, commenta Spiro.

« Joe, sors de là. Je t'en prie. »

Une minute s'écoula. Puis deux.

« Ne reste pas. Ne reste pas. Ne reste pas. »

L'épave explosa, formant une boule de feu.

Eve poussa un hurlement.

Joe.

Elle se précipita vers le bord.

Spiro l'attrapa.

— Lâchez-moi ! cria-t-elle en luttant contre lui.

— Vous ne pouvez rien faire. Il y a peut-être une chance pour qu'il s'en tire.

Comment voulait-il que ce soit possible ? Elle avait vu la lumière à l'intérieur de la voiture quand tout s'était embrasé.

— Je descends.

— Pas question, dit-il en resserrant son étreinte. Nous avons déjà eu assez de catastrophes comme ça pour ce soir. Je n'ai pas envie de vous voir dégringoler au fond du gouffre.

Elle lui envoya un coup de genou entre les jambes qui lui fit lâcher prise, et elle s'échappa. Mais deux policiers la rattrapèrent aussitôt et la plaquèrent au sol.

Elle se débattit comme une furie, envoyant des coups de pied et de poing frénétiques.

Joe !

Le noir se fit.

— Espèce d'enfoiré ! Pourquoi l'avez-vous assommée ?

— Ce n'est pas moi, répondit Spiro, c'est un homme de Phoenix, pour l'empêcher de se tuer en se précipitant dans le ravin. Elle n'est pas blessée, juste étourdie.

— Vous auriez pu l'en empêcher autrement.

Joe. C'était la voix de Joe. Elle ouvrit les yeux. Joe était agenouillé près d'elle. Le visage de Joe, avec des traînées de cambouis, une coupure à la pommette – mais il était en vie. Dieu merci. En vie.

— Comment te sens-tu ? demanda-t-il, sourcils froncés. Ils t'ont fait mal ?

Il était en vie.

Elle voulut le rassurer en secouant la tête.

— Tu mens. Pourquoi pleures-tu, si tu n'as pas mal ?

Elle ne s'était pas rendu compte qu'elle pleurait.

— Je ne sais pas, dit-elle en s'asseyant et en s'essuyant les joues. Ça va.

— Non, ça n'a pas l'air d'aller du tout. Rallonge-toi.

— Arrête, Joe, protesta-t-elle d'une voix mal assurée. Je t'assure que ça va. Mais ce n'est pas grâce à toi. Quel con ! J'ai cru que tu étais mort, espèce d'imbécile. Il y avait de la lumière dans la voiture au moment où elle a explosé !

— J'ai dû laisser tomber la torche pour arriver à m'extraire de là.

Il fallait arrêter de trembler. Il était en vie.

— Tu n'aurais pas dû entrer dans la carcasse.

— Je sais, répondit-il d'un ton las. Le chef d'équipe est furieux contre moi, mais je voulais aller voir. (Il jeta un coup d'œil à Spiro.) Je suis désolé, Charlie y est resté. J'étais presque sûr qu'il était mort, mais j'en voulais la preuve formelle.

— Il était déjà mort ?

Joe fit oui de la tête. Spiro accusa le coup.

— Billy Sung était encore en vie quand on l'a sorti de la voiture, mais il est mort avant d'arriver en haut.

Ils étaient morts. Tous les deux. Le charmant Charlie Cather et Billy Sung, avec ses projets de réussite. Joe aussi aurait pu y rester. Joe…

— Eve ? demanda Joe avec un regard inquiet.

— Je t'ai entendu. Ils sont morts tous les deux, dit-elle en serrant les bras contre sa poitrine, mais sans parvenir à stopper ses tremblements. Oui, j'ai compris.

— Tu as froid, dit-il en tendant la main vers elle.

— Ne me touche pas ! Ça va.

Entendant le ton de sa voix s'élever de façon incontrôlée, elle s'arrêta pour se reprendre.

— Ce n'est pas moi qui suis descendue dans le ravin. Ce n'est pas moi l'idiote qui ai risqué comme une conne ma…

— Allez, dit Joe en lui prenant la main pour l'aider à se redresser. Je te remmène à la maison.

Elle se dégagea brusquement et se leva seule.

— Oui, c'est ça, faites-la rentrer, conseilla Spiro. La police locale est sans doute trop occupée par l'accident pour la remarquer, mais elle fait toujours l'objet d'un avis de recherche. Bon, ajouta-t-il, il faut que j'aille passer un coup de fil. Ça ne va pas être agréable.

La femme de Charlie, pensa Eve douloureusement. Charlie n'avait pas survécu, et Joe avait bien failli y rester aussi. Atroce. Elle avait envie de vomir.

— Elle est enceinte. Vous ne pouvez pas envoyer quelqu'un pour l'avertir en personne ?

— Je demanderai à un agent de notre antenne là-bas d'aller lui rendre visite, mais c'est à moi de me charger du sale boulot.

— Venez nous voir quand ce sera fait. Nous n'avons pas terminé, dit Joe en ouvrant sa veste.

Un morceau d'enveloppe dépassait de la ceinture de son jean.

— La photo ? demanda Spiro.

— Je n'ai pas encore eu le temps de la regarder, mais je l'ai trouvée par terre dans la voiture, à côté de Charlie. Elle était coincée sous le levier de vitesse, et elle s'est déchirée quand j'ai tiré pour la libérer.

Spiro tendit la main.

— Donnez.

— Non, vous l'aurez une fois que nous l'aurons regardée, et ça attendra. Je veux faire rentrer Eve le plus vite possible. Elle ne se sent pas bien.

— Pas question ! s'exclama-t-elle. Il faudrait que je sois morte pour ne pas vouloir voir le visage de cet assassin.

Elle essaya de maîtriser le tremblement de ses mains en prenant l'enveloppe. Une horrible déception l'envahit quand elle en sortit la photo.

— Oh non !

Un tiers avait été arraché. Celui où l'on aurait dû voir Kevin Baldridge descendre les marches de la véranda.

Deux vies perdues. Pour rien.

Spiro poussa un juron.

— Mais pourquoi faut-il justement que ce soit ce coin-là qui manque ?

— C'est toujours comme ça, la faute à pas de chance. Mais ce n'est qu'un tirage papier. Eve, tu crois qu'on peut la récupérer ?

— Peut-être… Sung en avait peut-être tiré plusieurs. Ou il a pu sauvegarder son travail sur le disque dur.

Joe regarda Spiro.

— Obtenez-nous la permission d'aller dans le laboratoire de Blue Mountain Drive.

— D'accord, on s'y retrouve dans deux heures.

— Nous y serons. Allez, viens, Eve, on rentre.

Il essaya de lui passer le bras autour de la taille, mais elle le repoussa.

— Je n'ai pas besoin de toi.

Elle partit vers la voiture sans soutien. Il suffisait de mettre un pied devant l'autre. Surtout ne pas le regarder. « Contrôle-toi ou tu vas t'effondrer. »

— On se retrouve à la maison, dit-elle.

— Je te conduis. Enfin, bon sang, tu viens de prendre un coup sur la tête !

— Ça ne veut pas dire que je ne suis pas capable de…

— Je refuse de te laisser prendre le volant.

— Et que vas-tu faire de ta voiture ? Tu ne peux pas la laisser ici.

— Je me fous de ma voiture, dit-il en lui ouvrant la portière.

— Non, je n'ai…

— … pas besoin de moi, acheva-t-il pour elle. N'empêche, tu n'es pas en état de conduire. Allez, monte.

Il laissa libre cours à sa colère dès qu'ils entrèrent dans le séjour.

— Mais qu'est-ce qui te prend, bon sang ?

— Rien !

Pourtant elle avait l'impression d'être près d'éclater. Elle avait envie de hurler, de le frapper. Quel con ! Quel con ! Merde !

— Je vois bien que ça ne va pas. Tu as la tremblote, comme si tu avais la malaria.

— Je vais très bien ! Va plutôt te laver la figure. Tu es couvert de cambouis. Tu en as plein les mains et ça…

— Désolé si ça te dérange.

— Oui, ça me dérange.

Une petite lumière dans la carcasse, et puis l'univers avait pris feu.

— Ça me dégoûte, même.

— Ce n'est pas la peine de me parler sur ce ton.

— Si !

Elle se détourna, raide comme un piquet.

— Laisse-moi.

— Regarde-moi. Je veux te voir en face.

Elle ne bougea pas.

— Va te laver, répéta-t-elle. On doit encore retourner au labo pour voir ce qu'on peut récupérer.

— Tu ne vas pas ressortir dans cet état ?

— Je vais très bien, je te dis.

— Dans ce cas, regarde-moi.

— Je n'ai pas envie de te regarder. Je veux aller voir la photo. C'est important, merde !

— Tu crois que je ne le sais pas ? Mais ce qui est en train de se passer, là, tout de suite, est peut-être encore plus important pour moi.

Elle eut l'impression que la pièce penchait sur le côté, cxplosait sous ses pieds.

Comme la voiture.

— Je suis vraiment désolé, mais ce n'est vraiment pas ma faute. (Il l'obligea à lui faire face.) J'ai tout fait pour tenter de…

— Je le sais bien. Mais tu es entré dans… De toutes les conneries…

Les vannes cédèrent et les larmes se mirent à dégouliner le long de ses joues.

— Charlie était déjà mort ! protesta-t-elle.

— Je ne le savais pas.

— Tu aurais pu y rester.

— Mais je ne suis pas mort.

— Ce n'est pas faute d'avoir essayé.

— Tu ne veux pas arrêter de pleurer, s'il te plaît ?

— Non.

— Tu n'es pas raisonnable.

— Va te faire foutre !

Elle se réfugia près de la fenêtre et regarda dans la nuit.

— Eve.

Le regard de Joe pesait dans son dos.

— Laisse-moi.

— Tu ne veux pas me dire pourquoi tu es tellement en colère contre moi ?

Silence.

— Allez…

Elle fit volte-face, ses yeux lançaient des éclairs.

— Ah oui, tu es trop malin pour te faire tuer ! Tu vas rester sur terre encore cinquante ans. Je n'ai rien à craindre, c'est ça ?

— Mais…

— Tu aurais pu mourir, ce soir, continua-t-elle, les mots se chevauchant. Tu n'avais pas le droit ! Tu as mis ma vie à l'envers, tu m'as forcé la main, tu m'as fait éprouver des sentiments dont je ne voulais pas. Tu as juré que tu serais encore là pendant cinquante ans et ensuite tu te débrouilles pour manquer te faire… Ne me touche pas ! cria-t-elle en reculant. Charlie Cather et Billy Sung sont morts, et j'ai à peine pensé à eux. Je me fichais complètement de la photo. Je me fichais de Dom. Tu sais ce que ça me fait ?

— En tout cas, je sais ce que ça me fait, à moi.

— Tu es fier de toi ? Tu m'as menti. Tu as menti en disant…

Il la prit dans ses bras, la serra contre lui.

— Arrête de trembler. C'est fini.

— Non, ce n'est pas fini. Ça continue. Parce que tu ne changeras jamais. Tu n'arrêteras pas de faire des idioties, de te conduire comme un dingue. Avec ton amour-propre, tu te crois éternel, même si tu… (Elle s'interrompit, tremblant de tous ses membres.) Je ne supporte pas ça !

— Moi non plus. Tu me mets dans tous mes états.

— Tu n'aurais pas dû prendre ce risque. Tu n'aurais pas dû !

Il la souleva et la porta jusqu'au canapé.

— Chut… Je ferai tout ce que tu voudras si tu arrêtes de trembler, dit-il en la prenant sur ses genoux. Je me croyais blindé, mais j'avais tort. Je n'étais pas prêt à ça. Bonnie passait toujours avant tout le reste. Je n'aurais jamais pensé…

— Parce que tu ne vois pas plus loin que le bout de ton nez.

Il se tut un moment puis demanda :

— Ça veut dire que tu m'aimes ?

— Ça ne veut rien dire du tout, salaud !

— C'est difficile d'en juger en se faisant abreuver d'injures, mais il me semble que j'ai compris. Ça… me fait du bien.

— Pas à moi.

— Je sais. Toi, ça te fait peur, dit-il en la berçant doucement. Tu ne voudrais pas arrêter de trembler ? Je te promets d'essayer de vivre éternellement.

C'était impossible. Le cœur de Joe battait à grands coups réguliers contre son oreille, mais il aurait pu s'arrêter ce soir. Ses mains se crispèrent sur les épaules de Joe.

— Chut…, dit-il.

— Tu recommenceras. Je le sais. Tu es flic.

Il ne commenta pas.

Elle se tut aussi, immobile dans ses bras à écouter le battement de son cœur. Son amant. Son meilleur ami. Le centre de sa vie.

Peu à peu, ses tremblements cessèrent.

Joe appuya tendrement les lèvres sur sa tempe.

— Un jour, tu me diras que tu m'aimes ?

— Probablement pas, répondit-elle, resserrant les bras autour de lui. Tu ne le mérites pas.

— Tu as raison… Je ne prendrai pas de risques inutiles, Eve, promit-il après un instant de silence. Je n'ai jamais eu autant envie de vivre qu'en ce moment. Ça te va ?

— Il faut bien, non ? Je suis obligée. C'est la vie.

— Oui. Bon retour dans le monde des vivants. Tu as vu dans quel état tu es ? demanda-t-il en dégageant les cheveux qui lui couvraient le visage. Tu es couverte de cambouis.

— Ça partira.

Mais les événements de ce soir ne s'effaceraient jamais. Ses défenses étaient tombées les unes après les autres, et elle avait dû faire face à ses véritables sentiments pour Joe. Mais ce qu'elle éprouvait pour lui était trop intense, presque insupportable. Elle le repoussa et se leva lentement.

— Il faut qu'on parte pour arriver à temps au laboratoire du professeur Dunkeil. Je vais à la salle de bains du bas. Tu n'as qu'à aller te changer en haut. Regarde-moi tes vêtements, tu ne vas jamais pouvoir les récupérer.

— J'y vais.

Elle le suivit du regard, n'arrivant pas à le quitter des yeux. « Ressaisis-toi. » Il y avait d'autres sujets d'inquiétude en dehors de Joe Quinn. Deux hommes avaient trouvé la mort ce soir. Probablement assassinés par Dom. Il se rapprochait de sa cible.

Mais elle aussi.

« Tu ne nous as pas encore vaincus, Dom. Ça ne m'empêchera pas de trouver le moyen de voir ton visage. »

17

Eve et Joe attendaient en face du laboratoire de Blue Mountain Drive quand la voiture de Spiro arriva.

— Le professeur Dunkeil est prévenu, dit-il. La mort de Sung l'a beaucoup affecté. Vous avez l'air d'aller mieux, remarqua-t-il en dévisageant Eve.

— Ça ira. Vous avez pu joindre Mme Cather ?

— Oui… Je ne lui ai pas parlé très longtemps. Elle a craqué. Ce n'est qu'une gamine, elle aussi.

— Je sais que vous étiez proche de Charlie.

— Nous aurions pu l'être plus. Je voulais qu'il s'endurcisse. Cette chasse à l'homme me tient à cœur pour des raisons de plus en plus personnelles, ajouta-t-il en secouant la tête.

— Vous n'êtes pas le seul, déclara Eve en commençant à traverser.

Elle sentit la tension monter quand Joe appuya sur la sonnette du laboratoire.

Par pitié, pourvu que ces deux garçons ne soient pas morts pour rien. Pourvu que Dom ne remporte pas cette manche.

La silhouette de Kevin Baldridge était toujours floue. Son image apparaissait sur l'écran de l'ordinateur, fantomatique comme un cadavre flottant dans une mer lumineuse.

Mais son visage était devenu tout à fait net.

Eve en eut le souffle coupé.

— Eve ?

— Dis-moi que je suis devenue folle, Joe.

Joe, qui se penchait à son tour sur l'écran, laissa échapper un juron.

L'air s'échappa brutalement des poumons de Spiro.

— Grunard !

Un Grunard plus jeune, plus mince, mais avec le même sourire charmeur, un rien culotté.

Eve retomba contre son dossier, les idées en désordre.

— Non…

— Il a le bon âge. Il est proche de vous depuis le début, énuméra Spiro lentement.

Oui, si proche.

— Le garde du foyer…, commença-t-elle avec un frémissement. Je lui avais demandé de détourner son attention s'il le rencontrait.

Joe se tourna vers Spiro.

— Il se croit en sécurité. Arrêtez-le avant qu'il n'apprenne ce que nous avons vu ici ce soir.

— Il le sait peut-être déjà.

Spiro sortit son téléphone et tapa un numéro.

— Il s'est fait des relations au poste de police ces derniers jours, commenta-t-il.

Eve pensa au profil du tueur en série que Spiro avait dressé chez Joe, dans le pavillon du lac.

Ils ont en général une bonne connaissance des méthodes policières et arrivent même à s'associer à la police.

Joe lui avait dit que Grunard fréquentait le bar où tous les détectives de police d'Atlanta se retrouvaient.

Et un reporter pouvait se déplacer où bon lui semblait sans attirer les soupçons. Il avait des contacts et disposait de sources d'information qui lui permettaient de découvrir des données en général inaccessibles.

Mark avait voulu attendre onze heures du soir pour aller sortir Jane du refuge, ce qui lui avait donné amplement le temps de tuer le garde et de se rendre dans l'allée où se cachait Mike. Il n'aurait eu aucune difficulté à obtenir le droit de communiquer avec Fraser quand celui-ci avait été arrêté.

— Pas de réponse à l'hôtel de Grunard, déclara Spiro en composant un autre numéro. Je vais envoyer quelqu'un là-bas.

Grunard. Dom.

Il avait voulu rester au laboratoire la veille au soir. Il avait donné son numéro de téléphone à Sung.

Spiro avait terminé son coup de fil et se dirigeait vers la porte.

— Je vais entamer une recherche sur le passé de Grunard, mais je ne sais pas ce que ça donnera. Dieu sait combien de fois il a changé d'identité. Rentrez, et ne bougez pas de là-bas.

Grunard.

Pendant le chemin du retour, Eve ne cessa d'essayer de coller l'image de Grunard à celle de Dom. Elle n'arrivait pas à en faire la même personne, pourtant c'était logique. Il avait été là tout du long, et elle n'avait pas eu le moindre soupçon. Pire, elle s'était même sentie coupable de ne pas le tenir au courant. Et il l'avait mise en garde à Phoenix, lui recommandant de ne pas laisser Dom la voir en compagnie de Jane.

Elle eut l'impression de recevoir un grand coup dans le ventre.

— Jane.

Elle avait laissé Jane.

— Est-ce qu'on est encore loin de…

— Merde, dit Joe en appuyant sur l'accélérateur. Ne t'en fais pas. On n'est qu'à cent mètres de la maison.

Ils passèrent le portail à toute vitesse et elle sauta de voiture pour courir dans la maison.

— Eve ! appela Joe en la rattrapant.

Il n'avait rien pu arriver à Jane. Jane était protégée par les deux gardes ainsi que par Sarah et Monty.

Mais Dom avait réussi à aller jusqu'à la véranda du pavillon du lac.

Elle monta l'escalier quatre à quatre, ouvrit la porte de Jane à la volée.

Le lit était défait, les couvertures repoussées.

Pas de Jane.

— Allons voir chez Sarah, dit Joe derrière elle.

Quand ils firent irruption dans la pièce, Sarah se redressa, encore à moitié endormie.

— Que se passe-t-il ?

— Jane. On ne la trouve…

Les jambes coupées par le soulagement, Eve se laissa tomber sur le lit.

— Ouf !

Jane était recroquevillée près de Monty sur une couverture à même le sol, près du lit de Sarah.

— Elle est venue il y a environ deux heures, expliqua Sarah. Elle avait fait un mauvais rêve de Monty, et elle a demandé si elle pouvait rester. Ça ne vous dérange pas ?

Eve fit non de la tête, tâchant de calmer le martèlement de son cœur.

— Pas de problème, j'ai eu peur, c'est tout. Excuse-moi de t'avoir réveillée.

— Je t'en prie.

Eve et Joe ressortirent de la chambre.

— Bon Dieu ce que j'ai eu peur, commenta-t-elle.

— Moi aussi, admit-il en lui passant le bras autour de la taille. Viens, allons nous faire un petit café. Un coup de caféine ne sera pas de refus.

Sarah entra dans la cuisine environ une heure plus tard.

— Bon, que se passe-t-il ? demanda-t-elle en bâillant. J'ai essayé de me rendormir, mais je me suis mise à gamberger.

— Nous ne voulions pas te déranger, dit Joe en lui versant une tasse de café.

— En tout cas, vous n'avez pas réveillé Jane et Monty. Ils dorment du sommeil du juste, rapporta-t-elle en prenant une petite gorgée. Ils sont adorables. Alors, pourquoi avez vous pris peur pour Jane ?

Sarah en était à sa deuxième tasse quand ils achevèrent leur récit. Elle s'appuya à son dossier.

— Bon, dans ce cas, c'est presque terminé.

— Pas tant qu'il ne sera pas mort ou derrière les barreaux, protesta Eve.

— Mais au moins, maintenant, vous avez un visage et un nom. S'il glisse entre les doigts du FBI, faites passer sa photo dans « America's Most Wanted » ou une autre émission de télé de ce genre. Les gens adorent retrouver les criminels.

— À t'entendre, c'est tout simple, remarqua Joe sèchement.

— La simplicité, c'est dans ma nature, répondit Sarah avec un sourire. Sans doute parce que je vis avec des chiens. Avec eux, tout est noir ou blanc, et on atteint son but en prenant le plus court chemin entre un point et un autre. Voilà pourquoi j'ai choisi le sauvetage au lieu de m'engager dans la police comme toi, Joe. Je ne supporterais pas de…

Le téléphone sonna. Eve décrocha le poste mural de la cuisine.

— Partez tout de suite de la maison, ordonna Spiro. Dites à Joe de vous emmener, vous et Jane, le plus vite possible.

— Pourquoi ? À cause de Dom ?

— Non, aucun signe de lui. Mais la police de Phoenix va débarquer chez vous d'une minute à l'autre.

— Pourquoi ? J'ai été reconnue sur les lieux de l'accident ?

— Ils ont reçu un coup de fil anonyme leur indiquant où vous trouver. On ne se demande même pas qui avait intérêt à vous dénoncer.

— Grunard.

— Exactement. De toute évidence, il veut vous débusquer de votre forteresse.

— Et il a réussi son coup, remarqua Eve en tâchant de réfléchir. Mais si on me met en prison, il ne pourrait plus…

— Jane n'ira pas en prison, elle. On la remmènera tout droit aux services sociaux d'Atlanta.

Si on rendait Jane aux services sociaux, ce serait le retour à la case départ.

— Il nous reste combien de temps ?

— Que dalle. Partez tout de suite.

Elle raccrocha.

— La police de Phoenix arrive. On nous a dénoncées, Jane et moi. Pars avec Monty, dit-elle en se tournant vers Sarah. Appelle Logan pour lui dire ce qui se passe.

Sarah se leva aussitôt.

— D'accord.

— Moi, je vais chercher Jane. Joe, jette ce que tu peux dans une valise.

Ils n'allèrent pas plus loin que le portail. Au moment où la grille s'ouvrait, ils virent les gyrophares déboucher au coin de la rue.

Joe poussa un juron entre ses dents.

— Descends, lui ordonna Eve.

— Pardon ?

— Sors de là et cache-toi dans les buissons. C'est Jane et moi qu'ils recherchent.

— Et tu veux que je vous abandonne ?

— Moi, je serai en prison. Il n'y aura plus que toi pour assurer la protection de Jane.

Joe marmonna un nouveau juron et plongea par la portière dans les fourrés de l'allée. Eve se glissa derrière le volant et passa le portail.

Les phares de la première voiture de police l'aveuglèrent en lui barrant la route.

— Eh bien, tu nous as mis dans un beau pétrin, grommela Logan. Et cet uniforme de prisonnière ne te va pas du tout au teint.

— Tu n'aurais pas dû venir, répondit Eve en approchant la tête pour mieux le voir à travers la vitre. Et c'est mes histoires à moi, pas les tiennes.

— Pas d'accord. On te traite correctement ?

— Comme toutes les autres. Je ne suis là que depuis vingt-quatre heures, et j'en ai assez subi pour me passer l'envie de commettre la plus petite infraction, même de traverser en dehors des passages protégés. Mais ça laisse le temps de réfléchir. Je crois que c'était l'objectif de Grunard, commenta-t-elle, les doigts noués d'angoisse. Il voulait me démontrer que, même s'il était en fuite, il pouvait encore me faire du mal. Il voulait que je m'inquiète pour Jane, me faire sentir mon impuissance. Ça marche, d'ailleurs. J'ai failli devenir folle cette nuit. C'est Sarah qui t'a appelé ?

— Oui. Elle m'a ordonné de me rendre utile et de te faire libérer sous caution.

— Logan, il s'agit d'un enlèvement. On ne va évidemment pas m'accorder de liberté provisoire.

— Ce n'est pas impossible. Il y a des circonstances atténuantes. Barbara Eisley ne te charge pas, et tu n'es pas habituellement une personnalité très dangereuse. (Une pause.) Mais ce serait plus facile si tu leur révélais où est Quinn. Ils veulent l'interroger sur ses liens avec toi.

— Je ne sais pas où il se trouve.

— Et si tu le savais, tu ne le dirais pas, compléta-t-il en se levant. Bien, je vais voir si je trouve un juge dans cette ville ou à Atlanta que je puisse influencer.

— Logan, où est Jane ?

— Elle est détenue ici, au Centre des affaires familiales. On va la renvoyer à Atlanta dès que la personne chargée de l'escorter arrivera. Spiro te fait dire qu'il a placé des hommes pour veiller sur elle.

— Ça ne suffira pas.

— Grunard est en fuite.

— Il n'est sans doute pas allé très loin. Il est trop près du but. S'il se sauvait, il aurait perdu, et il n'acceptera jamais la défaite… S'il ne peut pas s'en prendre à moi, il tuera Jane. C'est la stratégie logique. Il nous veut toutes les deux, mais il va supprimer Jane d'abord pour jouir de ma douleur.

— Tu es sûre qu'il se rend compte du mal que ça te ferait ?

— Oh ! que oui… Le salaud m'a même déconseillé de laisser Dom nous voir ensemble.

— Charmant. J'ai presque envie de te laisser en prison un moment. Au moins, ici, tu es en sécurité.

— Et Jane devient la cible.

— Je peux lui assurer une solide protection.

— Elle était sous bonne garde au foyer, et même là Dom aurait pu la tuer, remarqua-t-elle d'une voix vibrante de désespoir. Si tu peux me sortir d'ici, fais-le, Logan. Nous avons sans doute très peu de temps.

— Ça ne me plaît pas de…

— Je t'en prie !

Il grommela dans sa barbe et se leva brusquement.

— Je vais voir ce que je peux faire. Il est possible que je n'y arrive pas aujourd'hui. Il me faudra peut-être encore vingt-quatre heures.

Elle se leva à son tour, et le gardien avança pour la ramener à sa cellule.

— Fais vite.

Encore vingt-quatre heures.

Ces mots résonnaient dans sa tête tandis qu'elle descendait le long couloir qui menait à sa cellule. Ce délai la rendait malade d'inquiétude. Combien de temps Grunard attendrait-il ?

Non, tout irait bien. Joe veillait sur Jane. Il ne laisserait rien lui arriver.

Oui, mais Grunard surveillait Joe. Il saurait que Joe montait la garde. Ce qui signifiait qu'il essaierait de le supprimer d'abord.

Une terreur sans nom l'envahit à cette pensée.

Je ne prendrai aucun risque inutile. Je n'ai jamais eu autant envie de vivre que maintenant.

C'était elle qui l'exposait au danger. Elle avait fait de lui la première cible.

Une flambée de panique la gagna au moment où la portc dc la ccllulc claquait dcrrièrc cllc. Ellc ćtait enfermée, réduite à l'impuissance.

Il fallait se calmer. Elle ferma les yeux et prit une profonde inspiration. En s'affolant, elle entrait dans le jeu de Grunard qui, bien tranquille quelque part, l'imaginait sans doute dans sa cellule et se délectait de sa peur.

Il ne fallait pas lui donner ce plaisir. Il voulait qu'elle panique, alors elle garderait son calme. Il voulait des émotions brutes, elle lui donnerait de la logique.

Vingt-quatre heures.

Elle occuperait ce délai à penser à Grunard, à repasser dans sa tête chaque minute, chaque conversation des dernières semaines. Elle essaierait de trouver des éléments révélateurs, une faiblesse à exploiter. Ce serait comme de mesurer et de reconstituer un crâne. Un travail qui l'obligerait à mobiliser son intelligence, à utiliser son talent et son instinct.

Elle s'assit sur la couchette et s'appuya contre le mur.

« Ne t'approche pas des gens que j'aime, Dom. Imagine que je tremble, que je broie du noir dans ma cellule. Sois content.

« Si tu y prends assez de plaisir, alors peut-être, peut-être, j'aurai le temps de trouver le moyen de gagner ton putain de jeu. »

Elle fut libérée sous caution à 13 h 45 le lendemain après-midi. Logan l'attendait à la sortie.

— Bonne nouvelle : je crois que toutes les charges qui pèsent contre toi vont être levées. Spiro a mis discrètement la pression sur Eisley… Mais, jusqu'à ce qu'on arrive à te blanchir, tu n'as pas le droit d'approcher Jane. Une des conditions de ta libération est que tu restes à plus de cinquante rues d'elle. Si tu enfreins cette règle, on te remet en taule.

— Je m'y attendais. Comment va-t-elle ?

— Bien. J'ai mis un homme en faction devant le centre. Une personne de l'Aide à l'enfance d'Atlanta doit arriver aujourd'hui pour la ramener, dit-il en lui prenant le bras pour descendre les marches.

— Quand ?

— Dans la soirée.

— Alors on ne fera repartir Jane sans doute que demain matin.

Il haussa les sourcils en lui ouvrant la portière.

— Je te trouve bien calme.

— Tu penses, rétorqua-t-elle en entrant dans la voiture. Je meurs de trouille.

— En tout cas, tu as changé depuis hier.

Il fit le tour pour s'asseoir au volant, pendant qu'elle sortait son téléphone et composait le numéro de Joe. Quand elle l'entendit, le son de sa voix lui fit un bien fou.

— Je viens d'être libérée, annonça-t-elle.

— Dieu merci.

— Il va bientôt se passer des choses. Très bientôt.

— Si tu es sortie, ça va sans dire !

— Je te rappelle, dit-elle en raccrochant.

— Quinn ? demanda Logan.

À son signe de tête affirmatif, il eut un sourire sardonique.

— Mais tu n'as toujours pas la moindre idée d'où il se trouve…

— Non, toujours pas. Je sais seulement qu'il surveille Jane.

Logan abandonna.

— Où veux-tu aller ? demanda-t-il.

— Je veux retourner à la maison. J'ai du travail.

— Quel genre de travail ?

— Des coups de fil, et puis j'ai besoin de me servir de ton ordinateur.

— Tu n'as pas l'intention de demander les services d'un tueur à gages pour descendre Grunard, j'espère.

— Quelle bonne idée… Mais non, je ne pensais pas à ça.

— Tu veux bien que je t'aide ?

— Je ne demande pas mieux.

Sarah vint au-devant d'Eve dans l'entrée.

— Contente de te revoir ! De toute évidence, ajouta-t-elle avec un coup d'œil à Logan, vous avez fait ce qu'il fallait, pour une fois.

— Je n'ai pas osé passer outre. J'ai trop peur de Monty.

Il se tourna vers Eve.

— Je t'aurai ce que tu me demandes d'ici deux heures. Ça ira ?

— Oui. Merci, Logan. Je te revaudrai ça.

— On ne doit rien à ses amis, répondit-il avec un sourire. N'oublie pas.

— Bon, mais je peux te remercier ?

— Même réponse, dit-il en ouvrant la porte pour sortir.

Cela ne l'empêcherait pas de lui être très reconnaissante, se dit-elle en entrant dans le bureau. Et elle le serait davantage encore s'il arrivait à lui fournir les informations dont elle avait besoin.

Sarah l'avait suivie.

— Tu as l'air un peu tendue. Je peux faire quelque chose ?

— Ça t'ennuierait d'appeler le bureau des services sociaux pour t'assurer que Jane va bien ?

— D'accord. J'ai téléphoné deux fois par jour jusqu'à présent, et j'ai essayé d'aller la voir, mais on ne m'a pas laissée entrer avec Monty.

— Dommage. Ça lui aurait fait du bien de le voir.

— C'est ce que j'avais pensé. Tu as déjeuné ?

— Non, mais je n'ai pas faim. J'ai à faire.

— Ah oui ? dit Sarah en la dévisageant. Tu me sembles bien survoltée.

— Logan me trouvait l'air calme, au contraire.

— En apparence. Mais, sous la surface, tu bouillonnes comme un geyser. Tu me racontes ?

— Pas maintenant, mais je crois que j'ai trouvé un moyen de le piéger.

C'était fait.

Eve repoussa sa chaise de l'ordinateur et se couvrit les yeux d'une main tremblante.

« Je te tiens, Dom. Je te tiens ! »

Son téléphone sonna.

— La personne d'Atlanta chargée de Jane, James Parkinson, vient de monter à bord d'une voiture de patrouille avec Jane et deux officiers de police pour aller à l'aéroport, annonça Joe. Je les suis.

— Je ne pensais pas qu'ils partiraient ce soir.

— Moi non plus. Parkinson a bouclé les formalités en un quart d'heure. Je t'appellerai en arrivant à l'aéroport.

Eve se mit à réfléchir. Il était logique que le responsable de Jane veuille lui faire quitter Phoenix au plus vite maintenant qu'Eve était sortie de prison. Mais

Jane était moins vulnérable dans le centre que dehors et sur la route.

Une masse de tôle tordue au fond du ravin.

Ça ne pouvait pas se reproduire. Et puis Joe veillait au grain.

Mais Dom aussi.

James Parkinson…

Elle rappela Joe.

— Comment es-tu sûr que Parkinson est bien le responsable de Jane ?

— La voiture de patrouille a appelé le poste pour vérifier son identité quand il s'est présenté, j'ai entendu ça sur ma radio de bord.

— À quoi ressemble-t-il, ce Parkinson ?

— Il est noir, massif, le visage rond. Il a dû montrer sa pièce d'identité une première fois aux gens des services sociaux, puis une deuxième aux policiers de la voiture.

— Une pièce d'identité, c'est facile à se procurer, et Grunard a eu le temps de mettre son plan au point. Surveille la voiture de près, Joe, recommanda-t-elle, un peu rassurée tout de même.

— Tu me connais, je suis prudent.

— Tu dois être drôlement contente de rentrer chez toi, cocotte, dit l'officier Rivera en jetant un coup d'œil à Jane à l'arrière.

Jane ne répondit rien.

— J'ai une fille de ton âge. Elle joue dans l'équipe de softball.

Jane regardait par la vitre, hermétique aux policiers et à Parkinson, assis à côté d'elle. Elle n'avait pas prononcé un mot depuis qu'elle était montée dans la voiture de police. « Pauvre gamine », pensa Rivera. Il regarda Parkinson.

— Elle va s'en remettre, vous croyez ?

Parkinson hocha la tête avec un sourire qui étincela dans son visage brun.

— Mais oui, ça va aller très bien, dit-il.

Jane eut un sursaut et tourna vivement la tête vers lui.

— Allez, ma petite, n'ait pas peur, lui dit Parkinson en lui tapotant l'épaule.

Jane eut un haut-le-corps et s'effondra sur le côté.

— Qu'est-ce qu'elle a ? demanda Rivera. Arrête-toi, Ken.

— Oh non ! pas question de s'arrêter, dit Parkinson d'une voix calme.

Puis il tira une balle dans la tête de Rivera.

Merde.

Les mains de Joe se crispèrent sur le volant.

Quelque chose ne tournait pas rond.

La voiture de patrouille suivait un parcours plus qu'étrange dans la ville, prenant les rues comme au hasard et revenant même parfois sur ses pas.

Quoi ! ?

La voiture venait de foncer à toute allure à un passage à niveau juste devant le train qui arrivait, laissant Joe coincé de l'autre côté.

Il envoya un message radio au poste de police pour obtenir des renforts et attendit que le train finisse de passer.

— Je me fiche de qui vous envoyez, mais envoyez-moi quelqu'un, vite, n'importe qui !

Il n'arrivait pas à se faire comprendre. Il ferma les yeux.

— Parfait. Si vous refusez d'arrêter la voiture de patrouille, essayez de m'arrêter moi. C'est Joe Quinn qui vous parle.

Joe fit vrombir le moteur au moment où le dernier wagon passait sous son nez en cahotant.

Il lui fallut dix minutes pour localiser de nouveau la voiture de police.

Mais il la reperdit de vue dans la circulation au niveau du stade.

Il la repéra deux carrefours plus loin, au moment où elle tournait à gauche.

Elle s'évanouit une nouvelle fois.

Il lui fallut cette fois cinq minutes pour la retrouver, garée dans une rue déserte.

— Je l'ai, Eve.

Dom.

— Vous mentez. Elle est en route pour l'aéroport.

— Non, tu vas bientôt recevoir un appel. Je voulais juste te dire que la partie est presque terminée. Les jeux sont faits, il ne me reste plus qu'à récolter mes gains.

— Je ne vous crois pas.

— Mais si, tu me crois, ça s'entend à ta voix.

— Passez-la-moi, alors.

— Non, elle n'est pas en état. J'ai drogué ce petit ange. Juste un peu. Un vieux truc pas très original mais très efficace. Mon déguisement était très réussi, mais je crois qu'elle a reconnu ma voix. De toute façon, je dois lui faire parcourir un long trajet, et je veux qu'elle se tienne tranquille. (Une pause.) Tu veux que je te dise ce que je vais lui faire avant de la tuer, Eve ?

— Non, dit-elle en fermant les yeux. Ne lui faites pas de mal.

— Je ne vais pas y toucher tout de suite. Pour l'instant, ce ne serait pas drôle, elle ne sentirait rien.

Une rage brûlante s'empara d'elle.

— Ça t'a mise en colère, hein ? Je sens presque l'émotion vibrer par le téléphone. C'est bien bon, tu ne devrais pas me gâter comme ça.

— Ce n'est pas elle qui vous intéresse, c'est moi.

— Exact. Je veux que tu meures d'abord, en sachant ce qui l'attend. Viens la chercher.

— Où allez-vous ?

— Dans un endroit dont tu dois te souvenir. La poussière retourne à la poussière. Le sel au sel. Je trouve qu'il y a une certaine justice là-dedans. Mes mises à mort les plus réussies ont eu lieu là-bas. Mais ne t'inquiète pas, je ne te découperai pas comme les autres. Je te respecte trop.

— Elle sera là ?

— Je ne suis pas idiot. Tu pourrais essayer de me tendre un piège.

— Je n'irai pas à l'ancien chapiteau tant que je n'aurai pas la preuve qu'elle est en vie. Je veux entendre sa voix.

— Tu l'entendras. Rendez-vous à neuf heures demain soir.

Il raccrocha.

Au secours !

Elle avait cru toucher au but, et Dom avait tout de même réussi à la prendre de vitesse.

Joe l'appela.

— Il a enlevé Jane. J'ai retrouvé les deux policiers morts dans la voiture de patrouille, et Jane n'y était plus.

— Je sais. Dom m'a appelée.

— Merde. C'est ma faute.

— Non, dit-elle péniblement. Il s'était déguisé. Même Jane ne l'a pas reconnu tout de suite.

— Elle est en vie ?

— C'est ce qu'il dit. Pour l'instant.

— Ne bouge pas, j'arrive, dit-il en raccrochant.

Joe allait venir, et sa présence soulagerait un peu sa peur. Elle n'était pas obligée de lutter seule.

Mais si. Depuis le début, elle savait qu'elle allait devoir affronter Dom en tête-à-tête. Depuis qu'il avait décidé de les tuer, elle et Jane, il cherchait le moyen de la faire entrer seule dans son filet. Si Joe approchait, il se ferait massacrer.

Alors il fallait inverser sa logique. Prendre le chasseur avant que le piège ne se referme.

— Sarah ! Tu peux venir ?

Sarah apparut sur le pas de la porte.

— Oui ?

— Attends une minute.

Elle composa le numéro de portable de Spiro. Il répondit à la troisième sonnerie.

— Dom a enlevé Jane, et je sais où il l'emmène. Je veux que vous me retrouviez là-bas.

Elle dut s'interrompre pour calmer le tremblement de sa voix.

— Vous vouliez vous servir de moi comme appât ? Eh bien, c'est d'accord, tendons-lui un piège.

18

Le lendemain soir.
20 h 45

Des cierges.

Partout.

Des candélabres portant des bougies dont les flammes vacillaient au vent. Des lanternes. Des lampes à huile.

Eve se gara au bas de la pente et leva la tête vers l'emplacement du chapiteau.

« C'est le comité d'accueil, Dom ? Tu es là-haut ? »

Elle composa le numéro de Spiro.

— Où êtes-vous ?

— Nous sommes garés à environ trois kilomètres de Jamison. Impossible de nous approcher davantage sans qu'il puisse nous voir. De là-haut, la vue s'étend sur des kilomètres.

— Je sais. Vous voyez la lumière des bougies ?

— Oui. Souvenez-vous de bien appuyer sur le signal radio dès que vous serez sûre que Dom est là, nous arriverons tout de suite.

— Ne bougez pas tant que je ne serai pas certaine que Jane est en vie et qu'elle ne risque rien. Il doit m'appeler.

— Restez enfermée dans la voiture jusque-là. Vous ne risquerez rien. Vous avez une arme ?

— Un revolver.

— C'est Quinn qui vous l'a donné ?

— Non, je vous ai dit que je ne voulais pas le mettre au courant de cette expédition. Sarah m'a prêté le sien. Il est dans ma poche de veste.

— Vous auriez pu prendre celui de Quinn.

— Et risquer de le mettre à la merci de Dom ? Sûrement pas, il en a déjà trop fait pour moi.

— J'aurais dû me douter que vous ne lui demanderiez rien, vu vos penchants protecteurs. N'hésitez pas à vous servir de votre arme.

Il raccrocha.

Elle resta dans la voiture, à regarder les cierges au-dessus d'elle.

Cinq minutes.

Sept minutes.

Le téléphone sonna.

— Mon illumination te plaît ? demanda Dom.

— Je veux parler à Jane.

— Tu mets ma parole en doute ? Je t'ai dit que je voulais que tu meures d'abord.

— Passez-la-moi.

— Bon, très bien.

— Eve, ne fais pas ce qu'il te dit ! hurla Jane dans le téléphone. Ce crevard de fils de pute…

Dom lui reprit le téléphone.

— Ça te suffit ? Tu n'en auras pas plus. J'ai été très patient avec elle depuis qu'elle s'est réveillée, mais elle commence vraiment à m'énerver.

— Laissez-la.

— Alors viens me retrouver dans mon salon. J'y serai dans dix minutes.

Elle appuya sur le bouton d'arrêt et composa rapidement le numéro de Sarah.

— À dix minutes à pied d'ici.

— Ça représente pas mal de terrain.

— Trouve-la. S'il se débrouille pour me tuer, on ne peut pas le laisser aller s'attaquer à Jane.

— Nous ferons de notre mieux.

Neuf minutes.

Il valait mieux ne pas quitter la voiture trop vite. Rester en sécurité rien qu'un peu. Attendre là à regarder les lumières scintillantes dans !a montagne.

Sarah boucla sa ceinture à outils et Monty se mit sur le qui-vive.

— C'est ça, mon vieux. Au travail.

Elle lui fit flairer le T-shirt de Jane.

— Cherche.

Elle s'engagea sur le chemin qu'elle descendit à petites foulées. Elle avait déjà repéré le terrain et isolé les deux possibilités les plus logiques.

Il ne pouvait pas garder Janc à découvert. Restait donc le bosquet au pied de la montagne, à l'ouest, ou le ravin buissonneux, à l'est.

Les deux endroits étaient à dix minutes de marche rapide du plateau.

Par où commencer ?

Elle prendrait sa décision en approchant.

Pourvu, pourvu qu'elle ne se trompe pas.

Monty avançait truffe à terre, courant presque.

Enfant…

Dix minutes.

Eve ouvrit la portière et sortit de la voiture. Un froid mordant la transperça. C'était une nuit sans lune, glaciale, avec une promesse de neige dans l'air.

Elle amorça la montée.

Des cierges.

Des flammes.

« Tu es déjà là-haut, Dom ? »

Elle atteignit le sommet.

Personne.

Il n'y avait rien que les cierges, avec leurs flammes et les ombres mouvantes qu'elles jetaient sur la terre dévastée. Le plateau n'était pas aussi brillamment éclairé qu'elle l'avait tout d'abord cru d'en bas. Le fond restait d'un noir d'encre.

Elle avança dans le cercle de lumière.

L'observait-il, ou n'était-ce qu'un effet de son imagination ?

Elle fit volte-face.

Personne.

Mais était-ce bien sûr ?

Il y avait quelque chose là-bas, dans cette zone d'ombre…

Elle hésita puis s'éloigna de la lumière pour approcher de la partie obscure.

— Dom ? Vous vouliez que je vienne. Je suis là, je vous attends.

Pas de réponse.

Le moment de la décision était venu.

Sarah s'arrêta pour reprendre son souffle.

Les bois ou le ravin ?

Monty avait déjà choisi. Il bondissait en bas de la pente vers le bois. Il s'arrêta, huma le sol et repartit.

Il avait trouvé la piste de Jane.

Eve se rendit compte que la forme qui se dessinait dans l'ombre n'appartenait pas à une personne debout. C'était une masse allongée par terre…

Approcher encore.

Elle n'arrivait toujours pas à distinguer de quoi il s'agissait.

Encore quelques pas.

La forme se précisait vaguement.

Elle avança, presque à la toucher.

Un corps ?

Oh mon Dieu !

Jane ?

Elle lâcha un cri.

Le corps de l'homme était attaché, écartelé entre quatre pieux, les yeux grands ouverts. Ses traits déformés se figeaient dans un atroce hurlement de souffrance silencieux.

Mark Grunard.

— C'est comme ça que j'ai attaché mon père.

Elle se tourna avec un sursaut et vit Spiro derrière elle.

Il sourit.

— Un petit cadeau de bienvenue. J'avais prévu d'y mettre la petite fille, mais je savais que tu ne viendrais pas si tu n'espérais pas pouvoir la sauver.

— Vous, murmura-t-elle. Dom ?

— Bien sûr que c'est moi.

Un homme qui regarde les monstres à la loupe.

Mais c'était lui le monstre.

— Oh ! non ! Quelle idiote ! Alors il n'y a pas de piège… Pas d'agents du FBI pour me sauver à la dernière minute…

— Non, malheureusement.

Il avança et fut presque englouti par l'ombre.

— Ne mets pas tes mains dans tes poches ! J'ai un couteau à la main. Je peux t'atteindre en moins d'une seconde, mais je préférerais que ça ne se termine pas si vite. Quelle superbe partie nous avons jouée. J'ai envie de savourer ma victoire.

— Vous n'avez pas encore gagné.

— C'est ça que j'admire en toi. Tu ne t'avoues jamais vaincue. Mais tu devrais te montrer meilleure perdante. J'ai joué chaque coup avec une totale intelligence, et je mérite la victoire.

— Oui, vous avez été malin. Surtout de faire porter les soupçons sur Grunard. Vous m'avez même donné les caractéristiques du tueur en série pour me permettre d'accepter sa culpabilité plus tard. Il ne m'est pas venu à l'esprit un instant que ça pouvait tout aussi bien s'appliquer à vous. Vous êtes proche de la police, comme Grunard, mais bien plus, puisque vous êtes profileur au FBI. Vous aviez toute latitude de vous déplacer. Vous préfériez le terrain, disiez-vous. Cela signifie qu'on vous contactait sur votre portable et que personne ne savait jamais où vous vous trouviez. Vous pouviez prétendre être à Talladega quand, en fait, vous étiez à Atlanta.

— Je considère le téléphone portable comme une des inventions les plus utiles de ce siècle. Et j'ai vraiment réussi un exploit en devenant agent du FBI. Mon passé devait être parfaitement cohérent, à l'épreuve de toutes les enquêtes. Les tests psychologiques devaient donner des résultats totalement normaux. Je me suis préparé pendant presque deux ans pour me présenter. Le plus difficile a été de monter les entretiens personnels avec des gens appartenant au passé que je m'étais fabriqué. Il a fallu du doigté, de l'argent, et des prodiges de manipulation psychologique qui te rempliraient d'admiration.

— Sûrement pas.

— Mais ça en valait la peine. Au FBI, j'étais mieux placé que personne pour cacher les indices et falsifier les preuves. Je pouvais surveiller où et quand mes victimes refaisaient surface pour les effacer des fichiers.

— Mais le rapport du VICAP a révélé le meurtre des Harding.

— Oui, avant que je puisse désamorcer la recherche. Fort regrettable.

— Pourquoi m'avoir conduite ici pour trouver Debby Jordan ?

— J'ai un petit côté fataliste. J'ai compris que tout me ramenait vers mes racines. Je voulais que tu viennes m'aider à faire table rase, à ressusciter le délicieux élan de puissance qui est né ici. (Il sourit.) Et ça a marché. Quand j'ai tué Grunard, j'ai presque retrouvé le plaisir d'antan. Mais ce n'était quand même pas toi. Ce sera bien meilleur.

— Vous aviez décidé de tuer Grunard depuis le début ?

— Après avoir analysé la situation et toutes ses possibilités, j'ai compris que sa mort remplirait deux fonctions : te lancer sur une fausse piste et complexifier notre jeu. Comment voulais-tu que je résiste ? Il devait devenir Dom et disparaître. Mais, reprit-il en secouant la tête, cette complication va peut-être m'obliger à changer de personnage. Le passé de Grunard est cohérent. On pourra se poser des questions. Tant pis, je verrai venir le danger de loin et je me suis déjà bâti une identité dans le Montana. Le changement me fera peut-être du bien. Ce rôle de Robert Spiro me rendait la tâche trop facile. La mise à mort, l'élimination des traces… c'est sans doute en partie ce manque de risque qui me perturbait.

— Vous allez changer de peau, et vous continuerez à tuer, dit-elle d'une voix tremblante. Vous n'arrêterez jamais.

— Bien sûr que non, c'est ça qui me plaît dans la vie.

— Combien de victimes ?

— Honnêtement, je ne m'en souviens pas. Les dix premières années, j'étais grisé par mon plaisir. Je sortais toutes les nuits. Ensuite, c'est devenu assez flou. Pendant plus de trente ans… un millier ? Je ne sais pas. Peut-être plus.

— Quelle horreur !

— Mais ne sois pas triste. Tu ne seras pas comme les autres. Je me souviendrai de toi.

— Maintenant que vous m'avez, libérez Jane.

— Tu sais bien que je ne peux pas. Elle m'a vu, et la petite garce chercherait le moyen de me nuire. Elle t'aime bien.

— Mais vous vous trompiez, elle ne ressemble pas du tout à Bonnie.

— N'empêche que j'ai monté un scénario intéressant, non ? Tu t'y es laissé prendre. Les os et puis cette adorable petite Jane…

— Les os, à qui étaient-ils ?

Il ne répondit rien.

— Je veux le savoir ! C'étaient les os de Bonnie ?

— Je pourrais te laisser aller à la mort sans te le dire.

— Je sais.

— Mais, dans ce cas, tu ne te rendrais pas compte de toute ma subtilité. Je veux que tu saches à quel point je t'ai fait marcher.

— Ce n'étaient pas les os de Bonnie.

— Non. Ceux de Doreen Parker.

— Alors la conversation que vous m'avez raconté avoir eu avec Fraser était inventée.

— Pas entièrement. Je lui ai vraiment parlé. Ça ne m'a causé aucune difficulté en tant qu'agent du FBI. C'était un imitateur qui usurpait certaines de mes prises. Nous avons discuté gentiment, et je lui ai dit d'arrêter. Comme il avait le bon goût de m'admirer énormément, il a accepté.

— Vous connaissiez le détail de la glace. Vous l'avez trouvé dans le rapport de police ?

— Non, je t'ai dit que nous avions bavardé. Il m'a beaucoup parlé de Bonnie. Tu veux savoir comment il s'y est pris ?

Elle serra les poings, résistant à la douleur qui la torturait.

— Non.

— Petite lâche. Mais je crois que tu veux savoir où il l'a enterrée, remarqua-t-il en la dévisageant. Tu as toujours voulu la retrouver.

— Je veux qu'elle repose en paix, près de moi.

— C'est trop tard. Tu vas mourir sans la retrouver. Ça fait mal, hein ? Ta Bonnie est enterrée toute seule dans le parc national de Chattahoochee, et toi tu vas être ensevelie ici, à des centaines de kilomètres d'elle. Ça prend à la gorge, hein ?

— Oui.

— Je sens ta douleur.

— Et vous adorez ça, espèce de salaud.

— Je profite de cet instant au maximum. La fin va venir trop vite... Tu ne m'as pas demandé de quelle couleur serait ton cierge.

— Je m'en fiche.

— Il sera noir. Le noir, c'était la couleur de mes cierges, et j'ai décidé de partager ça avec toi. Je ne l'ai encore jamais fait pour personne. Tu peux être fière. Ils sont près de la tête de Grunard. Ramasse-les, Eve. Allume-les.

Eve hésita puis approcha.

Comme Mark avait dû souffrir. Son expression...

— Ramasse-les et reviens vers moi.

Il se tenait dans l'ombre. Il n'y aurait aucune chance s'il restait là.

Elle se pencha pour prendre les cierges noirs.

— Maintenant, reviens vers moi.

Lentement, elle avança.

Un pas.

Deux.

Trois.

— Dépêche-toi, j'ai de plus en plus envie de…

Elle lui jeta les cierges au visage.

— Eve !

Elle se sauva à toutes jambes.

Sortir de l'ombre, courir vers le cercle éclairé par les candélabres.

— Arrête-toi ! La partie est finie, Eve !

Elle jeta un coup d'œil en arrière. Il la poursuivait.

Vite.

Il se rapprochait.

Plus vite.

Sortir de l'ombre.

Dans la lumière.

Un coup de feu troua la nuit.

Spiro sursauta, trébucha et s'effondra à genoux.

Le couteau tomba de sa main.

Il baissa des yeux stupéfaits sur sa poitrine d'où jaillissait du sang.

— Eve ?

Elle lui fit face.

— Maintenant, oui, la partie est finie, salaud.

Il porta la main à sa poitrine puis l'en retira. Elle était rouge.

— Qui…

— Joe.

— Non. J'ai rcgardé partout avant d'allumer les cierges. Il ne pouvait se cacher nulle part…

— Il était tireur d'élite dans les forces spéciales des SEAL. Il m'a dit un jour pouvoir toucher une cible à mille mètres. Il n'y a pas cinq cents mètres d'ici à cet arbre là-bas, à mi-pente. Je savais qu'il vous atteindrait s'il pouvait vous voir, Spiro.

Il eut l'air stupéfait.

— Tu avais deviné…

Il s'affaissa par terre.

S'approchant, elle s'agenouilla près de lui.

— Où est Jane ?

— Je t'emmerde.

— Vous allez mourir, Spiro. Qu'est-ce que ça change ?

— Beaucoup… de choses. Comment tu… as su ?

— Vous m'avez dénoncée par un coup de téléphone anonyme pour me faire jeter en prison. Je suis restée en cellule quarante-huit heures. Pendant les premières vingt-quatre heures, je n'ai été bonne à rien. Vous auriez adoré me voir dans cet état lamentable. Et puis j'ai réalisé que je vous laissais gagner. Alors j'ai passé la seconde nuit à réfléchir. Au départ, je voulais trouver un moyen de localiser Grunard. J'ai essayé de me dissocier de mes émotions, comme je le fais pour reconstituer les crânes, de ne prendre en compte que les faits, les événements. J'ai commencé par un détail qui m'avait dérangée mais que j'avais oublié en voyant la photo. Charlie avait dit que Sung était dans tous ses états et parlait de caractéristiques colorimétriques et de spectre lumineux, et qu'il avait donné un coup de fil avant de demander à me voir. Il aurait pu appeler Grunard, mais s'il l'avait reconnu comme étant le tueur, pourquoi l'appeler ? Non, il fallait que ce soit quelqu'un d'autre. Alors j'ai demandé à Logan de vérifier les appels de la ligne pour découvrir qui Sung avait appelé. C'était Multiplex, une entreprise d'imagerie numérique de la Côte ouest. Sung voulait confirmer ce qu'il avait remarqué sur la photo. On était en pleine nuit, mais il y a souvent plusieurs équipes dans ces grosses boîtes. Vous aviez envoyé la photo à Multiplex pour y faire insérer le visage de Grunard et nous permettre ainsi de le « découvrir » ensuite. C'est pour cette raison que vous aviez retardé le moment de nous donner la photo.

— Ça a marché.

— Mais vous n'aviez pas prévu la finesse de Sung. Les entreprises d'infographie de pointe comme Multiplex mettent au point leurs propres logiciels. Les variations de gamme de couleur et de spectre lumineux sont presque comme des empreintes digitales. Sung a reconnu les caractéristiques d'un traitement numérique, et il a compris qu'il ne s'agissait pas d'un original, mais d'une photo déjà retravaillée. Multiplex n'a peut-être pas accepté de révéler si ce travail en particulier avait été exécuté, mais la personne qui lui a répondu n'a dû voir aucune objection à confirmer les spécificités générales du logiciel. Est-ce que Charlie vous a appelé du laboratoire après m'avoir téléphoné ?

— Bien sûr. Je l'avais bien dressé.

— Et vous l'avez tué. Qu'auriez-vous fait si nous n'avions pas retrouvé la photo sur l'ordinateur du labo ? Le double que vous aviez prétendu envoyer à Quantico aurait sans doute refait surface… C'est ça ?

Il ne répondit rien. Sa respiration devenait laborieuse.

— Mais tout cela n'était qu'une hypothèse, il fallait que je sois certaine. Multiplex n'a pas voulu répondre à mes questions. Vous avez probablement expliqué qu'il s'agissait d'un travail confidentiel, et tout le monde obéit au FBI. Alors j'ai pris la photo, et je l'ai étudiée à mon tour par mes propres moyens. J'ai effectué une superposition numérique des visages de vos frères. Et, à ma grande surprise, qu'ai-je vu apparaître ? Vous.

— Menteuse. On… ne se ressemblait pas du tout.

— Exact, et justement, cela m'a aidée. Vos frères se seraient ressemblés, il y aurait eu moins de probabilités d'obtenir un visage complètement distinct. Pour le vieillissement des visages d'enfants, j'utilise souvent des photos de membres de la famille plus âgés. Pendant mes études au Centre national des enfants disparus, je m'amusais souvent à fusionner une même famille pour voir ce que j'obtenais. Même quand personne ne se ressemblait, c'était incroyable de voir les similitudes ressortir une fois les traits combinés. Le visage que j'ai obtenu ne vous ressemblait pas exactement, mais il se rapprochait beaucoup de vous. Et, après vieillissement, encore plus. À partir de là, j'ai pu réinterpréter tout ce qui s'était passé.

— Je n'ai pas… commis d'erreurs. J'en suis sûr.

— Vous avez fait presque un sans-faute. Mais vous étiez toujours là, près de moi, ou pas loin.

— Comme Grunard.

— Oui, et je me suis aussi souvenue de la conversation que j'avais eue avec Dom pendant que vous étiez dans la même pièce que moi au pavillon du lac. Ce n'est que plus tard que j'ai compris qu'il ne s'agissait pas d'une conversation au sens propre du terme. Dom s'était contenté d'une brève déclaration, puis il avait raccroché. Un alibi enregistré, avec un système de déclenchement automatique. Très convaincant. Tant de choses se sont éclaircies une fois que j'ai accepté le fait que vous étiez Dom… Toutes les fausses informations que vous nous avez données, à Joe et à moi, tous vos mensonges. Pourquoi vous aurions-nous soupçonné ? Vous étiez Robert Spiro, du FBI.

— Tu es fière de toi, hein ! Mais tu n'as pas gagné. Je ne vais pas mourir. Je me sens de plus en plus fort. Je vais me remettre, et on me déclarera fou.

— Non, vous ne survivrez pas.

Eve releva la tête et trouva Joe à côté d'elle, qui contemplait Spiro.

— S'il y avait la moindre chance que vous surviviez, poursuivit-il, je vous tirerais une deuxième balle avant que la police n'arrive. Vous seriez déjà mort si je n'avais pas hésité à risquer un tir à la tête. Vous étiez trop proche d'elle.

— Plus proche que toi. Plus proche que n'importe qui. Elle t'oubliera. Moi, elle ne m'oubliera jamais. La petite va mourir, continua-t-il en tournant les yeux vers Eve. Je l'ai bien cachée, et la nuit il fait un froid terrible dans la montagne. Elle n'a pas de manteau et elle est attachée. Tu ne la retrouveras pas à temps.

Une peur terrible la prit.

— Vous mentez. Sarah et Monty sont en train de la chercher. Ils vont la trouver.

— Et si j'avais semé des fausses pistes un peu partout ? Je savais que tu avais Sarah et Monty à ta disposition. Tu devrais avoir appris que je ne laisse jamais rien au hasard. Ah ! Je t'ai fait peur, hein ! Tu n'es pas aussi…

— Ça t'ennuierait de descendre m'attendre à la voiture ? demanda Joe à Eve. Je pense qu'il est temps que nous disions adieu à ce salopard.

— Elle ne te laissera pas faire. Elle est trop sentimentale, dit Spiro en se redressant. La petite va mourir, et moi je vais vivre jusqu'à cent ans. Je vais vivre…

Le sang sortait à flots de sa poitrine.

— Arrête le sang, Eve. Tu ne peux pas me laisser mourir.

— Allez-vous faire foutre !

Elle se releva et se tourna vers Joe.

— Il faut appeler la police, et puis téléphoner à Sarah pour voir si elle a trouvé Jane.

— Je te rejoins tout de suite.

— Non, répondit-elle en baissant les yeux sur Spiro. Je ne veux pas que ça aille trop vite. Laisse-le se vider de son sang, cette ordure.

Elle tourna les talons et prit le sentier.

— Eve !

Elle regardait droit devant elle, ignorant le hurlement de terreur stupéfait de Spiro.

— Eve, nous ne la trouvons pas, dit Sarah.

— La température baisse.

— Je sais bien. Ce fumier a dû laisser une fausse piste, ou même plusieurs.

— Il veut qu'elle meure.

— Monty vient de prendre une autre direction. Je le suis ! cria Sarah en raccrochant.

Eve se tourna vers Joe.

— Il s'est arrangé pour les faire tourner en rond.

Une bourrasque glaciale traversa sa veste, déclenchant un frisson.

— Il doit faire moins de zéro. S'il l'a attachée, Jane ne peut même pas bouger pour se tenir chaud.

Encore une fausse piste.

Combien ce salaud en avait-il laissé ? se demanda Sarah.

Enfant ?

Monty aussi était désorienté. Il courait en rond, essayant de retrouver la piste.

Soudain, il s'arrêta net et se tourna vers l'est.

Enfant ?

— Que se passe-t-il, mon vieux ?

Il leva la tête, oreilles dressées.

Tiens, il tremblait et les poils se dressaient sur son échine. Que pouvait-il bien lui arriver ?

Autre enfant.

Il partit ventre à terre vers l'est.

Autre enfant. Autre enfant. Autre enfant…

— On l'a retrouvée ! annonça Sarah. Elle était dissimulée sous un amas de rochers sur la pente du ravin. Nous avons failli la rater.

— Comment va-t-elle ?

— Elle est glacée, mais elle ne souffre pas encore d'hypothermie. Monty est allongé contre elle, il lui tient chaud. Dès que j'aurai repris mon souffle, nous vous rejoignons.

— Nous venons vous chercher.

— Non, je veux la sortir de ce froid. Je lui ai donné ma veste, et ça lui fera du bien de marcher.

Eve se tourna vers Joe qui descendait le sentier.

— Elle va bien.

— Ouf !

Il jeta un coup d'œil derrière lui.

— Dommage que Spiro ne soit plus en vie, il en aurait été malade.

— Tu l'as... ?

— Non, tu n'as rien à me reprocher. Il était déjà mort quand je suis remonté pour voir où il en était.

— Je ne t'aurais pas reproché d'abréger la fin. Je l'aurais tué moi-même plutôt que de courir le risque qu'il échappe à la prison.

— Tu as vraiment changé.

— Oui, je sais.

Elle leva la tête vers le plateau toujours éclairé par les cierges. C'était Dom qui l'avait transformée. Mais pas comme il l'aurait voulu. Il avait pensé la détruire, l'arracher pour toujours à la vie, sans comprendre que, au contraire, il la poussait à réagir, à s'accrocher. S'il l'avait su, il aurait été furieux.

— Voilà la police, commenta Joe en regardant les gyrophares de deux voitures venir vers eux sur la route. Je ne sais pas comment on va parvenir à expliquer tout ça.

— Non...

Elle mit la main dans la sienne, si chaude, si forte, si solide. « Tu vois ce que tu m'as donné, Dom ? La vie. L'amour. La lumière, là où, avant, il n'y avait que la nuit.

« Va cramer en enfer, salaud. »

Elle pressa la main de Joe, contemplant la route avec lui.

— Ça ira, dit-elle. Tous les deux, on y arrivera.

Épilogue

— Tu devrais rentrer. On a beau être en mars, le vent du lac est encore froid.

En se tournant, Eve vit Bonnie assise près d'elle sur les marches de la véranda, le dos appuyé à la balustrade.

— Je n'ai pas froid. Et puis d'abord, c'est moi, la mère, ou toi ?

Bonnie éclata de rire.

— Je me venge de toutes les fois où tu m'as dit des trucs comme ça.

— Ingrate.

— Oui, répondit Bonnie en s'abritant les yeux pour regarder le bateau au loin. Joe a donné son pull à Jane et l'a bien emmitouflée dedans. Pourquoi tu n'es pas allée pêcher avec eux ?

— J'avais la flemme.

— Et tu trouvais important de laisser Joe passer un moment seul avec Jane.

— Si tu connais la réponse, pourquoi me poser la question ?

— Ne t'inquiète pas. En fait, il l'aime bien, tu sais. C'est juste que ce n'est pas facile pour lui d'offrir de la place à quelqu'un d'autre. Ça lui prendra un peu de temps pour s'habituer.

— Je ne m'en fais pas. La vie est belle, mon bébé.

— Il était temps. Tu m'as donné du souci, maman… Tu n'as pas encore dit à Joe qu'on se parlait.

— Je vais le faire bientôt.

— Tu as peur qu'il te prenne pour une folle ? Tu devrais lui faire confiance.

— Je dois avoir envie de te garder encore un peu pour moi toute seule. Tu trouves ça mal ?

— Moi ? Pas du tout.

— Ou alors j'ai peur que, si j'en parle à quelqu'un, tu ne reviennes plus.

— C'est bête, ça. Pourquoi je te quitterais alors que tu retrouves ta joie de vivre ? J'adore te voir comme ça.

Eve fut envahie par une vague de plaisir.

— On va te retrouver, Bonnie. Sarah a proposé de m'accompagner avec Monty dans le parc de Chattahoochee le mois prochain. J'ai l'impression qu'on va réussir. On va te ramener, mon bébé.

— Tu sais, ça n'a jamais rien voulu dire pour moi, mais si ça peut te faire plaisir… J'aime bien Monty, ajouta-t-elle en remontant les jambes et en prenant ses genoux dans ses bras. Il est gentil et très intelligent.

— Pourquoi dis-tu ça ?

Bonnie ne répondit pas.

— Sarah a dit que quelque chose de bizarre était arrivé à Monty dans la montagne, cette nuit-là.

— Ah oui ? répondit Bonnie en laissant ses yeux s'égarer de nouveau vers le bateau.

— Tu ne saurais pas quoi, par hasard ?

— Ne dis pas de bêtises, maman. Comment veux-tu que je le sache ?

Le regard espiègle que Bonnie tourna vers elle débordait d'amour et de malice.

— Tu sais bien que je ne suis qu'un rêve.

Remerciements

Ma plus sincère reconnaissance, cette fois encore, à N. Eileen Barrow, du laboratoire FACES de l'université d'État de Louisiane, qui répond toujours à mes questions bizarres avec courtoisie, chaleur et humour.

Je tiens aussi à exprimer mes plus profonds remerciements à l'ingénieur Jarod Carson, du Fire and Emergency Services de Cobb County, qui m'a si généreusement donné de son temps pour m'apporter son aide.

Impression réalisée sur Presse Offset par
Brodard et Taupin
24529 – La Flèche (Sarthe), le 16-06-2004
Dépôt légal : juillet 2004

POCKET – 12, avenue d'Italie - 75627 Paris cedex 13
Tél. : 01.44.16.05.00

Imprimé en France